Luca Brosch

Bevor die Welt sich weiterdreht

LUCA BROSCH

Bevor die Welt sich weiterdreht

ROMAN

dtv

MIX
Papier | Fördert gute Waldnutzung
FSC® C083411

2023 dtv Verlagsgesellschaft mbH & Co. KG, München

Basierend auf den Original-Drehbüchern von:
Adrian Illien, Thomas Hess, Julia Penner und Michael Sauter
Die Serie *DAVOS 1917* wurde produziert von
CONTRAST FILM Zürich GmbH
und LETTERBOX FILMPRODUKTION GmbH,
in Koproduktion mit AMALIA Film GmbH,
SRF Schweizer Radio und Fernsehen, ARD Degeto.
Redaktion: Matthias Teiting
Satz: Greiner & Reichel, Köln
Gesetzt aus der Aldus LT Pro
Druck und Bindung: CPI books GmbH, Leck
Printed in Germany · ISBN 978-3-423-28377-9

Kein Kind

Graubünden, November 1916

Endlich stieß der Zug aus der Dunkelheit des Tunnels hervor, dabei hustete er schwarze Rauchschwaden in den Himmel der Schweizer Alpenlandschaft. Die erste Klasse wurde mit Sonne geflutet, das Licht fiel durch die Fensterscheiben der Waggons und brach sich in Kristallgläsern und Monokeln, sodass einige der Herren – die Damen waren in der Unterzahl – blinzelnd ihre Hände hoben, um sich schließlich beim Anblick der Schneelandschaft zuzuprosten. Sie alle waren auf dem Weg nach Davos. Die einen, um im Luxus dem Weltenbrand zu entfliehen, die anderen, um ihren Geschäften nachzugehen, welche für einige dank des Krieges besser liefen denn je. Während Europa in Flammen stand und die Männer auf dem Feld in Millionenstärke fielen, trafen sich Industrielle, der europäische Hochadel, Künstler und Intellektuelle – kurz: die Elite der verfeindeten Parteien – in Davos. Man ließ sich in Hinterzimmern Champagner servieren, diskutierte bei Austern, Zigarren, Cognac, Kaffee und Schweizer Schokolade neue Ideen für die heraufziehende Epoche. Das Ende der Monarchien galt einigen als ausgemacht, sie sahen das Zeitalter der Demokratie nun tatsächlich gekommen. Fast alle, die ihr Geld in der Kriegswirtschaft gewinnbringend angelegt hatten, fürchteten den Sozialismus und den Kommunismus. Es wurden Allianzen geschlossen, die keine Ländergrenzen und keinen Nationalstolz kannten, Fäden gezogen und Weichen gestellt, um die

Konten zu füllen und nach dem Krieg nicht als Verlierer dazustehen – wer auch immer das Schlachten gewinnen würde. In Davos, einem winzigen Bergkurort, in aller Abgelegenheit und behaupteten Neutralität, wurde so die Zukunft eines Kontinents geformt. Hauptsächlich von Männern, die dabei ihre Schnurrbärte zwirbelten – doch auch von Frauen, denen nicht anzumerken war, wie mitleidslos sie für eine Idee töten würden.

Langsam kämpfte sich die Lokomotive bergauf, die schneebedeckten Hänge reflektierten das kalte Sonnenlicht, und endlos schien der Zug. Jetzt erblickte die zweite Klasse das Licht der weißen Welt, und erst als die Lok bereits hinter dem nächsten Berg verschwunden war, wurden die Waggons der dritten Klasse aus dem Schlund gezogen. Auch hier, im letzten Teil des Zuges, herrschte eine aufgekratzte Stimmung: Alle waren dem Elend, zumindest für ein paar Wochen, entkommen. Dicht gedrängt saßen hier diejenigen, die am Abend nicht in ein frisch gemachtes Federbett fallen würden, es wurden Zigaretten geraucht, keine Zigarren. Überwiegend handelte es sich um Schweizer Grenzsoldaten im Diensturlaub, aber auch deutsche Soldaten waren unter den Reisenden, Kriegsversehrte, die das Glück hatten, zur Genesung in die Berge geschickt zu werden. Viele hatten an der Front etwas verloren, ein Auge, ein Bein, einen Kameraden – zumindest die Hoffnung.

Die einzige Frau unter ihnen war eine junge Krankenschwester. Auch sie hatte etwas verloren, doch sie hatte auch etwas mitgebracht aus diesem Krieg.

Als ihr Abteil nun aus dem Dunkel des Tunnels auftauchte, das Sonnenlicht sich auf ihre düsterschönen Gesichtszüge legte, regte sich – nichts. Kein Blinzeln, kein Leuchten im Blick, die vertrauten Gipfel der Heimat vermochten ihre Augen nicht zu berühren. Lediglich ihr Mund verriet sie, mit einem leichten Zucken. Johanna Gabathuler wollte sich auf daheim freuen, doch das fiel ihr schwer. Während ihrer Zeit an der Front durfte ihr Vater einen Mann für sie suchen, dieser Bedingung hatte sie zugestimmt, und wie ihre Schwester beim letzten Telefonat andeutete, war die Suche nun erfolgreich verlaufen. Wer es war, hatte Mathilde nicht verraten. Johanna starrte ins Weiß hinter der Scheibe, auch ihre Rotkreuz-Uniform war weiß – sie starrte hinaus, wie sie zuvor ins Schwarz des Tunnels geblickt hatte.

Ihre Hände steckten in ebenso weißen Damenhandschuhen, die Linke ruhte auf dem Oberschenkel, mit der anderen bedeckte sie ihren Bauch. Papa würde eine Lösung finden. Er hatte immer eine gefunden. Und ihre Schwester war lieb gewesen am Telefon, als Johanna ihr alles erzählte hatte, *es wird schon gut werden,* hatte sie gesagt, *weine nicht, komm heim.*

Johanna Gabathuler erhob sich und betrachtete das Gepäcknetz über ihrem Kopf. Wie sie es hasste, um Hilfe bitten zu müssen. Allerdings sollte sie in ihren Umständen den schweren Koffer besser nicht selbst herunterheben. Als sie sich anschickte, es dennoch zu versuchen, streifte sie ungewollt das Gesicht eines dösenden Soldaten mit der Wölbung ihres Bauches. Er erwachte und blickte irritiert umher. Als er die Situation erfasste, sprang er auf und schob Johanna sanft beiseite. Seine linke Hand war bandagiert.

»Ich mach das«, sagte er.

Sie war in den vergangenen Monaten vielen Soldaten begegnet, aus allen Teilen des Deutschen Reichs waren sie an die Westfront beordert worden, in schwer verständlichen Dialekten hatten sie ihr von der Heimat erzählt, von der Liebsten, von den Kindern, und die, die selbst noch fast Kinder waren, von der Mutter. Dieser hier war ein Schweizer, er kannte den Krieg nur aus der Ferne.

»Steigst du aus?«, fragte er.

Als sie bejahte, signalisierte er mit einem Kopfnicken, dass er ihr den Koffer bis zur Tür tragen würde.

Johanna ging voraus, drängelte sich durch den schmalen Gang, stieg über Stiefel, vorbei an den hungrigen Blicken der Soldaten.

»Wo kommst du her?«, fragte ihr Kofferträger und blieb stehen, da sie am Ende des Abteils angekommen waren.

Johanna sah ihn an.

»Verdun.«

Er lachte, ebenso zwei Kameraden, die den Wortwechsel mitverfolgt hatten.

»Nein, im Ernst. Wo warst du? Auch an der Grenze?«

»Infanterieregiment 81. Zunächst bei Andechy, und dann in Verdun.«

»Du warst … in der Blutmühle?«, fragte der Soldat und strauchelte, als der Zug quietschend verlangsamte. Er musste sich an der Wand des Abteils abstützen, um nicht gegen Johanna zu prallen. Die verbundene Linke – ein Schmerz durchzuckte sein Gesicht. Noch immer wollte er ihre Antwort für einen Scherz halten, doch etwas im Blick der Krankenschwester verriet ihm, dass sie die Wahrheit sagte.

Johanna sah aus dem Fenster, betrachtete die kleinen, vorbeirollenden Gebäude und nickte kaum merklich. Ihre Hand ruhte schützend auf dem Bauch.

Als sich der Bahnsteig geleert hatte und der Zug in Richtung Davos davonfuhr, ließ Johanna den Blick über die Berggipfel wandern, gerade so, als sähe sie diese erst jetzt – und schlagartig wurde sie sich ihrer eigenen Winzigkeit bewusst. Das Gefühl war ihr noch aus der Kindheit vertraut, doch niemals war es mit der Ohnmacht verbunden gewesen, die nun von ihr Besitz ergriff. Früher hatte sie beim Anblick der Bergriesen Ehrfurcht, auch Zuneigung verspürt. Jetzt fühlte sie sich klein und verloren auf dem menschenleeren, fremden Bahnsteig. Mathilde hatte am Telefon gesagt, sie solle zwei Stationen vor Davos aussteigen. Warum bloß?

»Johanna! Endlich!«

Die vertraute Stimme riss sie aus den Gedanken. Mathilde.

Ihre Schwester, die vier Jahre älter als Johanna war, strahlte für gewöhnlich die Strenge einer alten Frau aus. Was nicht weiter verwunderte, da sie die Kindheit mehr oder minder übersprungen hatte – die Mutter der zwei war bei Johannas Geburt gestorben. Ihr Vater hatte stets ohne jedes Bedauern, sogar mit Stolz gesagt, Mathilde sei schon mit vier Jahren erwachsen geworden. Als sie jetzt ungestüm auf Johanna zugerannt kam, lag auf dem sonst so überernsten Gesicht ein kindliches Grinsen, und Johanna spürte die Erinnerungen an gemeinsame Tage und mit ihnen endlich auch das Heimatgefühl in sich aufsteigen. Die Schwestern fielen sich in die Arme, atmeten die Wärme und den Geruch der anderen, und aufgrund des Bauches zwischen ihnen mussten sie beide lachen.

Sie ließen sich wieder los. Johanna neigte den Kopf, um sich mit dem Oberarm über das Gesicht zu wischen, Mathilde betupfte sich mit einem Taschentuch die Augen, ihr Brustkorb hob und senkte sich einmal. So schnell ließen sich die Sorgen nicht wegdenken.

»Ich hab jeden Tag gebetet, damit du nur heil zurückkommst. Ihr … beide.« Mit den letzten Worten legte sie ihre Hände auf Johannas Bauch, vorsichtig. Mathilde schüttelte den Kopf, ganz leicht nur, fassungslos und etwas amüsiert zugleich. Dann übernahm die erwachsene, große Schwester die Kontrolle: Der Ernst kehrte zurück in ihr Gesicht, verscheuchte das Lächeln wie einen Eindringling, Mathilde straffte sich und legte einen grauen Wollumhang um Johannas Schultern. Die sah ihre Schwester liebevoll an.

»Danke, dass du mir hilfst. Aber … wieso wolltest du mich hier treffen? Warum nicht zu Hause?«, fragte Johanna und zog den Umhang fester.

»Wir haben ein Privatzimmer bei den Diakonissen organisiert. Mit einer äußerst erfahrenen Hebamme.«

Mathilde bückte sich zum Koffer. Als Johanna aufgebrochen war, war das Leder noch makellos gewesen, hatten die Verschlüsse geglänzt. Jetzt war der Koffer zerkratzt, zerbeult, zerschlissen, wie fast alles, was von der Front in die Heimat zurückkehrte.

Mathilde hob Johannas Koffer an und wollte losgehen, doch Johanna zögerte. Ihre Schwester nickte ihr aufmunternd zu. »Komm. Es wird alles gut.«

*

Die Wehen waren zuletzt im Minutentakt gekommen. Dann verbanden sie sich zu einem einzigen, nicht enden wollenden Schmerz. Johanna, schweißnass, hatte das Gefühl zu zerreißen, sie schrie, wie sie noch nie in ihrem Leben geschrien hatte. Mathilde stand nutzlos und elend neben der Hebamme, die bereits viele Kinder in diese Welt geholt haben musste, in diesen Raum, der kahl und schmucklos war, bis auf ein schlichtes Holzkreuz an der Wand. Unter der verrutschten Haube lugte der graue Ansatz ihrer Haare hervor, und während Johanna ihren Schmerz herausbrüllte und presste, presste, bis ihr Kopf, ihr Unterleib, bis die ganze Welt zu zerspringen drohte, verzog die alte Diakonissin keine Miene, gab ruhig ihre Kommandos, griff zu, und mit der letzten Presswehe drückte Johanna den kleinen Körper hinaus in das kalte Universum. Der Schmerz raubte ihr nicht etwa die Sinne, er verstärkte sie noch, und so nahm sie alles genauer und viel deutlicher wahr, ihren Körper, das Rauschen der Hormone, das Glück, das Eisen im Blut roch sie, das Fruchtwasser, sie stieß einen verbrauchten Schwall Luft aus und ließ die aufgestaute Energie entweichen, und als sie alles herausgeatmet, geschrien, gepresst hatte, hörte sie das dünne Stimmchen, das Lebewesen, das in ihr zu einem Menschlein herangewachsen war. Es lebte, es war hier, mit ihr.

»Es ist alles dran«, sagte die Hebamme sanft und schnitt die Nabelschnur durch. »Ein Mädchen.« Sie tauchte ein Tuch in die bereitstehende Schale mit warmem Wasser und wusch das Kind, hob Ärmchen und Beine an, wischte vorsichtig über Gesicht und Bauch und tupfte es trocken.

Vollkommen entkräftet schloss Johanna für einen Moment die Augen, doch nicht zu lang, die Wärme fuhr durch sie hindurch wie ein Strom, sie öffnete die Augen wieder und betrachtete ihr Kind. Da lag es, lag sie, ihre Tochter, klein und … perfekt. Die kleinen Arme versuchten erste Bewegungen, die winzigen Fingerchen griffen ins Leere, alles an ihrem Kind war in unbekanntem Maße zauberhaft. *Ein Wunder*, mehr konnte Johanna nicht denken, mehr wollte sie auch gar nicht denken, sie wollte endlich ihr Kind halten und küssen und riechen.

»Elli«, sagte sie matt und streckte eine Hand aus. Es war Erichs letzter Wunsch gewesen, sie so zu taufen. »Sie heißt Elli«, bekräftigte Johanna noch einmal und blickte zu Mathilde – ihre Schwester hatte feuchte Augen. Und senkte den Blick. Mathilde wischte sich seltsam grob über die Wange, schien ihre Träne ungeschehen, ungeweint machen zu wollen.

Die Hebamme hatte das Kind in eine Decke gewickelt, hob das immer noch schreiende Bündel hoch. Ungeduldig, fast gierig streckte Johanna beide Arme aus, um ihre Tochter entgegenzunehmen, sie spürte ein Ziehen in der Brust, die Vormilch trat aus – doch die Diakonissin wandte sich ab. Irritiert blickte Johanna zu Mathilde, die nun einen Schritt näher kam und ihre Hand ergriff. Die Hebamme entfernte sich, mit Elli, in Richtung Tür.

»Wo … wo gehen Sie hin?«, wollte Johanna sagen, doch die letzten Worte verschwanden in ihrer Kehle, bevor sie ihr überhaupt über die Lippen gekommen waren. War etwas mit Elli? Musste sie versorgt werden, ging es ihr nicht gut? Die Hebamme hielt inne, als sich nun die Tür öffnete und eine Nonne eintrat, gefolgt von – ihrem Vater. Endlich! Hatte er es noch geschafft. Doch Johannas Lächeln wurde nicht erwidert, es lag keine Wärme in seinem Blick, Peter Gabathuler betrat stattdessen den Raum, als handelte es sich um die Küche seines Curhauses. Unter seinem Schnauzbart, der sich in einen Backenbart ausdehnte, saß ein verkniffener Mund, das blanke Kinn war störrisch nach vorn geschoben, auch die Augen waren nur Schlitze, und er selbst, obwohl von kräftiger Statur, schien im Ganzen zusammengedrückt. Er sah sich nicht um, würdigte seine Enkeltochter keines Blickes und nickte der Hebamme nebenbei zu wie einer Angestellten, die schmutzige Tischtücher in die Waschküche brachte. Wortlos verließ sie mit der schreienden Elli den Raum.

Was geschah hier?

Johanna blickte verzweifelt von der sich schließenden Tür zu ihrem Vater, das Schreien auf dem Gang ertönte nur noch dumpf, wurde leiser und leiser und war schließlich gar nicht mehr zu hören.

»Papa …?«

Gabathuler blieb an der Tür stehen und schwieg. Er betrachtete das Kruzifix an der Wand. Johanna sah zu Mathilde auf, ihre Schwester würde alles klären können.

»Was … Elli … ELLI!«, schrie Johanna, Vater senkte den Blick, Mathilde schloss die Augen und sagte mit erstickter Stimme: »Es … es ist besser so … für alle.« Dann drehte sie sich um und floh aus dem Zimmer. Und erst jetzt, als Johanna mit ihrem Vater allein war und er noch immer an der Tür verharrte und sein grimmigstes Gesicht zur Schau stellte, den Hut in der Hand, in einen dicken Mantel gehüllt, erst jetzt stürzte die absolute Gewissheit über Johanna herein, wie eine Schneelawine, ein Steinschlag. *Es hatte einen Plan gegeben. Mathilde und Papa hatten sich abgesprochen.* Ihre Augen und auch ihr Mund öffneten sich, als sie begriff, dass Mathilde die ganze Zeit Bescheid gewusst hatte. Schon am Bahnhof. Noch schlimmer: Mathilde musste das alles organisiert haben.

»Johanna. Du hast kein Kind«, sagte ihr Vater bestimmt.

Während ihre Augen sich nun zum ersten Mal fanden, begannen Johannas Schläfen zu pochen, ihr Atem ging stoßweise, die Welt flackerte und drohte ganz wegzubrechen. Sie war leer, so leer, sie hatte ein Kind geboren – Elli, die sie ihr nun wegnehmen wollten, wie konnten sie ihr Elli wegnehmen, sie war das Einzige, was sie mit Erich verband, das Einzige, was sie noch hatte. War das wirklich ihr Vater? Der ihr immer alles hatte durchgehen lassen? Sogar den Wunsch, sich als Krankenschwester an der belgischen Front zu beweisen? Hatte er tatsächlich gerade *»Du hast kein Kind«* gesagt?

Doch, ich habe ein Kind, dein Enkelkind Elli, meine Tochter, hast du nicht gesehen, wie schön sie ist?

Johanna war zu schwach, vor Schreck wie gelähmt, ihr Mund rührte sich nicht.

Ihr Vater blickte ihr finster ins Gesicht. Falls hinter der Finsternis etwas kämpfte, konnte Johanna es nicht sehen.

»Wenn irgendjemand erfährt, dass du ein Balg in die Welt gesetzt hast, landest du im Gefängnis! Also: Kein Wort, zu niemandem – haben wir uns verstanden?!«

So bedrohlich hatte er noch nie geklungen, schon gar nicht ihr gegenüber. Johannas Mund, der weiterhin geöffnet stand, begann tonlos zu zittern, und als ihr Vater sich abwandte und mit der Nonne den Raum verließ, stieg ein Schrei aus ihr empor, der für sie selbst wie das Geräusch einer Fremden klang, immer lauter, lauter noch als unter der Geburt, denn nun waren es Wut und Verzweiflung, die sich Bahn brachen, und Johanna war allein, in dem kahlen Raum, nur die Wände hörten, wie Johanna ihnen den Namen ihrer Tochter entgegenschleuderte, aber die Wände standen still und unbeteiligt um sie herum.

Alles wird gut

Nach der Geburt blieb Johanna bei den Diakonissen. Sie verbrachte die Tage im Wochenbett in völliger Lethargie, aus dem Fenster starrend, ohne etwas anzusehen. Mit keiner der Schwestern, die sich von nun an um sie kümmerten, redete sie ein Wort. Sie pflegten und wuschen sie, wechselten ihre Laken, brachten ihr Tee und Hühnerbrühe, die sie schweigend löffelte. Johanna schleppte sich zur Toilette, erbrach die Suppe, quälte sich durch die Tage, weinte sich in den Schlaf. Ihr Busen spannte und schmerzte, wollte Milch geben, erst nach Tagen gab er endlich auf.

Niemand durfte wissen, dass sie bereits zurück in der Schweiz war. Wenn man sie so sah, würde es sofort Gerüchte geben: Ihr Gesicht war voller als gewöhnlich, ihr Körper sah aus wie im vierten Monat einer Schwangerschaft. Beim Blick in den Spiegel fragte sich Johanna, wie sie ihren noch immer gewölbten Bauch vor den Kollegen, den Patienten, nicht zuletzt vor ihrem Verlobten verbergen sollte. Denn wenn sie nun ins Curhaus zurückkehrte, würde sie ihn wohl kennenlernen müssen.

Die Schwestern schienen Erfahrung mit diesem speziellen Problem zu haben. Als zwei Wochen verstrichen waren und Johanna sich wieder halbwegs schmerzfrei bewegen konnte, halfen sie ihr beim Bandagieren, schnürten sie ein wie in ein Korsett. Vom Curhaus waren ein paar von Mathildes Kleidern geliefert worden, die etwas weiter geschnitten waren, und Johannas Appetitlosigkeit hatte ihr rundes Gesicht verschwinden lassen. Sie zog eins der Kleider an. Es passte. Vor dem Spiegel versuchte sie darin Haltung einzunehmen, die glaubhafte Version einer Johanna darzustellen, der lediglich ein monatelanger Fronteinsatz in den Knochen saß. Konnte sie das? Wollte sie das? Sie hatte zwei Wochen lang über nichts anderes nachgedacht und war zu dem Schluss gekommen, dass ihr, zumindest vorerst, nichts anderes übrig blieb. Was sollte sie sonst machen? Sie müsste das Waisenheim finden, in das Elli gebracht worden war. Und dann? Ihr eigenes Kind entführen und aus der Schweiz fliehen? Wohin sollte sie gehen? Die ganze Welt lag im Krieg miteinander, der Kontinent stand in Flammen, es gab keinen Ort, an den sie als Frau allein mit einem Säugling hätte gehen können.

Nein, sie würde mitspielen müssen, einen anderen Weg gab es nicht. Sie würde nach Papas Regeln spielen, so wie sie schon immer mitgespielt hatte, die hübsche Tochter des Curhausdirektors.

Sie holte tief Luft, zog den Bauch noch weiter ein, drehte sich zur Seite, streckte den Oberkörper und betrachtete ihr Spiegelbild. Sie hielt ein paar Sekunden still. Dann sackten die Schultern nach vorn und ihr schossen die Tränen in die Augen.

Johanna lehnte die Stirn an das kühle Glas.

Wie sie sich dafür hasste, dass sie Mathildes Worten geglaubt hatte.

Es wird alles gut.

Wie sie darauf vertraut hatte, dass ihr Papa eine Lösung finden würde.

Sie hatten ihr Elli weggenommen!

Johanna schluchzte auf, als sie an die Händchen ihrer Tochter dachte, die winzigen Finger, die ungelenk in der Luft umhergriffen, auf der Suche nach ihrer Mutter.

Du hast kein Kind.

Keine Elli.

Auch keinen Erich.

Sie wischte die Tränen ab und sah sich im Spiegel in die Augen.

Und keinen Papa mehr, dachte sie voller Zorn.

Und keine Mathilde.

Das Paar des Abends

Eine Woche vor dem Weihnachtsfest konnte sie nach Davos zurückkehren. Auch wenn sie noch immer geschwächt war, fing sie sofort wieder an zu arbeiten. Und wie gut es trotz allem tat, in die Routine des Schwesterndaseins abzutauchen – unter den paradiesischen Bedingungen, die hier im Sanatorium herrschten, im Vergleich zum Militärhospital hinter der Front. Ihre liebste Kollegin, Schwester Bigna, küsste sie überschwänglich auf die Wangen, froh, dass Johanna heil zurückgekehrt war. Auch das Wiedersehen mit ihrer Nichte, der kleinen Klara, warf etwas Licht auf ihr Dasein, und versetzte ihr zugleich einen Stich, als ihr das Kind um den Hals fiel und das weiche Haar Johannas Nase kitzelte. Selbstverständlich waren während ihrer Abwesenheit Patienten abgereist oder verstorben, neue Patienten eingetroffen, ranghohe Militärs und Soldaten, Botschafter und Adlige. Eine deutsche Gräfin lieh ihr zahlreiche Bücher, *Der Gaukler von Bologna*, *The Voyage Out*, aber auch *Vom Kriege* von Clausewitz – Johanna saugte alles auf, was die dunklen Gedanken fernhielt. Ilse von Hausner, so hieß die Gräfin, befragte sie zu ihrem Einsatz an der deutschen Westfront bei Verdun und diskutierte in der gleichen Ernsthaftigkeit mit Johanna über die Garderobe der anderen Gäste wie über die Weltpolitik. Zudem war neues Personal angestellt worden – zwei junge, schüchterne Krankenschwestern aus der französischen Schweiz und ein äußerst höflicher und zurückhaltender Chirurg namens Mangold, der ebenfalls aus Deutschland stammte.

So gelang es dem Alltag wider Erwarten schon bald, ihr den Schein einer Normalität vorzugaukeln. Manchmal, wenn Johanna bei der Arbeit besonders gefordert war, schaffte sie es, für einige Stunden nicht an Elli zu denken. Dann wieder kamen die Abende, an denen sie ein Buch zur Hand nahm, auf die Zeilen starrte und doch kein Wort las. Im geschäftigen Betrieb des Curhausalltags gelang es ihr zumeist, alles zu verdrängen, was Papa und Mathilde ihr angetan hatten. Doch an den Abenden holten sie die Bilder ein. Wie ihr Vater unvermittelt im Geburtszimmer auftauchte, mit kalten Augen, ihr Elli wegnahm. Mathilde, die ihre Träne wegwischte, als wäre sie unrechtmäßig geflossen. An diesen Abenden, wenn sie ein Buch auf dem Schoß hielt, ohne jemals umzublättern, fragte sie sich, was an ihrem Leben überhaupt noch lebenswert war.

Das Schlimmste war, dass Elli irgendwo da draußen war und atmete, weinte, lachte! Den Tod des Kindes, so glaubte Johanna, hätte sie besser verkraftet als dessen Verschwinden. Und schämte sich sogleich für den Gedanken. Aber dass jemand anderes ihre Elli fütterte, in den Armen wiegte, an den Busen drückte … wie sollte sie mit diesem Wissen leben, ohne verrückt zu werden?

Sie fragte sich, wie sie der Abmachung, die sie mit ihrem Vater getroffen hatte, jemals hatte zustimmen können. Es fiel ihr schwer, sich heute daran zu erinnern, aber das Versprechen, nach der Rückkehr zu heiraten, war ihre einzige Möglichkeit gewesen, um Davos hinter sich zu lassen, zumindest vorübergehend. Einzig aufgrund dieser Verabredung hatte ihr Vater – nach endlosen Streitereien – ihrem Wunsch nachgegeben, als Krankenschwester den Verwundeten im Feld zu helfen. Ob sie vielleicht tief im Inneren das gewollt hatte, was dann geschehen war? Mit Erich? Hatte etwas in ihr gehofft, dass der Einsatz in Deutschland eine Möglichkeit böte, den für sie vorgesehenen Pfad zu verlassen? Als sie dann feststellte, dass sie schwanger von Erich war, hatte sie von einer Liebeshochzeit geträumt, hätte für ihn sogar ihre geliebten Berge verlassen. So wie ihre Mutter Russland für Papa verlassen hatte – sofern es stimmte, was Olga Belova erzählte: Zwischen ihren Eltern, das war die große Liebe gewesen.

Umso herzloser kam es Johanna vor, dass sie nun jemanden heiraten musste, den ihr Vater ausgewählt hatte – unter rein wirtschaftlichen Gesichtspunkten. Papa hatte Großrat Thanner auserkoren, und der hatte zugestimmt. Einen Politiker und Geschäftsmann, zehn Jahre älter als sie, wohlhabend, angesehen – und nicht ihr Typ. Sie kannte ihn vom Sehen, schon oft war er im Restaurant des Sanatoriums zu Gast gewesen und hatte seine Augen nicht von ihr lassen können. Noch nie hatte sie so etwas wie Anziehung empfunden, eher Abscheu, bestenfalls Langeweile. Thanner war die Sorte Mann, die sich am liebsten selbst reden hörte, Gesprächspartner waren für ihn bestenfalls Stichwortgeber, das galt insbesondere für Frauen.

Und jetzt war eine Anzeige in die Zeitung gesetzt worden, und auch im Schaukasten vor der Kirche war es angeschlagen: *Ihre Verlobung geben bekannt …* Es gab kein Zurück, es war offiziell, sie, Johanna Gabathuler, würde Großrat Rudolf Thanner heiraten. Ausgerechnet heute, am Heiligen Abend, sollte sich das Paar zum ersten Mal der Öffentlichkeit zeigen. Und sie würde, wie sie es von Kindesbeinen an gelernt hatte, ihre fröhliche Maske tragen, die Rolle spielen, die sie fast automatisch annahm, wenn sie das Curhaus betrat. Denn für die Patienten und Gäste gab es nur eine Johanna Gabathuler: Schwester Johanna – Cronwalds Sonnenschein.

Mit ihrem strahlendsten Lächeln schritt sie die breite Treppe hinab und wurde mit vereinzelten, wohlmeinenden »Aaaahs« von den im Foyer stehenden Gästen und Patienten des Luxussanatoriums empfangen. Sämtliche Köpfe fuhren herum, alle

Aufmerksamkeit galt dem Paar des Abends. Rudolf Thanner machte ein paar Schritte auf Johanna zu und streckte ihr die Hand entgegen. Als er sie am Oberarm berührte, legte sich seine Hitze auf ihre Haut und kroch feucht in sie hinein. Er beugte sich vor, brachte seine rosigen Lippen in ihre Nähe und deutete einen Kuss auf ihrer Wange an. Sie hakte sich ein, und zum Glück wurde endlich der Champagner gebracht, der war dringend nötig, um den heutigen Abend zu überstehen. Peter Gabathuler reichte Thanner eine Zigarre, die schwiegerväterlichste Geste, die denkbar war.

Nachdem man angestoßen und getrunken, die Zigarren gekappt und entzündet hatte, schlenderte man gemeinsam in den Saal, vorbei an den weiß gedeckten Tischen, nahm Glückwünsche entgegen, prostete sich zu, der Pianist tupfte *Es ist ein Ros entsprungen* in den nach Tannengrün duftenden Raum, schließlich nahm man am Ehrentisch vor der Bühne Platz.

Da saß Johanna nun, an der Tafel neben ihrem Verlobten, umgeben von den Verrätern, die ihre Familie darstellten: ihr Vater, im schwarzen Frack, mit weißer Hemdbrust und gemusterter Krawatte, ihre Schwester Mathilde in einem dunklen, hochgeschlossenen Kleid mit langen, dezent gepufften Ärmeln. Mathildes Ehemann Jovin Caduff, der Polizeichef von Davos, war in Ausgehuniform erschienen. Jovin sah stets verschlafen aus und strahlte eine gutmütige Langsamkeit aus, die dazu führte, dass man ihn grundsätzlich unterschätzte. Auch jetzt glotzte er ausdruckslos vor sich hin wie ein Goldfisch in zu kaltem Wasser. Die Tochter der beiden, Klara, zappelte aufgeregt auf ihrem Stuhl herum, musste immer wieder von Mathilde zur Ruhe gemahnt werden.

Johanna lächelte wie eine Puppe.

Sie führte nur wenige Löffel der Bouillabaisse zu sich, hielt dafür aber einige Male dem Kellner das leere Glas hin. Heute trank sie zum ersten Mal seit Monaten wieder Alkohol, und nach den ersten Schlucken Champagner im Foyer hatte sie fast einen Moment der Leichtigkeit verspürt. Sie fühlte mit wissenschaftlichem Interesse in sich hinein und bemerkte, wie es ihr mit zunehmendem Rausch leichter fiel, das alles zu ertragen. Johanna orderte ein weiteres Glas; dem sorgenvollen Blick ihrer Schwester schenkte sie dabei keine Beachtung.

Als Thanner nach der Suppe seine Hand auf ihre legte, war Johanna froh um die weißen Damenhandschuhe, die sie trug. Die Erinnerung an die Berührung im Foyer lag noch immer auf ihrer Haut, seine hitzige Weichheit, die nichts Angenehmes hatte. Dazu der Geruch nach Weinbrand und Zigarre, der in seinem Bart steckte, dessen Haare ihr beim Begrüßungskuss in die Wange gestochen hatten. Thanner hielt einen seiner Monologe, *die Banken, die Wirtschaft, die Rendite …* Johanna betrachtete ihre Hand, die unter seiner begraben lag. Der Verlobungsring steckte fest an ihrem Finger, zu fest, als wollte er sie erwürgen, am liebsten hätte sie ihn mitsamt der daraufliegenden Hand abgestreift und den Großrat gleich mit, das Leben, das ihr Vater für sie ersonnen hatte: als lächelnde Gattin an der Seite des Politikers und erfolgreichen Geschäftsmanns, der sich mit seinen Aktien sogar am Krieg bereicherte.

Auf den Tischen leuchteten die Kerzen inmitten von weihnachtlichen Tischgestecken, die mit kleinen kupfernen Engeln, Trompeten und Sternen geschmückt waren. Auch Johanna fühlte sich wie ein Schmuckstück – und mehr nicht.

Ein Christbaum von abnormer Größe thronte auf der Bühne direkt neben dem Flügel, schlanke Kerzen brannten ruhig und wussten nichts vom Elend und den Toten auf den Schlachtfeldern und in den Schützengräben, wussten nichts von Elli, die erste Worte spricht, von Elli, die laufen lernt, Elli die tanzt, lacht, singt und weint und ihre Mutter vermisst, die sich verstoßen fühlt und ihre Mutter zu hassen beginnt.

Johanna wurde erlöst, als der Hauptgang serviert wurde. Thanner griff zum Besteck und begann, sich den Knödeln und der konfierten Entenkeule auf seinem Teller zu widmen.

»Eigentlich wollte der Bundesrat Schwerverletzte aller Kriegsparteien aufnehmen«, sagte er, tunkte ein Stück Fleisch in die dunkle Soße und führte es zum Mund. Kauend ließ er den Blick durch den Saal über die Männer und Frauen in Abendgarderobe schweifen. Johanna stocherte ein wenig im Fleisch herum, dann winkte sie ein weiteres Mal den Kellner herbei.

»Nun, ein verhältnismäßig geringer Preis, um die Schweiz aus diesem Krieg herauszuhalten«, sagte Peter Gabathuler, der als Herr des Hauses am Kopf der Tafel saß und seinem zukünftigen Schwiegersohn zunickte wie ein Mann von Welt. Sein Entenknochen war bereits blank, der Teller leer. Ihm war als Erstes serviert worden, und es hatte geschmeckt. Hochzufrieden lehnte er sich zurück, faltete die Hände über dem Bauch und suchte den Blick des jungen Großrats.

Dieser antwortete: »Zudem ist Ihr Curhaus so wieder besser ausgelastet, nicht wahr?«, und in sein Lächeln mischte sich eine gönnerhafte Überheblichkeit, geradeso als wäre es sein persönlicher Verdienst, dass die Abmachung der Schweiz mit den kriegführenden Nationen für volle Betten im Sanatorium sorgte. Thanner wusste, wie schlecht das Curhaus Cronwald aufgrund des Kriegs besucht gewesen war. Er wusste, dass Gabathuler Schulden angehäuft hatte. Und Thanner wusste zudem, dass der Direktor des Curhauses Vater einer schönen Tochter war und einen Investor brauchte.

Der Pianist spielte nun ein verträumtes *Vom Himmel hoch da komm ich her*, langsam und in der hohen Lage, mit durchgetretenem Haltepedal. Wie Sternenstaub rieselte die Klaviermelodie auf die Gäste herab und ergab mit dem gedämpften Geplauder und dem Geklapper von Besteck und Tellern einen festlichen Dreiklang. Draußen vor dem Fenster herrschte bereits Nacht, im Lichtkegel der Terrassenbeleuchtung schwebten vereinzelt dicke Schneeflocken zu Boden.

Thanners Blick ging wieder auf Wanderschaft und blieb am Rande des Saals stehen, direkt neben der Tür für Bedienstete, wo ein Tisch dazugestellt worden war, möglichst weit abseits. Seine Miene verzog sich. Dort wurde die Entenkeule in die Hand genommen, das Fleisch mit den Zähnen direkt vom Knochen gerissen: Drei Kriegsversehrten war zur Feier des Tages gestattet worden, im Saal mit der besseren Gesellschaft zu speisen. Als wären die drei einfachen Uniformen zwischen all der feinen Garderobe nicht störend genug, musste auch noch der Anblick von Augenklappe und fehlenden Gliedmaßen ertragen werden. Thanner schüttelte angewidert den Kopf.

»Müssen die wirklich mitten unter uns feiern? Was sind das nur für Männer, die sich im Krieg selbst verletzt haben? Simulanten und Deserteure.«

Er wollte seine Hand wieder auf Johannas legen, doch sie griff zum Weinglas. Thanner blickte sie an. Sie lächelte giftig, gab sich keine Mühe mehr, es echt aussehen zu lassen. »Da haben Sie recht – die Simulation der fehlenden Gliedmaßen gelingt dem Soldat dort mit der Krücke außerordentlich überzeugend«, sagte sie.

Niemand lachte. Mathilde, die gegenüber von Johanna saß, suchte den Blick ihrer Schwester, doch die sah zur Seite und lächelte ihren Verlobten nur weiter an. Der lächelte zurück, um einen jovialen Gesichtsausdruck bemüht.

»Was man nicht alles tut, um sich in einem Schweizer Sanatorium von Ihnen verwöhnen zu lassen … dafür würde ich mir auch ins Bein schießen.«

Diesmal lachten alle. Bis auf Johanna.

»Unsere Patienten können sich wirklich glücklich schätzen«, versuchte der alte Gabathuler die sarkastische Bemerkung seiner Tochter vergessen zu machen. »Vor allem seit der geschätzte Doktor Mangold bei uns operiert. Johanna arbeitet seit ihrer Rückkehr von der Front unter ihm.«

Auch Caduff, der bisher noch kaum ein Wort gesagt hatte, bemühte sich, das Thema zu wechseln: »Wann ist es denn eigentlich so weit, Herr Großrat? Wann läuten die Hochzeitsglocken?«

Thanner lächelte. »Nun …«, er drehte den Kopf zu Johanna und ließ seinen Blick genießerisch auf und ab wandern. »Noch heute? Ich zumindest hätte nichts dagegen.« Er hob sein Glas, und Johanna musste mitansehen, wie er einen Schluck trank, und noch einen, dabei genießerisch die Augen schloss, sich anschließend mit der Zungenspitze über die Haare seines Schnauzbarts fuhr und alles mit einer Stoffserviette abtupfte, und da hob auch sie ihr Weinglas, leerte es jedoch wie einen Schnaps, den man hinter sich bringen möchte, weil er betäubte, nicht weil er schmeckte.

Thanner sah zu Caduff.

»Nein, im Ernst: Kurz vor den Wahlen in zehn Wochen scheint uns ein guter Zeitpunkt für die Hochzeit.«

Johannas Kopf fuhr herum.

Uns?

Sie sah zu ihrem Vater, der nur bekräftigend nickte und ebenfalls einen Schluck trank. Ihr Herz raste. Sie wollte das Weinglas auf den Boden schmeißen oder etwas anderes kaputtschlagen – ihr Vater und Thanner hatten also bereits die Hochzeit geplant?

Der Großrat setzte wieder sein gönnerhaftes Gesicht auf und beugte sich zu ihr. »Und als Frau Großrat müssen Sie dann auch nicht mehr arbeiten. Sie Glückliche!«

»Aber …«, Johannas Gedanken sprangen umher, »ich arbeite doch gern …«, mehr bekam sie nicht herausgestammelt, da Thanner ihr bereits ins Wort fiel.

»Wie sähe das denn aus? Frau Großrat als Krankenschwester? Ich bitte Sie!«, er lachte gespielt irritiert, ein Lachen, das behauptete, keine Widerrede zuzulassen. Johannas Wut verwandelte sich in Finsternis, die tief in ihr brodelte wie ein schwarzer, heißer Sirup.

Gabathuler legte die Hand auf den Unterarm von Thanner und beugte sich mit einem Lächeln zu ihm. »Sie versteht nicht allzu viel von Politik.«

Johanna schloss die Augen. Sie wusste sehr wohl, was in der Politik, in der Welt vor sich ging. Sie las nicht nur die internationalen Zeitungen, sie hatte auch Carl von Clausewitz gelesen und kannte den Krieg zudem aus der Frontperspektive – im Gegensatz zu den zwei befrackten Männern, die, ohne sie einzubeziehen, ihr Leben durchgeplant hatten. Dass sie den Großrat heiraten würde, war bereits ein großes Opfer, ein allzu großes, aber nun sollte sie auch noch ihre Arbeit – ihre *Identität* aufgeben? Unter dem Tisch zog und drehte sie am Verlobungsring. Sie wollte den Ring auf den Tisch knallen, Thanner beschimpfen und von ihrem Vater fordern, dass er ihre Elli zurückholte, ihr Kind – eine hässliche Szene im Curhaus am Weihnachtsabend, von der noch lange gesprochen würde, die Demütigung des Großrats – doch da meldete sich Mathilde zu Wort.

»Es hat schon seine Richtigkeit, dass ihr Männer die Politik macht. Ich bin jedenfalls froh drum, dass ich damit nichts zu tun hab – es hat auch Vorteile, eine Frau zu sein!«

Die Männer lachten zustimmend, Johanna verzog keine Miene und gab dem Kellner ein Zeichen, der sofort herbeieilte, um ihr ein weiteres Mal nachzuschenken. Mathilde wies ihn unauffällig, aber mit entschiedener Handbewegung ab. Niemand bemerkte den vergifteten Blick, den Johanna ihrer Schwester zuwarf.

Mathilde.

Sie war eine von ihnen.

»Frauen in der Politik, das hat uns gerade noch gefehlt«, prustete Thanner in die Runde, und die Männer johlten vor Vergnügen bei dieser Vorstellung.

Johanna schob den Stuhl zurück und erhob sich. Die Runde verstummte, alle Köpfe fuhren herum.

»Sie entschuldigen mich.«

Thanner sprang auf, ihr Vater erhob sich ebenfalls und strich sich die Weste glatt, Caduff, der mit Töchterchen Klara getuschelt hatte, bekam einen Knuff von Mathilde, dann erhob auch er sich, wie es Sitte war, und Johanna verschwand in Richtung Ausgang.

Eine eigene Meinung

Erhobenen Hauptes durchschritt sie den Saal, die Tochter des Direktors, der Sonnenschein des Cronwald, nickte in die eine Richtung, lächelte in die andere, dann verließ sie den Raum durch den Haupteingang und bog in Richtung der Toiletten ab. Ein Kellner kam ihr entgegen und ahnte nichts von dem Unwetter, das sich in ihr zusammenbraute. Als er verschwunden war, knipste sie das Lächeln aus und machte kehrt, warf vorsichtig einen Blick in den Saal, wo Vater und Thanner längst wieder ins Schwadronieren verfallen waren – und eilte los, in die andere Richtung, zum Roulette-Zimmer. Sie ignorierte ein paar Zigarre rauchende Herren, griff sich ein Glas Wein vom Tablett eines vorübergehenden jungen Livrierten, der ihr mit offenem Mund dabei zusah, wie sie es – nur kurz innehaltend – leerte und zurück aufs Tablett stellte. Sie verließ das Spielzimmer, um die dahinter gelegene kleine Bar zu betreten, alles, was links und rechts von ihr lag, verschwamm, während sie zielstrebig den Tresen ansteuerte. Der Barkeeper lächelte ihr zu. Ein schönes Lächeln. Ein schöner Barkeeper. Sie lächelte zurück.

»Fräulein Gabathuler! Frohe Weihnacht. Was darf es sein?«

»Schnaps. Einen Doppelten.«

»Sehr gern, Fräulein Gabathuler.«

Fragend zeigte er ihr das Etikett einer Flasche Kirschwasser, sie nickte, hätte zu allem genickt, er schenkte ein, sie trank, atmete scharf aus. Es war Gift, es schmeckte wie Gift, und es war das Einzige, was sie jetzt interessierte. Vergessen. Nicht bei Thanner sein. Am besten gar nicht bei Besinnung sein. Sie hatte eigentlich das Glas sanft auf den Tresen setzen wollen, doch es knallte laut auf das harte Holz, inzwischen konnte nicht mehr von einem Schwips die Rede sein, sie war deutlich angetrunken – und es gefiel ihr. Energisch zeigte sie mit dem Zeigefinger auf das leere Schnapsglas und grinste den Barmann an, der sein schönstes Barmannlächeln lächelte und ihr nachschenkte.

Hinter Johanna brandete mehrstimmiges Gelächter auf, ein helles Frauenlachen blieb etwas länger stehen, und dieses Lachen kannte sie nur zu gut. Mit dem Glas in der Hand drehte Johanna sich um und betrachtete die Runde: Ihre Lieblingspatientin Ilse von Hausner, wie immer umringt von einer Männerschar. Die Gräfin – alter deutscher Adel – war eine exzentrische Dame von fast fünfzig Jahren, attraktiv, im hochgeschlossenen Abendkleid, auf dem Kopf ein ausladender Hut. Und sie war eindeutig zu tuberkulosekrank, um hier mit einer Champagnerschale in der Hand fröhliche Weihnacht zu feiern. Rechts von der Gräfin saß der französische Marquis de Richelieu in einem der Clubsessel. Daneben ein Mann mit Monokel und schwarzem Schnurrbart. Es handelte sich um einen italienischen Offizier, wie sich unschwer an der graugrünen Ausgehuniform erkennen ließ. Und der Mann, der nun wieder das Wort ergriff, war ein deutscher Konsulatsmitarbeiter, an seiner Seite eine junge, blonde Frau, die ihm gebannt an den Lippen hing.

»… ich konnte meinen Kameraden doch nicht liegen lassen! Also packte ich ihn mir, hievte ihn mit letzter Kraft auf die Schulter, robbte mit der Gasmaske durch den Schlamm … überall Leichen, Helme, Blut, und Stacheldraht, der mir die Uniform und die Haut zerfetzte, über mir Feindesfeuer! Die Kugeln schlugen links und rechts ein, es war die Hölle …«

»Lemke, sie sind ein Held«, sagte die Gräfin gelangweilt.

Johanna kippte den Schnaps runter, erhob sich vom Barhocker. Für einen Moment musste sie sich sammeln, ihr Gleichgewichtssinn schwappte sich zurecht, dann ging sie hinüber.

»Gräfin! Sie sollten längst im Bett sein. In Ihrem Zustand!«

Sie spielte die strenge Schwester, schüttelte sogar mahnend den Zeigefinger.

Ilse von Hausner drehte sich um. Sie lächelten sich an.

»Ich soll in der Sonne liegen, sagen die Ärzte.« Sie blickte in die Runde. »Scheint jetzt die Sonne?«

Die Männer lachten, die Gräfin fuhr fort.

»Darf ich vorstellen – Johanna, meine Lieblingsschwester hier. Die Tochter des Hauses. Eine Heilige.«

Dann sah sie wieder hoch zu Johanna, nahm ihre Hand.

»Der Tag gehört Ihnen, die Nacht gehört mir, meine Liebe. Setzen Sie sich zu uns!«

Oh ja, Johanna wollte sich gern dazusetzen, neben die Gräfin, in die Nacht, nicht an die Seite ihres Verlobten, sie war es satt, die Wut auf ihren Vater herunterzuwürgen. Der Rausch hatte eine Euphorie in ihr geweckt, und nun wollte sie etwas von der Freiheit der Gräfin kosten, wollte laut sein wie sie, nicht dekorativ schweigend die Verlobte spielen. Ilse von Hausner war der Mittelpunkt jeder Runde; mit pointierten und scharfzüngigen Bemerkungen hatte sie die Lacher immer auf ihrer Seite. Passend zu ihrer eleganten Erscheinung trug sie ein Parfum, welches Johanna jetzt in die Nase stieg wie ein pudriger Lockstoff.

Ilse von Hausner klopfte auf den Sessel neben sich, und Johanna nahm Platz. Die Gräfin griff sich die leere Champagnerflasche aus dem Kübel und wedelte damit in Richtung des italienischen Offiziers.

»Edoardo. Was halten Sie davon, wenn Sie uns noch ein Fläschchen besorgen, hm? Ich weiß, Sie schaffen das.«

»Wie könnte ich Ihnen einen Wunsch ausschlagen, *Carissi-*

ma«, sagte der Italiener und sprang auf, griff nach der Flasche und eilte zur Bar wie ein Lakai.

»Nur weil sie sich in Europa die Köpfe einschlagen, muss doch hier bei uns der Champagner nicht schal werden. *N'est-ce pas*, Richelieu?«

»*Absolument!* Ihr Feind ist die Tuberkulose. Nicht der Franzose.«

Die Gräfin, der Marquis und selbst Johanna lachten, Lemke schwieg. Dann brummte er: »Trinkt, solange ihr noch könnt. Die Somme wird euch eine Lehre sein.«

»Die Somme war keine Schlacht, das war ein Gemetzel. Null Eleganz. Eine Million Tote. Und wofür? Die Westfront steht weiterhin still. Und die Ostfront?«

Die Gräfin winkte ab, steckte sich eine Zigarette in die dafür vorgesehene Spitze und beugte sich zum Marquis, der in die Westentasche griff und ihr umgehend Feuer gab.

»Danke.« Sie atmete Rauch in Richtung des Italieners, der mit einer neuen Flasche Champagner zurück von der Bar kam.

»Dieser Krieg kennt nur noch Verlierer. Man sollte ihn beenden«, sagte sie, und der Marquis stimmte ihr zu. Doch Lemke hielt grimmig dreinblickend dagegen: »Im Gegenteil. Der Kaiser muss jetzt seine U-Boote von der Leine lassen!«

Die Gräfin rollte mit den Augen. Sie blickte zu Johanna.

»Sie waren doch auch im Krieg, Johanna.«

Johanna zögerte einen Moment. Ilse von Hausner war selbst keine Frau, die sich mit Zuhören zufriedengab, und sie hatte – nicht nur bei ihren nachmittäglichen Gesprächen – stets ein aufrichtiges Interesse an Johannas Meinung gezeigt. Und an ihren Erfahrungen.

»In der Hölle sogar«, setzt die Gräfin nun hinzu. Jeder hier wusste, was mit Hölle gemeint war: Verdun. Und dass die allermeisten nicht lebend von dort zurückkehrten. Alle sahen Johanna jetzt an. Die Gräfin fuhr fort. »Was meinen

Sie? Sollte der Kaiser seine U-Boot-Flotte gegen die Engländer einsetzen?«

Sogar das Gespräch am Nachbartisch verstummte, sämtliche Augen fixierten sie nun, gespannt, ob die schöne Krankenschwester etwas Sinnvolles zur Debatte beitragen konnte.

»Nun ...«, begann Johanna, die alle Erinnerungen an Verdun mit sich herumtrug, an das Hospital, die Front, die Granaten, dazwischen immer wieder Erich. Was wollte ein pomadiger Konsulatsmitarbeiter ihr vom Krieg erzählen? Sie las die Zeitungen, sie hatte erfrorene Füße abgesägt, sie hatte ein Kind geboren. Sie wusste, wenn man es recht bedachte, mehr über den Krieg als ihr Vater, mehr als Thanner.

»... die Seeblockade Großbritanniens verstößt zwar gegen das Völkerrecht«, begann sie langsam, unter keinen Umständen durfte sie jetzt lallen, »doch einen uneingeschränkten U-Boot-Krieg zu beginnen halte ich für eine gefährliche Idee.« Dann fuhr sie fort, jetzt deutlich schneller und mit jedem Wort an Selbstverständlichkeit gewinnend. »Das würde die USA unnötig provozieren. Ich glaube nicht, dass sich das Kaiserreich einen Kriegseintritt der Amerikaner leisten kann.«

»Brava!«, sagte die Gräfin. »Haben Sie den Clausewitz schon gelesen?«

Johanna nickte, woraufhin die Gräfin lächelte und ein wenig stolz in die Runde blickte. Doch Lemke fuhr herum. Seine Augen tanzten ziellos umher.

»Also sollen wir einfach darüber hinwegsehen, dass die Engländer uns mit ihrer Seeblockade aushungern? Dass Tausende in Berlin buchstäblich verrecken?«

Ein Brite vom Nachbartisch, der dem Gespräch seit einiger Zeit folgte, schaltete sich nun ein. »Ach, bereuen Sie es jetzt, dass Sie den Krieg begonnen haben?«, fragte er den Deutschen, und Lemke sprang sofort auf, schwankte, der General erhob sich dafür umso zackiger, seine Gesichtsfarbe ähnelte der seiner roten Ausgehuniform, der Alkohol ließ ihn sofort in Rage geraten. Mit geballten Fäusten hob er das Kinn, mit jeder Faser zum Kampf bereit.

Johanna, die zwar berauscht, aber bei Weitem nicht so betrunken war wie die zwei Streithähne, schnellte ebenfalls hoch, um dazwischenzugehen. Sie war immer noch die Tochter des Hauses.

»Verehrte Gäste … ich bitte Sie«, sagte Johanna, doch Lemke schob sie grob beiseite, holte aus – als ihn bereits die Faust des Engländers traf. Lemkes blonde Begleitung quiekte kurz auf, er wankte, fasste sich ins Gesicht, wie um zu prüfen, ob es noch da war, dann stürzte er sich auf den General. Johanna trat einen Schritt zurück, blickte zur Gräfin, die den Kampf mit einer Mischung aus Langeweile und Spott verfolgte. Sie legte ihre Zigarette im Aschenbecher ab und griff zur Champagnerflasche.

»Meine Herren!«, stieß sie überraschend laut hervor, als die zwei Raufbolde gegen einen Tisch torkelten und Gläser zu Bruch gingen.

»Spielen Sie draußen weiter. Hier ist neutraler Boden. Da darf jeder sein Geld verlieren.«

Die beiden ließen sofort voneinander ab, wie dressierte Äffchen. Im ganzen Raum herrschte Stille, alle starrten die zwei Männer an. Der Brite massierte seine Schlaghand und strich sich die Uniform glatt. Lemke fasste sich in den Mund und betrachtete anschließend seinen Zeigefinger, doch es war kein Blut zu sehen. Seine Begleitung schmiegte sich an ihn, er ergriff ihre Hand. Dann ertönte ein lauter Knall. Johanna und der Brite duckten sich instinktiv, Johanna hob schützend die Arme über den Kopf, Edoardo schmiss sich auf die Erde. Alle drei hatten Bomben- und Granatenhagel überlebt. Lediglich Lemke verzog keine Miene und sah die drei entgeistert an, genau wie seine Begleiterin und der Marquis.

Die Gräfin, mit der nun geöffneten Champagnerflasche in der Hand, wandte sich an Lemke: »Erstaunlich, dass Sie den Graben überlebt haben, Lemke. Duckt man sich dort nicht als Erstes, wenn's knallt?«

Die Frau an Lemkes Seite ließ seine Hand los – ein Frontmärchen hatte er ihnen aufgetischt! Sie rückte einen Schritt von ihm ab und sah ihn enttäuscht an. Der uniformierte Engländer kicherte amüsiert und setzte sich wieder an seinen Tisch. Lemke blieb nichts anderes übrig, als sich seinen Mantel zu holen und die Bar beschämt zu verlassen. Johanna und die Gräfin sahen ihm hinterher und tauschten einen belustigten Blick aus. Der italienische General Edoardo hatte sich wieder erhoben, übernahm die Flasche und schenkte der verbleibenden Runde ein. Die Gräfin nahm Johanna beiseite.

»Johanna, wir müssen reden«, sagte sie leise.

In ihrem Blick lag kein Spott mehr, keine Fröhlichkeit. Johanna blickte in ernste Augen.

»Was gibt es?«

Die Gräfin sah über Johannas Schulter und dann wieder in ihr Gesicht.

»Nicht hier. Können wir uns irgendwo unter vier Augen …«

»Johanna!«

Caduff. Die Stimme von Johannas Schwager schnitt der Gräfin das Wort ab. Er hatte die Bar betreten und blickte ein wenig erleichtert zu Johanna.

»Hier bist du! Komm, dein Vater hält gleich die Rede …«

Mit einem kräftigen Schlussakkord sorgte der Pianist für Aufmerksamkeit, Peter Gabathuler erhob sich, das Gemurmel im Saal verebbte langsam. Der Musiker verließ den Flügel, um der älteren Tochter des Curhausdirektors Platz zu machen – Mathilde betrat die Bühne, strich den Rock ihres Kleides zurecht und setzte sich auf den Klavierhocker. Vorn, am Bühnenrand, positionierte sich bereits die kleine Klara. Der Neunjährigen war die Aufregung deutlich anzusehen, verschämt winkte sie ihrer Tante Johanna zu, ein kurzes, scheues Handwedeln auf Bauchhöhe. Johanna winkte lahm zurück, versuchte zu lächeln und formte lautlos ein paar ermutigende Worte. Der Patriarch schlug gemächlich die Gabel einige Male gegen sein Weinglas und ergriff das Wort.

»Verehrte Gäste. Unten, in Europa, liegt die Welt im Krieg. Doch hier oben, bei uns in Davos, gibt es keine Nationen ...«, er hob sein Glas und prostete der Reihe nach den im ganzen Saal verteilten Schweizern, Deutschen, Franzosen, Italienern und Engländern zu – Konsulatsmitarbeiter, Generäle und Industrielle, die allesamt Gäste seines Curhauses waren, »... heute gibt es auch keine Klassen ...«, nun nickte er in gleicher Art den Soldaten am Rand des Raums zu, dann den Kellnern, die sich neben der Eingangstür versammelt hatten, und schließlich schenkte er dem Tisch mit den Krankenschwestern ein Lächeln, um den Satz zu beenden: »Und besonders an Weihnachten gilt es, uns in Erinnerung zu rufen: Wir alle sind Christen. Ich bin froh und stolz, dass wir hier und heute in Frieden und Eintracht gemeinsam feiern können.« Er hob das Glas, alle im Saal taten es ihm gleich. »Auf die Menschlichkeit, die uns miteinander verbindet. Prost, Santé, Salute, Cheers!«

Es wurde getrunken, und Johanna stürzte ihr Glas erneut in einem Zug hinunter. Ihr Zustand hatte nun alles Belebte verloren, der pulsierende Anfangsrausch begann einer bleiernen Trägheit zu weichen. Hinter ihrer Stirn spürte sie ein Stechen, sie schloss die Augen, was keine gute Idee war, schnell hob sie die Lider wieder, um den Schwindel loszuwerden. Sie fokussierte ihren Vater und wurde von einer eigentümlichen Traurigkeit erfasst. Wer war dieser Mann, der da den Christenmenschen mimte? Sie empfand fast Mitleid mit ihm. Ihr Vater hatte keine Ideale, für ihn zählte nur Ansehen, denn ohne Ansehen ließ sich mit einem Luxussanatorium kein Geld erwirtschaften, und für den guten Ruf war er sogar bereit, seine Enkeltochter zu opfern.

»Zum Ausklang unseres besinnlichen Mahls nun eine ganz besondere Einlage. Am Klavier: meine Tochter Mathilde, und es singt für uns Klara – der jüngste Spross unserer Familie.«

Bei den letzten Worten durchfuhr Johanna ein heller Schmerz, sie zuckte zusammen, doch niemand bemerkte es. In ihren Schläfen hämmerte das Blut.

Der jüngste Spross unserer Familie.

Mathilde begann zu spielen, dann erhob Klara die Stimme. Glockenhell erklang *Stille Nacht, heilige Nacht*.

Thanner griff nach Johannas Hand. Dieses Mal war sie nicht schnell genug und musste es geschehen lassen. Eine Zeit lang starrte sie das Tischtuch vor sich an, mustert die Soßenflecken und Brotkrümel, dann hob sie den Blick, drehte den Kopf und betrachtete das Profil des Mannes, an dessen Seite sie schon bald ihre Tage verbringen sollte. Er hatte die Augen geschlossen und hörte zu, ob ergriffen oder gelangweilt ließ sich nicht sagen, vermutlich dachte er über Anleihen und Zinsen nach. Sie sah hinüber zum Vater – auch er lauschte zufrieden, seine Augen ruhten voller Stolz auf der Enkeltochter, die Hände über seinem mächtigen Bauch gefaltet.

Als sie versuchte, ihre Hand zu befreien, um zum Weinglas zu greifen, umfasste Thanner sie fester und gab die Hand nicht frei, wie etwas, das er sich gekauft hatte und das für immer ihm gehörte.

Dies war der Moment, in dem Johanna aufgab. Sie konnte und wollte nicht mehr. Nichts mehr. Nicht hier sein, unter all den Verrätern, nirgendwo sonst. Sie griff mit der Linken zum Glas, führte es zum Mund, dabei wanderte ihr Blick über die Menschen im Saal.

»Nur das traute hochheilige Paar …«, sang Klara, während alles andächtig lauschte.

Johanna entdeckte Ilse von Hausner, die am Türrahmen bei den Kellnern lehnte und ihr mit einer Champagnerschale über die Köpfe der Gäste hinweg zuprostete. Sie nickte kaum merklich zurück, beide Frauen tranken. Dann verstummte der letzte Akkord, und das Publikum klatschte und jubelte, endlich ließ Thanner sie los, um ebenfalls lautstark zu applaudieren. Johanna bewegte langsam ihre Hände, wie ein Klatschen unter Wasser, ihre Schwester auf der Bühne erhob sich und trat nach vorn. Als Mutter und Tochter sich anlächelten, füllten sich Johannas Augen mit Tränen. Die kleine Klara schlang ihrer Mama die Arme um den Körper, vergrub erleichtert ihr Gesicht in Mathildes Kleid, weil alles gut gegangen war. Großvater Gabathuler erhob sich voll Stolz, er klatschte im Stehen, wischte sich eine Träne aus dem Augenwinkel und klatschte weiter. Als er sich umdrehte und sah, dass auch Johanna weinte, nickte er ihr wohlwollend zu, vielleicht war es sogar aufmunternd gemeint, denn er verstand nichts.

Nur Johanna, die hatte entschieden, was zu tun war.

*

Der Wind pfiff, noch immer wirbelten vereinzelt Schneeflocken durch die schwarze, heilige Nacht. Johanna trug keinen Mantel, trotzdem spürte sie die Kälte nicht. Bei Tag hatte man von hier oben den schönsten Ausblick, jetzt sah man lediglich die letzten Lichter von Davos in der Nacht leuchten. Langsam ging der kleine Kurort schlafen, auch die meisten Gäste waren zu Bett gegangen, das Personal bereitete das Sanatorium auf einen neuen Tag vor. Johanna stand vor dem Mäuerchen, welches die Dachterrasse säumte, und starrte in die Dunkelheit.

Im nächsten Moment schon stand sie auf der Mauer. Es war nur ein kleiner Schritt gewesen. Sie sah nach unten. Noch ein weiterer Schritt – und alles wäre vorbei. Das konnte ihr niemand verbieten.

Sie holte tief Luft.

Wie ihr Vater alles bereuen würde.

Wie Mathilde für den Rest des Lebens mit der doppelten Schuld leben müsste.

Einfach fallen lassen.

Hoch genug war es.

Sie dachte an Elli. Nur ein letztes Mal noch wollte sie an ihre Elli denken. An Ellis Vater Erich, den sie an der Front in Frankreich zusammengeflickt hatte. Elli würde nie vom Tod ihrer Mutter und dem ihres Vaters, der in Verdun gefallen war, erfahren, selbst wenn Johanna einen Abschiedsbrief hinterlassen würde – alle Verbindungen waren gekappt.

Doch müsste sie nicht zumindest für Thanner eine Nachricht hinterlassen? Eine, in der stand, wie abstoßend sie ihn fand? Und dass sie lieber sterben wollte, als mit ihm zu leben?

Egal.

Thanner war nicht wichtig.

Alles egal.

Es war vorbei.

Sie schloss die Augen, um sich in die Dunkelheit fallen zu lassen, da fragte eine leise Stimme: »Fräulein Gabathuler?«

Johanna fuhr herum. Es war eins der Dienstmädchen, das sie leicht verwundert und auch beschämt anschaute.

Das Adrenalin hatte sie wach, fast auf einen Schlag nüchtern gemacht. Johanna straffte sich.

»So schön, die stille Nacht hier oben«, versuchte sie sich zu erklären, dabei klopfte das Blut in ihrer Stimme, verriet ihre Erregung. So beiläufig wie möglich stieg sie von der Mauer und zeigte aufs nächtliche Davos. Das Mädchen nickte.

»Aber was machen Sie hier oben?«, fragte Johanna. »Sie haben doch sicher Besseres zu tun, als die Aussicht bei Nacht zu genießen?« Es klang schärfer, als sie wollte, sie sprach sonst nicht derart herablassend mit den Dienstmädchen. Aber für gewöhnlich hielten diese sie auch nicht davon ab, sich in den Tod zu stürzen.

Das Mädchen griff in ihre Schürzentasche.

»Verzeihen Sie, ich hatte Sie die Treppe hochgehen sehen, und die Frau Gräfin von Hausner hat mir soeben diese Nachricht für sie gegeben … und gesagt, dass es wichtig ist.«

Wir müssen reden.

Sie hielt Johanna ein Kuvert hin. Die griff danach.

»Danke. Sie können gehen.«

Erleichtert machte das Dienstmädchen einen Knicks und verschwand.

Sofort öffnete Johanna den Briefumschlag, darin ein einziger, gefalteter Bogen. Sie entnahm ihn und drehte sich dem kleinen, erleuchteten Fenster zu, um die geschwungene Handschrift der Gräfin lesen zu können. Und stutzte. Was dort stand, wollte sie nicht glauben, sie las es noch einmal, und noch einmal. Sie atmete die kühle Nachtluft tief ein – und dann las sie es noch einmal.

Ich weiß, wo dein Kind ist.
Treffen nach Morgenvisite, mein Zimmer.

*

Als sie wenig später die Tür ihres Zimmers schloss, überkam Johanna die Übelkeit wie ein Angriff aus dem Hinterhalt. Während sich der Speichel im Mund sammelte, hastete sie zum kleinen Bad, stieß die Tür auf, und gerade noch rechtzeitig schaffte sie es zur Toilette und übergab sich. Danach spuckte sie Reste von Entenfleisch aus, schmeckte die Fischsuppe und musste erneut würgen. Schwer atmend griff sie nach oben und spülte. Sie streifte die Handschuhe ab, mitsamt Verlobungsring, und ließ alles liegen, erhob sich und trank vorsichtig kühles Wasser direkt aus dem Hahn. Dann spülte sie den Mund aus und spuckte letzte Reste ins Waschbecken. In den Spiegel mochte sie nicht schauen. Johanna befeuchtete sich Wangen und Nacken, schloss die Augen, atmete. Auf dem Weg ins Bett schälte sie sich aus dem Kleid, ließ alles auf die Erde fallen, Ohrringe und Halskette, lediglich die Haarspange ihrer Mutter legte sie behutsam auf dem Nachttisch ab. Dann sank sie ins Bett. Morgen. Morgen würde sie erfahren, wo ihre Tochter war. Sie drehte sich auf den Rücken und deckte sich zu.

Doch Johanna konnte nicht einschlafen. Ihre Gedanken kreisten um Elli, sie musste hier weg, musste zu Elli, ihre Tochter nehmen und mit ihr den Albtraum verlassen, zu dem ihre Heimat geworden war. Nach Italien, Südfrankreich, Hauptsache, raus aus Davos und weg vom Krieg. Die Aussicht auf ein Wiedersehen hielt sie wach. Wo hatten sie ihre Tochter hingebracht? Vater hatte sie der Kirche übergeben, so viel hatte Mathilde verraten. Welches Waisenheim kam in Frage? In Chur gab es eins, in Landquart ebenso. Doch wieso wusste die Gräfin darüber Bescheid? War ein Geistlicher aus Chur oder Landquart im Sanatorium gewesen? Sie musste im Gästeverzeichnis und bei den Reservierungen im Restaurant nachsehen, ohne dass es jemand bemerkte. Vielleicht jetzt? Gerade als sie begann, im Strudel der Gedankenspiele in den Schlaf zu sinken, klingelte ihr Wecker. Wie von Warnsirenen aus der Nacht gerissen schreckte sie hoch. Es war sieben Uhr.

Lemkes Liste

Hinter den weißen Gipfeln kündigte sich leuchtend der neue Tag an, unten lag wie hingestreut eine Ansammlung weiß gepuderter Häuser: Die Kirche, der Bahnhof, die Curhäuser und Hotels, und am Rande des Orts die Höfe, in denen bereits Licht brannte – die restlichen Gebäude träumten noch.

Lemke hetzte durch die Morgendämmerung. Die Schuhe längst durchnässt, nicht gemacht für den ungeplanten Ausflug in die Berge. Hinter den Zacken am Horizont brach ein erster Sonnenstrahl hervor – doch Lemke hatte keinen Blick für das romantische Postkartenmotiv. Schwer atmend hielt er inne und sah sich um. Wurde er wirklich verfolgt? Und wenn ja – hatte er seinen Verfolger abgeschüttelt? In den Bergen würde ihn wohl kaum jemand vermuten.

Aber wahrscheinlich hatte er sich alles eingebildet, und der Mann war ihm heute Morgen nur zufällig zweimal kurz hintereinander begegnet.

Das inszenierte Streitgespräch mit dem englischen General, vor möglichst vielen Zeugen, das sich zu einer prächtigen kleinen Rauferei entwickelt hatte – Lemke und der Brite hatten ein überzeugendes Schauspiel abgeliefert, die Fortführung des Krieges zwischen England und Deutschland mit Fäusten. Nach dieser Szene würde doch niemand vermuten, dass er, Joachim Lemke, für die Gegenseite spionierte? Daher hatte es ihn zunächst nicht weiter beunruhigt, dass jemand seinen Weg kreuzte, in den frühen Morgenstunden, als er das Konsulat durch den Hintereingang verließ. Doch wenige Minuten später registrierte er denselben Mann an einer anderen Ecke der noch immer menschenleeren Stadt. Was, wenn er zum kaiserlichen Geheimdienst gehörte? Dann war Lemke in Lebensgefahr. Sie würden alles daransetzen, ihn aufzuhalten.

Wo konnte er hin? Irgendwo in Davos selbst oder in den umliegenden Dörfern musste die Entente ihre geheime Zentrale haben – niemand wusste, wo. Die Beauftragung und Bezahlung hatte er mit Zaire, dem Leibwächter von General Taylor, abgewickelt. Sie hatten kaum ein Wort miteinander gewechselt, fast alles war schriftlich gelaufen, die knappen Nachrichten, in denen die Bezahlung ausgehandelt wurde, hatte er direkt nach dem Lesen verbrannt.

Ein Drittel sofort, den Rest des Geldes bei Übergabe der Liste.

Lemke hatte am Vortag dafür gesorgt, dass in der Schreibmaschine des Konsuls ein frisches Blatt Blaupapier lag, das dieser bei der Erstellung eines Personalbogens benutzte, und für diesen Bogen Blaupapier, den Durchschlag einer Liste mit allen aktiven deutschen Spionen in der Schweiz, hatte die Entente ihm ein kleines Vermögen geboten. Die Informationen konnten den Kriegsverlauf entscheidend beeinflussen. Und dieses Blaupapier, auf dem alle Namen deutlich zu erkennen waren, trug er nun bei sich.

Wenn es ein Agent des Kaisers war, der ihn gesehen hatte, dann war seine Karriere im Konsulat, war sogar sein Leben als Deutscher Vergangenheit. Er würde nie wieder in sein Heimatland zurückkehren können. Sollte er nicht besser gleich hier in Davos, bei den Engländern, als politischer Flüchtling um Asyl bitten? General Taylor und seine Frau hatten im Cronwald ein ganzes Stockwerk für sich, abgesperrt und gut bewacht, unter anderem von Zaire.

Lemke rannte geduckt weiter. Endlich erreichte er das Fichtenwäldchen, schützend hielt er eine Hand vor die Augen und streckte den anderen Arm beim Laufen nach vorn. Hier würden seine Spuren schwer zu verfolgen sein, unter den Fichten lag kaum Schnee, erneut hielt er inne, um durchzuatmen. Er stützte sich auf den Knien ab, blickte zwischen den Stämmen hindurch ins Tal, in welchem das Örtchen nach und nach in Licht getaucht wurde und erwachte – da keifte ein Schuss durch den Morgen. Mit einem trockenen *FTUCK!* schlug das Projektil in einem Baumstamm neben ihm ein. Lemke rannte los, hetzte hakenschlagend davon, und als er das Wäldchen verließ, merkte er, dass er einen Fehler gemacht hatte: Vor ihm klaffte ein Abgrund. Er drehte sich um, wollte zurück in den Schutz der Nadelbäume, als ein Mann aus dem Schatten der Äste trat. Er ging langsam, schlenderte so gelangweilt wie zielstrebig auf Lemke zu, wie ein Hirte, der ein entwischtes Schaf zurück in die Herde treiben musste. Die Situation war so aussichtslos für Lemke, dass der Mann sich gar nicht erst die Mühe machte, die Waffe zu heben. Das war Franz Schmidt. Lemke erkannte ihn. Offiziell arbeitete Schmidt im Curhaus Cronwald – als Kellner hatte er noch letzte Nacht in der Bar des Sanatoriums Drinks serviert. Sein Atem ging erstaunlich ruhig, weiße Wolken, die aus seiner Nase stiegen und sich langsam im anbrechenden Licht des Tages auflösten. Auch Schmidt war einer der Namen auf der Liste. Inzwischen war er auf wenige Meter herangekommen. Erst jetzt hob er die Hand mit dem Revolver, als wäre dieser ihm gerade erst wieder eingefallen. Hinter Lemke der Abhang, vor ihm der Pistolenlauf. Er streckte die Arme in die Höhe.

»Verräterschwein«, sagte Schmidt mit ausdrucksloser Miene.

»Ich kann das alles erklären. Lassen Sie mich mit dem Konsul reden, ich …«, stammelte Lemke, doch der Agent unterbrach ihn, machte noch einen Schritt nach vorn.

»Halt's Maul und gib mir die Liste.«

Schmidt klang müde. Lemke wich zurück. Er sah über die Schulter, in die Schlucht. Keine Chance, da war nichts, nur die abfallende Felswand und weiter unten die schneebedeckten Wipfel der Tannen. Die Kante war nur einen Schritt entfernt. Schmidt kam noch näher.

»Wer hat dich beauftragt? Und wie viel Geld haben sie dir gezahlt?«

»Ich ... es ging mir nie ums Geld ...«

Lemke wusste, dass er ein guter Lügner war, denn darin hatte er Übung, also fuhr er fort. »Sie haben mir gedroht. Die Belgier. Sie haben meine Schwester in ihre Gewalt gebracht.«

Schmidt verzog keine Miene und senkte den Lauf der Pistole, sodass er jetzt direkt auf Lemkes Schritt zielte.

»Du hast keine Schwester. Und jetzt sag mir, wo die Liste ist. Oder soll ich dir erst die Eier wegschießen?«

Lemke, der die Hände noch immer erhoben hatte, nahm die Rechte vorsichtig herunter. »Ich hab sie hier ... in ... in der Innentasche«, stammelte er leise, bewegte die Hand langsam mit gespreizten Fingern in seinen Mantel – und riss sie rasch wieder hervor, darin eine Mauser. Doch bevor er auch nur zielen konnte, schoss Schmidt ihm in den Bauch. Lemke taumelte gekrümmt rückwärts und fiel. Schmidt trat nach vorn und blickte in die Tiefe. Die Felswand fiel einige Meter steil ab, dann wurde sie zu einem noch immer recht steilen Hang, auf den Lemke aufschlug und weiterrutschte, sich auf dem Weg nach unten einige Male überschlug und dabei Geröll und Schnee mit sich riss. Schließlich verlor sich der Körper im Dunkel des Gebüschs.

Schmidt starrte noch eine Weile nach unten, suchte den Abgrund Stück für Stück ab, nichts bewegte sich.

Der Verräter und die Liste waren Vergangenheit.

Der Spion im weißen Jackett

Eine Stunde später stand Johanna mit Professor Tschudi und zwei weiteren Schwestern am Bett von Helen Taylor. Der Gattin des britischen Generals sollten zwei Rippen entfernt werden, um einen gezielten Teilkollaps im unteren Bereich der Lunge herbeizuführen, was den Druck dauerhaft vermindern konnte. Rabiat – aber für Tuberkulosekranke eine enorme Entlastung.

Die Operation fand in den Gemächern der Taylors statt, oben im Sperrbereich, lediglich unter lokaler Betäubung. General Taylor hielt die Hand seiner Gattin, beiden wurde der Anblick ihres geöffneten Thorax mit Hilfe einer gespannten Stoffbahn erspart. Johanna hatte an der Front wesentlich Schlimmeres gesehen, abgetrennte Gliedmaßen, von Granatsplittern weggerissene Schädelplatten. Helen Taylor hätte beim Anblick ihres mit sauberen Schnitten geöffneten Körpers wohl vollständig das Bewusstsein verloren – Johanna fielen die Augen vor Müdigkeit zu. Der Vollrausch der gestrigen Nacht hatte einen dumpfen Kopfschmerz zurückgelassen, der über alles, auch ihre Bewegungen, ein schweres Tuch legte und sie im Ganzen verlangsamte. Sehr zum Missfallen von Professor Tschudi, der sie harsch anfuhr, als er wiederholt nach der Rippenschere, dem Tupfer oder der Schale verlangen musste. Wie in Trance reichte sie ihm das OP-Besteck. Und konnte an nichts anderes denken als an das bevorstehende Treffen mit der Gräfin.

Ich weiß, wo dein Kind ist.

Nach überstandener Vormittagsschicht und der sich endlos hinziehenden Morgenvisite eilte sie die langen Gänge des Klinikums entlang, vorbei an der bodentiefen Fensterfront, welche den Blick auf die Sonnenterrasse und das darunter gelegene Tal freigab. Auf der Terrasse der übliche Anblick: In Pelze und Decken gehüllte Kurgäste beim Bad in der Sonne, die ersten tranken bereits Champagner und behandelten ihre Lungenkrankheit mit Zigaretten. Als der Marquis ihr auf dem Gang entgegenkam, bereit zu einem kleinen Plausch, nickte Johanna ihm nur freundlich zu.

Schließlich kam sie vor dem Appartement der Gräfin zum Stehen, strich sich die weiße Schwesterntracht glatt, schob eine Strähne zurück unter die Haube, straffte sich und klopfte.

Niemand antwortete.

Sie klopfte erneut.

Wieder nichts.

Vorsichtig drückte sie die Klinke herunter und öffnete die Tür.

»Gräfin von Hausner …?«

Johanna betrat das Luxusappartement und sah sich um. Die Gräfin saß stumm in der Sofa-Ecke, neben ihr das Grammofon, auf dem Tisch ein aufgeschlagenes Buch, Briefe, der eiförmige Spucknapf aus blauem Glas, Ölgemälde an den Wänden. Alles wie immer. Bis auf die Gräfin. Die starrte sie bleich an, wie eine nachlässig gearbeitete Replik der Frau, die gestern noch die gesamte Bar in Schwingungen versetzt hatte. Irgendetwas stimmte nicht.

»Gräfin … geht es Ihnen nicht gut?«

»Johanna, ich …«

Sie sprach nicht weiter, denn die Tür zum Schlafzimmer ging auf, und heraus trat Franz Schmidt – einer der Kellner, der in der Bar des Curhauses arbeitete. Nur dass er nicht hier war, um Getränke zu servieren, sondern eine Pistole mit Schalldämpfer in der Hand hielt, die er auf Johanna richtete.

»Rüber da. Zu der Irren aufs Sofa.«

Sie sah erschrocken zur Gräfin. Die kniff die Lippen zusammen und nickte ihr zu, der Mund zitterte, in ihrem Blick glitzerte es. Johanna blieb stehen.

»Was soll das? Ist das ein ...«

Schmidt hob die Pistole.

»Ruhe und rüber da. Hinsetzen!«

War das ein Überfall? Wollte Schmidt die Gräfin ausrauben, und Johanna hatte ihn überrascht? Der Kellner wirkte seltsam unbeteiligt, was ihn bedrohlicher wirken ließ, als wenn er herumgeschrien hätte. Zu widersprechen wagte sie nicht, also ging sie hinüber zur Gräfin, die in diesem Moment heftig zu husten begann. Die arme Frau war von der Situation komplett überfordert, hatte alle Eleganz, alle Herrschaftlichkeit verloren. Der Husten steigerte sich, sie griff zu ihrem Spucknapf, und während Johanna sich setzte und schützend den Arm um ihre Patientin legte, nahm der Kellner auf dem Sessel gegenüber Platz.

»Was haben Sie mit ihr gemacht?«, fragte Johanna.

Statt zu antworten breitete er mit einer Hand Fotos auf dem Salontisch aus, die Pistole weiterhin im Anschlag. Johanna erkannte Professor Tschudi, Schwester Bigna – und sich selbst. Beim Verlassen des Sperrbereichs im dritten Obergeschoss. Ein anderes Bild zeigte sie im Gespräch mit dem Leibwächter der Taylors, Zaire, der ihr Rotkreuz-Köfferchen durchsuchte, wie er es vor jeder Visite zu tun pflegte. Offenbar waren die Fotos heimlich geschossen worden, man sah alles aus einem seltsamen Blickwinkel, leicht von unten. Unscharf ragte das immer gleiche Blattwerk in jedes Bild – die Kamera war in einem Blumentopf auf dem Gang versteckt worden. Das war kein Überfall. Schmidt, der Deutscher war, observierte die

Taylors. Und sicher nicht als Privatdetektiv. Er musste zum Geheimdienst gehören.

»Du behandelst mit Professor Tschudi Helen Taylor. Die Frau des britischen Major Generals.«

Johanna nickte. Sie war jetzt hellwach. In ihr arbeitete es. Die Gräfin hatte ihr helfen wollen, wusste angeblich, wo Elli war. Hatte mit ihrer Nachricht Johannas Sprung vom Dach verhindert, sie zu sich ins Zimmer bestellt, doch nun wurden sie hier gemeinsam von einem Agenten bedroht – und von Elli war keine Rede mehr. Schlimmer noch: Wenn der Gräfin etwas zustieß, würde Johanna nie erfahren, wo ihr Kind war.

Sie sah von den Fotos auf und blickte Schmidt an. Der schien auf eine Antwort zu warten. Hatte er sie gerade etwas gefragt? Er hob die Waffe, ein paar Zentimeter nur, und fuhr fort. »Der General geht heute Abend zum Curling-Turnier in die Stadt. Und du siehst wie üblich um 20 Uhr nach seiner Frau. Richtig?«

Johanna nickte.

Nun griff Schmidt ohne hinzusehen in seine Umhängetasche, holte ein Fläschchen und eine kleine Kamera heraus.

»Beim Verabreichen ihrer Medizin gibst du ihr dieses Schlafmittel. Wenn du sicher bist, dass sie eingeschlafen ist, gehst du zum Sitzungszimmer. Dafür brauchst du den Generalschlüssel deines Vaters.«

Johanna starrte ihn an. Sie sollte den britischen General ausspionieren? Für Deutschland?

»Aber … nein. Wieso sollte ich das tun?«, fragte sie.

Schmidt starrte sie ein paar Sekunden an, als hätte er die Frage nicht verstanden.

»Sie werden«, sagte er nur und wollte gerade fortfahren, als ein zunächst bellender, dann keuchender Husten die Gräfin durchschüttelte. Sie erhob sich, griff nach dem blauen

Heinrich, öffnete den Deckel und hustete hinein. Als sie den Spucknapf zurück auf den Tisch stellte, registrierte Johanna, dass sie dabei den Brieföffner im Ärmel ihres Morgenmantels verschwinden ließ, bevor sie zurück aufs Sofa sackte. Was hatte die Gräfin vor? Wollte sie wirklich versuchen, den Mann zu überwältigen? In ihrem Zustand? Wenn Schmidt ein Spion war, dann hatte er sicherlich Militärhintergrund – eine Tuberkulosekranke mit einem Brieföffner würde ihm kaum gefährlich werden. Johanna versuchte einzuschätzen, ob es ihr gelingen könnte, den Mann zu entwaffnen, doch er saß zu weit entfernt, und auch wenn sie im Krieg einiges an Elend gesehen und erlebt hatte – gekämpft hatte sie nicht.

Aus dem Augenwinkel warf sie einen kurzen Blick auf die Gräfin und zwang sich dazu, ruhig und tief zu atmen, die Kontrolle zu gewinnen.

Schmidt tippte auf ein Foto des Sitzungszimmers, das von außen durchs Fenster aufgenommen worden war, die Gitterstreben des gesicherten Raums waren unscharf zu erkennen.

»Unter dieser Büste des englischen Königs hat Taylor den Schlüssel für den Tresor versteckt. Öffne ihn und fotografiere Taylors Kalender ab. Termine, Kontakte, alles.«

»Ich fürchte … ich kann das nicht tun. Wenn ich erwischt werde, dann …«

Schon wieder musste die Gräfin heftig husten und würgen, Schmidt ignorierte sie und starrte Johanna an. Die Gräfin krümmte sich, erhob sich und wankte, suchte Halt, der Spucknapf fiel auf den Tisch und zerbrach, Schmidt musterte mit angewidertem Blick das sich ausbreitende Sputum, dessen gelbliche Farbe nun deutlich zu erkennen war, die Gräfin nutzte den Moment, um sich mit dem Brieföffner in der Faust auf ihn zu stürzen. Schmidt wich geschmeidig aus und schlug ihr mit der Rückhand ins Gesicht. Ein heller Schrei entfuhr ihr, der Brieföffner flog durchs Zimmer, die Gräfin fiel zu Boden, wo sie wimmernd liegen blieb und vorsichtig ihre Lippe betastete.

Johanna sprang auf, um ihr zu helfen, doch Schmidt befahl: »Sitzen bleiben!« – er erhob sich und hielt Johanna mit der Waffe in Schach.

»Wir beobachten dich. Ein Wort zur Polizei …«, und jetzt richtete er die Waffe auf die Gräfin, »und deine Lieblingspatientin ist tot.«

Ein Stück Kaiserreich

Der Zugang zum Kommandoraum des deutschen Geheimdienstes befand sich im Hinterhof eines kleinen Hutgeschäfts. Die enge Gasse nahmen nur Einheimische, um zu ihren Wohnungen zu gelangen, und die Tür zur geheimen Zentrale war lediglich über eine Treppe zu erreichen, die an der Rückseite des Ladens ein paar Stufen nach unten führte. Sobald man die Stufen hinabgestiegen war, den engen Gang durchschritten hatte und die schwere Tür geöffnet hatte, war man in einer anderen Welt. Als wäre ein Stück des Deutschen Kaiserreichs inmitten der Schweizer Berge installiert worden. Im Grunde hatte man auch genau das getan: Die Fahnenstange mit der Reichsflagge stand in der Ecke, die Wände waren behängt mit Dolchen, Messern und Schusswaffen dekorativer Natur, in den Regalen lagerten die Pistolen und Handgranaten, die für den Gebrauch gedacht waren. Zwischen einer Landkarte des Deutschen Reichs und einer topografischen Karte der Schweiz wachte Kaiser Wilhelm II. – verewigt in Öl, die Schnurrbartenden frech in die Höhe gezwirbelt, die Brust behängt mit zahlreichen Orden.

»Joachim Lemke?«, fragte Konsul Ole zu Esteburg erstaunt, als Schmidt seinen knappen Bericht beendet hatte. »Wer hätte das gedacht. Aber gut. Dann ist diese undichte Stelle gestopft.«

Er zog an seiner Pfeife, und während er gemächlich Qualm aus seinen Mundwinkeln aufsteigen ließ, dabei sorgenvoll die vor ihm ausgebreitete Europakarte betrachtete, griff er nach einer kleinen, blauen Kanone und rollte sie vor und zurück, vor und zurück, immer wieder. In der Ecke ratterte der Telegraf. Auf der Karte waren die Stellungen der Entente und der Mittelmächte mit vielen solcher Miniaturkanonen markiert, die Mittelmächte in Rot. Er stellte die blaue Kanone zurück nach Frankreich.

»Im Westen stocken die Franzosen und Engländer ihre Truppen auf. Und im Osten halten uns die Russen das Messer an den Hals.«

Düster blickte der Konsul auf.

»Wann beginnt Ihre Mission mit Johanna Gabathuler?«

Schmidt öffnete den Mund, um zu antworten, dann hielt er inne und blickte an zu Esteburg vorbei. Seine Vorgesetzte hatte den Raum betreten.

»Noch heute Nacht«, raunte sie, wie ein Versprechen, das sie einem Liebhaber gab.

Der Konsul fuhr herum.

Die Gräfin fuhr mit der Zunge über den Riss in ihrer Lippe. Sie lächelte.

»Das war gute Arbeit, Franz.«

Schmidt lächelte zurück.

»Das mit Lemke allerdings nicht. Wir brauchen die Liste mit unseren Identitäten, sonst sind wir erledigt«, fügte sie hinzu.

Zu Esteburg sah ebenfalls zu Schmidt.

»Da hat sie recht. Wir können nur hoffen, dass er sie bei sich trug. Aber ich brauche Gewissheit. Ich lasse über einen Mittelsmann die Ausrüstung für den Abstieg besorgen. Sie müssen sich abseilen, den Leichnam durchsuchen und die Liste sicherstellen.«

Schmidt nickte.

Der Konsul wandte sich an die Gräfin. »Und Sie glauben, die Krankenschwester schafft das?«

»Ich glaube, sie wird von allen unterschätzt.«

»Das reicht mir nicht. Sie observieren den Einsatz heute Abend von außen. Sollte sie gefasst werden, muss verhindert werden, dass sie redet.«

Schmidt nickte erneut, ging zum Regal und nahm ein Fernglas und den Koffer mit dem Scharfschützengewehr heraus. Konsul zu Esteburg zog an seiner Pfeife und blies Qualm in Schmidts Richtung.

»Machen Sie keine Sauerei.«

Die Kriegshure

Johanna beobachtete, wie das Personal im leeren Saal die Tische für das Abendessen deckte. Frische, weiße Tischtücher wurden überall aufgelegt und glattgezogen, Teller, Besteck und gefaltete Stoffservietten platziert, die Stühle abgewischt. Das Gespräch zwischen Mathilde und ihrem Vater zog ungehört an ihr vorüber. Die kleine Klara beteiligte sich ebenso wenig an der stockenden Unterhaltung, die immer wieder von langen Momenten der Stille durchzogen war. Es gab Gerstensuppe mit geräuchertem Schweinebauch, Speck und Bündner Fleisch. Johanna hielt ihren Suppenlöffel, ihn zu benutzen kam ihr nicht in den Sinn.

»Johanna. Was ist los?«, fragte ihr Vater. Als wäre er an ihrem Wohlergehen interessiert! Warum saß sie überhaupt noch hier, mit ihm und Mathilde? Für ihren Vater war ihre Schwangerschaft lediglich ein Problem gewesen – eines, das er aus der Welt geschafft hatte. Seine Enkeltochter hatte er nicht eines Blickes gewürdigt. Johanna erinnerte sich daran, wie vernarrt er damals in die kleine Klara gewesen war, wie er sie stolz umhergetragen und sich darum gerissen hatte, ihr den Nuckel geben zu dürfen. Vermutlich deshalb hatte Johannas Kind für ihn weder Namen noch Gesicht bekommen dürfen – damit sie für ihn gar nicht erst zur Enkeltochter wurde. Nur so hatte er das Thema abhaken können. Und nun fragte er sich allen Ernstes, warum es seiner Tochter schlecht ging.

»Du bist so still.«

Du hat mir meine Elli weggenommen, zwingst mich, einen Widerling zu heiraten, und der deutsche Geheimdienst will, dass ich den britischen General ausspioniere, sonst töten sie Ilse von Hausner, die einzige Frau, die in mir einen Menschen zu sehen scheint.

»Nichts. Ich bin nur ein wenig müde.«

Damit schien sich der Patriarch zufriedenzugeben, er schlürfte weiter die Suppe vom Löffel, um sich dann dem trockengelegten Fleischbrocken zu widmen. Johanna hielt ihren Löffel fest und rührte sich nicht. Sie beobachtete Klara. Am liebsten hätte sie es ihr gleichgetan: Das Kind ahnte nichts vom Übel der Welt, leise summend schob es die Bohnen auf den Rand des Tellers, dann begann Klara die Selleriewürfel aus der Suppe zu fischen und auf der anderen Seite des Tellerrands zu sammeln. Ihre Mutter, Mathilde, hatte den Teller bereits leer gelöffelt. Johanna beobachtete, wie ihre Schwester mit nach unten gezogenen Mundwinkeln einen letzten, dicken Speckwürfel mit dem Daumen auf den Löffel stupste – so hatte sie es schon immer gemacht. Eine Geste, so vertraut, dass genug Erinnerung daranhing, um die Wut für den Moment von Johanna fernzuhalten.

Als Mathilde bemerkte, dass Johanna sie anstarrte, hob sie den Kopf. Sie sahen sich in die Augen, und Johanna schickte ihr tiefe Traurigkeit hinüber. Mathilde war kein gefühlskaltes Monster, sie hielt dem Blick stand und nahm den Schmerz ihrer Schwester in sich auf. Bevor sie den Löffel in den Mund schob, sah sie zum Vater und sagte: »Johanna will den Thanner nicht heiraten.«

Einfach so sprach ihre große Schwester es für sie aus. Johanna wäre gar nicht auf die Idee gekommen, das zu tun, so unumkehrbar war der Entschluss des Vaters. Eine Auflösung der Verlobung? Undenkbar, ein Skandal, von dem sich das Curhaus nur schwer erholen würde.

Gabathulers Löffel machte auf halber Strecke zum Mund halt. Er musterte erst Mathilde, dann die vor sich hin starrende Johanna.

»Ich auch nicht«, sagte Klara und grinste ihre Tante an. Johannas kleine Komplizin. Sie lächelte dankbar zurück. Drei gegen einen. Doch das Familienoberhaupt schmiss entnervt den Löffel in den Teller. Die drei zuckten zusammen. Er drehte sich zu Johanna.

»Wir hatten eine Abmachung«, entfuhr es ihm eindeutig zu laut, wie er selbst umgehend bemerkte. Das Personal ließ sich nichts anmerken und ging weiter seiner Arbeit nach, doch Johanna war sich sicher, dass sie nun ganz genau zuhörten. Sie erwiderte seinen Blick, sagte nichts und wartete ruhig ab, sah zu, wie ihr Vater die Hände aufstützte und seinen Kopf in die Tischmitte schob. Mit gedämpfter Stimme fuhr er fort.

»Du durftest nur zu deinem Rotkreuz-Einsatz in den Krieg, weil du eingewilligt hast, anschließend zu heiraten. So war es besprochen – und dabei bleibt es!«

Er hatte ihr so vieles durchgehen lassen als Kind, sie war immer sein Liebling gewesen. Ein letztes Mal musste sie es probieren.

»Papa, wie war das damals bei Mama und dir? Hat sie dich aus Liebe geheiratet? Oder weil du eine gute Partie warst?«

Sein Gesicht rötete sich, der Blick wurde düster. Mathilde blickte mit weit aufgerissenen Augen zu ihrer Schwester.

»Lass deine Mutter aus dem Spiel«, sagte er langsam, allerdings klang es wie eine Bitte, nicht wie ein Befehl. Sein Schnurrbart zuckte kurz, bevor er fortfuhr. »Unsere gesamte Existenz steht auf dem Spiel – das Cronwald, der Ruf unserer Familie, alles! Du musst das für uns tun, Hänneli. Es geht nicht anders.«

Hänneli. So hatte er sie seit Jahren nicht mehr genannt.

Ohne seinen Blick von ihr abzuwenden, erhob er sich und

schob leise den Stuhl an den Tisch. Dann sah er zur kleinen Klara.

»Klara, du wolltest mir doch zeigen, was du gestern gestickt hast. Komm!«

Er ging einfach los, sodass Klara sich beeilen musste, um ihn einzuholen. Johanna blickte den beiden hinterher, Großvater und Enkelkind, beobachtete, wie Klara ihren Opa einholte und die beiden plaudernd den Saal verließen. Mathilde legte ihre Hand auf Johannas, die immer noch den nutzlosen Löffel hielt. In ihrem Blick lag aufrichtiges Mitgefühl.

»Johanna. Ich kann dich doch verstehen.«

Mathildes Daumen streichelte Johannas Handrücken. Sie suchte nach Worten. »Aber du hast Papa gehört ... wir ... wir haben Schulden. Wir brauchen die Hilfe des Großrats, sonst geht unser Cronwald bald Konkurs. Seine Expertise als Finanzier, seine Beziehungen ... und nicht zuletzt sein Geld. Ohne Thanner steht bald unser gesamtes Personal auf der Straße. Und wir mit ihnen!«

Johanna antwortete nicht. Nur den Löffel legte sie endlich weg. Ein Vortrag über Pflichterfüllung und Selbstaufgabe war das Letzte, was sie jetzt brauchte. Doch ihre Schwester fuhr unbeirrt fort.

»Der Großrat sieht gut aus ...«

Johanna entfuhr ein spöttisches Lachen. Sie musste an die rosigen Lippen und die Mäusezähnchen Thanners denken.

»... und er hatte schon immer ein Auge auf dich geworfen. Er vergöttert dich geradezu. Bei den anstehenden Wahlen hat er gute Chancen auf einen Sitz im Nationalrat. Dann bist du Frau Nationalrat! Worüber willst du dich noch beschweren?«

Mit voller Wucht kam die Wut zurück, brandete in Johanna auf, und sie schlug unvermittelt mit der flachen Hand auf den Tisch. Mathilde erschrak heftig und blickte sie fast ängstlich an.

»Worüber ich mich beschwere?«, zischte Johanna. »Ihr habt mir meine Tochter weggenommen!«, und Mathilde sah sich hektisch um. Die Dienstmädchen waren inzwischen fertig, das letzte verließ mit einem Servierwagen den Saal und schloss taktvoll die Tür. Trotzdem antwortete Mathilde nun besonders leise. Sie klang schuldbewusst.

»Ich dachte, wenn das Kindchen erst mal da ist, lässt Papa dir das sowieso wieder durchgehen. So wie er dir immer alles hat durchgehen lassen!«

»*Du dachtest, du dachtest* … du hast mich verraten, Mathilde! Deine eigene Schwester!« Johanna war jetzt egal, ob jemand an der Tür lauschte. Die Lust, alles herauszuschreien, ganz Davos, die ganze Welt wissen zu lassen, dass sie eine uneheliche Tochter hatte und Großrat Thanner niemals heiraten würde, ließ sich kaum mehr kontrollieren.

»Aber es ging doch gar nicht anders! Du warst ja schließlich nicht verheiratet, als du dich mit diesem deutschen Soldaten eingelassen hast.«

Mathilde war weiterhin bemüht, die Lautstärke gering zu halten.

»Ich habe Erich geliebt!«, rief Johanna. Die Erinnerung an ihre erste große Liebe und ihr tragisches Ende ließen jetzt die Tränen laufen. Wenn sie doch noch schnell geheiratet hätten. Dann wäre sie, zumindest offiziell, auf dem Papier, eine Witwe gewesen. Ein dämliches Stück Papier hatte gefehlt.

»Das nützt dir vor dem Richter auch nichts. Dein Erich ist tot! Und ein Balg würde so oder so unter Vormundschaft gestellt. Das Kind gehört dir nicht – so ist nun mal das Gesetz! Papa schützt dich, begreif das doch endlich! Welcher rechtschaffene Mann würde eine wie dich noch nehmen?«

»Eine wie mich? Was bin ich denn? Nenn mich doch gleich Kriegshure …«

»Ja …«, Mathildes Stimme bebte, nicht vor Zorn, nein, vor

Scham und Trauer, »… das bist du. Eine … Kriegshure. Und nur dank Papa weiß das niemand!«

Johanna lehnte sich zurück, verschränkte die Arme und hob das Kinn. Die Gedanken rasten.

»Vielleicht erzähl ich Thanner von Elli. Mal schauen, was passiert.«

Sie stellte sich das Gesicht des Großrats dabei vor und musste laut auflachen. »Oder ich hau ab!«

Ja. Abhauen. Lieber heute als morgen. Sie schloss die Augen. Nur weg.

»Hör doch auf! Als angehende Frau Großrat kennt dich jeder. Du hast kein eigenes Geld, man wird dich überall finden.«

Da hatte Mathilde leider recht. Ihr Plan war bisher nicht besonders ausgefeilt. Wenn man sie erwischen würde – nun, die Gesetzeslage war klar.

Mathilde lehnte sich ebenfalls zurück und presste die Lippen aufeinander. Dann fügte sie eindringlich hinzu: »Papa kann dich entmündigen lassen! Willst du noch im Irrenhaus enden?«

Der Gedanke hatte etwas seltsam Beruhigendes. Johanna sah Mathilde an und doch durch sie hindurch, wohin, wusste sie selbst nicht. Sie nickte und sagte leise: »Ja … ins Irrenhaus. Vielleicht gehöre ich da hin.«

Johanna Gabathuler: Von den Bergen an die Westfront

Johanna keucht, die Maschinengewehre rattern, der Soldat stöhnt. Schwester Ariane hat die Trage vorn gepackt, Johanna umklammert die hinteren Griffe, sieht nur Arianes Rücken, den schmutzigen Nacken und wie sie beim Artillerie-Gedonner den Kopf einzieht. Der Soldat blutet stark, die Uniform ist am Bauch dunkel eingefärbt. Er verbirgt das Gesicht hinter dem einen Arm, mit der anderen Hand sucht er kraftlos tastend die Stelle, an der ihn die Kugel erwischt hat. Wenn sie könnten, sie würden hetzen, doch der schlammige Boden bremst, außerdem sind sie schon längst am Ende ihrer Kräfte. Seit Wochen geht das so, jeder Tag gleich, jeder Tag ein Albtraum. Johannas Hände schwitzen, sie kann die Trage kaum noch halten, ihr rechter Fuß bleibt im Morast stecken, Schüsse, Schreie, sie stolpert, da entgleitet ihr der Griff. Die Trage gerät in Schieflage, und der Soldat droht herunterzurutschen, in den Matsch, gerade noch kann sie nachfassen, der Ruck schüttelt ihn durch, er stößt einen Schrei aus. Weiter geht es, weg, nur weg hier, weg von der Front, ins Zeltlazarett, wenn seine Blutung nicht bald gestoppt wird, dann ist auch er *gefallen*, wieso sagt man nicht *gestorben*, wieso heißt es nicht *getötet*, so viele, Tausende, Hunderttausende, und wer zählt all die Toten? Als sie ankommen, werden Lager und Zelt bereits abgebaut, ein Befehl wird gerufen, *Rückzug! Evakuieren!*, Soldaten, die ihre verletzten Kameraden stützen, fliehen vor den anrückenden Franzosen und den niedergehenden Granaten.

»Wo ist Dr. Weiss?«, ruft Johanna verzweifelt.

Sie hieven den Soldaten auf den Operationstisch, er schreit auf.

»Ich suche ihn«, sagt Ariane und verschwindet.

Johanna ist allein mit dem jungen Mann, sein Gesicht voll Schmutz und Blut, nur wo die Tränen herunterlaufen, sind zwei saubere Spuren ins Gesicht gezeichnet. Johanna bereitet alles vor, öffnet die Uniform mit der Schere. Der Soldat sieht sie an.

»Wie heißt du?«, kommt es kraftlos über seine Lippen.

»Johanna.«

»Ich will nicht sterben, Johanna.«

»Wirst du nicht. Wie heißt du?«

»Erich. Ich bin Erich.«

Sie nimmt seine Hand. Ganz warm ist sie und überraschend weich, zu weich für diesen Krieg, in dem alles rau und spitz und schartig ist.

»Erich, ich lass dich nicht sterben.«

Granateneinschläge, ganz nah. Wieder Schreie, Schmerzen und Befehle, immer wieder Salven von Maschinengewehren, die wahllos ihre Munition verstreuen. Diese Wahllosigkeit, Granaten hierhin, Geschosse dorthin, flächendeckend, Chlorgas mit dem Wind hinüberschicken, es wird schon jemanden treffen. Ariane kommt zurück, ohne Dr. Weiss. Sie beginnt in großer Hektik, Material einzupacken.

»Jetzt komm! Rückzug!«, ruft sie.

»Wir müssen seine Blutungen stoppen.«

Johanna hat Verbandszeug gefunden und drückt es auf die Wunde.

»Der Doktor hat entschieden – wer keine Chance hat, die Flucht zu überstehen, muss bleiben.«

Erich wirft Johanna einen flehenden Blick zu.

»Aber dann stirbt er qualvoll und allein«, sagt Johanna.

»Er hält uns nur auf! Und wenn wir noch länger bleiben, gehen wir auch drauf und retten niemanden mehr!«

»Er hat Schmerzen, willst du ihn einfach so hierlassen?«

»Gib ihm halt Morphin! Wir müssen weg!«

Ariane wirft hektisch OP-Besteck, Verbandszeug, Morphin und Spritzen in einen Koffer.

»Bitte!«, fleht Erich.

»Zieh eine Spritze auf, Ariane.«

Ariane hält inne, verzieht den Mund, doch dann tut sie, wie ihr geheißen.

Johanna setzte Erich die Spritze.

»Jetzt wird es gleich besser.«

Sie nimmt seine Hand und streichelt mit der anderen darüber, dann greift sie sich frisches Verbandszeug. Das Blut läuft weiter aus der freiliegenden Wunde. Johanna wischt es weg, betrachtet das Einschussloch.

»Skalpell«, sagt sie zu Ariane.

»Was?!«

»Skalpell! Los.«

Johanna hält ihr fordernd die Hand hin.

»Aber … das darfst du nicht! Ohne Arzt! Bist du verrückt geworden?«

Wieder ertönt das Donnern schwerer Granaten. Ariane duckt sich.

»Gib her.«

Ariane reicht ihr zögerlich das Skalpell.

»Du hast das noch nie gemacht.«

»Wir haben oft genug zugesehen.«

Erich blickt Johanna fiebrig an.

»Wie schön du bist.«

Er lächelt.

»Willst du mich heiraten?«

Das Medikament beginnt zu wirken.

Johanna lächelt zurück. Er ist vermutlich ein hübscher Kerl unter all dem Elend. Sie setzt das Skalpell an.

»Ich werde jetzt …«

Doch Erich hat bereits das Bewusstsein verloren. Und auch Johanna hört kein Artilleriegeschütz mehr, hört keine Schreie, keine Schüsse, aber sie ist nicht benebelt, im Gegenteil, sie ist ganz bei sich, fokussiert, hellwach. Sie hat es so oft gesehen in den letzten Wochen, sie weiß genau, was zu tun ist, und als sie nun das Skalpell ansetzt und die Wunde erweitert, fühlt es sich genauso an, wie sie es sich vorgestellt hat: Die Klinge gleitet ohne Widerstand durch die Haut, das Fleisch gibt nach, alles geschieht wie im Traum.

»Klemme.«

Ariana reicht ihr die Klemme, mit der Johanna die Wunde fixiert.

»Pinzette.«

Sie führt den Zeigefinger der Linken vorsichtig in die Öffnung ein, langsam, immer tiefer, bis sie den Widerstand spürt, den Fremdkörper, auch das Gefühl ist ihr durchs reine Zusehen schon wie vertraut. Mit den Spitzen der langen Pinzette umfasst sie das Projektil, einmal rutscht sie ab, dann bekommt sie die Kugel zu packen und holt sie langsam und behutsam heraus. Blutig glänzt das Metall, Ariane schaut sie an, beeindruckt. Eine Granate schlägt so nah beim Zelt ein, dass die Druckwelle die Stoffwände aufbläht und eine Welle modriger Luft, satt von Pferdekadavern, feuchter Erde und Schießpulver, hereinschiebt. Johanna entfernt die Klemme, wischt über die Wunde. Ariane hat mitgedacht und hält ihr eine Nadel hin, der Faden bereits eingefädelt. Mit sicheren Stichen, als hätte sie seit Jahren nichts anderes gemacht, vernäht Johanna die Wunde und verknotet den Faden, wie sie es so oft bei Dr. Weiss und den anderen Ärzten gesehen hat. Die zwei Krankenschwestern tauschen einen Blick, doch Zeit für anerkennende Worte bleibt nicht, Ariane beginnt sofort, alles wieder in den Koffer zu packen, bereit für den Rückzug – da kommt Dr. Weiss ins Zelt gehetzt. Sein Kittel ist blutverschmiert, die tief liegenden Augen eilen umher, alle Bewegungen hektisch und doch ohne Kraft.

»Zum Henker, Johanna! Was tun Sie noch hier?!«

»Dr. Weiss, tut mir leid, ich …«

Der Doktor schiebt sie grob zur Seite, fühlt den Puls, öffnet die Augen des Soldaten mit Daumen und Zeigefinger, prüft die Wunde. Sie hat aufgehört zu bluten. Dann sieht er Johanna an.

»Haben Sie das gemacht?«

»Ja.«

Er nickt, dreht sich um und ruft zwei Sanitätssoldaten zu sich, die draußen mit einer Trage entlanglaufen, um verletzte Kameraden zu evakuieren.

»Ihr da, ihr Soldaten! Herkommen! Der hier kommt noch mit!«

Dr. Weiss wendet sich Johanna zu.

»Von jetzt an werden Sie operieren.«

»Wie …? Ich …«

Doch Dr. Weiss treibt alle zur Eile.

»Los! Los! Los!«

Noch einmal sehen sich die zwei Schwestern an, Johanna genießt die Bewunderung, die in Arianes Blick liegt, wenn auch nur kurz. Und während die Granaten niedergehen und die Welt um sie herum zertrümmert wird, schlägt Erich die Augen auf. Johanna streicht ihm über die Wange.

»Es wird alles gut, Erich.«

Benebelt blickt er Johanna ins Gesicht, bis die Soldaten ihn auf die Trage hieven. Ob er versteht, was geschieht, weiß Johanna nicht, doch sie meint, so etwas wie ein Lächeln in seinem Gesicht gesehen zu haben. Erich lebt. Wird leben. Wegen ihr. Für einen kurzen Moment, den ihr niemand mehr nehmen kann, empfindet sie Glück, großes Glück.

*

Johannas Notoperation bleibt nicht ohne Konsequenzen. Als die Etappenkommandatur Dr. Weiss beauftragt, in einer leer stehenden Zuckerfabrik ein Hospital mit Operationssaal einzurichten, sorgt er dafür, dass Johanna gemeinsam mit ihm dorthin versetzt wird. Das Fabrikgebäude liegt außerhalb der Reichweite der feindlichen Artillerie, als fernes Grollen bleibt die Front jedoch dauerhaft Gast in den Gedanken. In den Träumen sowieso. Typhus, Tetanus und Tuberkulose fressen sich durch die Hallen mit insgesamt vierhundert Pritschen, die so dicht nebeneinanderstehen, dass man gerade hindurchkommt. Der Operationssaal verdient diesen Namen nicht, früher wurden in diesem Teil der Fabrik die Zuckerrüben gewaschen, heute amputiert man erfrorene Füße und flickt die von Granatsplittern zerstörten Gesichter notdürftig zusammen.

Johanna operiert jetzt täglich. Ununterbrochen. Wenn Opium und Morphium knapp werden, muss sich mit Kaltwaschungen beholfen werden, manchmal mit Schnaps, doch auch der ist knapp. Schmerzen werden überwiegend einfach ertragen. Die Operationswäsche wird per Hand gekocht, seit die Waschmaschine streikt, der Sterilisationsapparat braucht zwei Stunden, bis das Besteck wieder einsatzfähig ist, irgendwann wird es nur noch in eine Wanne mit kochend heißem Wasser geworfen.

Johanna sägt ab, was nicht mehr zu retten ist, näht zusammen, was nie wieder wirklich zusammenwachsen wird, denkt an die Heimat, denkt an Mathilde und an Vater, an das Versprechen, das sie ihm geben musste. Er war selbstverständlich dagegen, dass seine hübsche Tochter in den Krieg reist, nur um ein paar armen deutschen Burschen im Feld zu helfen. Aber da sie ihm versprach, danach zu heiraten, hat er sie gehen lassen. Um in ihrer Abwesenheit einen gutsituierten Gatten für sie zu finden. Sie will nicht daran denken, sie denkt lieber an Erich. Ob er wieder gesund wird? Und dann? Manche verletzen sich absichtlich, kein Soldat will wieder zurück ins Feld. Die Kriegsbegeisterung lebt nur in denen weiter, die nicht selbst kämpfen müssen. Johanna hört die Soldaten schreien, klagen, schluchzen, viele sind noch jünger als sie, Johanna sitzt an Betten, Johanna hält Hände, Johanna weint mit den Kameraden, weint allein.

Gustav mussten beide Beine abgenommen werden. Sein großer Bruder ist gefallen, der kleine Bruder gerade eingezogen worden, die Mutter liegt im Sterben. Er will nach Hause. Er wird nicht nach Hause kommen.

Ein anderer, Hans, hat sein Augenlicht verloren, und den rechten Arm dazu. Er ist vor wenigen Wochen Vater geworden, seine Frau aus Kiel ist unterwegs mit dem Kind, seinem Sohn Edgar, den er noch nie gesehen hat. Als die Frau endlich ankommt, ist Hans tot. Und Johanna weint mit der Witwe und hält den kleinen Edgar, wie ihn Hans nie halten konnte, und atmet den Duft am Kopf des Säuglings ein, das süße, unwissende Leben, das ihr mit seiner ganzen gewaltigen Unschuld aus dem Flaum in die Nase steigt, und sie will Edgar nie wieder loslassen.

Es gibt keine Sonntage, keinen Advent, Johanna verliert alles Maß für die Festtage. Als jemand erwähnt, dass Weihnachten vor der Tür steht, weiß sie für einen Moment nicht, wie lange sie schon hier ist. Wochen oder Monate? Die immer gleichen Tage an der Front sind in der Rückschau zu einem einzigen verschmolzen, die Tage hier im Hospital zu einem zweiten. Lediglich der letzte Moment an der Front flammt in der Erinnerung wie ein Leuchtfeuer auf. Erichs Lächeln. Immer wieder sieht sie sein Lächeln. Sie hat ihn gerettet. Inzwischen hat sie viele Leben gerettet, in allem Elend empfindet sie doch immer wieder große Dankbarkeit, eine Aufgabe zu haben, etwas Sinnvolles verrichten zu können, in diesem Irrsinn namens »Großer Krieg«, an dem gar nichts groß ist, außer das Leid.

Erichs Leben war das erste, das sie retten konnte, ihre erste Operation. Sie denkt oft daran und weiß, dass sie diesen Moment, dass sie Erich nie vergessen wird.

Der Krieg fordert auch in den Reihen der Ärzte und Schwestern Opfer. Vollkommen überarbeitet und vom Typhus geschwächt bricht Dr. Weiss eines Tages zusammen, während Johanna ihm bei einer komplizierten Kieferoperation assistiert. Sie muss zu Ende bringen, was er begonnen hat, keiner der anderen Ärzte ist abkömmlich. Doch auch wenn sie allabendlich das Anatomiebuch studiert, bis ihr die Augen zufallen – eine Chirurgin ist sie noch lange nicht.

Ob der Soldat andernfalls überlebt hätte? Niemand weiß es. Als Dr. Hunke die Hospitalleitung übernimmt, gibt er sich keinerlei Mühe, seine Geringschätzung gegenüber der jungen Schweizerin zu verbergen. Er hat die operierende Krankenschwester von Beginn an mit Skepsis betrachtet. Hunke verfügt, dass Johanna ab sofort nicht mehr operieren darf, und sorgt dafür, dass sie versetzt wird. Im nicht weit entfernten Schulhaus werden dringend Schwestern benötigt. Dort ist ein weiteres Militärhospital eingerichtet worden, in welchem die Soldaten gesund gepflegt werden, die möglichst bald wieder an die Front sollen.

Am Morgen des Heiligen Abends 1915 fährt der Militärtransporter vor. Fünf Schwestern und ein Arzt steigen ein, um ins einige Kilometer entfernte Schulhaus zu fahren. Vor genau einem Jahr geschah nicht weit von hier ein Wunder. Die in den Gräben verschanzten britischen und deutschen Soldaten legten am Heiligen Abend die Waffen nieder. Die deutschen sangen *Stille Nacht*, die Briten antworteten mit *Holy night*. Sie stellten Weihnachtsbäume auf, begegneten sich im Feld und reichten sich die Hände. Einige spielten am Weihnachtsmorgen sogar Fußball – England gegen Deutschland.

Doch ein Jahr später gibt es keinen Grund zur Hoffnung auf eine Wiederholung dieses Weihnachtsfriedens. Nach einem Jahr erbittertem Grabenkrieg hat das andauernde Massaker die letzte Menschlichkeit vertrieben. Die Front steckt fest, und in den Gräben werden Männer verheizt wie Kohlen.

Dafür geschieht ein anderes Weihnachtswunder.

*

Dr. Hunke hat keine Ahnung, welchen Gefallen er Johanna mit der Versetzung getan hat. Zwar darf sie nicht mehr operieren – doch dafür herrschen hier im Schulhaus ansatzweise Zustände wie in einer richtigen Klinik. Die Betten haben Matratzen und Laken, in jedem der ehemaligen Klassenzimmer liegen höchstens zwölf Männer, nicht achtzig oder neunzig wie in den Hallen der zugigen Zuckerfabrik. In der Aula gibt es sogar ein Klavier, und ein Offizier aus Hamburg hat im Schrank des Lehrerzimmers eine Geige gefunden, auf der er allabendlich Volksweisen und klassische Melodien spielt.

Am Heiligen Abend versammeln sich alle in der Aula, ein Baum ist auch geschlagen worden, krumm und karg, aber brennende Lichter stecken daran, auch auf den Tischen liegt Tannengrün, und überall verbreiten Kerzen festliche Stimmung. Es wird gebetet, dann gibt es zur Feier des Tages eine Suppe mit Bauchfleisch, nicht viel, aber für jeden ist ein ordentliches Stück dabei, das sich alle aufsparen. Erst wird die Suppe gelöffelt, die kräftig ist und dicker als sonst, dann kommt das Fleisch dran, wie ein zweiter Gang. Anschließend spielt der Offizier auf der Geige, Schwester Annegret begleitet ihn am Klavier, dem ein paar Töne fehlen. Gemeinsam wird *Vom Himmel hoch* und *O Tannenbaum* gesungen, alle singen mit, auch Johanna. Eine schon fast vergessene Seligkeit überkommt sie dabei, und während sie sich singend umschaut im Saal, die friedlichen Gesichter der Kameraden betrachtet, die hier, getrennt von ihren Frauen und Kindern und Müttern das Weihnachtsfest verbringen müssen, da finden sich ihre Augen. Sein Blick, sein Lächeln – kann das sein? Ja, auch durch sein Gesicht geht ein Erkennen, er kann sich erinnern, und kaum dass der Schlussakkord verklungen ist, hält Johanna nichts an ihrem Platz, sie eilt mit einem Herzen, das sie verraten muss, so laut schlägt es, hinüber zu ihm, zu Erich, zu ihrem Erich.

»Erich! Frohe Weihnacht!«

»Johanna! Was machst du denn hier?«

Alle beide bekommen das Lächeln gar nicht mehr aus dem Gesicht, warum auch.

»Ich bin herbeordert worden, um deine Genesung zu überwachen. Befehl von der OHL.«

Erich grinst, sie strahlt, die anderen Kameraden werfen sich Blicke voller Neid zu und stoßen sich gegenseitig in die Seite. Die neue Krankenschwester war einigen längst aufgefallen, aber der schöne Erich hat natürlich wieder die besten Karten. Sorgenfalten legen sich jetzt auf ihr glattes Gesicht, als sie sieht, dass Erich im Rollstuhl sitzt.

»Wie geht es dir?«

»Ich darf noch nicht wieder laufen.«

»So ein Bauchschuss, das kann sich hinziehen.«

»Das will ich hoffen … mit etwas Glück steh ich erst wieder, wenn dieser verfluchte Krieg vorbei ist.«

Im Saal wird nun geplaudert, Schwester Heidrun geht mit einem Wägelchen durch die Reihen und verteilt kleine Geschenke an die Soldaten, die keine Weihnachtspost aus der Heimat erhalten haben. Auch Erich und Johanna bekommen ein Ersatzgeschenk, etwas Gewürzbrot, trockene Kekse und eine Karte. Sie muss Mathilde und Vater noch die Adresse des Schulhauses mitteilen, gleich morgen in der Früh wird sie versuchen zu telefonieren. Doch erst einmal wollen Erich und sie etwas frische Luft schnappen, so nennen sie es, doch jeder meint zu wissen, was es heißt, und ein paar Kameraden applaudieren und skandieren Erichs Nachnamen, als Johanna ihn durch die Reihen in Richtung Tür schiebt, »Sei-del! Sei-del! Sei-del!«, rufen sie ihm hinterher.

Endlich sind sie draußen.

»Keine Post von deiner Familie?«, fragt Johanna. Sie steckt sich eine Zigarette an, die sie teilen wie Vertraute.

»An meine Mutter kann ich mich nicht erinnern. Sie ist gestorben, als ich drei war. Und Vater ist auch seit zwei Jahren tot.«

»Oh, das tut mir leid, Erich.«

Die Nacht ist klar und kalt, das Artilleriefeuer faucht und leuchtet in der Ferne, sogar heute.

»Ich habe meine Mutter auch nie kennengelernt. Sie ist bei meiner Geburt gestorben«, sagt Johanna, parkt Erich neben einer Bank und setzt sich zu ihm. Sie sehen sich an und wollen gar nicht wieder damit aufhören.

»Und du?«, unterbricht er das Schweigen, ohne die Augen von Johanna zu nehmen. »Was ist mit deinem Mann? Eine so schöne Frau wie du ist ja sicherlich …«

»Ich habe keinen Mann«, antwortet Johanna, ohne zu zögern. Noch hat sie keinen, es ist nicht gelogen.

Erich grinst. Seine Freude zu verbergen – dieser Versuch wäre sinnlos. Aus dem Grinsen wird ein Lächeln. Wie schön er lächelt, ein bisschen Traurigkeit liegt auch dahinter, aber schön ist es, sein Lächeln und auch er, ganz ohne Blut und Dreck und frisch rasiert.

»Auf mich wartet ebenfalls niemand daheim. Kannst mich also gern mitnehmen.«

Johanna lacht, seine Direktheit gefällt ihr, und eine Weile rauchen sie schweigend und betrachten den Sternenhimmel.

»Was treibt eine Schweizerin aus der Sicherheit der Berge hinunter in diesen dummen Krieg?«

Johanna schließt die Augen und sieht ihre Berge, muss an Papa denken, sieht ihn Zigarre rauchen mit jungen Schnöseln der Freisinnigen Partei, die ins Cronwald investieren sollen und dafür seine Tochter bekommen.

»Ich konnte einfach nicht mehr tatenlos herumsitzen. In unserem Sanatorium, oben in Davos, blieb die Kundschaft aus. Ich hatte wenig zu tun, las täglich die Zeitung. Dann kamen die ersten Kriegsversehrten, sehr zum Leidwesen der wenigen Gäste.«

»Wieso?«

»In unserem Curhaus steigen sonst ausschließlich Mitglieder der besseren Gesellschaft ab. Um ihre Lungenkrankheiten zu kurieren. Die wollen keine Soldaten mit fehlenden Gliedmaßen oder weggeschossener Kinnlade sehen, während sie ihren Champagner schlürfen.«

Johanna steckt eine neue Zigarette an, nimmt einen tiefen Zug, legt den Kopf in den Nacken und atmet in die Sterne.

»Die Verletzten kamen von beiden Seiten der Front. Deutsche wie Franzosen, Briten. Und alle erzählten mir vom grausamen Grabenkrieg und von den Zuständen an der Front und in der Etappe. Schließlich musste ich es tun. Ich musste einfach. Man muss doch helfen! So viel Leid. Glücklicherweise habe ich einen lieben Papa, der mich gehen ließ.«

»Einen dummen Papa hast du. Sei froh, dass du jederzeit nach Hause kannst. Ich würde nicht eine Sekunde länger bleiben, wenn ich nicht müsste.«

*

Schwester Annegret hat sie lächelnd für das Erdgeschoss eingeteilt, wo die Männer liegen, die das Laufen erst wieder erlernen müssen. Die Tage sind nun viel leichter, das allgegenwärtige Leid längst Normalität, in der jedes Zusammentreffen mit Erich auffunkelt wie eine Kostbarkeit, ein Schatz, dem sie sich entgegensehnt, ihrem Schatz, Erich. Ein paar Meter auf Krücken schafft er im Januar, und die Meter werden mehr, die Gespräche werden länger, gehen tiefer, Johanna fängt sich wiederholt eine Rüge ein, weil sie Soldat Seidel deutlich mehr Aufmerksamkeit schenkt als seinen Kameraden.

Der Februar kommt, und sie verdrängt alle Gedanken, die über den Moment hinausgehen, will nur im Jetzt sein, mit Erich, der bald schon an Johannas Arm durch den kargen, verwilderten Schulgarten geht.

Bei einem ihrer Abendspaziergänge bleibt er stehen und nimmt ihre Hand. Er blickt sie ernst an.

»Johanna. Ich habe Nachricht erhalten.«

Sie will nichts hören, nichts wissen und weiß es doch längst, alles, was sie jetzt will, ist endlich seine Lippen küssen, und sie bekommt einmal mehr, was sie will, Erichs Lippen auf ihren, sie küsst einen Mann, zum ersten Mal einen Mann, keinen Knaben aus dem Dorf, mit dem sie zur Schule gegangen ist, und während sie Erich küsst und schmeckt und seine Hände auf ihrem Körper spürt, weiß sie, dass sie nie wieder zurückwill nach Davos, in die Berge, in eine Ehe mit einem Unbekannten. Sie will sein, wo Erich ist, in seiner Nähe, für immer. Sie küssen sich und beenden diesen Tag als Liebende in der Nacht, und in der folgenden und darauffolgenden ebenfalls, und die Oberste Heeresleitung schmiedet einen neuen Plan, um wieder Bewegung in die Westfront zu bringen: Die Festung Verdun soll eingenommen werden.

Am 19. Februar wird Soldat Erich Seidel zurück an die Front beordert.

Zwei Tage später beginnt die Schlacht um Verdun.

Die Blutmühle.

Die Hölle.

Im April bemerkt Johanna, dass sie schwanger ist. Sie schreibt es Erich nicht, sie will es ihm lieber erzählen, während seines Fronturlaubs, im Mai. Doch kurz vor dem ersehnten Wiedersehen wird auch sie nach Verdun geschickt – zu viele Verletzte, die versorgt werden müssen, zu wenige Sanitäter. Wieder operiert sie, näht, sägt, verbindet, weint – und übergibt sich. Niemand wundert sich. *Erich, mein Liebster, wir bekommen ein Kind!*, schreibt sie Anfang August, ihr Bauch lässt sich nun nicht mehr verbergen. Bald darauf wird sie zurück in die Etappe versetzt. Erich ist längst wieder in die Mühle geschickt worden.

Als das sinnlose, gegenseitige Abschlachten Monate später ohne Ergebnis für die Kriegsparteien endet, sind über 300 000 Männer tot. Da die Leichen nicht geborgen werden können, vermodern die meisten von ihnen zwischen Tonnen von Granatsplittern. Unter ihnen auch der Soldat Erich Seidel.

Seinen letzten Brief an Johanna schreibt er am 15. August 1916.

Meine geliebte Johanna!
Das Sterben geht weiter.
Tagelang liegen wir im Graben, während die Granaten niederregnen und Lücken in unsere Reihen reißen. Mittags steht die Sonne senkrecht über den Schützengräben, die Hitze schlägt erbarmungslos zu, das Trinkwasser ist rationiert. Dann wird ein Vorstoß befohlen, verlustreich gelingt es uns, ein paar Meter zu gewinnen, hundert vielleicht. Über zwanzig Männer fallen im MG-Hagel. Wir sichern mit Säcken und Stacheldraht, doch schon bald folgt der Gegenangriff des Feindes, und wir müssen uns zurückfallen lassen. Die Toten bleiben liegen, über dem Schlachtfeld hängt dauerhaft der Gestank der verwesenden Kameraden.
Jetzt hat es Leutnant Heufner erwischt, gestern sind Müller und Senke gefallen. Schwester Armgard ist auch getroffen worden, sie starb noch auf dem Transport ins Lazarett. Was bin ich froh, Dich in der sicheren Etappe zu wissen!
Manchmal bete ich um einen Treffer, einen Steckschuss im Bein, auf dass ich ins Hospital geschickt werde, zu Dir, und unserem Kind in Deinem Bauch. Lieber möchte ich ein Kriegskrüppel sein, als weiter in dieser Hölle bei lebendigem Leibe geschmort zu werden. Wenn ich diese Knochenmühle jemals wieder verlassen werde, möchte ich, dass Du meine Frau wirst. Lass uns heiraten, Liebes, und noch viele weitere Mädel und Buben machen, die allesamt meine Dummheit erben, aber dafür Deine Schönheit bekommen, das macht es wieder wett. Ich bete zu Gott, dass ich bei Dir bin, wenn das Kindlein kommt, und habe einen Wunsch, sollte ich aus diesem verdammten Graben nicht zurückkehren: Wird es ein Junge, so nenne ihn Erich. Dann bin ich weiter und für immer bei Dir. Und falls es

doch ein Mädchen ist, so taufe sie auf den Namen Elli. So hat meine Mutter geheißen. Es sei denn, Du möchtest Deiner eigenen Mama die Ehre erweisen. Aber zu wissen, dass eine Elli oder ein Erich an Deiner Seite sein wird, mit diesem Gedanken werde ich leichter in den Tod gehen, wenn es so weit ist.

Ich sende Dir tausend Küsse,
grüß mir Schneider, den alten Halunken,
und bete für einen klitzekleinen Granatsplitter.

In Liebe,
Dein Erich

Taylors Tresor

Als die Sonne bereits hinter den Gipfeln verschwand, begannen sich die Bewohner des Curhauses auf den Weg in den Stadtpark zu machen, wo heute das Curling-Turnier stattfand. In dicke Pelze gehüllt plauderte sich die feine Gesellschaft die Straße hinunter. Die Schwachen, Alten und Faulen hingegen warteten auf dem Vorplatz, tranken Champagner und bestiegen dann eine der regelmäßig hin- und herfahrenden Kutschen.

Im Curhaus kehrte zur Abendstunde eine ungewohnte Ruhe ein.

Johanna bereitete sich auf ihre Visite bei Helen Taylor vor. Sie packte das Rotkreuz-Köfferchen mit Verbandsmaterial und verschiedenen Tinkturen und Arzneien, darunter das Schlafmittel. Dann knöpfte sie ihre Schwesterntracht auf und versteckte die kleine Kamera im BH. Als sie im Spiegel prüfte, ob eine Ausbuchtung zu erkennen war, überkamen sie Zweifel, denn während sie sich selbst betrachtete, wurde ihr noch einmal in aller Deutlichkeit bewusst, dass sie im Begriff war, ein Verbrechen zu begehen. Kein Kavaliersdelikt, sondern Spionage für eine Kriegspartei. Und das als Schweizerin. Das konnte sie doch nicht tun? Wenn sie aufflog, kam sie ins Gefängnis und würde ihre Tochter niemals wiedersehen.

In der Vergangenheit hätte sie sich ihrem Vater anvertraut, und er hätte gewusst, was zu tun wäre. Doch dieses Band war zerschnitten, seit er ihr Elli weggenommen hatte. Musste sie sich nicht trotzdem weigern? Könnte sie sich nicht auch ihrem Schwager Caduff, dem Polizeichef, anvertrauen? Würde Kellner Franz die Gräfin wirklich umbringen, wenn sie das tat? Wenn der Mann ein ausgebildeter Spion war, den man hier ins Curhaus eingeschleust hatte – dann schon. Aber vielleicht war er nur, wie sie, rekrutiert worden, weil er sich als Kellner, ohne Verdacht zu erregen, im Sanatorium bewegen konnte? Dagegen sprach, wie er mit der Waffe hantiert hatte. Ohne jedes Zögern hatte er die Gräfin niedergeschlagen, und der routinierte, fast nebensächlich ausgeführte Schlag hatte den Eindruck gemacht, als würde er schon lange für den Geheimdienst oder eine ähnliche Organisation arbeiten.

Was war das für eine Welt, die hier direkt unter ihnen und doch im Unsichtbaren operierte? Was hatte Schmidt gesagt – *Wir beobachten dich?*

Wer war »wir«? Von wem bekam er seine Befehle?

Gab es noch mehr Spione in Davos, womöglich sogar bei ihnen im Curhaus? Bei den vielen Politikern und Militärs, die sich hier aufhielten – es war tatsächlich davon auszugehen, dass noch weitere Geheimdienstmitarbeiter darunter waren.

So wie sie. Johanna war nun eine von ihnen.

Sie warf einen Blick auf die Uhr – es war Zeit aufzubrechen. Das Curling-Turnier hatte bereits begonnen, es würde nicht die ganze Nacht dauern.

Zunächst musste sie im Büro den Generalschlüssel holen. Ihr Vater war ebenfalls im Stadtpark beim Turnier, so konnte sie unbemerkt sein Arbeitszimmer betreten. Johanna nahm den Schlüssel aus seiner Schreibtischschublade und steckte ihn ein. Dann schloss sie die Augen, ging alles im Kopf noch einmal durch und machte sich auf den Weg zum Fahrstuhl, um ins dritte Obergeschoss zu fahren. Zum Sperrbereich von General Taylor und seiner Frau Helen.

Vor der Tür stand, wie jede Nacht, Zaire. Der Leibwächter der Taylors, den der General im Kongo rekrutiert hatte.

»Guten Abend, Zaire.«

»Schwester Johanna.«

Zaire nickte ihr freundlich zu.

»Wie geht es ihr heute?«, fragte Johanna.

»Sie nörgelt schon wieder rum. Also besser.« Er grinste.

Dann folgte die allabendliche Routine: Johanna stellte das Köfferchen auf einem kleinen Tisch ab, Zaire öffnete es, hob alles, was darin war, einmal hoch, tastete das Verbandszeug ab. Sie versuchte sich zu erinnern, wie sie sich an den anderen Tagen in diesem Moment verhalten hatte. Wie konnte sie verhindern, dass er ihre Anspannung bemerkte? Sollte sie weiter möglichst unverfänglich mit ihm plaudern? Oder würde genau das seinen Verdacht wecken? Jetzt nahm er das Schlafmittel in die Hand und betrachtete das Fläschchen. Es trug ein unverfängliches Etikett. Zaire legte es zurück, schloss den Koffer und reichte ihn Johanna.

»Viel Vergnügen«, sagte er, öffnete die Tür und wies den Weg nach innen.

*

Zaire hatte recht, Helen Taylor ging es bereits besser: Sie hatte außerordentlich schlechte Laune. Während Johanna die Kissen aufschüttelte, zischelten spitze, britische Giftpfeile aus dem Mund der Patientin. Ziel ihrer Tiraden war Olga Belova. Auch Johanna hatte ihre Probleme mit der exaltierten Art der russischen Prinzessin, obwohl sie eine Freundin ihrer Mutter gewesen war und dadurch so etwas wie eine Tante für Johanna und Mathilde. Doch besonders nahe stand sie ihr nicht. Nachdem sie vor vielen Jahren hier im Sanatorium geheilt worden war, hatte sie sich in Davos eine Villa gekauft und ging seitdem im Haus Gabathuler ein und aus. Dabei behandelte sie das Personal wie ihren Hofstaat. Das konnte sie sich nur deshalb erlauben, weil ihr ausufernder Lebensstil eine wichtige Einnahmequelle für das Cronwald war – zum alljährlich von ihr ausgerichteten Neujahrsball strömte alles, was Rang und Namen hatte, ins Curhaus.

Bei Helen Taylor mischte sich zu einer allgemeinen Abscheu noch die Eifersucht. Zum Abendessen hatte sich Prinzessin Belova bereits mehrmals aufgedrängt und sich an den Tisch der Taylors gesetzt, selbstverständlich immer neben den General, um ihn in geistarme Gespräche über Sternenkonstellationen und Mondphasen zu verwickeln. Miss Taylors Eifersucht war jedoch völlig unbegründet, der General liebte seine Gattin über alles, und Johanna wusste, dass sein scheinbares Interesse an den astrologischen Ausführungen der Prinzessin nur seiner britischen Höflichkeit geschuldet war. Und aufgrund derselben Höflichkeit hatte ihr Ehemann Olga Belovas Bitte nicht ausschlagen können, sie heute zum Curling-Turnier zu begleiten. Helen Taylor verfluchte die Tuberkulose, die sie ans Bett fesselte, verfluchte ihren Mann und die Prinzessin, und als Johanna vorsichtig die dicke Naht auf ihrem Brustkorb einsalbte, stieß sie einen Schrei aus und verfluchte auch Johanna.

Johanna lächelte nur, entschuldigte sich, leerte im Badezimmer die Bettpfanne, wusch sich die Hände und rührte das Schlafmittel in ein Glas Wasser. Was, wenn Helen Taylor nicht schnell genug einschlief? Oder wenn der General vorzeitig zurückkehrte? Ein Blick auf die Uhr, das Turnier dauerte keine dreißig Minuten mehr. Sie musste sich beeilen. Entschlossen griff sie sich das Glas und ging zurück ins Zimmer der Generalsgattin.

»Ich gebe Ihnen ein Tonikum. Es beruhigt ein wenig und hilft gegen die Schmerzen. Damit Sie eine geruhsame Nacht haben.«

Sie reichte ihr das Glas, doch die ungnädige Taylor verweigerte den Schlummertrunk.

»Haben Sie über Nacht noch schnell Ihren Doktor gemacht?«

Johanna hielt lächelnd inne, mit dem Glas in der Hand. Ihre Mission drohte zu scheitern. Sie ließ sich die Unruhe nicht anmerken, drehte sich um, stellte das Glas auf dem Nachttisch ab und begann gelassen ihr Köfferchen zu packen.

»Gleich schicke ich Ihnen den Professor. Der hat zwar schon Feierabend, aber immerhin hat er Medizin studiert.« Sie lächelte Helen Taylor zu. »Ich hole nur schnell noch die Bettpfanne aus dem Bad, dann habe ich ebenfalls Feierabend.«

Sie klappte den Koffer zu und wandte sich in Richtung Badezimmer.

»Nun geben Sie schon her«, murmelte die Patientin zerknirscht. Sie verehrte Professor Tschudi, bewunderte ihn sogar, nicht erst, seit er ihr zwei Rippen entfernt hatte. Jetzt griff sie nach dem Glas und leerte es in einem Zug.

Johanna verschwand im Bad, wusch die Bettpfanne noch ein zweites Mal, wobei sie sich besonders viel Zeit ließ, faltete ein paar Handtücher neu, täuschte Beschäftigung vor.

Nach einiger Zeit betrat sie wieder das Schlafgemach. Helen Taylor waren bereits die Augen zugefallen.

»Miss Taylor«, flüsterte sie, um sicherzugehen. Sie stupste ihr gegen den Oberarm. Nichts. Sie schlief. Johanna sah auf die Uhr, in fünfzehn Minuten war das Curling-Turnier offiziell vorbei. Sie nahm den Generalschüssel aus der Tasche, durchquerte den Raum und schloss die Tür des Sitzungszimmers auf.

Der Schlüssel für den Safe lag wie beschrieben unter der Statue. Johanna knipste eine Schreibtischlampe an, richtete sie auf den Safe, öffnete ihn und prägte sich zunächst ein, wie alles angeordnet war: Schriftstücke, eine Pistole, eine Zigarrenkiste. Dann hob sie Akten und Mappen, Briefkuverts und die kleine Kiste hoch, suchte nach dem Terminkalender und dem Adressbuch. Im unteren Fach des Tresors, unter der Waffe, lag ein kleines Heft, in abgegriffenes, cognacfarbenes Leder gebunden, die ersten fünf Doppelseiten waren voller Namen und Adressen, hinter einigen standen Buchstaben- und Zahlenfolgen, wie Codierungen. Johanna legte es aufgeklappt auf den Besprechungstisch, richtete die Schreibtischlampe neu aus, knöpfte ihre Tracht auf, holte die Kamera aus dem BH und lichtete alles ab. Sie legte das Heft zurück. Weiter hinten, im gleichen Fach, fand sie den Terminkalender. Vorn war das Jahr in Gold eingeprägt: 1916. Sie blätterte zum hinteren Teil, am 12. November war das Anreisedatum markiert, HELEN/DAVOS und CRONWALD stand dort in kräftigen Druckbuchstaben, der Handschrift des Generals. Sie legte den Kalender auf den Tisch und blätterte bis zum aktuellen Tag vor, da horchte sie auf. Hatte sie eine Tür gehört?

Ihr Herz ging augenblicklich schneller. Sie sah sich im Zimmer nach einer Versteckmöglichkeit um, doch es gab weder Schränke noch Truhen oder Seitentüren. Einzig die bodenlangen Vorhänge kamen in Frage – oder der lange Besprechungstisch.

Johanna eilte zur Tür, öffnete sie einen Spalt und lauschte angestrengt. Nichts. Helen Taylor lag im Bett und schlief. Schnell ging sie zurück zum Kopfende des langen Besprechungstisches, zurück zum Terminplaner, und machte Fotos von den letzten Wochen des Dezembers, auch der Januar des kommenden Jahres war noch enthalten, den sie ebenfalls ablichtete, obgleich nur wenige Termine eingetragen waren – unter anderem Belovas Ball. Dort entdeckte sie den Eintrag »PS« sowie »Mission H« – dann endete der Kalender. Schnell verstaute sie alles wieder im Safe, schloss ab, auch den Schlüssel unter der Statue des Königs richtete sie exakt so aus, wie sie es sich eingeprägt hatte: diagonal in die Zimmerecke zeigend, Bart nach links. Gerade als sie die kleine Kamera im BH verstaute, hörte sie erneut ein dumpfes Geräusch. Diesmal ging eindeutig eine Tür, aber nicht nebenan, sondern auf dem Flur. Schritte waren zu hören, Zaires Stimme, erst undeutlich, dann lauter. Er schien einen Namen zu rufen. Sie bog die Schreibtischlampe in ihre Ursprungsposition zurück, und während sie zum Ausgang des Besprechungszimmers eilte, knöpfte sie sich die Schwesterntracht zu, verließ das Zimmer, zog die Tür hinter sich heran, drehte den Generalschlüssel im Schloss, jetzt war Zaire klar zu hören – er rief um Hilfe. Schon im nächsten Moment polterte es, Johanna trat an das Bett, um so zu tun, als würde sie das Laken glattstreichen. Helen Taylor bewegte sich nicht. Die Tür flog auf, und Zaire stürzte herein.

»Schwester Johanna! Er ist schwer verletzt!«

Zaire stützte einen Mann, oder vielmehr trug er ihn, der übel zugerichtet aussah und leblos den Kopf sowie seinen rechten Arm hängen ließ. Der andere Arm war um Zaires Schulter gelegt, das weiße Hemd war rot, blutrot. Jetzt erst erkannte Johanna ihn – es war Lemke, der Konsulatsmitarbeiter, der am Heiligen Abend mit General Taylor in der Bar aneinandergeraten war. Er schien noch immer dieselbe Abendgarderobe zu tragen, schwarzes Jackett, schwarze Anzughose, Fliege, Halbschuhe, dunkler Mantel – das alles sah, fernab vom Blut, stark ramponiert aus. Die Knie aufgerissen, die Lederschuhe zerkratzt. Auch sein Gesicht war zerschürft und voller getrocknetem Blut, eine Wunde an der Schläfe war bereits verschorft.

»Schnell«, rief Zaire, »helfen Sie mir!«

Johanna eilte zu ihm. Sie erfasste die Situation sofort.

»Da rüber, zum Sofa!«, ordnete sie an.

Gemeinsam hievten sie ihn auf eine Chaiselongue, schälten ihn aus seinem Mantel. Der Mann war stark unterkühlt und schien immer noch zu bluten. Johanna griff ihr Köfferchen und öffnete es, entnahm eine Schere. Zaire blickte besorgt von Herrn Lemke zu Miss Taylor, offenbar irritiert, dass sie sich nicht rührte.

»Sie hat ein kombiniertes Schmerz- und Beruhigungsmittel bekommen«, erklärte Johanna, während sie das Hemd des blutenden Lemke aufschnitt. Sie war bereits im Frontmodus.

»Herr Lemke?«, fragte sie und gab ihm einen leichten Klaps auf die Wange.

Lemke öffnete die Augen.

»Keine Polizei …«, murmelte er, dann verlor er das Bewusstsein.

Johanna fühlte mit dem Handrücken Stirn und Brust, Arme und auch den blutigen Bauch.

»Der Mann ist vollkommen ausgekühlt und hat viel Blut verloren. Bauchschuss. Ich brauche Verbandszeug! Rollen Sie den Wagen mit dem Besteck herüber.«

»Ich hole einen Arzt.«

»Nein! Jede Sekunde ist kostbar. Wir müssen sofort eingreifen.«

»Eingreifen? Wir?«

»Ich habe an der Front wesentlich schlimmere Wunden versorgt. Und wenn wir noch weiter diskutieren, müssen Sie keinen Arzt, sondern einen Bestatter holen. Geben Sie mir Tupfer und Skalpell – und eine Schale heißes Wasser. Schnell!«

Zaire gehorchte, rollte das Wägelchen mit dem OP-Besteck herüber, das Verbandszeug, reichte Johanna an, was sie brauchte. Sie wusch sich die Hände, trocknete sie ab.

»Hände reinigen!«

Befehle entgegenzunehmen war Zaire gewohnt. Nur nicht von einer Frau. Zögerlich tauchte er seine Hände ins Wasser, wusch sie und beobachtete dann ungläubig, aber auch fasziniert, wie Johanna die Schusswunde mit dem Skalpell erweiterte.

»Halten Sie die Wunde auf, mit beiden Händen!«, befahl Johanna. Zaire folgte den Anweisungen und beobachtete, wie die Krankenschwester mit einem Finger in die Wunde fuhr. Lemke stöhnte. Johannas Gesicht hellte sich auf. Mit der anderen Hand führte sie eine lange Pinzette ein und holte eine Kugel heraus.

»Tupfer!«

Sie säuberte die Wunde und nähte sie zu.

»Durchsuchen Sie seinen Mantel, hat er Papiere dabei? Wir müssen wissen, welche Blutgruppe er hat. Er braucht dringend eine Transfusion.«

Zaire wusch sich erneut die Hände, dann klopfte er Lemkes Mantel ab, fand eine Brieftasche, durchsuchte sie.

»Nichts«, sagte er.

»Sie sind doch auch Soldat. Welche Blutgruppe haben Sie?«

»B.«

»Das wäre ein Glücksspiel. Wenn er A oder 0 hat, verklumpt sein Blut.«

»Das muss ich nicht verstehen, oder?«

»Nein. Ich habe 0. Das geht immer. Reichen sie mir die Transfusionsspritze.«

»Welches ist die Transfusionsspritze?«

»Da, der Kolben mit den zwei Schläuchen.«

Johanna nahm das Gerät entgegen. An jedem Schlauchende war eine Spritze. An der Front hatte sie bereits einige Male auf diese Weise ihr eigenes Blut gespendet, sie band routiniert ihren Arm ab, stach sich selbst die eine Nadel in die Vene, begann zu pumpen, der Kolben füllte sich. Als das Blut bis in den zweiten Schlauch gestiegen war, band sie auch Lemke den Arm ab, stach ihm die andere Kanüle in den Arm. Dann öffnete sie die Klemme. Die Bluttransfusion kam in Gang.

»Jetzt können Sie einen Arzt holen.«

Doch Zaire blieb stehen und beobachtete, wie das Blut von Johanna zu Lemke floss.

»Sie kennen den Mann doch überhaupt nicht«, sagte er zögerlich.

»Was ändert das?«

»Nun, er ist Deutscher ... vielleicht hat er den Schuss verdient.«

Johanna konnte ein kurzes Lachen nicht unterdrücken. Sie schüttelte den Kopf. »Es ist meine Pflicht, Leben zu retten. Da spielen Herkunft oder Hautfarbe keine Rolle.«

Zaire sah sie skeptisch an. »Sie wollen mir sagen, dass Sie das auch bei mir machen würden?«

Johanna erwiderte seinen Blick irritiert. »Aber selbstverständlich ... wieso denn nicht?«

Er zögerte kurz, als wollte er noch etwas sagen, dann zuckte er mit den Schultern. »So wie Sie denken nicht viele, Schwester Johanna.«

Sein Blick wanderte zur Gattin des Generals, die noch immer tief und fest schlief. »Also, die hier zum Beispiel ...«, er zeigte mit ernstem Blick auf Miss Taylor, »... hätte sicher keine Einwände, wenn man die Sklaverei wieder einführen würde.«

Johanna sah ihn ungläubig an. Zaire zuckte noch einmal mit den Schultern.

»Ich hole den Arzt«, sagte er, »sonst stirbt uns der Deutsche noch weg. Wäre doch schade um Ihr schönes Blut.«

Dann eilte er los.

Johanna ließ sich erschöpft auf das Fußende der Chaiselongue gleiten. Als wäre ihr Spionageeinsatz nicht schon herausfordernd genug gewesen, war sie nun offenbar noch in eine zweite Sache hineingeraten. Wieso war auf den Beamten geschossen worden? Und wann? Er musste stundenlang irgendwo in der Kälte gelegen haben. Völlig entkräftet hob sie den Arm und fühlte den Puls bei Lemke. Schwach, aber stetig. An Lemkes Rippenbogen fiel ihr ein Streifen Gewebeband ins Auge. Hatte er eine weitere Wunde am Rücken? Sie stemmte sich gegen ihn, rollte ihn auf die Seite. Nein. Es schien ein gefaltetes Stück Blaupapier zu sein, das dort klebte. Vorsichtig löste sie das Band und entfaltete es. Und schluckte. Das Durchschlagpapier war nur einmal benutzt worden, so ließ sich gut entziffern, was im Original getippt worden war.

AKTIVE DEUTSCHE AGENTEN IN DER SCHWEIZ, las sie. Lemke war doch selbst Deutscher? Dann spionierte er für die Engländer und Franzosen? Das würde erklären, warum er ausgerechnet hier, im Sperrbezirk von Taylor, Hilfe suchte. Aber er war doch gerade erst mit einem Engländer in einer Salonprügelei aneinandergeraten? Johanna verstand: Das war nur ein Schauspiel gewesen. Es waren also wie vermutet noch weitere Geheimdienstler unter ihnen. Und ihr Blut, das gerade in Lemkes Körper floss, rettete das Leben eines Verräters. Zaire hatte also gar nicht so falschgelegen.

Und sie? Auch sie war eine Verräterin. Johanna spürte, wie der Blutverlust und die abfallende Anspannung ihr die Energie raubte, sie wurde müde. Wem konnte sie jetzt noch trauen? Sie überflog die Namen, es fiel ihr schwer, sich zu konzentrieren, die Buchstaben tanzten vor ihren Augen. Ganz oben stand Franz Schmidt, mit dem Kellner hatte sie ja bereits Bekanntschaft gemacht. Die anderen Namen sagten ihr nichts. Und dann erstarrte sie, als ihr Blick an einem weiteren, sehr vertrauten Namen hängen blieb.

Keine Sauerei

»Sie hat die Liste«, sagte die Gräfin und nahm das Fernglas von den Augen. Sie warf Schmidt einen vorwurfsvollen Blick zu, der damit beschäftigt war, ein Scharfschützengewehr mit Stativ aufzubauen.

»Verdammt. Was jetzt?«, fragte er kleinlaut und nahm das Glas entgegen. Sie standen im Schatten des Tannenwäldchens an der Rückseite des Curhauses. Von hier aus hatten sie die Szene im Zimmer der Taylors mitverfolgt, um nötigenfalls eingreifen zu können. Dieser Fall war nun eingetreten.

Die Gräfin zückte ihre Waffe und montierte in Eile einen Schalldämpfer.

»Wir müssen an die Liste kommen, bevor Zaire wieder auftaucht. Johanna hat sicherlich nach einem Arzt geschickt. Und Lemke darf auf keinen Fall überleben.«

»Und die Krankenschwester selbst?«, fragt Schmidt. »Es war ein Fehler, sie einzusetzen. Sie wird uns verraten«, grummelte er und setzte das Zielfernrohr auf das fertig montierte Gewehr.

»Es war ein Fehler, Lemke mit der Liste überleben zu lassen!«, antwortete die Gräfin scharf und schlug ihre Kapuze über den Kopf. »Ich versuche, es wie einen Unfall aussehen zu lassen. Behalt sie im Visier. Falls ich nicht an sie rankomme, musst du sie von hier aus dem Spiel nehmen. Aber nur im Notfall! Die Polizei dürfte bald da sein. Ich gehe jetzt rein.«

Eiligen Schrittes überquerte sie die Brücke, die von hinten ans Curhaus reichte, dann nahm sie eine Außentreppe für Bedienstete und bestieg das dritte Obergeschoss. Sie horchte. Der Flur war leer. Leise schloss sie die Tür und ging zum Appartement der Taylors. Legte vorsichtig das Ohr an das Türblatt. Im Zimmer hörte sie bereits aufgeregte Stimmen. Verdammt. Sie konnte Doktor Mangold erkennen, Gabathuler, Zaire, und … in diesem Moment kündigte ein Licht über der Tür am Ende des Ganges den Fahrstuhl an. Das musste General Taylor sein – war das Curling-Turnier bereits vorbei? Auf der gegenüberliegenden Seite des Ganges war eine Abstellkammer, die Gräfin schlüpfte hinein und hielt den Atem an. Keine Sekunde zu spät – im nächsten Moment hörte sie die Fahrstuhltür aufspringen. Jemand ging mit schweren Schritten vorüber. Kurz darauf polterte er in das unbewachte Appartement, offenbar in Erregung.

»Zaire! Was ist hier los?«, brüllte er.

Dann fiel die Tür krachend ins Schloss.

Die Dame und das Bauernopfer

Dr. Mangold nahm gerade das Stethoskop aus den Ohren, als General Taylor voller Zorn und Sorge um seine Frau in den Raum kam. Mit Erstaunen registrierte der Brite den Doktor, Schwester Johanna, Peter Gabathuler und Zaire – die jedoch nicht am Bett seiner Frau, sondern an der Chaiselongue standen. Johanna, die noch etwas bleich war, sagte mit schwacher Stimme: »General Taylor, keine Sorge, Ihrer Frau geht es gut. Wir hatten einen anderen Notfall.«

Zaire klärte den General auf.

»Eine Not-OP. Aber Fräulein Gabathuler hat dem Mann das Leben gerettet.«

Johanna zog sich gerade die Nadel aus der Vene und fuhr fort, dem Doktor Bericht zu erstatten.

»Wie gesagt, ein Steckschuss im Oberbauch. Ich habe die Kugel entfernen können und die Wunde versorgt.«

Dr. Mangold betrachtete Johanna voller Erstaunen.

»Ich wusste gar nicht, dass Sie operieren können. Und die Eigenbluttransfusion – beeindruckend.«

Johanna lächelte matt. »An der Front lernt man so einiges.«

Er nickte langsam. »Das ist wohl wahr.«

Sie genoss, dass ihr Vater Zeuge wurde, wie Dr. Mangold – immerhin ein gestandener Chirurg – sie für ihr Können lobte. Doch Peter Gabathuler hatte sich bereits abgedreht und wandte sich im Befehlston an Zaire: »Ziehen Sie die Vorhänge zu! Im Dorf wird schnell geredet.«

Dr. Mangold warf Johanna noch ein kurzes Lächeln zu, dann ging er zu Gabathuler und General Taylor.

»Herr Gabathuler, er ist über den Berg. Trotzdem braucht Herr Lemke jetzt vor allem Ruhe. Und eine kräftige Brühe. Haben Sie noch ein Einzelzimmer?«

Taylor fügte hinzu: »Am besten etwas abgelegen.«

Gabathuler überlegte, dann nickte er grimmig.

»Ich kümmere mich darum.«

»Wer auch immer ihn erschießen wollte, wird es noch einmal versuchen«, sagte General Taylor.

Gabathulers Miene verdüsterte sich.

»Dieser Herr Lemke muss, sobald es geht, das Sanatorium verlassen. Ich sage meinem Schwiegersohn Bescheid. Inspektor Caduff. Er wird das Zimmer heute Nacht bewachen lassen.«

Zaire öffnete die Tür zum Flur. Gabathuler, General Taylor und Johanna verließen den Raum und gingen den Gang hinunter, der Leibwächter nahm seine angestammte Position ein.

Der General wandte sich an Johanna. »Gibt es irgendeinen Hinweis auf die Täter? Hat Lemke etwas gesagt, oder hatte er etwas dabei?«

Sie liefen an der Tür der Abstellkammer vorbei. Johanna schwieg. Wäre es nicht besser, alles aufzudecken? Die Gräfin war eine Agentin des deutschen Geheimdienstes, der Kellner ebenfalls, Lemke spionierte für die Entente – und sie? Sie würde zugeben müssen, dass sie mittendrin steckte und dass die Gräfin den Aufenthaltsort ihres Kindes kannte, und dann wäre alles vorbei. Sie würde Elli niemals wiedersehen. Sie musste die Wahrheit für sich behalten.

»Nein, er war bewusstlos und hatte lediglich seine Brieftasche dabei. Die hat Zaire durchsucht, nach einem Hinweis auf seine Blutgruppe. Aber dabei ist ihm offenbar nichts Ungewöhnliches aufgefallen.«

»Ich glaube, meine Tochter muss sich von diesem Schock erst einmal erholen«, sagte Gabathuler und wandte sich an Johanna. »Liebes, im Restaurant wartet dein Verlobter – nimm dir den Rest des Abends frei und mach dir ein paar schöne Stunden mit dem Großrat. Das hast du dir verdient.«

Ihr Vater lächelte sie an, gerade so, als wären *schöne Stunden* und *mit dem Großrat* nicht zwei unvereinbare Gegensätze. Johanna nickte. Das Leben war ein Schauspiel, und sie war endgültig gezwungen, es mitzuspielen.

Als sie ihren Vater und den General nicht mehr hören konnte, machte sie kehrt und steuerte das Direktionszimmer an. Erst einmal musste sie den Schlüssel zurückbringen, zudem konnte sie nicht in der blutigen Schwesterntracht im Restaurant erscheinen. Doch was dann? In ihr arbeitete es fieberhaft. Die Gräfin hatte ein falsches Spiel mit ihr gespielt. War denn wirklich alles in diesem Sanatorium Theater und Maskerade? Eins war sicher: Sie war nun in Gefahr. Und die Liste, die sie Lemke abgenommen hatte, war ihr einziges Pfand. Johanna hatte sie im Koffer versteckt, eng gefaltet in einer Medikamentenschachtel.

Ob die Gräfin und Schmidt von der Liste wussten? Sehr wahrscheinlich. Sie waren Spione, ihr Name stand darauf, und auf Lemke war geschossen worden. Vermutlich hatte sogar einer der beiden versucht, Lemke zu töten. Wenn sie erfuhren, dass Johanna nun im Besitz der Liste war – dann wäre sie vermutlich als Nächste dran.

Im Büro ihres Vaters legte sie den Schlüssel zurück in die Schublade und fiel erschöpft in seinen Schreibtischstuhl. Sie ließ den Kopf auf die Tischplatte sinken. Die Ereignisse der vergangenen zwei Tage rasten durch ihren Geist, zurück bis zu dem Zeitpunkt, als sie auf der Mauer gestanden hatte.

Wäre sie doch gesprungen.

Hätte sie doch nie die Nachricht der Gräfin erhalten.

Ich weiß, wo dein Kind ist.

Aber stimmte das überhaupt? Wusste sie wirklich, wo Elli war?

Wem konnte Johanna noch glauben?

Erst wurde sie von ihrer eigenen Familie hintergangen, und dann musste sie feststellen, dass auch der gesamte Rest des Curhauses sich im Lügen überbot.

Johanna hob den Kopf. Sie hatte es satt, ein Spielball der anderen zu sein, eine Nebendarstellerin, die umhergeschoben wurde wie ein Bauer auf dem Schachbrett. Als sie die zahlreichen Gamsköpfe und ausgestopften Hasen betrachtete, welche die Wand des Vaters zierten, fasste sie einen Entschluss. Sie nahm den Generalschlüssel wieder an sich. Dann richtete sie sich entschlossen auf und öffnete den Waffenschrank ihres Vaters.

Sie würde kein Bauernopfer sein.

Sie war die Dame.

Eine Art Vorbild

Als Gräfin Ilse von Hausner die Tür ihres Appartements hinter sich schloss, griff sie noch im Dunkeln in ihre Jacke, um die Waffe zu zücken – der untrügliche Instinkt einer Agentin. Doch Johanna war schneller und drückte ihr den Lauf des Jagdrevolvers an die Schläfe.

»Weg damit. Und Hände hoch.«

Sie machte das Licht an.

Die Gräfin warf den Revolver aufs Bett und drehte sich mit erhobenen Armen zu ihrer Lieblingsschwester um. Und lächelte. Das Versteckspiel war vorbei.

Johanna erwiderte das Lächeln nicht.

»Wo ist mein Kind?«

»Erst die Liste.«

»Wenn ich Elli in den Armen halte, bekommen Sie die Liste. Ich habe sie an einem sicheren Ort versteckt.«

Mit fester Stimme überspielte sie den Schmerz der Enttäuschung. Sie hatte die Gräfin gemocht, sehr sogar, sie hatte sie bewundert, in ihr eine Art Vorbild gesehen. Und nun war auch an ihr alles falsch, alles Maskerade. Wirklich alle hatten Johanna getäuscht.

»Du hast hervorragende Arbeit geleistet. Taylor hat in Uganda und an der Somme gekämpft, bevor er für den Army Council nach Bern befördert wurde. An den General ist vor dir noch niemand herangekommen.«

»Sparen Sie sich das Gerede. Ich bin nicht so naiv, wie Sie denken. Und Sie sind nicht einmal wirklich krank.«

Die Gräfin sah sie erstaunt an, ein Gesichtsausdruck, der auf Johanna keine Wirkung hatte, da sie die Absicht dahinter erkannte. Sie merkte, wie aus der Enttäuschung in ihrem Inneren nun Wut wurde, als die Gräfin fortfuhr.

»Ich – nicht krank? Du kennst doch meine Röntgenbilder. Aber überzeug dich gern selbst. Oder hast du kein Stethoskop in deinem Köfferchen?«

Damit legte sie die Jacke ab. Dann zog sie auch den Strickpullover aus, den sie darunter trug, das Unterhemd, stieg aus der weiten Hose, schließlich stand sie in schwarzer Spitzenunterwäsche vor Johanna. Was sollte das jetzt?

»Komm. Horch mich ab. Oder willst du mich lieber erschießen?«

Sie machte einen Schritt auf Johanna zu, die ihre Pistole mit beiden Händen fest umklammert hielt und zurückwich. Sie würde niemals auf die Gräfin schießen können. Und das schien diese Frau zu spüren.

»Dein Kind ist in einem Tal ganz in der Nähe. Wir können morgen hinreiten.«

Sie kam noch näher, Johanna ging weiter rückwärts, bis sie mit den Waden an einen Sessel stieß. Als sie antwortete, ärgerte sie sich über ihre Stimme, die nun nichts mehr von ihrer anfänglichen Festigkeit hatte.

»Mein Vater hat das Kind der Kirche übergeben. Sie … lügen schon wieder!«

»Bist du dir sicher, dass ausgerechnet dein Vater die Wahrheit erzählt?«

Sie war jetzt ganz nah, hielt die Hände nur noch auf Ohrhöhe in der Luft. Dann griff sie hinter sich und öffnete ihren BH. Mit ausgestrecktem Arm ließ sie ihn zwischen sich und Johanna an einem der Träger baumeln. Johanna konnte nicht anders, ihr Blick fiel auf den Busen, auch wenn sie ihn schon oft während der Untersuchung zu Gesicht bekommen hatte.

Dann ließ die Gräfin den BH fallen, Johannas Augen folgten ihm, und das war ein Fehler: Die Hand der Gräfin schnellte zur Waffe, drehte sie ihr geschickt aus den Händen, und im gleichen Augenblick spürte Johanna einen Handkantenschlag am Hals – röchelnd sackte sie auf die Knie.

Die Gräfin nahm Johanna ins Visier, ging zielstrebig zum Rotkreuz-Köfferchen, durchwühlte es, öffnete eine Schachtel nach der anderen – und fand schließlich das blaue Blatt Durchschlagpapier. Sichtlich zufrieden warf sie einen schnellen Blick auf die Liste und steckte sie dann ein. Sie nahm auch die kleine Kamera an sich, drehte sie um. Das Fenster an der Rückwand zeigte an, dass sie leer war.

»Wo ist der Film?«

Johanna, immer noch auf Knien, rieb sich den Hals.

»Zerschnitten und im Klo weggespült.«

Die halb nackte Gräfin ging auf Johanna zu, die Pistole auf sie gerichtet. Johanna stand langsam wieder auf. Diesen einen Trumpf hatte sie noch. Sie machte einen Schritt auf die Gräfin zu und sah ihr fest in die Augen.

»Tun Sie es. Aber dann erfahren Sie nie, was General Taylor vorhat. Im Kalender stand etwas von Mission H – sagt Ihnen das was?«

Die Gräfin hielt ihr die Pistole direkt vors Gesicht. Johanna griff zu und drückte sich den Lauf auf die Stirn. Sie würde Elli sowieso niemals wiedersehen. Auch das war ein leeres Versprechen, eine Lüge.

»Los. Dann muss ich es nicht selbst tun.«

Die Gräfin stutzte. Ganz offensichtlich war Johannas Verzweiflung nicht gespielt.

»Eben wolltest du noch deine Tochter wiedersehen.«

»Sie bluffen doch nur. Niemand weiß, wo sie ist. Nicht mal mein Vater.«

Die Gräfin musterte Johanna eine Weile.

»Kennst du den Hof der alten Donatsch?«

»Sicher. Gertrud Donatsch pachtet das Land von uns …«

Schweigend zog die Gräfin die Augenbrauen in die Höhe, und Johanna verstand.

»Gertrud Donatsch?!«, entfuhr es ihr. Konnte das denn sein? Es passte durchaus, ein gewissenloses Weib, das sich mit allerlei Hilfsarbeiten durchs Leben schlug, seit ihr Mann gestorben war. Die Tochter, Vreni, arbeitete bei ihnen im Curhaus, und Gerüchten zu Folge bot sie zahlenden Gästen ihren Körper an.

»Die macht aber auch alles für Geld … genau wie ihre Tochter.« Sofort überkamen sie wieder die Zweifel. »Aber wieso sollte ich Ihnen glauben?«

»Wir reiten morgen hin. Dann wirst du sehen, dass ich recht habe.«

Johannas Blick wanderte aus dem Fenster, in dem sie sich in ihrer blutbesudelten Schwesterntracht spiegelte. Durch ihr Spiegelbild hindurch betrachtete sie den Nebel. Dann drehte sie langsam den Kopf zurück und sah die Gräfin an.

Die sprach ruhig weiter.

»Was willst du machen, wenn du deine Tochter wiederhast? Deinen Verlobten am Altar stehen lassen und mit dem Kind abhauen?« Die Gräfin ließ die Waffe sinken. »Kindsentführung? Du wärst ständig auf der Flucht. Ist es das, was du für die Kleine willst?«

In ihrem Gesicht lag Fürsorge, und Johanna schluckte, weil sie erneut darauf hereinfiel. Hereinfallen wollte. Oder war doch nicht alles gespielt? Johanna meinte trotz allem eine gegenseitige Sympathie zu spüren. Und abgesehen davon, ob die Sorge gespielt oder die Sympathie nur vorgetäuscht war – die Gräfin hatte recht. Johanna hatte noch keinen Plan.

»Wenn sie dich kriegen – und das werden sie –, dann landest du im Gefängnis. Oder sie stecken dich gleich ins Irrenhaus.«

Schon Mathilde hatte ihr die Ausweglosigkeit ihrer Situation erklärt, und für sie hatte es nur eine Lösung gegeben: die Hochzeit mit Thanner.

Die Gräfin allerdings hatte eine andere Möglichkeit im Angebot.

»Du bist begabt. Du brauchst Geld und Zeit, um deine Flucht vorzubereiten. Und vor allem brauchst du eine neue Identität. Einen deutschen Pass kann ich dir besorgen – wenn du mir sagst, was im Terminkalender des Generals steht. Und ich zahle dir fünfhundert Franken für jede zusätzliche Information über Taylor.«

»Ich soll weiter für Sie arbeiten? Für den deutschen Geheimdienst?«

Gräfin von Hausner zuckte mit den Schultern.

»Du kannst auch Thanner heiraten. Und gar nicht mehr arbeiten. Dann bist du nur noch die hübsche Begleiterin an der Seite des Großrats, die auf Empfängen zu lächeln und zu schweigen hat und seinen Nachwuchs produziert. Eine Gebärmaschine. Und auch wenn es die Kinder dieses Widerlings sind …«, jetzt verfiel sie in einen tröstenden Tonfall, »… du wirst sie schon irgendwie lieben. Vielleicht ist ja ein Mädchen dabei. Das kannst du dann Elli nennen.«

Johanna fuhr herum. Ilse von Hausner musterte sie lange, Johannas Unterlippe zitterte leicht.

»Überleg's dir«, sagte die Gräfin lächelnd. Dann griff sie sich ihren Kimono und schlüpfte hinein.

»Ach, übrigens …«, sie zeigte Johanna einen kleinen Hebel an der Luger.

»Wenn du das nächste Mal jemanden erschießen willst, denk dran, die Waffe vorher zu entsichern.«

Sie machte es vor und zielte anschließend aus wenigen Zentimetern in Johannas Gesicht.

»Jetzt ist sie scharf.«

Schwester Annes lustige Nachtschicht

Kaum war die Schwester verschwunden, zog die Gräfin sich wieder an. Zumindest die Unterwäsche. Ihr Entkleidungsspiel hatte seinen Zweck erfüllt, aber der Einsatz war noch nicht vorüber.

Wie verabredet klopfte es um vier Uhr. Schmidt hatte die nötigen Informationen zusammengetragen. Wie vermutet war Lemke in Trakt fünf verlegt worden. Unterste Etage, Zimmer 12. Auf der Schattenseite des Sanatoriums, bei den Kriegsversehrten. Unter Protest hatten einige der Schwerkranken auf die bereits überbelegten anderen Zimmer verteilt werden müssen, denn Einzelzimmer gab es dort unten eigentlich nicht.

Polizeichef Caduff hatte vor dem Zimmer einen Beamten positioniert. Dieser würde, wenn es hart auf hart kam, kein großes Hindernis darstellen: Polizist Berno Steiner war in Chur geboren und hatte seine gesamte Ausbildungszeit in dem kleinen Städtchen verbracht. Erst vor Kurzem war er nach Davos versetzt worden. Doch sie würden ihn nicht opfern müssen, die Gräfin hatte einen anderen Plan, der weniger Aufsehen erregen würde.

»Hast du alles besorgen können?«

Schmidt nickte und gab ihr eine Tasche, woraufhin sie im Schlafzimmer verschwand. Als sie wenig später wieder herauskam, kreuzte sie die Arme über dem Kopf und drehte sich galant um die eigene Achse – blondes Haar fiel ihr bis auf die Schultern.

»Na, wie findest du mich?«

Für Schmidt hätte sie auch als Bäuerin, Nonne oder in einer Ritterrüstung herauskommen können. Aber als blonde Krankenschwester gefiel sie ihm besonders gut.

*

Die Stationsschwester des Trakts, in dem Lemke lag, Schwester Anne, war ein herzensguter Mensch, rundlich, etwas einfältig – und einsam. Sie wurde nie auf der Sonnenseite eingesetzt, denn sie strahlte keinerlei Eleganz aus. Zuweilen roch sie etwas säuerlich.

Um 4:30 Uhr schlenderte Kellner Franz mit einer Flasche Champagner zum Stationszimmer und klopfte an die Glasscheibe. Voller Erstaunen sah Anne den Kellner, der zwei Sektgläser in der Hand hielt und damit winkte. Mit einem Fingerzeig auf sich selbst fragte sie ungläubig, ob tatsächlich sie gemeint war.

Um 4:32 Uhr öffnete Franz Schmidt die Champagnerflasche.

Um 4:35 öffnete die Gräfin den elektrischen Schaltkasten im Kellergang unterhalb von Trakt 5. Sie studierte den Plan, den Schmidt besorgt hatte, und zückte das kurze Kabel mit den abisolierten Enden, verband zwei Pole miteinander.

Im gleichen Moment ging im Gang eine Etage höher das Licht über Zimmer 12 an. Auch im Stationszimmer ging eine Lampe an, die Lampe mit der entsprechenden Nummer 12, doch Schwester Anne lachte gerade so herzlich über eine Geschichte aus der Küche, die Franz ihr erzählte, dass sie es nicht bemerkte. Schmidt hatte sich entsprechend vor dem Licht positioniert. Sie bekam ebenso wenig mit, dass er den Knopf darunter drückte – woraufhin es wieder erlosch. Als er sich erhob, um das Glas der Stationsschwester aufzufüllen, verlor er das Gleichgewicht. Lachend taumelte er, stützte sich an der Wand ab und kam versehentlich gegen den Lichtschalter, woraufhin beide in Gelächter ausbrachen. Er knipste das Licht wieder an, und gleich noch einmal aus, wobei er »Buh!« sagte, und machte es gleich wieder an – woraufhin die Schwester prustend Champagner durch den Raum spuckte. Anne hatte noch nie eine so lustige Nachtschicht erlebt.

Draußen stand die Gräfin im Schatten einer Tanne, in einen dunklen Mantel gehüllt. Sobald sie das Lichtzeichen sah, betrat sie den Trakt wieder, hängte den Mantel in eine Besenkammer, setzte die blonde Perücke und ihre Haube auf und machte sich auf den Weg zu Zimmer 12.

Um 4:39 ließ Polizeiinspektor Steiner, der das Leuchten über dem Zimmer registriert hatte, die blonde Krankenschwester eintreten. Nur wenn der Patient nach einer Schwester rief, durfte er sie hineinlassen. Ansonsten hatte niemand Zutritt.

Um 4:45 verließ die Schwester das Zimmer wieder.

Um 5:35 leuchtete die Lampe mit der Nummer 12 erneut auf, auch im Stationszimmer. Franz war bereits verschwunden, diesmal bemerkte Schwester Anne das Licht. Sie machte sich auf den Weg. Als sie ankam, nickte Polizist Steiner und ließ sie eintreten. Im Zimmer stellte Schwester Anne fest, dass der Patient nicht mehr atmete und rief nach dem Arzt.

Um 5:43 stellte Dr. Mangold den Tod von Joachim Lemke fest.

Wir haben mehr zu bieten

Am nächsten Morgen saßen die Gräfin und Schmidt in der Zentrale des Geheimdienstes. Schmidt blickte zu Boden. Die Sache mit Lemke hatte er verbockt. Konsul zu Esteburg starrte vor sich hin und stopfte seine Pfeife. »Und was machen wir nun mit der Krankenschwester?«, fragte er.

Schmidt kam der Gräfin zuvor.

»Die verwöhnte Göre weiß zu viel. Soll ich sie eliminieren?«

Seine Vorgesetzte knöpfte ihren Pelzmantel auf und fächerte sich frische Luft an den Körper. »Das werden wir. Sobald wir sie bei Taylor nicht mehr brauchen. Im Moment kann sie uns noch von Nutzen sein.«

»Aber wieso zahlen wir ihr Geld?«, fragte der Konsul. »Wir wissen, wo ihr Kind ist. Damit haben wir sie in der Hand.«

»Wie fantasielos. Warum jemanden unnötig zum Feind machen, wenn man mehr zu bieten hat als Erpressung?«

»Was meinen Sie damit?«

Die Gräfin machte eine effektvolle Pause und legte ihr charmantestes Lächeln auf.

»Hoffnung, meine Herren … Hoffnung.«

Nur gucken

In der Dämmerung ritten Johanna und die Gräfin, beide mit Kopftuch und Schal vermummt, zum Gehöft der Donatsch. *Nur gucken,* hatte die Gräfin ihr eingeschärft. Wenn die alte Donatsch Johanna zu sehen bekam, würde sie ihrem Vater davon erzählen, und dann war alles verloren. Johanna würde Elli nie mehr wiedersehen.

Die Pferde galoppierten durch den Schnee, weiß stob der Atem aus den Nüstern, weiß leuchteten auch die schneeverhangenen Fichten aus der Dunkelheit. Johannas Herz galoppierte ebenfalls. Schon bald würde sie mit ihrer Elli und einem neuen Namen im Pass aus der Schweiz fliehen. Ein neues Leben beginnen. Irgendwo in Deutschland, oder Italien, Hauptsache, weit weg von Davos. Hier, in der Schweiz, als Frau Großrat wollte sie nicht leben. Konnte sie nicht mehr leben. Nur Bigna würde ihr fehlen. Und die kleine Klara.

Und Mathilde?

Und Papa?

Würde sie wirklich ohne ihre Familie leben können?

Es half nichts – sie würde es lernen müssen.

Der Hof kam in Sicht. Sie stiegen ab, führten die Pferde in den angrenzenden Fichtenwald und banden sie an. Von hinten schlichen sie sich ans Haus heran. Eines der Fenster war schwach erleuchtet, geduckt gingen sie darauf zu. Johanna lugte vorsichtig hinein.

Die Tochter der Donatsch, Vreni, saß am Tisch und löffelte

Suppe. Johanna und Vreni waren ungefähr gleich alt. Sie war eine unangenehme Person, voll Neid und Missgunst, Vreni verachtete Johanna schon allein aus dem Grund, weil sie die Tochter des Curhausdirektors war. Im Haus war alles von einer zweckmäßigen Einfachheit, dabei aber so ordentlich und sauber, wie ein altes Bauernhaus nur sein kann. Zu sauber, wie Johanna dachte. Nichts lag herum, Gläser mit eingemachtem Gemüse oder Kompott standen aufgereiht im Regal, der mächtige Holztisch war so oft geschrubbt worden, dass das Holz ganz ausgeblichen war, ebenso waren die Holzdielen von einem hellen Grau. Gertrud Donatsch betrat den Raum. Auch sie schien farblos zu sein, Kleidung, Haare, Haut – alles wie in der Sonne verblichen und ausgedörrt. Auf dem Arm hingegen trug sie das pure Leben: einen rosigen Säugling. Johanna presste die Lippen zusammen, mit dem Handschuh wischte sie sich die Tränen aus den Augen. Sie wollte so viel wie möglich so lange wie möglich sehen von … Elli. Dann durchfuhr es sie. War das wirklich Elli? Würde sie ihr Kind überhaupt wiedererkennen?

Sie drehte sich zur Gräfin.

»Woher wollen Sie wissen, dass das Elli ist?«, flüsterte sie.

»Die Donatsch bekommt jede Woche Geld von deiner Schwester. Seit einem Monat.«

Im Haus begann das Kind nun zu schreien, Johanna fuhr herum. Alle Zweifel waren zerschlagen, das Schreien erreichte eine Stelle in ihr, an die sonst niemand herankam. Ihre Augen füllten sich erneut mit Tränen, Elli schrie und schrie, der Drang hineinzurennen und ihr Kind an sich zu drücken, war groß, zu groß – sie musste zu Elli, Johanna wandte sich ab, wollte zur Tür, doch die Gräfin trat ihr entschlossen in den Weg, musste sie hart zurückhalten. Johanna spürte ihren warmen Atem, roch ihr Parfum. Sie schloss die Augen, die Gräfin flüsterte in ihr Ohr.

»Nur gucken. Du holst sie später. Komm. Lass uns verschwinden.«

*

Nach dem Ausritt, als ihre Abendrunde im Kliniktrakt lange vorbei war und die letzten Patienten die Bar verlassen hatten, schlich Johanna sich in die Dunkelkammer. Schon immer hatte sie die roten Stunden genossen, wenn sie Röntgenbilder entwickelte, Abzüge machte und ganz sicher niemand die Tür öffnen würde, solange draußen das Warnlicht leuchtete. Hier war sie allein, mit sich und den Schalen, den chemischen Lösungen, welche die Magie möglich machten.

Nachdem sie den Film entwickelt hatte, führte sie den Streifen in die Negativbühne des Vergrößerers ein, drehte an der Linse, bis die projizierte Schrift scharf wurde. Dann schaltete sie auf Rotlicht um, holte einen Bogen Fotopapier hervor, fixierte ihn und knipste die Lampe des Vergrößerers an, stoppte die Zeit, eins, zwei, drei Sekunden, Licht aus, Papier ins Entwicklerbad. Langsam schälten sich die Buchstaben hervor. AKTIVE DEUTSCHE AGENTEN IN DER SCHWEIZ. Als die Liste gut lesbar war, unterbrach sie die chemische Reaktion, indem sie das Papier ins Stopperbad warf. Anschließend fixierte sie das Motiv in der letzten Schale, spülte das Foto unter fließendem Wasser ab und hängte ihre Lebensversicherung zum Trocknen an die Wäscheleine.

Ein gewaltiges Problem

Die Eiskunstläuferin setzte sicher auf, streckte die Arme zur Seite und das linke Bein nach hinten, lächelnd glitt sie rückwärts über das Eisfeld des Kurparks, auch wenn ihr kaum jemand dabei zusah. Nur wenige Menschen hatte es heute nach draußen, unter den bewölkten Himmel von Davos gezogen.

Konsul Ole zu Esteburg, die Gräfin und Franz Schmidt waren nicht wegen des Wetters hier. Sie durchschritten einen abgelegenen Teil des Parks, zu Esteburg hielt seine Pfeife in der behandschuhten Linken und blies mächtige Wolken in die eisige Luft.

»Was hat die Krankenschwester herausgefunden?«, fragte er ohne die Gräfin anzusehen.

»Prinzessin Belova gibt bald ihren Neujahrsball im Curhaus Cronwald. Davos wird voller internationaler Gäste sein. Offenbar möchte General Taylor die unübersichtliche Lage nutzen, um jemanden namens PS zu treffen. Am Abend des Balls.«

»Und wissen Sie, um wen es sich bei PS handelt?«

Jetzt bedachte er die Gräfin mit einem strengen Blick.

»Es ist keine Person«, mischte sich Schmidt, der hinter ihnen ging, ein.

Zu Esteburg und die Gräfin blieben stehen und sahen sich um. Schmidt holte einen Prospekt aus der Innentasche.

Pilot & Söhne.

Der Konsul steckte sich die Pfeife zwischen die Zähne und blätterte ungeschickt darin herum, wobei die dick eingepackten Finger zwangsläufig einige Seiten übersprangen. Doch was er sah, reichte ihm: Pilot & Söhne war eine Uhrenmanufaktur aus St. Gallen. Verzierte Wanduhren, Armbanduhren, Taschenuhren. Zu Esteburg zog heftig an seiner Pfeife.

»Wenn es das bedeutet, was ich glaube …«

»… haben wir ein gewaltiges Problem«, beendete die Gräfin den Satz. Sie wandte sich zu Schmidt.

»Wissen wir, ob jemand von dieser Manufaktur in Davos zu Belovas Ball erwartet wird? Hast du in St. Gallen noch mehr erfahren? Ein Gesicht, einen Namen?«

Schmidt nahm den Prospekt wieder entgegen, senkte den Blick und schüttelte den Kopf. »Nein. Nichts.«

»Das ist zu wenig!«, fauchte die Gräfin, riss sich aber sofort wieder zusammen.

Sie gingen schweigend ein paar Schritte, bis der Konsul erneut stehen blieb.

»Gräfin?«

Schmidt verstand und ging allein weiter.

Mit gedämpfter Stimme sagte der Konsul: »Ich habe Nachricht von Ihrem Vorgesetzten bekommen.«

»Oberst Schilling?«

Er nickte.

»Sie sollen mich auf einer Mission nach Deutschland begleiten.«

Die Gräfin hob die Augenbrauen.

»Wohin?«

»In Ihre Heimat – nach Essen.«

»Nach Essen?!«

Sie sah ihn skeptisch an. »Aber nicht …«

»Doch. Schloss Mehlitz.«

Die Gräfin brauchte nicht lange, um die Kontrolle über ihre Gesichtszüge wiederzuerlangen, doch die kurzzeitige Entgleisung war dem Konsul nicht entgangen.

»Alle weiteren Anweisungen erhalten Sie von Schilling.«

Regel Nummer 1

Selbst wenn Johanna, wie jetzt, vor einem Toten stand – solange sie dabei ihre weiße Schwesterntracht trug, fühlte sie sich sicher. Trotz der Gegenwart des Todes hatte sie das gute Gefühl, etwas Sinnvolles zu tun. Etwas, das nicht jeder gelang. Die Handgriffe saßen, ihr knappes Jahr an der Front hatte aus ihr eine routinierte Operateurin gemacht.

Dr. Mangold und sie waren zu zweit im Operationssaal, beide mit schwarzen Gummihandschuhen und -schürzen bekleidet. Der Doktor sah ihr ebenso erfreut wie erstaunt zu, als sie den Leichnam mit Skalpell und Rippenschere öffnete, bis der Blick auf die Lunge frei war.

»Was sehen wir hier?«, fragte er. Sie spielten Lehrer und Schülerin, ein Spiel, welches beiden große Freude bereitete, denn Johanna durfte die Musterschülerin geben.

»Weit fortgeschrittene Tuberkulose. Vereinzelte Pleuraschwarten. Zirrhotisch.«

Sie beugte sich vor und drückte das Gewebe auseinander, um es genauer betrachten zu können.

»Faszinierend.«

Mangold war ebenfalls fasziniert, jedoch von etwas anderem, das er ebenso genau in Augenschein nahm wie die Schwester die Zirrhose. Als er von Johanna bemerkt wurde, sah er schnell weg und stimmte ihr beflissen zu.

»In der Tat. Ihr Vater muss stolz auf Sie sein.«

Johanna lächelte ihn gequält an. Sie widerstand nur mit Mühe dem Drang, sich Mangold anzuvertrauen, dieser Mann schien der Einzige zu sein, der sie für das wertschätzte, was sie konnte, sie so mochte, wie sie wirklich war. Doch sie widmete sich wieder dem geöffneten Thorax. Mangold fuhr fort.

»Vor Kurzem hatte ich übrigens das Vergnügen, Ihren Verlobten kennenzulernen. Ich nehme an, er wird Sie heute Abend zum Ball begleiten?«

Wieso kam er ausgerechnet auf Thanner zu sprechen?

»Zum Ball? Ach ja … natürlich. Gehen Sie auch hin?«

»Na, als Angestellter hab ich keine andere Wahl, oder?«

Johanna verzog abermals die Mundwinkel und fragte sich, ob ihr wohl schon als Kind das Lächeln zu einer Maskerade verkommen war. Auch sie hatte keine Wahl. Noch nie gehabt. Sie lächelte ihr bezauberndes Lächeln, und solange sie das tat, war alles gut. Vater anlächeln, Thanner anlächeln, Todkranke anlächeln. Dr. Mangold anlächeln. Wie gern hätte sie ihr Lächeln abgelegt und gezeigt, dass auch sie unter den Zwängen und Konventionen litt. »Es wird schon nicht so schlimm werden, Herr Doktor«, sagte sie.

»Und nach der Hochzeit – arbeiten Sie dann nicht mehr bei uns?«

Jetzt gefror das Lächeln doch ein wenig, denn die Wut auf Thanner schoss ihr direkt in die Schläfen. Das hier, genau das hier waren die Stunden, in denen sie die Johanna war, die sie sein wollte. Wie konnte der Großrat darauf bestehen, dass sie diesen Teil ihres Lebens aufgab? Sich selbst aufgab? Und wieso musste Mangold sie daran erinnern?

»Na, als Frau Großrat hab ich keine andere Wahl, oder?«, kam es bitter aus ihr heraus, und um dem Gesagten die Schärfe zu nehmen, setzte sie, ganz die freche Schülerin, mit gespielter Fröhlichkeit hinterher: »Stört Sie das etwa?«

»Ja.« Die Antwort kam schnell, und der Blick von Dr. Mangold wurde dabei so ernst, dass es Johanna mit doppelter Wucht traf. Wenn es Thanner nicht gäbe … sie erwischte sich zum wiederholten Mal bei diesem Gedankenspiel: Wie sie dem schönen Doktor wohl gegenübertreten würde, wenn es Thanner nicht gäbe.

Vor allem aber auch: Wenn es Erich nie gegeben hätte. In den ersten Wochen nach ihrer Rückkehr hatte sie noch oft an ihn gedacht, an die Wochen der Genesung in der Etappe, mit den langen Spaziergängen im Park, der Krieg nur ein Hintergrundgrummeln … und schließlich ihre drei wundervollen Nächte. Zum ersten Mal hatte sie sich einem Mann ganz hingegeben, Erichs Hände ihren Körper erforschen lassen, seine Lippen gespürt, den Duft seiner Haut eingeatmet und sich dabei selbst entdeckt. Doch ausgerechnet sie hatte Erich gesundgepflegt, auf dass er wieder in diesen sinnlosen Krieg ziehen konnte, in die Hölle von Verdun – und alles, was ihr danach blieb, waren die Erinnerungen an ihre Liebesnächte und die Feldpost. In all seinen Zeilen steckte die Hoffnung auf ein Leben danach, ein Leben nach den Bomben und den Granaten, nach den toten Kameraden, den Gefallenen. Ein Leben mit ihr, mit dem Kind, den Kindern, eine Familie unterm Apfelbaum.

Die Trauer um Erich hatte bisher auf allem gelegen. Und als ihr nun bewusst wurde, dass sich etwas in ihr zu verschieben begann, kam sie sich vor wie eine Betrügerin. Doch Erich war tot. Und Dr. Mangold war hier und warf ihr einen viel zu langen Blick zu.

Und war nicht alles offensichtlich und wundervoll? Dieser Moment, der alles sagt und den man mit einem Lächeln besiegelt?

»Ich habe einen Ortstermin. Nähen Sie bitte zu und machen die Leiche fertig? Sie wissen ja, wie es geht.«

Er blieb noch einen Moment stehen, ohne etwas zu sagen. Dann packte er seinen Koffer für den Hausbesuch, und Johanna griff zu Nadel und Faden und machte sich an die Arbeit.

Doch schon bald nachdem sich Dr. Mangold verabschiedet hatte, wurde sie aus ihren Träumereien gerissen. Schmidt, im Kellnerjackett, stand plötzlich im Raum.

»Gräfin von Hausner will dich sehen.«

Als Johanna alles erledigt und aufgeräumt hatte, machte sie sich auf den Weg zum Appartement der Gräfin. Sie klopfte und wurde hereingebeten. Schmidt war ebenfalls anwesend, stand wie ein Schatten hinter der Gräfin. Diese trug einen schwarzen Kimono mit riesigen Dahlien in Gelb, Orange und Rosa, die Seide floss über ihren Körper und bis auf die Chaiselongue hinab.

»Taylors Mission H – wir brauchen mehr Informationen.«

»Heute Abend gibt es auf dem Ball ein Treffen mit PS – es gibt aber keinen Gast im Curhaus mit diesen Initialen. Ich habe die Bücher geprüft.«

»Bei PS handelt es sich um die Uhrenmanufaktur Pilot & Söhne. Das haben wir inzwischen ermitteln können.«

»Aber mehr, als im Terminkalender stand, weiß ich nicht.«

»Dann finde etwas heraus! Franz hier denkt übrigens, dass du eine verwöhnte Göre bist. Ich bin die Einzige, die an dich glaubt – und biete dir ein neues Leben mit Elli. Beweis mir, dass du es wert bist. Schau dich um, horch Helen Taylor aus, belausch sie und ihren Mann – nutze deine Position als Tochter des Hauses. Jede noch so kleine Information über seine Abendpläne könnte ein wertvoller Hinweis für uns sein.«

Johanna ignorierte Schmidt, der ihr einen abschätzigen Blick zuwarf, und nickte. Die Gräfin fuhr fort. »Hast du den Generalschlüssel dabei?«

Johanna nickte erneut und holte ihn aus der Tasche. Schmidt nahm ihn an sich und setzte sich damit an den Tisch, vermaß den Schlüssel, notierte etwas, machte mehrere Fotos und fertigte schließlich mit Hilfe eines Lederstücks und einer flachen

Zange einen Abdruck an. Das alles dauerte keine Minute. Er erhob sich.

»Morgen bekommst du dein Duplikat«, sagte er und reichte ihr den Schlüssel zurück.

Sie war jetzt also eine Spionin.

Was waren das für Menschen, die diesen Beruf freiwillig ertrugen? Die ständig Gefahr liefen, von der Gegenseite enttarnt zu werden? Was würde passieren, wenn der General sie beim Herumschnüffeln erwischte?

»Was mache ich, wenn ich auffliege?«

»Regel Nummer 1«, sagte Schmidt.

»Was heißt das?«

»Wenn deine Tarnung fällt, muss jemand sterben. Entweder du oder der Feind. Aber einer muss sterben.«

Der Belgier

Mangold hatte Davos hinter sich gelassen und trieb sein Pferd durch eine felsige Schlucht, viel Zeit hatte er nicht. Offiziell war er zur Visite beim alten Levrat gewesen, den Termin hatte er jedoch in kürzester Zeit abhaken können, denn den Postboten plagte überwiegend die Langeweile, seit er in Rente war. Üblicherweise nahm der Doktor die anschließende Einladung zum Kaffee gern an, doch heute hatte er sie ausschlagen müssen.

Die Schlucht mündete in einen Waldweg. Rostige Schienen verliefen parallel zum Pfad, schon lange unbenutzt und größtenteils unter Schneeverwehungen verborgen. Als Mangold den kleinen Vorplatz des verlassenen Bergwerks erreichte, verlangsamte er das Tempo. Dunkel klaffte der Eingang in der Felswand. Mangold sah sich um, band sein Pferd an und entzündete eine Öllampe.

Im gelben Licht der kleinen Flamme betrat er den Stollen und stolperte über einen vergessenen Eimer, den er beiseitetrat. Eine Spitzhacke mit gebrochenem Schaft lehnte noch an der Wand. Mangold ging weiter. Als der Tunnel sich gabelte, nahm er den rechten Gang. Hier wurde die Decke niedriger. Nach drei weiteren Abzweigungen befand er sich tief im Inneren des Bergs und kam vor einer schweren Tür zum Stehen. Er leuchtete umher, sah den Haufen Geröll zur Linken, beugte sich vor und hob den einzigen hellen Stein an. Darunter lag ein Schlüssel, der so alt und grob aussah, als ließe sich damit das Turmzimmer öffnen, in dem die entführte Prinzessin gefangen saß. Als er die Tür aufdrückte, knarrte sie zudem wie im Märchen. Er betrat den in Fels geschlagenen Raum, bei dem es sich früher um das Büro der Schichtleitung gehandelt haben musste – zwei Stühle und ein wackliger Holztisch zeugten noch von der alten Zeit. Das Bergwerk war vor Jahrzehnten stillgelegt worden, nun lagerte die Entente hier ihr Material und die Waffen für geheime Einsätze.

Mangold sah sich um. Er war mit Van de Velde verabredet, einem Spion der Triple-Entente. Der Ball der russischen Prinzessin war ein idealer Anlass, um ohne großes Aufsehen ein Treffen der drei verbündeten Mächte zu arrangieren. Kommunikation per Funk, Telefon oder Telegraf wurde vermieden, sein belgischer Kontaktmann hatte die Informationen aus Moskau und Paris erhalten und überbrachte sie persönlich. Ausgerechnet ein Belgier. DER Belgier, um genau zu sein. So hatten ihn zumindest bisher alle genannt.

Mangold setzte sich auf einen der Stühle, stellte die Öllampe auf den Tisch, zündete sich eine Zigarette an und wartete. Wenig später sah er auf seine Armbanduhr – und hörte direkt neben seinem rechten Ohr ein Klicken. Im selben Moment spürte er den kalten Lauf eines Revolvers an der Schläfe. Mangold zog an seiner Zigarette, atmete unbeeindruckt aus und fragte: »Wollen Sie sich nicht erst mal vorstellen? Mit der Waffe Hallo zu sagen, wird in einigen Teilen der Welt als unhöflich empfunden.«

»Das sagt ausgerechnet ein Deutscher. Sie waren doch dabei, als meine Leute massakriert wurden. Da haben Sie auch nicht Hallo gesagt, oder?«

Der französische Akzent verlieh den hasserfüllten Worten ein wenig ungewollten Charme.

»Sie sind also *der Belgier*.«

Mangold bemühte sich, den Namen spöttisch auszusprechen, drehte langsam den Kopf und zog abermals an seiner Zigarette. »Wie schön, Sie kennenzulernen.« Er lächelte.

Der Belgier fixierte ihn. Eine Narbe verlief von der Schläfe über die Wange bis zum Mundwinkel, den er nun nach unten zog. »Und Sie sind ein Verräter. Ich kenne Ihre Akte.«

»Solange ich die Deutschen verrate, müsste Ihnen das doch genehm sein.«

»Mag sein, dass General Taylor Ihnen vertraut. Ich traue keinem Verräter.«

Die Zigarette war ausgegangen, Mangold holte das Feuerzeug hervor, um sie wieder anzuzünden. Es schlug Funken, mehrmals wollte es nicht aufflammen, er schüttelte es, und im nächsten Moment schlug er dem Belgier die Waffe aus der Hand, drehte ihm den Arm auf den Rücken und presste ihn mit der Narbe in den Staub der Tischplatte. Van de Velde grunzte.

»Sie sind auf mich angewiesen. Lemke aus dem Konsulat war ein Anfänger, deshalb ist er jetzt tot. Ich bin ihr letzter Mann in den deutschen Kreisen. Wenn Sie meine Akte gelesen haben, wissen Sie auch, dass ich keinen deutschen Boden mehr betreten kann. Also spielen Sie sich nicht auf und geben Sie mir die Informationen, die ich brauche.«

Mangold ließ den Belgier los. Der richtete sich mit einem Ruck auf und wischte sich den Staub von der Wange. Anschließend fuhr er mit dem Daumen die Narbe entlang, als wolle er sie polieren, zum Glänzen bringen. Er bückte sich, steckte seinen Revolver ins Holster und nahm Platz. Einen Moment lang schwiegen die beiden noch. Mangold bot seinem Gegenüber eine Zigarette an. Schließlich griff Van de Velde zu, ließ sich Feuer geben und begann zu erzählen.

Ein Brief für Herrn Neukomm

Wie wurde man überhaupt Spionin? Gab es geheime Universitäten, auf denen man das nötige Handwerkszeug lernte? Lügen, täuschen, verkleiden, kleine Fotoapparate installieren, Schlafmittel in Drinks mischen, Safes und verschlüsselte Botschaften knacken? Wie brachte man jemanden dazu, Informationen preiszugeben, ohne dass die Person skeptisch wurde? Sie konnte General Taylor nicht einfach ein paar Fragen zu dem geplanten Verlauf des Abends stellen. Oder konnte sie das, als Tochter des Hauses? Würden die Taylors nicht Verdacht schöpfen? Sie war schließlich Krankenschwester, nicht die Restaurantleitung.

Zunächst einmal half sie Helen Taylor zurück ins frisch bezogene Bett, schüttelte das Kissen auf, reichte ihr ein Glas Wasser. General Taylor stand vor dem Spiegel und probierte seinen Smoking an. Das weiße Hemd spannte bereits über dem Bauch, die Knöpfe des Smokings ließen sich nicht mehr schließen. Johanna beobachtete aus dem Augenwinkel, wie er seufzend aufgab. Seine Frau betrachtete ihn so liebevoll wie amüsiert, dann seufzte auch sie.

»Ach, könnte ich dich doch zum Ball begleiten. Ich will mein Leben zurück!«

Der General machte ein paar Schritte zum Bett und nahm die Hand seiner Gattin.

»Ohne dich ist jeder Ball reine Zeitverschwendung, Darling.«

»Erzählst du das auch all den anderen Damen heute Abend?«

»Dafür müssten sie so gut aussehen wie du.«

Miss Taylor lächelte, ließ die Hand ihres Ehemanns los und gab ihm einen zärtlichen Klaps auf den Handrücken.

Johanna stand etwas abseits. Ihre Aufgaben als Krankenschwester hatte sie erledigt. Jetzt musste sie das turtelnde Ehepaar irgendwie in ein Gespräch verwickeln … nur wie?

»Ich bin dann fertig«, sagte sie und wandte sich zum Gehen. Schon wollte sie aufgeben, einfach das Zimmer verlassen, da nahm sie noch einmal ihren ganzen Mut zusammen und drehte sich um. Möglichst beiläufig fragte sie: »Mr. Taylor – mein Vater hat einige Überraschungen für den Ball organisiert und lässt fragen, wann Sie heute Abend besetzt sind.«

Der General, der sich inzwischen wieder im Spiegel betrachtete, fuhr herum. Schöpfte er Verdacht? Er sah sie grimmig an.

»Sie brauchen sich nicht nach mir zu richten.«

Johanna nickte.

Das war nichts.

Einen Versuch noch.

»Und dann müsste der Concierge noch wissen, ob Sie heute einen auswärtigen Gast verköstigen wollen? Wegen der Sitzordnung.«

General Taylor versuchte ein letztes Mal, den Smoking zu schließen, doch gab frustriert auf. Unwirsch fuhr er Johanna an: »Nein. Und für den Rest des Tages wünsche ich nicht mehr gestört zu werden. Danke.«

Er drehte sich abermals zum Spiegel und schüttelte den Kopf.

»Essen, essen … immer geht es nur ums Essen … fünf Mahlzeiten am Tag … man wird hier ja regelrecht gemästet!«

Mehr hörte Johanna nicht, sie verließ den Wohntrakt und zog die Tür hinter sich ins Schloss. Davor, wie immer, Zaire. Er stand mit dem Rücken zu ihr und steckte einem herbeieilenden Pagen soeben einen Brief zu. »Für Herrn Neukomm, im Leseraum.«

Als Johanna sich an ihm vorbeischieben wollte, trat er höflich zur Seite und nickte ihr freundlich zu.

»Verzeihen Sie, Schwester Johanna.«

Sie lächelte, wie immer, und ging den Flur hinunter in Richtung Fahrstuhl. Der Page war einige Schritte vor ihr, betrat die Kabine und wartete, bis auch sie eingetreten war. Unterwürfig senkte er den Blick. Johanna behagte das devote Verhalten des Personals ihr gegenüber nicht, sie war stets bemüht, den Angestellten und Kolleginnen auf Augenhöhe zu begegnen, scheute auch keine niederen Arbeiten. Niemand sollte ihr vorwerfen können, dass sie es einfacher hatte, nur weil sie die Tochter des Direktors war.

»Ob Krieg oder nicht, wenn Prinzessin Belova ihren Ball gibt, herrscht immer reger Betrieb, was?«, begann sie ein Gespräch, als der Fahrstuhl sich in Bewegung setzte.

»So ist es, Fräulein Gabathuler.«

»Sie haben doch sicherlich genug um die Ohren, Flurin. Wissen Sie was? Ich muss eh hinunter, da kann ich den Brief auch für Sie abgeben. Lesezimmer war doch richtig?«

Sie streckte die Hand aus, doch der Page sah sie nur erstaunt an.

»Nein … aber … das müssen Sie nicht …«

Gespielt vorwurfsvoll legte Johanna den Kopf schräg und sah den Pagen an.

»Flurin.« Sie hielt ihm stoisch ihre geöffnete Hand entgegen. »Nun geben Sie schon her.«

Wenig später, in ihrem Zimmer, hielt Johanna den Briefumschlag in den aufsteigenden Dampf des Teekessels. Der Leim löste sich in der Feuchtigkeit, sie zog vorsichtig an der Lasche, entnahm dann den darin enthaltenen Brief und begann zu lesen.

Aufsatz zur wirtschaftlichen Zusammenarbeit in den Kolonien.

Es handelte sich um einen Entwurf von politischen Abmachungen mit den Kolonien des britischen Empires, die den Wohlstand der Entente-Mächte sichern und ausbauen sollten – nach siegreichem Ausgang des Großen Krieges. Nichts davon war besonders neuartig oder brisant, Johanna hatte ähnliche Ausführungen bereits einige Male in den internationalen Tageszeitungen gelesen. Nach einiger Zeit überflog sie den Text nur noch. Der Inhalt des Briefes konnte nicht die Botschaft sein, dieser Aufsatz war einfach zu banal. Sie hielt den Briefbogen gegen das Licht, konnte aber auch so nichts Außergewöhnliches entdecken. Dann studierte sie die Anfangsbuchstaben jeder Zeile, forschte nach anderen Mustern – irgendwo musste doch eine geheime Botschaft versteckt sein? Sie untersuchte den Briefumschlag, hielt auch ihn gegen das Licht, befühlte das Futter – und erst dann fiel es ihr auf. Der Umschlag trug eine Briefmarke! Auf einem Brief, der im Sanatorium persönlich überbracht wurde – wie unsinnig. Hier musste der Hinweis verborgen liegen. Sie holte ein Vergrößerungsglas aus der Schublade und betrachtete die Marke genau. Es handelte sich um eine 70-Cent-Marke, darauf war Helvetia zu sehen, die Mutter der Nation, mit Schwert, das Kreuz auf der Brust, in die Ferne blickend, hinter ihr am Horizont die Berge. Nichts an der Marke war auffällig. Sie erhitzte erneut das Wasser im Teekessel, bis Dampf aufstieg, und hielt die Ecke des Umschlags hinein. Mit einer Pinzette löste sie die Briefmarke, und tatsächlich – darunter, auf dem Umschlag, war in dünnen Buchstaben etwas vermerkt:

23 h Roulette-Zimmer
Identifizieren
dann auf weitere
Anweisungen warten

Das war die Information, die sie brauchte. Die Erleichterung flutete ihren Körper wie ein Medikament. Jetzt musste sie den Brief nur noch in seinen Urzustand zurückversetzen und ihn Herrn Neukomm überbringen. Nein, überbringen lassen. Es war sicherlich nicht ratsam, wenn sie sich begegneten.

Als sie den zusammengefalteten Aufsatz wieder in den Umschlag schieben wollte, stellte sie fest, dass er sichtbar unter der Dampfbehandlung gelitten hatte. Das Papier des Briefumschlags schlug leichte Wellen. Nicht gut. Glücklicherweise handelte es sich um einen Umschlag mit dem Briefkopf des Curhauses. Die Botschaft, die sich unter der Briefmarke versteckt hatte, war in kleinen Druckbuchstaben verfasst – die konnte sie neu schreiben.

Sie schlich hinunter zur Rezeption und passte einen günstigen Moment ab, dann nahm sie unbemerkt einen Umschlag und auch eine 70-Cent-Briefmarke an sich. Auf ihrem Zimmer schrieb sie mit frisch gespitztem Bleistift die Nachricht in kleinen eckigen Druckbuchstaben oben in die Ecke des neuen Umschlags, klebte die Briefmarke darauf und steckte den gefalteten Bogen mit dem Aufsatz hinein. Zuletzt klebte sie den Brief zu und eilte hinunter zum Leseraum.

Sie lugte durch die Tür. Es saßen nur drei Gäste hier, alle in ihre Lektüre vertieft. Zwei kannte sie, es waren Patienten, beim dritten musste es sich also um Neukomm handeln. Der

Mann hatte dunkelblonde, eng am Kopf liegende Locken, trug einen Schnauzbart und eine randlose Brille. Er saß allein an einem der Tische, vor sich ausgebreitet eine Zeitung, seine Hand ruhte auf einem Koffer, der neben ihm auf dem Sessel stand. Als Johanna genauer hinsah, konnte sie erkennen, dass der Koffer an sein Handgelenk gekettet war. Jetzt hörte sie Schritte, jemand kam aus Richtung der Bar, aller Wahrscheinlichkeit nach ein Kellner mit Getränken für den Leseraum. Johanna eilte sofort in die entgegengesetzte Richtung, wartete einen Augenblick hinter einer Ecke und machte dann wieder kehrt. Und richtig: Justus, mit weißer Schürze und Tablett, kam ihr auf dem Flur entgegen und steuerte den Leseraum an. Johanna ging energisch auf ihn zu. Vor der Tür mit der Aufschrift MEDEAS ZIMMER trafen sie aufeinander.

»Justus, Sie schickt der Himmel! Diesen Brief hat Flurin mir für einen Herrn Neukomm mitgegeben, doch ich muss dringend zu einer Patientin nach oben. Sind Sie so lieb und überbringen den Brief? Herr Neukomm wartet im Leseraum.«

Und ohne eine Reaktion abzuwarten, legte sie dem Kellner den Brief auf das Tablett und verschwand.

*

»Hervorragend, Johanna. Ich bin beeindruckt!«

Ilse hob ihr Glas und prostete ihr aus dem Moorbad zu. Die Gräfin bereitete sich auf ihre Art auf den Ball vor: Schlamm für die Haut, Champagner für die Seele.

»Und würdest du den Mann wiedererkennen?«

»Selbstverständlich. Ich habe mir sein Gesicht eingeprägt.«

»Sehr gut. Dann werden wir heute um Viertel vor elf im Roulette-Zimmer sein. Wo immer dieser Neukomm hingeht, wir folgen ihm. Wir müssen wissen, was in dem Koffer ist. Uhren sind es sicherlich nicht!«

Mit diesen Worten erhob die Gräfin sich, der dunkle Heilschlamm floss langsam an ihr herab, Johanna senkte den Blick.

»Komm. Genug im Schlamm gesuhlt. Heute schwimmen wir raus in den Ozean!«

Sklaventreiber und Kommunisten

Das gesamte Curhaus war in Aufruhr. Es wurde geputzt, gekocht, geschmückt – Prinzessin Belovas Ball zu Beginn des Jahres war zweifelsohne eines der wichtigsten gesellschaftlichen Ereignisse in Davos.

Auch Peter Gabathuler befand sich seit den frühen Morgenstunden in ständiger Bewegung, überwachte alles, kostete die Hummersuppe in der Küche, rückte im Speisesaal ein paar Bestecke zurecht und dirigierte das Personal, das auf der meterhohen Leiter unter der Decke Girlanden aufhängte, während das Tanzorchester eintraf und begann, Stühle, Noten- und Instrumentenständer aufzubauen.

Der Soldat Georg Kohlmann, einer der deutschen Kriegsversehrten, lehnte derweil am Türrahmen seiner Gruppenunterkunft und rauchte. Er trug eine schwarze Augenklappe und betrachtete das rege Treiben im Innenhof des Cronwalds mit einer Mischung aus Spott und Abscheu auf den Lippen. Kistenweise wurde von den Küchenjungen der Champagner in den Kühlraum geschleppt, und Pierre, der Concierge, verscheuchte mit groben Worten alle, die im Weg standen. Dann kam Vreni Donatsch, die im Curhaus als Zimmermädchen arbeitete, mit einem Stapel frisch gebügelter Laken aus der Waschstube geeilt. Der Wäschestapel nahm ihr die Sicht, und so steuerte sie geradewegs auf Pierre zu, der ebenfalls, ohne nach vorn zu sehen, durch den Innenhof hetzte.

»Vreni, Vorsicht!«, rief Georg noch, doch vergeblich – schon stieß sie mit dem Concierge zusammen, der sie wutentbrannt von sich stieß. Vreni konnte sich auf den Beinen halten, doch ihre Wäsche fiel auf den Boden.

»Pass doch auf, du Tölpel!«, fuhr Pierre die Tochter der Bäuerin an.

Vreni wollte sich bücken, retten, was zu retten war, doch der Concierge schob die weißen Laken mit den Stiefeln beiseite – und machte so mit einer groben Bewegung Vrenis Arbeit der letzten Stunden zunichte.

»Kannst du gleich noch mal von vorn beginnen! Die Zeit wird dir vom Lohn abgezogen«, blaffte er sie an.

Georg schleuderte den Stummel seiner Zigarette zu Boden, trat mit der Hacke darauf und war mit wenigen Schritten bei Pierre und Vreni, die mit Tränen in den Augen die schmutzige Wäsche vom Boden aufklaubte. Er baute sich vor dem Concierge auf. Vreni bemerkte es und trat dazwischen. »Georg, lass …«

Doch Georg ignorierte sie und fixierte Pierre. Der Krieg hatte einen gewaltigen Hass gegenüber jeder Obrigkeit in ihm wachsen lassen, und auch, wenn es nur ein einfacher Concierge war, der hier die Befehle erteilte – Georgs Wut kochte beim Anblick dieser Machtdemonstration über. Und dann auch noch Vreni!

»Du verfluchter Sklaventreiber. Kannst die Leute nicht wie deine Leibeigenen herumkommandieren!«, entfuhr es Georg.

Pierre, der seit zehn Jahren der Concierge des Cronwalds war, hatte sich diese Position erarbeitet, weil er besonders resolut war und durchgreifen konnte. Selbst im größten Stress galt es, im Sanatorium den Überblick zu bewahren und schnelle Entscheidungen zu treffen, und auch jetzt musste er nicht lange überlegen. Der Soldat hinderte ihn daran, seine Arbeit zu machen und musste in seine Schranken gewiesen werden.

Diese Sorte Mensch verstand nur die Sprache der Gewalt, also schob er das Zimmermädchen beiseite und holte zum Schlag aus – als Peter Gabathuler in den Hinterhof geeilt kam. Auch ihm war die Anspannung deutlich anzusehen. Er wedelte mit einem Stapel bedruckter Papiere.

»Alle mal herhören!«, rief er.

Pierre ließ die Faust sinken, seine Aufmerksamkeit richtete sich nun auf den Direktor des Curhauses.

»Diese verfluchten Kommunisten. Es sind wieder Hetzschriften verteilt worden!« Gabathuler war aufs Äußerste erregt. Er trat an den Müllcontainer, öffnete die Klappe und versuchte, den Stapel der mit großen Lettern bedruckten Bögen durchzureißen, es waren jedoch zu viele Papiere auf einmal. Schließlich musste er aufgeben, was ihn nur noch wütender machte. Als er sie mit aller Kraft in den Container schleuderte, wirbelten einige Blätter hoch und fielen in den Dreck. Er musste sich bücken, klaubte die restlichen Papiere auf, und jetzt, endlich, ließen sie sich zerreißen. Mit ein paar Hälften in jeder Hand fuchtelte er vor den versammelten Bediensteten und Soldaten herum.

»Diese widerwärtigen Pamphlete haben im Cronwald nichts zu suchen. Bei wem auch immer ein solches Blatt gefunden wird, der wird entlassen. Verstanden? Sollten hier irgendwo neue Schriften auftauchen, ist dies sofort zu melden!« Er war außer sich. Seine Angestellten, aber auch die Soldaten, die hier im hinteren Bereich des Sanatoriums untergebracht waren, standen still.

»Jeder, der meint, hier ›unterdrückt‹ zu werden: Bitte, Sie sind frei zu gehen! Viel Vergnügen dabei – um die Schweiz herum herrscht Krieg.«

Alle Mitarbeiter des Sanatoriums senkten den Blick, vom Concierge bis zum Küchenjungen. Auch die Soldaten schwiegen. Niemand wollte in den Krieg. Georg, der als Einziger geradeaus blickte, versuchte sich eine neue Zigarette anzuzünden, doch seine Hand zitterte zu stark. Schließlich gab er auf.

Gabathuler schmiss die letzten Fetzen in den Container und schlug den Deckel zu. »So!« Er klopfte sich die Hände sauber und ging hinüber zu der kleinen Gruppe Soldaten. In etwas gemäßigterem Tonfall sagte er: »Vier von Ihnen dürfen heute an Belovas Ball teilnehmen. Nach getaner Arbeit steht Ihnen die Bar offen. Die Prinzessin braucht kräftige Männer, ohne Wunden an Händen oder Oberkörper.«

Ein Soldat auf Krücken trat aus der Tür der Gruppenunterkunft.

»… und mit zwei Beinen«, setzte der Direktor hinzu. »Wer hat Interesse?«

Die Aussicht auf die offene Bar ließ einige der Hände emporschnellen. Auch die von Georg. Er trat hervor.

»Was gibt es zu tun, Herr Gabathuler?«

Politik und schöne Kleider

»… aber dass Deutschland mit Österreich-Ungarn den Krieg eskaliert hat, war ein Verbrechen!«, sagte Johanna, griff zur Puderquaste und mattierte ihr Gesicht. Sie betrachtete ihr Spiegelbild. Die Gräfin lag äußerst entspannt vom heißen Schlammbad auf der Chaiselongue und beobachtete Johanna dabei, wie sie nun mit der Rouge-Bürste ihre Wangen betonte. Sie trug ihren Kimono.

»Ein Verbrechen?« Lächelnd nippte sie an ihrem Champagner. »Möglich. Aber wurden wir nicht dazu gezwungen? Von unersättlichen Großmächten, von Demokratien? Was ist mit dem Kolonialreich der Franzosen? Was mit den Belgiern, die in Afrika zehn Millionen abgeschlachtet haben? England! Hält sich vom Nord- bis zum Südpol ein Söldnerheer zu einem einzigen Zweck: zu erobern!«

Johanna zog das untere Augenlid herunter und trug behutsam etwas Kajal auf.

»Dunkler«, sagte Ilse.

»Krieg hat noch nie irgendwelche Probleme aus der Welt geschafft«, sagte Johanna und zog den Strich kräftig nach. »Nennen Sie mir einen Konflikt, der mit Waffengewalt langfristig beigelegt wurde. Jede besiegte Nation sinnt auf Rache, und so geht das ganze Spiel irgendwann von Neuem los.«

Die Gräfin nickte nachdenklich. »Die Menschen sind Bestien. Ob Monarchisten, Kommunisten oder Demokraten, das macht am Ende keinen Unterschied.«

»Woher kommt nur dieser Drang, das eigene und andere Völker zu unterjochen?«, fragte Johanna und widmete sich dem anderen Auge. Dann ließ sie den Stift sinken und betrachtete ihr Werk. So dunkel hatte sie sich die Augen noch nie geschminkt. Sie hatte es manchmal bei anderen Frauen gesehen, aber selbst nie gewagt. Sie fand immer, es passte nicht zu ihr. Doch jetzt merkte sie, wie gut es ihr gefiel. Eine andere sein zu können. »Ich hoffe, dass am Ende der Pazifismus siegen wird: Die Schweiz hat keine Kolonien und ist eine Demokratie.«

Die Gräfin lachte trocken und erhob sich.

»Eine Demokratie, die mit allen Kriegsparteien Geschäfte macht.«

Sie hielt Johanna einen Lippenstift hin.

»Hier. Der passt zu deiner Haarspange.«

Johanna nahm den Lippenstift, schob ihn heraus und betrachtete die Farbe. Dann begann sie, die Lippen nachzuziehen. Was für eine Freude es ihr bereitete, sich gemeinsam mit der Gräfin auf den Ball vorzubereiten – sie war überrascht. Mit Mathilde hatte es solche Momente kaum gegeben. Ihre Schwester trug seit Jahren dieselben Kleider, die immer gleiche Hochsteckfrisur und legte für Feierlichkeiten bestenfalls etwas Lippenstift auf. Und auch Gespräche über Politik waren Mathilde zuwider. Sie interessierte sich angeblich nicht dafür – doch Johanna vermutete, dass sie die größeren Zusammenhänge schlicht nicht verstand. Und nun saß Johanna mit einer ebenso klugen wie schönen Frau vor dem Spiegel, um Weltpolitik zu diskutieren und sich hübsch zu machen – auf beiden Feldern war die Gräfin erfahrener als sie und bereit, ihr Wissen zu teilen. Auch der Gräfin schien all das Vergnügen zu bereiten. Sie stellte sich hinter Johanna und legte ihr die Hände auf die Schultern. Die Hände waren warm, die Berührung angenehm. Eine kurze, kräftige Massagebewegung, dann zeigte sie auf Johannas silberne Haarspange.

»Ein Erbstück?«

Johanna nickte.

»Ich bin auch ohne Mutter groß geworden«, sagte die Gräfin. Ihre Blicke trafen sich im Spiegel.

Was war das für eine Frau? Johanna hätte sie gern kennengelernt, fernab von den Spielchen und strategischen Manövern, die ihr Leben neuerdings bestimmten. Doch die Gräfin blieb ein Rätsel. Öffnete sie sich bloß zum Schein, um Johanna für sich, für ihre Pläne zu gewinnen? Oder hatte auch sie das Bedürfnis nach einem Bündnis, das über die politische Agenda ihres Landes hinausging? Konnten sie so etwas wie Freundinnen sein?

Kaum.

Johanna war zwar erst vor Kurzem in diese Welt geraten, sie kannte noch nicht alle Spielregeln – doch naiv war sie nicht. Sie wusste, dass sie jederzeit aussortiert werden konnte, sobald ihr Wissen eine Gefahr darstellte oder sie schlicht nicht mehr von Nutzen war. Und doch war die Anziehung, die von der Gräfin ausging, groß. Noch nie zuvor hatte Johanna eine Frau getroffen, die sich mit solcher Leichtigkeit und Eleganz auf dem gesellschaftlichen Parkett bewegte, mit Männern spielte, jede Konversation mit scharfsinnigen Kommentaren bereicherte und dabei so attraktiv war, dass sie selbst auf Johanna anziehend wirkte. Attraktiv – und gefährlich.

»Wo willst du mit deiner Elli eigentlich hin?«, fragte die Gräfin nun.

Johanna schwieg.

Sie hatte eine vage Idee, aber je weniger Mitwisser es gab, desto besser. Noch immer sahen sich die beiden im Spiegel an. Johanna zuckte mit den Schultern. Dann vollendete sie die

Schminkprozedur und schenkte ihrem Spiegelbild ein strahlendes Lächeln.

»*Magnifique!*«, sagte die Gräfin. »Komm mit!«

Sie betraten das Schlafzimmer und gingen an den Kleiderschrank. Die Gräfin schob ihre Kleider an den Bügeln von links nach rechts, zog das ein oder andere hervor.

»In deiner Demokratie hast du als Frau übrigens auch nichts zu sagen – wählen dürfen nur die Männer. Die Monarchie hat zumindest den Vorteil, dass nicht ein paar Bauern, sondern gebildete Leute über dich entscheiden.«

Sie hielt Johanna ein grünes Kleid aus geraffter Seide an, war jedoch nicht zufrieden, hängte es wieder zurück und suchte weiter.

»Ich habe eigene Kleider«, sagte Johanna, obwohl sie gebannt den Bewegungen der Gräfin folgte, die ihre umfangreiche Garderobe durchstöberte und hin und wieder ein Kleid aus glänzendem Stoff hervorzog.

»Das mag sein. Aber es sind nicht die richtigen.«

Mit diesen Worten holte sie ein Kleid hervor, das in Schnitt und Farbe äußerst gewagt war. Körperbetont, rot und mit tiefem Ausschnitt. Johanna nahm es entgegen, hielt es sich an und betrachtete sich kopfschüttelnd im Ganzkörperspiegel.

»Das bin … doch nicht ich?«

»Genau darum geht es.«

»Aber Thanner wird nicht gefallen, dass ich mich so offenherzig zeige.«

»Wenn du deinem Verlobten bis zum Schluss die Unterwürfige vorspielst, wird er sich nur allzu gern mit dir zeigen. Für ihn bist du eine Trophäe, die seinen Status stärkt. Gleichzeitig kannst du ihn kontrollieren – am besten mit deiner Attraktivität. Denn Attraktivität bedeutet Macht. Und Macht bedeutet Kontrolle.«

Johanna besah sich im Spiegel, drehte und wendete sich, immer noch das Kleid vor sich haltend. Die Gräfin hatte sich ebenfalls für ein Kleid entschieden und stellte sich hinter sie. Als sie lächelte, knipste auch Johanna ihr schönstes Lächeln an. Die Gräfin beugte sich vor und flüsterte:

»So ist's gut. Heute Nacht werden wir strahlen!«

Prinzessin Belovas Ball

Im Foyer des Curhauses herrschte großer Andrang, eine Vielzahl von Stimmen verschiedenster Nationen verwob sich zu einem bunten Geräuschteppich, Gelächter und herzliche Grußworte stachen vereinzelt hervor. Alle Gäste trugen venezianische Masken, bei den Herren waren diese einheitlich schwarz und bedeckten lediglich die Augenpartie; die Damenwelt hatte ausgefallenere Farben und Formen gewählt, zum Teil auf die Abendgarderobe abgestimmt. Wieder und wieder flammte zischend Blitzlicht auf, und all die Parfums und Eau de Toilettes waren nicht stark genug, um sich gegen den Geruch des verbrennenden Magnesiums durchzusetzen. Die Fotografen riefen Namen, gaben höfliche Anweisungen auf Französisch, Englisch, Italienisch, Deutsch und Schwyzerdütsch, schossen Bild um Bild. Einer von ihnen, der soeben General Taylor und Professor Tschudi abgelichtet hatte, winkte nun hektisch Johanna und Großrat Thanner zu sich, als er sie entdeckte.

»*Monsieur le grand conseil*, ein Foto mit Ihnen und Ihrer zauberhaften Verlobten bitte – für den *Courier de Davos*?«

Die Bediensteten, die mit Tabletts voller Champagnergläser umhergingen, waren nicht maskiert, auch der Mann mit der Kamera trug keine Maske, ihm stand der Schweiß auf der Stirn, den er nun mit einem Stofftaschentuch abwischte. Er dirigierte Thanner und Johanna an die richtige Position, lächelte freundlich, was einigermaßen missglückte, da eine lange Narbe sich vom Mundwinkel über die Wange bis hoch zur

Schläfe zog. Johanna, die im roten, rückenfreien Kleid der Gräfin alle Blicke auf sich zog, strahlte und lachte. Ihre dunkel geschminkten Augen funkelten aus den Sehschlitzen der perlenbesetzten Maske, die aus schwarzer Spitze gefertigt war. Die Haare hatte Johanna am Hinterkopf zusammengesteckt, und ein Fächer aus kurzen, schwarz gefärbten Straußenfedern ragte aus dem Knoten in die Höhe. Sie hob das Kinn und verharrte bewegungslos, ging in Pose für das Foto. Thanner grüßte weiter hierhin, nickte dorthin, zeigte seine kleinen Zähnchen, erst nach einer erneuten Bitte des Fotografen nahm auch er Haltung an. Mit eingefrorenem Lächeln blickte das Paar direkt in die Kamera, wieder wurde Blitzpulver entflammt, der Rauch stieg auf zur hohen Decke.

»Ihr Kleid ist einigermaßen gewagt«, presste Thanner durch die Zähne, ohne seinen Kopf zu drehen. Auch Johanna lächelte weiter in die Linse des Fotografen, der um ein weiteres Foto bat.

»Gefalle ich Ihnen etwa nicht?«, fragte sie und rückte noch etwas näher an Thanner heran. *Attraktivität ist Macht, Macht ist Kontrolle*. Der Großrat wollte gerade antworten, doch das Pulver entzündete sich erneut mit einem Fauchen. Der Abdruck der funkensprühenden Flamme auf der Netzhaut überlagerte Johannas Sicht und verblasste nur langsam. Thanner schwieg, seine Konzentration galt nun ihrem Vater, der an der Seite von Professor Tschudi auf das Paar zusteuerte. Beide Männer hatten eine Zigarre in der Faust, und Peter Gabathuler klemmte sich seine in den Mundwinkel, um Thanner zu begrüßen.

»Ah, endlich, da sind Sie! Kommen Sie mit, Herr Großrat, ich möchte Sie unbedingt dem portugiesischen Botschafter vorstellen.«

Vreni hatte sich just einen Weg durch die Menge gebahnt, immer die wichtigsten Gäste im Blick, links und rechts griffen die Hände zu und nahmen sich Champagner vom Tablett. Als sie jetzt bei der kleinen Gruppe ankam, waren nur noch zwei volle Gläser darauf, Gabathuler gab eines Thanner und nahm sich selbst das letzte, um mit seinem Schwiegersohn in spe anzustoßen und ihn in den Saal zu führen. Johanna blieb einen Moment konsterniert stehen, keiner der beiden Männer bat sie mitzukommen. Gerade als ihr Vater und ihr Verlobter im Begriff waren, vom Getümmel verschluckt zu werden, gab sie sich einen Ruck und folgte den beiden in den Festsaal.

Hier war es noch lauter, in der Luft lag ein Gemisch aus Zigaretten, Schweiß und Duftwasser. Die Davoser Kurkapelle stimmte ihre Instrumente, der Bereich vor der Bühne war heute freigeräumt. Um die Tanzfläche herum standen weiß gedeckte Tische, auf denen Gaslaternen ihr dezentes, warmes Licht verströmten. Dann hob der Dirigent den Stock, klopfte aufs Pult und gab den Einsatz: Eine kleine, russische Melodie erklang, das Saallicht wurde heruntergedimmt, und ein Raunen ging durch die Menge.

Gabathuler hielt inne, drehte sich zum Großrat um und grinste. »Na, dann muss der Botschafter wohl warten …«

Ein Spot richtete sich oben auf die Balustrade, auf der Prinzessin Belova erschien, üppig behängt mit Goldschmuck und Perlen, einen orientalisch anmutenden Hut auf dem Kopf. Sie trug ihr kleines Hündchen auf dem Arm, und erhob die Stimme:

»*Mesdames et Messieurs, cher consuls et ambassadeurs, ma famille royale européenne, dear friends.* Zum nunmehr zwölften Male rufe ich Ihnen zu: Willkommen! *Dobro pozhalovat!* Wieder ist Vollmond, wieder ist ein Jahr vergangen. Und wieder bin ich ein Jahr jünger geworden!«

Die Menge lachte höflich. Johannas Vater prostete General Taylor zu, der einige Tische entfernt Platz genommen hatte, und beugte sich dann zu Thanner. »Die Prinzessin war mit meiner verstorbenen Frau befreundet. Verwandt mit dem Zaren.«

Von der Balustrade tönte weiterhin die Stimme von Olga Belova: »ASKLEPIOS' NACHT! – Der Gott der Heilkunst soll uns heute leiten.«

Johanna sah, wie Professor Tschudi und ihr Vater sich einen Blick zuwarfen und breit grinsen mussten. Tschudi beugte sich zum Großrat, um ihn einzuweihen: »Die Prinzessin kam vor vielen Jahren mit einer, nun ja, schweren Erkältung nach Davos – und wurde hier im Sanatorium … ›geheilt‹.«

Thanner nickte erheitert, er verstand. Gabathuler setzte eine Unschuldsmiene auf. »Warum den Leuten ihren Glauben nehmen, wenn sie gut zahlen?«, fragte er, und die drei Männer lachten. Johanna konnte sich nicht dazu überwinden, mit in das Gelächter der drei Männer einzustimmen, so wie sie es sonst getan hätte. Es fiel aber auch niemandem auf.

Jetzt begann der Geiger der Kapelle eine mystische Melodie zu spielen. Das Licht änderte sich, alles wurde in einen blauen Schimmer getaucht. Die Prinzessin auf der Balustrade fuhr mit lauter, sonorer Stimme fort.

»Erneuern wir unser Selbst. Tauchen wir ab ins Unbewusste, befreien wir das Animalische in uns. Anima und Animus, was ist Mann, was ist Frau? Wie immer gibt es in den verborgenen Zimmern des Cronwald viel für Sie zu entdecken!«

Ein Paukenwirbel erklang, der Spot und das Licht erloschen, und einen kurzen Moment später richtete sich der Scheinwerfer, nun rötlich, auf den Eingang des Saals. Unter aufbrandenden »Oooohs« und »Aaaaahs« trugen vier halb nackte Männer eine Sänfte herein, die Oberkörper eingeölt, auch sie waren maskiert, die Köpfe zierten schwarze Zylinder. Auf der Sänfte räkelte sich, ebenfalls so gut wie nackt, eine verschleierte Frau. Während die Männer eine Runde auf der Tanzfläche drehten, ließ die geisterhafte Schönheit ihre Arme und den

Oberkörper in fließenden Bewegungen wogen. Zur Geigenmelodie, die sich in perfektem Einklang mit den Bewegungen der Verschleierten durch eine fremde Tonart schlängelte, gesellten sich Pauken und Trommeln wie aus einem Dschungel. Jetzt erst erkannte Johanna in einem der Träger Georg Kohlmann. Einer der Kriegsversehrten aus Deutschland, die das Sanatorium aufgenommen hatte. Georg hatte im Schützengraben durch einen Granatsplitter ein Auge verloren und war Kriegszitterer – von Zeit zu Zeit fing er ohne erkennbaren Grund panisch an zu schreien und zu zittern, manchmal so stark, dass er zu Boden fiel. Aus Verdun wusste Johanna, dass in solchen Momenten nichts half, außer mit ruhiger Stimme auf die armen Kerle einzureden, da sie sich plötzlich wieder im Schützengraben wähnten. Auch Georg hatte sie erst vor wenigen Tagen bei einem seiner Anfälle mit ruhiger Stimme und sanften Berührungen zurück in die Realität holen können.

Sie nickte ihm zu. Als das Erkennen nun auch durch sein Gesicht ging, senkte er den Blick. Unter rauschendem Applaus verließen die Männer mit der Sänfte den Saal, Geige und Trommler spielten einen Tusch, dann setzte der Rest der Kurkapelle ein.

Während die Tanzfläche sich füllte, machte Gabathuler den portugiesischen Botschafter und Thanner miteinander bekannt. Johanna versteckte sich hinter ihrer Maske und ihrem Lächeln – sie zeigte ihrem Vater und Thanner die Johanna, die sie sehen wollten. Sie begrüßte Bekannte, tauschte ein paar freundliche Worte, lobte Garderobe und Maskerade, hob ihr Glas, bedankte sich ihrerseits für Komplimente. Als sie sich mit ihrem Vater, Thanner, Mathilde und Caduff an den für sie reservierten Tisch setzte, begannen die Männer eine ihrer üblichen Unterhaltungen. Thanner kannte nur ein Thema: seine Investitionen und Geschäfte. Johanna schaltete ab, ihre Meinung war nicht gefragt, also widmete sie ihre Aufmerksamkeit voll und ganz den Gästen.

Zwei Militärs in Ausgehuniformen, ein russischer General und ein französischer, gesellten sich zu General Taylor. Er hatte den Smoking zurück in den Schrank gehängt und war ebenfalls in seiner roten Gala-Uniform erschienen.

Franz Schmidt servierte Champagner und Häppchen, sah dabei aber immer genau an Johanna vorbei und behielt unauffällig den Tisch des Generals im Blick.

Die Gräfin hatte sie nur ganz zu Beginn am anderen Ende des Foyers mit dem deutschen Konsul gesehen, seitdem war sie noch nicht wieder aufgetaucht.

Henrik, mit dem Johanna zur Schule gegangen war und der die Druckerei des Schwiegervaters übernommen hatte, war mit seiner schwangeren Frau aus Bern gekommen – Johanna prostete ihm durch den Saal zu, er hob lachend die Hand.

Dann entdeckte sie Georg Kohlmann am Rande des Saals. Er hatte sich ein Hemd über den immer noch ölig glänzenden Oberkörper gestreift und knöpfte es gerade zu, während er auf Vreni einredete. Es war Johanna schon aufgefallen, dass Georg immer wieder ihre Nähe suchte, doch die Donatsch-Tochter schien kein Interesse an seiner Gesellschaft zu haben. Johanna kannte Vreni seit der Kindheit und wusste: Sie träumte vom gesellschaftlichen Aufstieg, davon, dass ein Adliger oder junger Großindustrieller das Dienstmädchen aus dem Bauernhaus heiratete – sie hätte Großrat Thanner mit Kusshand genommen. An einem vom Krieg gezeichneten Soldaten hingegen hatte sie kein Interesse. In Georgs Gesicht konnte man – trotz Maske – lesen wie in einem Buch. Während Vreni fast verträumt das bunte Treiben der Reichen beim Tanz beobachtete, wanderte sein Blick voll Abscheu über die Menge. Er durfte nur hier sein, weil er zuvor zur Belustigung der Gäste den Sklaven gegeben hatte. Und was war er denn auch, wenn nicht ein Leibeigener? Jetzt sah er auf seine Uhr, beugte sich an Vrenis Ohr und flüsterte ihr etwas zu. Auf ihrem Gesicht zeichnete sich Verwirrung ab, und Georg drehte mit einem wissenden Nicken und überlegenen Grinsen ab in Richtung Bar.

So saß Johanna eine ganze Weile, betrachtete die Gesellschaft und lauschte dem Kurorchester. Inzwischen war es 22:10 Uhr, und um Viertel vor elf musste sie im Lesezimmer sein.

Thanner orderte eine neue Flasche Champagner, und als auch ihr Glas nachgefüllt wurde, schenkte sie dem Gespräch der Männer wieder Gehör. Nicht, dass es sich gelohnt hätte, denn Caduff fragte gerade: »Und was ist mit Kriegsanleihen?«

»Hören Sie doch auf, Jovin! Anleihen sind was für Frauen und Idioten! Rüstungsgüter, Lebensmittel – dort lohnt sich die Investition.«

Thanner zog zufrieden an seiner Zigarre, er liebte es, anderen zu erklären, wie die Welt funktionierte. Doch nun schaltete sich eine Frauenstimme ins Gespräch ein.

»Na, na, na, vergessen Sie mir die Medizin nicht! Auch dort tendiert die Preiselastizität gegen null.«

Alle am Tisch drehten den Kopf – es war Gräfin Ilse von Hausner. Thanner sah erstaunt zu ihr empor, Kleid, Maske und Frisur waren an Extravaganz kaum zu überbieten. Grazil hielt sie Thanner ihren Handrücken hin.

»Sie müssen Johannas Verlobter sein, von dem sie mir immer erzählt. Ach was: vorschwärmt! Herr … Pflanner?«

»Thanner. Großrat«, antwortete er nur wenig begeistert und beugte sich vor, um mit geschlossenem Mund einen Handkuss anzudeuten.

»Umso besser. Von Hausner, Gräfin.«

Als sie nun ihren Taschenspucknapf zückte und hineinhustete, zog Thanner seinen Mund schnell zurück.

»Sie interessieren sich für Wirtschaft, Gräfin?«, versuchte er das Gespräch wieder in die Bahn zu lenken, die ihm gefiel. Doch er kannte die Gräfin schlecht beziehungsweise gar nicht.

»Keinesfalls«, antwortete sie, »aber beim Sonnen muss man sich ja irgendwie die Zeit vertreiben. Wirtschaftstheorie ist ein Witz, und dazu noch ein schlechter. Wollen Sie einen guten hören?«

Thanner, Caduff und auch Mathilde starrten sie entgeistert an, Johanna konnte sich ein Grinsen nicht verkneifen. »Ja bitte, Gräfin«, sagte sie freundlich.

Die Gräfin streckte den Arm aus und griff sich ein Glas Champagner vom Tablett eines vorbeilaufenden Kellners, trank einen Schluck und begann: »Sagt der Doktor: ›Ich verschreibe Ihnen Moorbäder.‹«

Sie genoss ihren kleinen Auftritt, trank noch etwas mehr, während die anderen ihr zusahen und warteten.

»›Und das hilft bei meiner Tuberkulose?‹ – ›Nein, aber Sie gewöhnen sich schon mal an die feuchte Erde.‹«

Die vier lachten, teils aus Höflichkeit, teils ehrlich amüsiert. Mathilde hatte sich die Hand vor den Mund gehalten, als wollte sie sich das Lachen selbst nicht gestatten, und sagte vorwurfsvoll, mit unterdrückter Heiterkeit in der Stimme: »Sie sind böse, Gräfin.«

»Die Welt ist böse, meine Liebe! Und ich bin gleich wieder da.« Mit diesen Worten verschwand sie so rasch, wie sie aufgetaucht war. Thanner sah ihr kopfschüttelnd hinterher.

»Eine Irre! Einmal hier oben im Sanatorium, darf man sie nicht mehr auf die Welt loslassen!«, um sogleich mit Carduff zurück in das Gespräch zu kehren, in dessen Zentrum er selbst stand.

Johanna sah erneut auf ihre Uhr. Inzwischen war es 22:20 Uhr. Mathilde rückte näher heran und beugte den Kopf vor.

»Wie gut du aussiehst! Neues Kleid?«

Johanna zeigte ihr feinstes Lächeln, Mathilde erwiderte es, und ohne den Gesichtsausdruck zu verändern, setzte sie mit gedämpfter Stimme hinzu: »Du spielst die Verlobte perfekt.«

Johanna ließ sich nichts anmerken. »Was meinst du?«

»Glaubst du, für mich war es immer einfach mit Jovin? Ich wäre ab und zu auch gern ausgebrochen.«

»Warum hast du es nicht getan?«

»Ich wurde erwachsen«, sagte Mathilde und legte freundlich lächelnd den Kopf schräg, da Nationalrat Kindschi die Töchter des Hauses im Vorübergehen grüßte. Auch Johanna nickte ihm freundlich zu. Als er den Tisch passiert hatte, griff Mathilde nach Johannas Rock und ließ den roten Stoff des Kleides durch ihre Finger gleiten.

»Aber bei dir, da ist alles nur Fassade. Das sehe ich doch.«

»Fassade? Das sagt die Richtige. Uns fehlen Gäste, ich soll wegen der Schulden heiraten, aber du und Papa, ihr tut, als wäre alles in bester Ordnung, und richtet so einen Ball aus?«

Mathilde wollte gerade antworten, doch schon wieder trat ein Mann an ihren Tisch. Er lüftete kurz seine Maske, um sich zu erkennen zu geben. Johanna spürte ihren eigenen Herzschlag im Hals, spürte ihn hinter den Augen und in den Schläfen. Schuld daran war Dr. Mangold.

»Guten Abend«, sagte er freundlich. Es ließ sich nun nicht mehr leugnen und gewiss nicht mehr unterdrücken: Diese Art Flirren hatte sie bisher nur in Erichs Gegenwart gespürt.

»Schwester Johanna? Darf ich um den nächsten Tanz bitten?«

Johannas Körper wurde mit einem warmen Gefühl geflutet. Erfreut und herausfordernd lächelte sie Mathilde an und hob die Augenbrauen – vor ihrer Schwester konnte sie sowieso nichts verbergen. Dann stand sie auf und versuchte, nicht in Mangolds Augen zu versinken, was nahezu unmöglich war.

Thanner unterbrach sein Palaver und wandte sich irritiert um, sodass Mangold sich von Johanna losriss und ihn anblickte.

»Ich hoffe, das stört Sie nicht, Herr Großrat?«, fragte er unschuldig.

Johanna sah nun auch zu Thanner. Der zögerte, musterte den Doktor, schenkte Johanna einen eisigen Blick und schüttelte nur ganz leicht den Kopf. Gönnerisch wies er mit der Hand in Richtung Tanzfläche: »Bitte schön.«

Sein Gesicht zeigte keinerlei Regung, doch jeder konnte sehen, was dahinter vor sich ging.

Dr. Mangold hielt Johanna den Arm hin. Die zwei hatten keine Augen mehr für den Großrat, sondern schoben sich nun durch die Menge in Richtung Tanzfläche, während die zurückbleibende Tischgesellschaft ihnen mit düsteren Gesichtern nachsah.

Ein neues Stück begann. Dr. Mangold ergriff Johannas Hand, legte seine andere auf ihren Rücken, der nur teilweise von Stoff bedeckt war, und als sie seine Fingerspitzen auf ihrer Haut spürte, realisierte sie, wie hungrig ihre Haut nach Berührung war. Mangold begann sich zur Musik zu bewegen. Zunächst hatte Johanna etwas Schwierigkeiten, in den Takt zu finden, doch er führte sie sanft und sicher, wirbelte sie mit elegantem Schwung herum, und als das Tanzorchester an Dynamik zulegte, steigerte sich das Paar und begann in der gemeinsamen Bewegung zu einer Einheit zu verschmelzen. Auf der Tanzfläche herrschten ganz eigene Regeln, und Johanna genoss es, sich in diesem Moment unterwerfen zu dürfen, ja, zu müssen: Hier war es nicht nur erlaubt, sich unentwegt in die Augen zu schauen, es war sogar geboten – so wie die Berührung eine Grundvoraussetzung für den Tanz war. Johanna betrachtete Mangolds Gesicht aus nächster Nähe, das etwas Jungenhaftes, fast Spitzbübisches und doch Liebevolles hatte, seinen feinen Mund, die gerade Nase, sie wollte, dass dieser

Tanz nie endete, so gern sah sie in dieses Gesicht. Als er am Vormittag im Operationssaal zur Sprache gebracht hatte, dass sie als Frau Großrat nicht mehr mit ihm arbeiten würde, hatte er ohne jede Hemmung sein Bedauern darüber ausgedrückt. Im Rausch des Tanzes wollte sie in ebendiesen Moment der absoluten Offenheit zurück, und da hier andere Gesetze herrschten, war es genau das, was sie nun tat: Den Blick fest in seinem verankert, tanzte sie ein Bekenntnis der Zuneigung, formulierte mit jeder Bewegung den unverhohlenen Wunsch nach Nähe – auch wenn es sich nicht gehörte. Doch die Musik, der gemeinsame Rhythmus und nicht zuletzt Mangolds Hand, die nach und nach vom Stoff des Kleides auf die nackte Haut ihres Rückens wanderte, ließen sie vergessen, was Anstand war. Sie war machtlos, ausgeliefert, und es gefiel ihr.

»Sie werden mich also vermissen?«, fragte sie, geradezu herausfordernd, ohne zu wissen, wohin sie diese Frage führen sollte. Wie schon am Vormittag kam seine Antwort prompt.

»Aber ja.«

Doch diesmal fehlte der feierliche Ernst, und er schob hinterher: »Professor Tschudi hat schließlich recht. Er meint, keine putzt so gut wie Sie.«

Eine dämliche, neckische Antwort, sein Lächeln bewies, dass es ein Spiel war.

»Er muss es wissen, bei ihm gibt es immer die größte Sauerei«, entgegnete Johanna heiter, und Mangold lachte.

Nun war er am Zug.

»Werden Sie mich auch vermissen?«

Johanna wollte seine Frage weder einfach bejahen, noch wollte sie die Unwahrheit sagen, und so rückte sie weiter an ihn heran, versenkte sich noch tiefer in seine Augen und kam seinem Gesicht, seinen Lippen so nah, wie es Tanzenden gerade noch erlaubt war. Die Intensität der Musik steigerte sich abermals, und nun verschwand die Welt um die zwei, sie wirbelten in vollkommener Harmonie über die Tanzfläche, Johannas Rock stieg während zahlreicher Drehungen gefährlich in die Höhe, Mangold war ein guter Tänzer, ein sehr guter sogar, er entfesselte Bewegungen in ihr, von denen sie nicht gewusst hatte, dass sie in ihr steckten. Ihre Einlage zog bald die Blicke der anderen auf sich, die sich neben diesem Paar ausnahmen wie das, was sie waren: die Gäste eines Sanatoriums.

Als der Schlussakkord erklang, hielten Johanna und Mangold sich weiter fest in den Armen, sahen sich tief in die Augen, beide außer Atem. Ihr Verlangen mussten sie einander nicht gestehen – es war offensichtlich.

»Ich … danke«, sagte Dr. Mangold, bot Johanna den Arm an und führte sie zurück zum Tisch. »Ja, dann bis …«

»… zum nächsten Pneumothorax morgen?«, fragte Johanna. Mangold lächelte und nickte kurz in die Runde. Thanner verharrte in absoluter Regungslosigkeit. Während der Doktor sich entfernte, noch einmal über die Schulter sah, und auch Johanna ihm nachblickte, versuchte Thanner seine Contenance zu bewahren. Mathilde und Caduff straften Johanna mit vorwurfsvollen Blicken. Sie hatte eine Grenze überschritten. Ihr selbst war es egal. Herz und Atem gingen noch immer schnell.

»Setzen Sie sich hin«, befahl Thanner in bedrohlichem Tonfall und zog den Stuhl neben sich vom Tisch, doch Johanna sah auf die Uhr und erschrak: Es war 22:45 Uhr.

»Ich … ich muss mich frischmachen«, stieß sie hervor.

Und schon war sie verschwunden.

Das Treffen in Appartement Nr. 127

Johanna eilte durch die Menge, das Hochgefühl durchpulste sie noch immer und mischte sich mit dem Adrenalin, welches der Gedanke an den bevorstehenden Auftrag ausschüttete: Nur sie wusste, wie Neukomm aussah, und nun war sie spät dran. Auf dem Gang stieß sie mit Gästen zusammen, hetzte in die Bar, sah sich um. Die Gräfin und Schmidt warteten bereits, blickten langsam in eine andere Richtung, als Johanna in den Raum gestolpert kam. Sie sammelte sich, dann schlenderte sie aufrecht zur Bar und bestellte ein Glas Wasser.

»Du bist spät«, sagte Schmidt, ohne sich zu ihr umzudrehen. »Reiß dich in Zukunft zusammen.«

Johanna trank das Glas langsam aus, erhitzt von Tanz und Lauf und Liebe, ihr Atem ging noch immer schnell. Schmidt drehte ihr den Rücken zu, sprach aber weiter mit ihr.

»Wir gehen jetzt ins Roulette-Zimmer. Du folgst uns wenig später und suchst den Raum ab. Wenn du Neukomm entdeckst, gibst du uns das Zeichen.«

Er löste sich vom Tresen, die Gräfin folgte ihm kurz darauf. Als sie beide im Roulette-Zimmer verschwunden waren, machte sich auch Johanna auf den Weg dorthin.

Sie betrat das Zimmer und sah sich um. Überrascht stellte sie fest, dass sie das Gefühl der Überlegenheit genoss, sich als Johanna Gabathuler unter die nichts ahnenden Gäste zu mischen und unauffällig nach dem Kontaktmann von Pilot & Söhne Ausschau zu halten. Trotz der Gefahr – oder vielleicht gerade deshalb? Als sie ihn entdeckte, drehte sie sich seitlich zur Gräfin und legte zwei Finger an die Schläfe. Ein abschließender kurzer Blickwechsel, und ein Blick zu Neukomm, der in einer dunklen Ecke in einem Clubsessel kauerte. Die Gräfin schloss einmal die Augen, etwas länger, als sie Blinzeln würde, sie hatte verstanden.

Wie auf der versteckten Botschaft unter der Briefmarke verabredet, hatte er die Maske auf dem Schoß, um sich zu erkennen zu geben. Doch auch ein paar andere Gäste waren unmaskiert, Neukomms Gesicht musste seiner Kontaktperson also bekannt sein, zumindest von einem Foto. Schmidt ging um den Roulette-Tisch herum, zeigte Interesse für die Einsätze, wartete ab, auf welcher Nummer die Kugel liegen blieb, stimmte in das Raunen und den Applaus ein, weil General Rigoni eine große Summe gesetzt und gewonnen hatte. Dabei bewegte er sich gemächlich an die Seite des Tischs, von der aus er Neukomm unauffällig im Auge behalten konnte. Auch die Gräfin hatte sich günstig positioniert. Johanna lehnte an der gegenüberliegenden Wand, geradeso als würde sie das Treiben gelangweilt betrachten.

Dann betrat ein Kellner den Raum, auf dem Tablett ein einziges Getränk. Er ließ den Blick suchend über die am Rand sitzenden Gäste gleiten, die keine Maske trugen. Schließlich blieb sein Blick an Neukomm hängen. Er musterte ihn eine Weile, ging dann hinüber. Der Kellner fragte etwas, Neukomm nickte, woraufhin dieser das Getränk auf den Tisch stellte. Neukomm kramte etwas unbeholfen in der Innentasche seines Jacketts. Er steckte dem Kellner ein Trinkgeld zu, doch Johannas Blick entging nicht, dass auf der ausgestreckten Hand des Kellners etwas lag, das Neukomm bei der Gelegenheit an sich nahm. Der Kellner verneigte sich leicht und verließ den Raum wieder. Die Gräfin war währenddessen langsam zu Johanna herübergekommen.

»Was war das? Konntest du es sehen?«, fragte sie Johanna.

»Einer unserer Zimmerschlüssel.«

Neukomm steckte den Schlüssel unauffällig ein und versuchte sich mit nur einer Hand seine Maske wieder aufzusetzen. Er benötigte mehrere Anläufe, bis sie gerade saß – sein linker Arm hing wie gelähmt auf der ihnen abgewandten Seite des Sessels herab. Die Gräfin beobachtete das ungeschickte Gebaren. Und verstand.

»An seinem linken Arm ist der Koffer festgekettet.«

Neukomm griff nach seinem Drink, nippte einmal daran, und als am Roulette-Tisch wieder aufgestöhnt und geraunt wurde, erhob er sich. In seiner Linken, wie erwartet, der Koffer, den Johanna schon kannte. Die Gräfin und Schmidt tauschten einen Blick.

In unauffälligem Abstand zueinander folgten die drei Neukomm, als dieser den Raum verließ. Er nahm den Gang zum Trakt mit den Appartements. Die Gräfin ging vor und gab stumme Anweisungen per Handzeichen – sie verharrten ruhig im Treppenhaus und horchten Neukomms Schritten nach. Kaum war im ersten Obergeschoss die Tür ins Schloss gefallen, eilten sie ebenfalls die Stufen nach oben. Der Gang war bereits leer, und die Gräfin teilte ihre kleine Gruppe mit einer schnellen Geste auf – Schmidt schlich leise nach rechts, Johanna und die Gräfin nach links. Schmidt spähte den ihm zugewiesenen Gang hinunter und winkte die beiden zu sich, ohne den Kopf zu wenden. Als sie bei ihm waren, blickten sie um die Ecke und konnten Neukomm noch in dem Appartement mit der Nummer 127 verschwinden sehen. Die Gräfin zückte ihren nachgemachten Generalschlüssel. Sie sah Johanna an.

»Weißt du, welche Zimmer hier auf der Etage belegt sind? Wir müssen kurz irgendwo unterschlüpfen.«

Johanna musste nicht lang überlegen. »Die gesamte rechte Seite dieses Ganges ist frei.«

Ohne zu zögern ging die Gräfin zur Tür, öffnete sie, und Schmidt und Johanna folgten ihr rasch. Gerade rechtzeitig, denn kaum hatte die Gräfin die Tür ins Schloss gezogen, da hörten sie die des Zimmers, in dem Neukomm verschwunden war. Schmidt ging in die Hocke und sah durchs Schlüsselloch. Gedämpfte Schritte waren zu hören, gingen vorbei, wurden leiser.

»Kein Koffer mehr«, flüsterte Schmidt.

Sie hörten, wie die Tür zum Treppenhaus geöffnet wurde und wenig später zufiel.

»Du gehst ihm hinterher und behältst ihn im Auge«, antwortete die Gräfin leise. »Wir schauen nach, was im Koffer ist.«

Die drei traten wieder auf den Flur, und Schmidt machte sich an die Verfolgung. Johanna und die Gräfin gingen zur Tür des Appartements, in dem sich nun der Koffer befinden musste. Gerade als die Gräfin den Generalschlüssel hervorholte, erklang das laute Gelächter eines Mannes und das Jauchzen einer Frau.

»Marquis!«, rief die Frauenstimme gespielt entrüstet und brach wieder in Lachen aus. Die zwei kamen den Flur heruntergerannt und bogen nun gackernd um die Ecke. Johanna erkannte die blonde Frau, die eine Champagnerflasche in der Hand hielt und sich gegen die Wand lehnte, um daraus zu trinken. Es war die Begleitung, die Lemke am Weihnachtsabend mit in die Bar gebracht hatte, gefolgt vom Marquis de Richelieu, der sie nun, mit einer Zigarre fuchtelnd, einholte.

»Lass mir auch etwas übrig, *ma douce*!«, forderte er – und entdeckte die anderen beiden Frauen. Die Gräfin hatte die Arme hinter dem Rücken verschränkt, in der Hand hielt sie noch immer den Schlüssel. Johanna stand hinter ihr und blickte rasch auf ihre Uhr. Sicherlich würde schon bald General Taylor hier auftauchen. Sie mussten die beiden möglichst schnell loswerden.

»*Ah, quelle merveilleuse surprise, la comtesse!*«

»Richelieu! *Quel plaisir!* – Wie geht's der Lunge?«, fragte die Gräfin. Der Marquis kam auf sie zu.

»Nicht gut. Gar nicht gut, leider«, sagte er und nuckelte an seiner Zigarre. Die blonde Frau lachte und knickte dabei um; Champagner schwappte aus der Flasche, worüber sie noch mehr lachen musste. Der Marquis nahm ihr die Flasche ab, trank mehrere Schlucke und hielt sie der Gräfin und Johanna hin.

»Mesdames, kommen Sie! Zu viert trinkt es sich noch viel schöner!«

Johanna schüttelte sanft den Kopf. »Vielen Dank für die Einladung, Herr Marquis, aber mein Verlobter wartet unten auf mich. Ich muss dringend wieder zu ihm.«

»*Quel dommage.* Aber Sie haben keine Ausrede, *ma Comtesse!* Kommen Sie mit!«

Johanna trat einen Schritt näher an die Gräfin heran und nahm ihr den Schlüssel aus der Hand, den diese immer noch hinter dem Rücken versteckt hielt.

»Gehen Sie gern mit, Gräfin. Wir sehen uns dann später im Saal«, sagte Johanna. Sie konnte das hier übernehmen, ganz selbstverständlich. Durch ihr Aufwachsen im väterlichen Sanatoriumsbetrieb war sie für die Rolle der Spionin prädestiniert, das wurde ihr in diesem Augenblick klar: Ständig improvisieren zu müssen, immer die internationalen Gäste anzulächeln, stets vorzutäuschen, dass alles genau so läuft wie geplant. Lediglich das Töten hatte in ihrer Ausbildung gefehlt. Die Gräfin drehte sich zu ihr um. In ihrem Blick lag Anspannung, doch der betrunkene Franzose hatte längst ihre Hand gegriffen. Sie schloss kurz die Augen, etwas länger, als sie Blinzeln würde, dann wurde sie vom Marquis fortgezogen.

Die drei Gestalten waren gerade um die Ecke gebogen, schon schlüpfte Johanna ins Zimmer und schloss die Tür hinter sich wieder ab. Sie sah sich um, es war eines der schlichteren Appartements mit kleinem Wohnraum. Die Tür zum Schlafzimmer stand offen, sie ging hinein. Der Koffer lag auf dem Schreibtisch. Mit den Daumen schob sie die gefederten Zylinder der Schlösser nach außen, die Verschlüsse sprangen klickend auf. Sie hob den Deckel. Das Innere des Aktenkoffers war mit blauem Samt ausgeschlagen, und in passgenauen Vertiefungen lagen … drei goldene Taschenuhren. Alle zeigten die gleiche Uhrzeit an, selbst die Sekundenzeiger liefen synchron. Das waren zweifelsfrei meisterhaft gearbeitete, sehr kostspielige Uhren – aber sie konnten kaum der Grund für dieses aufwändige Versteckspiel sein. Gedämpfte Stimmen klangen von draußen heran. Johannas Kopf fuhr herum. Ein Schlüssel drehte sich im Schloss. Sie erkannte den Bass von General Taylor, vermutlich in Begleitung seiner Tischnachbarn. Wo konnte sie hin? Unters Bett? Nein, nur der Kleiderschrank kam in Frage. Schnell schloss sie den Koffer, drückte die Verschlüsse in ihre Vertiefungen, mit der Handfläche, um das Klicken abzudämpfen, schlich zum Schrank und stieg hinein. Sie hatte die Tür soeben hinter sich zugezogen, da betraten die drei Männer das Schlafzimmer.

Die Schranktüren waren im oberen Bereich lediglich mit dichtem Rohrgeflecht bespannt, man konnte nicht wirklich hineinsehen, dennoch durfte sie sich auf keinen Fall bewegen. Johanna atmete flach. Durch das feine Lochmuster konnte sie beobachten, wie General Taylor und die beiden Generäle aus Frankreich und Russland zum Schreibtisch gingen. Taylor legte die Hände auf den Koffer und sah zu den beiden Männern.

»General Sobolow, General Chevallier. Ein großer Augenblick. Für uns alle!«

Er ließ die Schlösser parallel aufschnappen, öffnete den Koffer und reichte den beiden Generälen je eine Uhr.

»18 Karat, mit Chronograph – und wasserdicht! Die Schweizer verstehen ihr Handwerk.«

Das konnte nicht wahr sein. Ging es tatsächlich am Ende nur um drei goldene Uhren?

Die beiden Generäle blickten sich ebenfalls etwas ratlos an. Doch dann fasste General Taylor in die leeren Vertiefungen und hob den Samtboden aus dem Koffer heraus. Darunter lag etwas, von dem Johanna nicht erkennen konnte, was es war – aber es zauberte ein Lächeln in die Gesichter der Männer. Taylor griff mit zwei Händen hinein und hob eine schwarze, matte Granate heraus, etwas größer als eine Weinflasche.

»*Quelle beauté!*«, raunte General Chevallier, und Sobolow pfiff durch die Zähne. Ehrfürchtig wurde das Geschoss einmal herumgereicht, anerkennend in den Händen gewogen und gewendet. Der russische General schob die Unterlippe vor und nickte beeindruckt.

Als die Granate wieder in Taylors Händen lag, legte er die Fingerspitzen an den hinteren Teil. Er sah die anderen beiden Männer an. »Ihre Chronographen. Stoppen Sie mit.«

Die Generäle zückten ihre neuen Taschenuhren, legten den Daumen auf den oberen rechten Knopf, Taylor zählte rückwärts: »Drei … zwei … eins … *go*!«

Dann drückte er auf den hinteren Teil der Granate, woraufhin diese zu ticken begann. Taylor dirigierte vergnügt mit dem linken Finger zum mechanisch arbeitenden Geräusch. Die Generäle sahen abwechselnd auf ihre Zifferblätter und zu Taylor. Dieser hob den gestreckten Zeigefinger und die dichten Brauen, dann riss er die Hand nach unten wie bei einem Schlussakkord – und die Granate gab ein lautes Knacken von sich.

»Und Stopp!« Er blickte auf Chevalliers Uhr. »Exakt zehn Sekunden. Das lässt sich selbstverständlich individuell anpassen. Feinste schweizer Ingenieurskunst für unsere Artillerie.«

Er schraubte die Granate auf und zeigte den inneren Teil.

»Zur Explosion gebracht werden kann herkömmliches Amatol …«

»… und Giftgas?«, fragte General Sobolow mit schwerem russischem Akzent.

»Aber sicher, sehen Sie hier – es ist Platz für eine Kapsel: Senfgas, Chlorgas, was Sie wollen. Mithilfe der Zeitzünder kann es in idealer Höhe über dem Feld zur Detonation gebracht werden.«

»*Comme c'est merveilleux!* Es wird Gift regnen. Und die Deutschen in den Schützengräben haben keine Chance.« General Chevallier geriet in Verzückung bei der Vorstellung von Tausenden in den Gasschwaden sterbenden Soldaten.

Auch der russische General nickte zufrieden. »Sie werden erledigt sein, bevor sie überhaupt verstanden haben, was los ist.« Taylor reichte ihm die Granate erneut, damit der Russe ihr Innenleben inspizieren konnte.

»Pilot & Söhne produzieren uns eine halbe Million von diesen Teufelszündern«, sagte Taylor.

»Diese Schweizer. Für Geld machen sie alles. Man muss sie einfach lieben. DuBois war nicht gerade günstig – aber wir haben ihn in der Tasche.« Chevallier schmunzelte. Auch er bekam die aufgeschraubte Granate zur genaueren Betrachtung gereicht.

»Dann kann Mission H also beginnen«, sagte der Russe.

Die anderen beiden nickten. Taylor nahm die Granate von seinem französischen Kollegen entgegen und hob sie in die Höhe wie eine Monstranz.

»Meine Herren – diese kleine Schönheit wird den Krieg für uns entscheiden.«

Die drei Männer hielten für einen Moment ehrfürchtig inne. Taylor schraubte das feinmechanische Wunderwerk wieder zu, betrachtete es noch einmal, wie um Abschied zu nehmen, dann legte er die Granate zurück in den Koffer, verdeckte sie mit dem doppelten Boden und klappte ihn zu. Er nahm den Koffer an sich, wies den beiden anderen Generälen mit der Hand den Weg und folgte ihnen.

Draußen auf dem Gang schien jemand gewartet zu haben, denn als sie das Appartement verließen, konnte Johanna hören, wie Taylor jemanden beauftragte, den Koffer zu Zaire zu bringen. Dann fiel die Tür zu und wurde verschlossen.

Johanna holte tief Luft.

Sie wartete noch eine Weile, bis sie den Schrank verließ.

Vollkommen erschöpft ging sie hinüber ins Badezimmer, ließ kaltes Wasser über ihre Hände laufen, schöpfte sich ein paar Schlucke in den Mund und befeuchtete sich den Nacken. Im Spiegel prüfte sie ihr Aussehen.

Das also war Mission H.

Die Schweiz lieferte Zeitzünder für die Granaten der Entente-Mächte, die sie, mit Giftgas bestückt, über den Köpfen der Soldaten in den Schützengräben zur Detonation bringen konnten. So effizient wie entsetzlich. Was war nur aus den Menschen geworden, dass sie mit Hilfe von Technik und Chemie das gegenseitige Töten optimierten? Was, wenn die Deutschen eine noch mächtigere, noch tödlichere Waffe entwickelten, mit der sie ganze Städte auslöschen konnten? Sie schloss die Augen. Sie dachte an die Weltkatastrophe – und dann fiel ihr die Unerträglichkeit ihrer eigenen Lage ein. Ein Blick auf die Uhr verriet ihr, dass schon über eine halbe Stunde vergangen war, seit sie Thanner wutentbrannt im Saal zurückgelassen hatte. Womöglich vermutete er, dass sie sich irgendwo mit Dr. Mangold vergnügte. Sie musste dringend zurück in den Saal.

Als sie im unteren Stockwerk in den Gang einbog, der zum Roulette-Zimmer führte, sah sie ihn. Thanner. Mit vom Zorn verzerrtem Gesicht kam er schnellen Schrittes auf sie zu. Johanna blieb stehen, bis der Großrat bei ihr war.

»Wie können Sie es wagen, mich mit diesem Arzt vor aller Augen zu demütigen?!«, schrie er sie aus nächster Nähe an und zerrte ihre Maske hoch.

»Aber … Sie haben doch eingewilligt …«, versuchte Johanna, doch weiter kam sie nicht. Thanner schlug zu. Mit der flachen Hand ins Gesicht, Johanna taumelte, stützte sich an der Wand ab und hielt sich die schmerzende Wange. Noch nie war sie geschlagen worden. Thanner riss sie am Arm hoch. »Nach der Hochzeit weht ein anderer Wind!«, knurrte er ihr ins Gesicht, sein Atem schwer von Alkohol, Fleisch und Selbstgewissheit.

Er griff grob Johannas Kinn, kam näher, als wollte er sie küssen, Johanna schloss die Augen und kniff die Lippen aufeinander – da ließ er ab von ihr. Drehte sich um und verschwand. Sie lehnte zitternd an der Wand und sah dem Mann hinterher, mit dem sie unter keinen Umständen den Rest ihres Lebens verbringen würde.

Panik

Die Gräfin stand am Eingang des Saals, in der Hand ein Glas Champagner, und beobachtete das Treiben. Es wurde getanzt und gelacht, geküsst und getrunken, die Luft hing voller Schweiß und Rauch. Mit fortschreitender Stunde spielte das Orchester wildere und schnellere Tänze, Körper wirbelten über die Tanzfläche.

Schmidt hatte sich in der Nähe von Neukomm positioniert, der abseits auf einem Stuhl an einem der leeren Tische saß und wartete. Dann betrat der Kellner den Saal, der schon im Roulette-Zimmer die Schlüsselübergabe abgewickelt hatte. Er blickte sich langsam im Raum um, entdeckte Neukomm und ging hinüber. In der rechten Hand trug er den Koffer, einige Meter hinter ihm ging, wie zufällig in die gleiche Richtung, Zaire. Der Kellner übergab Neukomm den Koffer, Schmidt erhob sich mit einer raschen Bewegung – er schien Zaire ganz offensichtlich nicht bemerkt zu haben. Die Gräfin versuchte Blickkontakt zu ihm aufzunehmen, wollte ihn warnen, doch gerade als sich ihre Augen gefunden hatten – ging das Licht aus.

Das Orchester kam aus dem Takt. Nach und nach verstummten die Instrumente, nur ein Saxofon spielte unbeirrt weiter. Die Menge protestierte belustigt, im nächsten Augenblick klirrte es über den Köpfen, und eins der großen Fenster ging zu Bruch. Scherben prasselten aufs Parkett, Menschen schrien, kreischten auf, und über das Parkett rollte eine Rauchbombe, die auf der Tanzfläche zum Liegen kam und alles in Sekundenschnelle in dichten Qualm hüllte. Nun brach Panik aus. Die Menge stob auseinander, Stühle kippten um, Gläser klirrten, Gäste stolperten und fielen zu Boden. Hustend und die Augen schützend drängelte sich die Masse zu den Ausgängen.

»Nieder mit der Bourgeoisie!«, brüllte eine Stimme von oben. Auf der Balustrade standen zwei vermummte Männer. Einer von ihnen leerte nun einen Sack mit Flugblättern aus, die wie ein Schwarm betrunkener Schmetterlinge zu Boden taumelten.

»Revolution!«, rief der andere.

Die Gräfin behielt Neukomm im Blick, der sich nervös umsah und dann den Saal durch einen Nebeneingang verließ. Sie mussten den Koffer sicherstellen. Franz folgte ihm, noch in der Tür zückte er seine Waffe. Wie konnte er nur so leichtsinnig seine Tarnung aufgeben!

Sie wollte ihn warnen, doch auch das wäre unvorsichtig gewesen, und so musste sie mitansehen, wie Zaire nun ebenfalls eine Pistole aus dem Halfter zog und durch die Seitentür aus dem Saal hinter den beiden hereilte. Verdammt. Schmidt! Die Gräfin kämpfte sich durch die Menschenmasse und wurde durch die offene Tür geschoben.

Auf dem Gang liefen die Besucher des Balls in beide Richtungen davon, stolperten, schrien, der Marquis war von einer der niederregnenden Scherben getroffen worden und hielt sich die blutende Stirn, Nationalrat Geibel kroch auf allen vieren auf dem Boden herum, tastete zwischen den Beinen der Fliehenden nach seiner Brille. Die Musiker kämpften sich mit ihren Instrumenten in der Hand einen Weg nach draußen.

Die Gräfin sah sich um.

Keine Spur von Zaire, Schmidt oder Neukomm.

Nach links oder nach rechts?

Sie schob die Hand in ihre Handtasche, griff verdeckt nach ihrer Pistole. Wenn sie Schmidt hatten, würden sie ihn zum Reden bringen … In diesem Moment erblickte sie Johanna, die sich an der Wand entlang, entgegen dem Strom der fliehenden Menge, auf sie zutastete. Hatte wenigstens sie ihren Teil der Mission erfolgreich erledigt?

Du oder der Feind

Noch immer schrien die Gäste durcheinander, dünner Rauch kroch aus dem Saal in den Gang, den Johanna entlanghetzte. Was war geschehen? Sie hatte aus der Ferne einen dumpfen Knall gehört, dann kamen die Menschen ihr in Panik entgegengerannt, zum Teil blutüberströmt – hatte es einen Anschlag gegeben? Eine Bombenexplosion wäre lauter gewesen, damit kannte sie sich aus. Sie drückte sich an der Wand entlang, um den entgegenkommenden Ballgästen auszuweichen, und erblickte die Gräfin, die von der flüchtenden Menge durch eine der Nebentüren geschoben wurde und sich hektisch in alle Richtungen umsah. Als sie ihrerseits Johanna registrierte, hellte sich ihr Gesicht ein wenig auf. Sie kam ihr entgegen.

»Was ist geschehen?«, fragte Johanna.

»Ach, harmlose Rauchbomben und Flugblätter. Stillose Kommunisten. Komm!« Die Gräfin griff ihre Hand und zog sie durchs Foyer, führte sie sicher durch die Menschen nach draußen. Ihre Hand fühlte sich warm und geschmeidig an. Johanna wollte die Hand gar nicht wieder loslassen, doch es wäre albern gewesen, hier Hand in Hand zu stehen, wie Mutter und Tochter, wie Liebende. Doch auch die Gräfin hielt sie etwas länger fest, als es eigentlich nötig gewesen wäre. Oder bildete sich Johanna das nur ein?

Sie traten hinaus in die Kälte. Es hatte zu schneien begonnen, kleine Flocken trieben durch die Nacht.

Johanna fröstelte und rieb sich die nackten Arme.

»Was hast du herausgefunden?«, fragte die Gräfin.

Johanna sah sich um. Dann ließ sie die Schultern sinken, hob das Kinn und blickte der Gräfin ins Gesicht. Sie durfte sich nicht von ihren Gefühlen davontragen lassen.

»Informationen gegen Geld. So ist es ausgemacht.«

»Johanna, ich brauche die Informationen sofort. Wir haben eine neue Situation!«

Sie kam näher und raunte Johanna ins Ohr. »Schmidt war unvorsichtig. Er hat seine Waffe gezogen, als er in der allgemeinen Panik Neukomm gefolgt ist. Und Zaire hat es gesehen.«

»Was bedeutet das?«

»Dass Schmidt enttarnt ist. Sie werden ihn gefangen nehmen – und foltern. Und dann wissen sie alles. Über dich. Deine Tochter. Und mich. Also sag mir, was du weißt, bevor alles zu spät ist!«

Sie werden ihn foltern.

Caduff war vor die Menge getreten und redete auf die Gäste ein. »Bewahren Sie Ruhe! Die Lage ist wieder unter Kontrolle! Verehrte Gäste, bitte beruhigen Sie sich.«

Ein eisiger Wind trieb die Schneeflocken über den Vorplatz, Johannas Federschmuck flatterte im Wind. Die Gräfin, die noch immer ihre Maske trug, führte Johanna fort, in eine windstille Ecke. Hier fasste Johanna zusammen, was sie beim Gespräch der drei Generäle belauscht hatte. Als sie fertig war, sah die Gräfin sie beunruhigt an.

»Das sind keine guten Neuigkeiten.« Sie nahm ihre Maske ab. »Dein Geld bekommst du morgen. Sehr gute Arbeit, Johanna!«

»Und was geschieht jetzt? Was ist mit Schmidt? Wohin werden sie ihn bringen?«, fragte Johanna.

»Ich habe die drei im Gewühl aus den Augen verloren. Hast du sie gesehen?«

»Nein, mir sind sie nicht begegnet.«

Die Gräfin überlegte.

»Dann sind sie nicht in den Wohntrakt gegangen – der Sperrbezirk der Taylors fällt also aus. Denk nach! Wohin würdest du verschwinden, um in Ruhe einen Mann zu foltern?«

Johanna sah die Gräfin entsetzt an. Ihr Sarkasmus schien mehr als fehl am Platz. Doch zum Foltern kam nur ein Ort in Frage.

»In den Keller.«

Die zwei Frauen schlichen eine ganze Zeit lang, so leise es mit ihren Absätzen auf dem Steinfußboden möglich war, durch die kalten und feuchten Gänge des Sanatoriums. Unter einer Wandleuchte hielt die Gräfin inne, holte ihren Revolver aus der Handtasche und schraubte einen Schalldämpfer auf. Johanna beobachtete die routinierten Handgriffe, die lackierten Fingernägel, das gebürstete Metall der Waffe – beides reflektierte den Schein des Kellerlichts.

Als sie die Vorratskammer und den Kühlraum passiert hatten, hob die Gräfin die Hand und blieb stehen. Sie horchten. Und tatsächlich – am Ende des Ganges ließ sich ein gedämpfter Schrei vernehmen. Sie schlichen weiter, auf Zehenspitzen näherten sie sich langsam einer Tür, hinter der, wie Johanna wusste, die Werkstatt lag. Eine Stimme fragte etwas, unverständlich, dann folgte ein dumpfes Geräusch, fast zeitgleich ein unterdrückter Schrei. Die Gräfin legte vorsichtig das Ohr an die Tür. Johanna tat es ihr gleich. Sie sahen sich an, jede ein Ohr auf dem Türblatt, die Nasen nur wenige Zentimeter voneinander entfernt. Keine von beiden schloss die Augen. Johanna spürte den Atem der Gräfin auf ihren Lippen und registrierte bei ihr eine winzige Narbe am Kinn, so klein und blass, dass sie ihr bisher nicht aufgefallen war.

Nun ertönte General Taylors Stimme. »Woher wusstet ihr von Neukomm? Wer ist der Maulwurf?«

Schmidt schwieg. Wieder erklang ein dumpfes Klatschen, und Schmidt stöhnte auf. Dann murmelte er »Fick dich« und stöhnte erneut auf, als es noch einmal klatschte.

Eine Weile geschah nichts.

Dann sprach Zaire. »Na gut, dann wollen wir dir mal das Höschen ausziehen.«

Die Gräfin nahm den Kopf von der Tür, legte ihre Hand auf Johannas Schulter und ihre warmen Lippen an ihr Ohr.

»Noch hat er nichts erzählt. Sonst würden sie ihn nicht mehr bearbeiten«, flüsterte sie.

Johanna machte es wie sie und wisperte: »Aber wie lange hält er das noch aus?«

»Franz hält lange durch. Fürs Vaterland.«

»Oder für Sie?«, fragte Johanna.

Die Gräfin schwieg, lächelte aber mild, fast gerührt. Dann ertönte jenseits der Kellertür der nächste Schmerzensschrei, und das Lächeln verschwand wieder. Sie nickte mit dem Kopf den Gang hinunter und entfernte sich ein paar Schritte, weitere Schreie ertönten. Johanna folgte ihr. Die Gräfin schloss die Augen.

»Wir können nichts machen«, sagte sie.

Doch Johanna war anderer Meinung.

»Die Notsirene!«, flüsterte sie. »In jedem Gang gibt es eine – wenn ich die auslöse, ist in wenigen Minuten Personal hier. Das weiß auch Zaire. Mit den Notfallplänen ist er vertraut.«

Die Augen der Gräfin weiteten sich erleichtert, sie nickte dankbar. »Dann werden sie den Raum verlassen müssen – und sich in den Sperrbezirk im dritten Obergeschoss zurückziehen. Los! Lauf zur Sirene, wir treffen uns oben.«

Johanna ging vorsichtig den dunklen Kellergang hinunter, weiter auf Zehenspitzen, bis sie weit genug entfernt war. Sie raffte ihr Kleid und rannte los. Einen letzten lang gezogenen Schrei von Schmidt konnte sie noch vernehmen, dann war sie bei der Sirene. Sie drehte die schwergängige Kurbel, was mit jeder Umdrehung leichter und schneller ging, zeitgleich schraubte sich ein gellender Ton in die Höhe, so laut, dass Johanna die Ohren schmerzten. Sie ließ die Kurbel los und stieß die hölzerne Kellertür in den Innenhof auf, hier war niemand, trotzdem nahm Johanna lieber einen Umweg, mit ihrem roten Kleid war sie für jedermann gut zu erkennen, also rannte sie im Schatten der Häuserwände entlang, bis zum Wohntrakt, erklomm die Bedienstetentreppe und sah die Gräfin im Flur des Sperrbereichs hinter zwei Wäschewagen kauern. Sie betrat den Gang und hockte sich neben sie.

»Was jetzt?«, fragte sie flüsternd und außer Atem.

Die Gräfin hielt ihre Pistole in der rechten Hand, hob den Finger der Linken an den Mund, horchte angestrengt. Hatte sie allen Ernstes vor, General Taylor und Zaire zu erschießen? Johannas Lungen stachen, sie presste die Lippen aufeinander, hinter die Gräfin geduckt konnte sie hören, wie sich die Tür des Haupttreppenhauses öffnete. Es näherten sich schwere und schlurfende Schritte. Johanna stand nah bei der Gräfin, so nah, dass sie ihre Wärme spüren, ihr Parfum riechen konnte, merkte, dass die Gräfin den Atem anhielt. Auch sie hielt die Luft an, mit ihr, hob vorsichtig den Kopf, sah über ihre Schulter. Zaire trieb den gefesselten Schmidt vor sich her, blutend und in einen Patientenumhang gehüllt, der General ging hinter den beiden. Die Gräfin hob die Waffe und zielte. Wollte sie einen ranghohen Militär und seinen Leibwächter erledigen, hier auf dem Gang des Curhauses? Das konnte sie doch unmöglich vorhaben!

»General, wir müssen Sie und Ihre Frau schnellstmöglich in Sicherheit bringen. Die Deutschen werden …«

Das verschluckte Geräusch zweier Schüsse ließ Johanna zusammenzucken, und erst als sie sah, dass Schmidt zu Boden ging, wurde ihr klar, dass dies von Anfang an der Plan gewesen sein musste. *Entweder du oder der Feind.*

Johanna wollte schreien, doch die Gräfin presste ihr die Hand auf den Mund, die fest und dabei doch weich war. Der General und Zaire flohen den Gang hinunter zum Appartement, um sich in Sicherheit zu bringen. Die Tür schlug krachend zu.

Johanna starrte voller Entsetzen die Gräfin an, die soeben ihren engsten Mitarbeiter hingerichtet hatte. Sie entgegnete Johannas Blick, der Mund der Gräfin zuckte leicht, doch sie kniff die Lippen fest aufeinander. Dann löste sie langsam die Hand von Johannas Mund, steckte ihre Waffe weg und packte die zitternde Johanna an den Schultern.

»Johanna!«, sagte sie eindringlich. Sie legte die Stirn an ihre Stirn, beide schlossen die Augen. Johanna weinte, Kopf an Kopf mit einer Mörderin, die sich jetzt löste und sie sanft schüttelte.

»Johanna!«

Sie schlug die Augen auf. Die Gräfin sah sie an. »Sie hätten ihn so lange gefoltert, bis er uns beide verraten hätte«, sagte sie leise. »Unser beider Leben war in Gefahr. Ich habe ihm die Folter erspart. Es ging nicht anders. Hörst du?«

Johanna antwortete nicht.

»Du musst dich zusammenreißen.«

Sie sah vorsichtig zwischen den Wäschewagen hindurch. Schmidts Leiche lag auf dem Gang, das weiße Kellnerjackett an der Brust rot eingefärbt. Johanna hatte schon so viele Tote gesehen, war dabei gewesen, als Männer ihren letzten Atemzug taten. Doch einem kaltblütigen, taktischen Mord hatte sie noch nicht beigewohnt.

Die Gräfin holte eine Visitenkarte hervor, die sie Johanna hinhielt. »Hier treffen wir uns später. Aber vorher musst du dich erst mal deiner Familie zeigen. Die haben dich schon eine ganze Weile nicht zu Gesicht bekommen und machen sich vermutlich Sorgen. Lass uns hier verschwinden.«

Nachdem die zwei sich getrennt hatten, machte sich Johanna auf die Suche nach Mathilde und ihrem Vater. Alles war so unwirklich, die Zeit schien im Grauen des Abends verlangsamt. Vor wenigen Stunden noch hatte sie mit der Gräfin vor dem Spiegel gesessen, es waren die ersten Stunden seit Langem gewesen, in denen sie in eine Art Hochstimmung geraten war. Was für ein Vergnügen, sich gemeinsam herauszuputzen und über Weltpolitik zu diskutieren! Mit wem konnte sie das sonst tun? Wen interessierte schon die Meinung einer Frau zu Demokratie, Kommunismus und Monarchie? Thanner sicher nicht. Und überhaupt – geteilter Meinung zu sein und trotzdem eine Verbindung, eine Harmonie zu fühlen, zu so etwas waren Männer gar nicht in der Lage. Sie sehnte sich zurück in diesen Moment, als sie glaubte, die Gräfin könnte ihre mütterliche Freundin und Gefährtin werden, die ihr mit Ratschlägen und Weltwissen zur Seite stand. Und nun war sie Zeugin geworden, wie diese Gräfin einen Mord beging. Wie sollte sie ihr jemals wieder gegenübertreten? In was war Johanna da nur hineingeraten?

Oder hatte die Gräfin am Ende recht? Sie hatte nicht aus Niedertracht oder Herrschsucht getötet. Schmidt opfern zu müssen war ihr nicht leichtgefallen, das hatte Johanna in ihrem Gesicht lesen können, auch wenn die Gräfin sich größte Mühe gegeben hatte, dies zu verbergen. Und wenn Schmidt die Wahl gehabt hätte: Er wäre sicher lieber durch eine Kugel gestorben, als sich zu Tode foltern zu lassen.

Als sie zurück in den immer noch festlich geschmückten Saal trat, lag über allem eine gespenstische Stille. Die Gäste waren gegangen oder auf ihren Zimmern, die Verletzten wurden im Kliniktrakt versorgt, lediglich das Personal war noch anwesend. Mit langen Leitern machten sich die Handwerker daran, das zerborstene Fenster notdürftig zu vernageln, durch das feine Schneekristalle hineingewirbelt wurden und im Saallicht herabtanzten. Zimmermädchen fegten die Scherben zusammen. Es war kalt in dem hell erleuchteten Saal, und über allem lag der Geruch der Rauchbombe.

Von Vater oder Mathilde keine Spur. Ihre Schwester war vermutlich bei der kleinen Klara. Johanna stand in ihrem roten Kleid auf der leeren Tanzfläche. Während sie die Angestellten bei der Arbeit beobachtete. Ohne wirklich etwas zu sehen, malten sich schwarze Tränenbahnen auf ihre Wangen.

Was hatte dieser Krieg aus ihr, aus ihrem Leben gemacht?

Johanna verließ den Saal. Wie durch schlammiges Wasser bewegte sie sich durch das verlassene Foyer. Am Empfang stand Caduff, er telefonierte mit ernstem Gesicht. Nickte. Dann legte er auf, winkte einen Polizisten herbei, raunte ein paar Worte und eilte mit ihm zum Fahrstuhl. Als die Tür sich wieder schloss, blieb Johanna noch eine Weile stehen, beobachtete die Zahlen, die nacheinander über der Tür aufleuchteten. Die zwei Männer fuhren ins dritte Obergeschoss. Zur Sperrzone der Taylors.

Endlich fand sie Pierre, den Concierge.

»Pierre! Haben Sie meinen Vater gesehen?«

»Johanna, da sind Sie ja!« Erleichterung ging durch sein Gesicht, doch dann bemerkte er ihre Tränenspuren. »Oje, ist alles in Ordnung? Ihr Vater hat Sie überall gesucht! Er ist oben, in seinem Büro.«

Johanna bedankte sich und stieg langsam die Stufen zum Arbeitszimmer hoch. Der Gang war nicht beleuchtet, aus der offenen Tür fiel Licht, sie hörte Stimmen. Als sie an der Tür ankam, sah sie ihren Vater im Gespräch mit Prinzessin Belova und blieb zunächst im Dunkel des Gangs stehen. Die Prinzessin klagte mit aufgelöster Stimme.

»… Fjodor könnte das Gehör verlieren!«

Johannas Vater ging ruhelos auf und ab, während die Prinzessin in seinem Sessel saß und unablässig den kleinen Hund auf ihrem Schoß streichelte.

»Ich bin untröstlich, Olga. Unsere Ärzte werden sich selbstverständlich um Ihren Hund kümmern.«

Er ging zum Schreibtisch, holte eine Flasche Kirsch und zwei Gläser hervor, schenkte ein. Die Prinzessin ignorierte das Glas, das er ihr hinhielt.

»Prinzessin, seit Jahren ist Ihr Ball aus Davos nicht mehr wegzudenken. Er strahlt über die Region hinaus. Wir werden alles Erdenkliche tun, um …«

Prinzessin Belova wedelte mit einem der Flugblätter und fiel ihm harsch ins Wort. »Revolution?! Das ist Sabotage! Wie wollen Sie in Zukunft für die Sicherheit meiner Gäste garantieren? Geschweige denn für Fjodor? Es geht ihm gar nicht gut. Peter, das arme Tier ließ sich kaum beruhigen!«

»Mein Schwiegersohn wird diese Barbaren finden und zur Rechenschaft ziehen.«

Und auf Russisch fügte er hinzu: »Versprochen!«

»*Ya nadeyus', direktor*, das hoffe ich für Sie. Keine Macht den Kommunisten!«

Belova zerknüllte das Flugblatt mit einer Hand, warf es zu Boden, dann erst griff sie zum Glas. Während Gabathuler den Schnaps in sich hineinkippte, als wollte er schnell eine unliebsame Aufgabe erledigen, nippte die Gräfin mit gespreiztem Finger an dem Gläschen und leerte es mit kleinen Schlucken.

Johanna straffte sich, machte einen Schritt aus dem Dunkel und klopfte an die offen stehende Tür.

»Johanna! Endlich. Wo warst du?«, rief ihr Vater. Er betrachtete sie mit einer Mischung aus Strenge und … Sorge?

Ihr Papa.

»Ich habe mir solche Sorgen gemacht!«

Tatsächlich – hatte er also doch noch ein Herz, der alte Herr Papa? Warum konnte sie ihm nicht einfach alles sagen? Ihm erzählen, in was sie da hineingeraten war? Er würde ihr doch helfen müssen, sie war seine Tochter, sein Kind. Ihr eigener Vater würde sie doch nicht im Stich lassen?

»Ich …«, begann sie, wurde aber von der Prinzessin unterbrochen, die ihr ein Stofftaschentuch reichte.

»Johanna, *moya lyubov'*. Wie schön du heute Abend ausgesehen hast. Hier, mach dir das Gesicht sauber, die Tränen stehen dir nicht.« An Gabathuler gewandt fügte sie hinzu: »Sie ist Sophie wie aus dem Gesicht geschnitten.«

Peter Gabathulers Gesicht verdunkelte sich. »Ach … Sophie … Gott hab sie selig.« Er betrachtete seine Tochter, die sich mit dem Taschentuch der Prinzessin die Kajalspuren von den Wangen rieb. »Wenn Johanna sich nur auch sonst an ihrer Mutter orientieren würde …«

Die Prinzessin hob die Hand, mahnend, aber auch sanftmütig.

»Peter. Sie vermissen Ihre Frau. Ich auch. Alle haben sie geliebt. Aber: Seien Sie nicht zu hart zu Johanna. Kein Kind sollte ohne Mutter aufwachsen.« Sie blickte zu Johanna hinüber, die ihr nun das Tuch zurückreichte, und setzte hinzu: »Ein Mädchen schon gar nicht.«

So wie Elli.

Johanna sah ihren Vater an, und mit der Bemerkung der Prinzessin kehrte der Groll zurück. Ihr Vater würde ihr nicht helfen. Er hatte sie bereits im Stich gelassen, er hatte ihr Elli genommen. Sie wollte nur noch weg.

»Haben Sie vielen Dank, Olga. Ich …«, sie sah von der Prinzessin zu ihrem Vater, presste kurz die Lippen aufeinander. »Ich möchte mich hinlegen. Es war ein anstrengender Abend.«

In ihrem Zimmer betrachtete sich Johanna im Spiegel: das Gesicht, in dem sie die Schminke eher verrieben als entfernt hatte, dazu das rote Kleid der Gräfin – und da brach die Welt mit unvermittelter Wucht über ihr zusammen. Sie legte den Kopf in den Nacken und weinte das ganze Elend ihres jungen Lebens in lauten Stößen heraus, den ganzen Schmerz, die ganze unnütze Liebe für ihre Mutter, für Elli, für Erich, sie weinte um den toten Schmidt, den toten Lemke, sie zitterte, schwarzes Wasser sammelte sich an ihrem Kinn und tropfte auf das rote Kleid, auf den hellen Teppich, und als sie sich ganz leergeweint hatte, senkte sie den Kopf, sog mit bebendem Kinn die Luft tief durch die Nase ein und sah sich erneut in die Augen. Die Leere füllte sich mit Wut, abermals, sie pflückte die großen Federn aus ihrem Dutt und warf sie fort. Johanna hatte genug von dieser Maskerade, genug von der Gräfin, die sie in diesen Strudel aus Dunkelheit gezogen hatte, sie riss sich das Kleid vom Leib, eilte ins Bad und wusch sich das Gesicht mit kaltem Wasser ab. Sie wollte nur noch eines: ihr Geld, ihren Pass, ihre Elli holen – und dann fort von hier.

Vertrauen lernen

Eine halbe Stunde später stand sie in ihren Wintermantel gehüllt im Zentrum von Davos, vor dem Hutgeschäft, und blies sich in die Hände. Die Gräfin hatte ihr eine Visitenkarte des kleinen Geschäfts gegeben, um sie nun hier zu treffen. Doch von der Frau war nichts zu sehen. Es war mitten in der Nacht, niemand war auf den Straßen unterwegs, die Straßenlaternen spiegelten sich im Schaufenster, in ihren Lichtkegeln tanzten inzwischen dickere Flocken. Johanna legte den Kopf an die Scheibe und schirmte die Augen ab. Nichts.

»Du bist hier. Gut«, erklang die Stimme der Gräfin neben ihr. Johanna zuckte zusammen und ärgerte sich sogleich darüber. Sie wies auf das Schild des Hutgeschäfts über ihnen. »Warum hier? Wollen Sie mir auch noch einen neuen Hut andrehen? Meine Garderobe suche ich in Zukunft selbst aus.«

Die Gräfin stieß ein kurzes Lachen aus der Nase. »Komm mit.« Sie wollte gehen, doch Johanna blieb stehen.

»Ich will mein Geld.«

»Hast du schon gepackt?« Ohne eine Antwort abzuwarten, ging die Gräfin los und ließ Johanna zurück. Als sie in die Gasse neben dem Laden einbog, eilte Johanna ihr schließlich nach. Die Gräfin durchquerte den Hinterhof und stieg eine Steintreppe hinunter. Sie war, wie immer, elegant gekleidet, sogar die Art, wie sie einen Fuß vor den anderen setzte, wirkte mondän und weltgewandt. Dass sie gestern vor Johannas Augen einen Menschen getötet hatte, gab ihrer einstmals schillernden Persönlichkeit nun allerdings eine dunkle Färbung.

Auf der letzten Stufe holte Johanna sie ein und fasste ihr an den Arm.

»Sie hatten nie vor, Franz zu retten! Ihren eigenen Partner!«

Die Gräfin blieb stehen und drehte sich um. Ihr spöttisches Lächeln, mit dem sie üblicherweise jeden Angriff parierte, erstarb, als sie Johannas aufrichtige Verzweiflung erkannte.

»Johanna. Ich hab getan, was nötig war. Nicht zuletzt für dich und dein Kind. Ich kann verstehen, dass es nicht leicht für dich war, das mitansehen zu müssen. Doch wer auffliegt, stirbt. Franz kannte das Spiel.«

Johanna schwieg. Sie konnte nicht akzeptieren, dass diese Hinrichtung nun auch noch mit ihr zu tun haben sollte. »Ich …« Sie konnte nicht weitersprechen. Die Gräfin hatte ihr Leben gerettet. Es war schrecklich, aber es stimmte. Johanna wollte nicht länger Teil von alledem sein. »Ich … will nur noch mein Geld, und dann hole ich Elli und bin weg.«

»Johanna. Sei doch bitte nicht so schrecklich naiv. Ohne deutschen Pass kommst du nicht über die Grenze. Den Namen Gabathuler kennt jeder, spätestens morgen, wenn das wunderhübsche Ballfoto von Thanner und dir die Klatschblätter des ganzen Landes ziert.«

Und damit wandte sie sich ab und holte einen Schlüssel hervor. Wie sehr Johanna es hasste, dass die Gräfin wieder einmal recht hatte. Sie brauchte diesen Pass mit der neuen Identität.

»Franz ist ein Verlust«, sagte die Gräfin, während sie eine schwere Holztür aufschloss. »Aber das gehört leider dazu – wir sind im Krieg. Und ansonsten war der Abend ein großer Erfolg.«

Johanna starrte sie noch immer finster an, die Gräfin lächelte mild zurück. »Ich fürchte, nun müssen wir lernen, uns gegenseitig zu vertrauen.«

Mit diesen Worten öffnete sie die Tür, ging ein paar Schritte hinein und machte Licht. Johanna blieb an der Schwelle stehen, sah erstaunt in den Raum. Eine Flagge des Kaiserreichs. Ein großer Tisch mit einer Landkarte. Ein Ölgemälde des Deutschen Kaisers. Dolche an den Wänden, Waffen, Handgranaten und Munition im Regal. Die Gräfin zeigte mit einladender Geste umher.

»Vertrauen. Deshalb sind wir hier.«

Johanna machte zögernd ein paar Schritte herein.

»Du hast bewiesen, dass du es wert bist. Schau dich nur um.«

Dies musste die Zentrale des deutschen Geheimdienstes sein. Es war faszinierend – und beängstigend. Johanna betrachtete die Landkarten an der Wand, die kleinen Kanonen, mit denen auf der ausgebreiteten Europakarte die Frontverläufe markiert waren. Ein Telegraf blinkte und piepte, sie fuhr herum.

»Von hier aus stehen wir in Kontakt mit Berlin. Und der ganzen Welt«, sagte die Gräfin.

Dann schritt sie zur Karte, stützte die Knöchel auf den Tisch und betrachtete die Westfront. »Die Entente bestellt also in der Schweiz neuartige Zünder für schwere Artillerie. Eine halbe Million. Mission H muss eine Großoffensive sein.«

»Mit Giftgas«, fügte Johanna hinzu.

»Mhm. Zürich und Berlin sind informiert. In Bern sind wir an Taylors Partnern dran. Die Frage ist nun, wo genau man uns damit angreifen will. Eine halbe Million Granaten sind viel – aber wenn man sie über die gesamte Front verteilt, würde ihre Wirkung wohl verpuffen. Sie werden deshalb konzentriert zuschlagen.«

»Steht das H für eine Stadt?«

»Wahrscheinlich. Und die Granaten müssen bald an ihren Einsatzort transportiert werden.« Die Gräfin öffnete einen Safe und nahm etwas heraus. »Belausche die Gespräche im

Sanatorium, Johanna. Finde heraus, mit wem sich der General trifft. Während meiner Abwesenheit musst du weiterhin Zugriff auf Taylors Briefe und Notizen bekommen.«

»Abwesenheit? Was meinen Sie? Verlassen Sie Davos?«

»Ich muss für ein paar Tage in die Heimat. Hier.«

Sie zählte Johanna fünf Hundert-Franken-Scheine in die Hand. Dann verschloss sie die Tür des Safes wieder.

Johanna zögerte. Die Gräfin verließ die Stadt, und Schmidt war tot.

»Ich soll … ganz auf mich allein gestellt weiterspionieren?«

»Du bist kein Kind mehr, oder?«

»Was, wenn General Taylor oder Zaire Verdacht schöpfen? Vielleicht wissen die auch längst Bescheid?«

»Dann wären wir nicht mehr am Leben.«

Wieder musste sie an Schmidt denken. Wenn sie einen Fehler machte, konnte es ihr ganz schnell so gehen wie ihm. »Ich weiß nicht, ob ich das kann.«

»Du kannst das.« Die Gräfin griff ins Regal und holte einen Revolver hervor. »Hier.« Sie legte ihn vor Johanna auf den Tisch.

»Was soll ich damit?«

Sie nahm noch zwei Schachteln Munition aus dem Regal und verstaute sie in einer kleinen, unscheinbaren Stofftasche.

»Regel Nummer 1. Du oder der Feind. Ich bin für Letzteres.«

Johanna musste schlucken. Das war nun also, was von ihr verlangt wurde. Aber ob sie tatsächlich einen anderen Menschen töten könnte, um ihr eigenes Leben zu retten? Vor ein paar Tagen erst hatte sie die Gräfin mit dem Jagdrevolver ihres Vaters konfrontiert, doch da war sie voller Wut gewesen. Hätte sie wirklich geschossen? Vielleicht. Aber dafür hätte sie die Waffe vorher entsichern müssen, wie die Gräfin ihr eindrucksvoll demonstriert hatte.

Johanna nahm die Waffe in die Hand. Sie war deutlich schwerer als die Luger ihres Vaters. Mit einem zugekniffenen Auge zielte sie auf das Ölgemälde des Kaisers.

»Na, na, na!«, mahnte Ilse und drückte Johannas Arm zur Seite. Johanna ließ die Waffe sinken und griff nach der Stofftasche.

»Ich brauche mehr Munition.«

Die Gräfin sah sie amüsiert an. »Willst du einen offenen Krieg anfangen?«

»Nein. Aber ich muss schießen üben.«

Der Lehrer und die Schülerin

Einige Tage später – das Fenster im Saal war neu verglast, die Gräfin verreist – begleitete Johanna Dr. Mangold bei der Morgenvisite auf dem Weg über die von den Kurgästen belegte Sonnenterrasse. Professor Tschudi kam mit wehendem Kittel aus dem Kliniktrakt gerauscht. In der Hand hielt er ein Röntgenbild.

»Schwester Johanna?!«

Dr. Mangold und Johanna wechselten einen vertrauensvollen Blick. Seit der aufwühlenden Ballnacht lagen in jedem ihrer Blicke die Erinnerung an den Tanz sowie ein herausforderndes Abtasten – wenigstens dieses schöne Spiel war ihr geblieben.

»Johanna!« Professor Tschudi klang erbost. Mangold nickte Johanna zu, sie tätschelte der Patientin die Hand, mit der sie gerade beschäftigt waren, lächelte ihr freundlich zu, dann ging sie zum Professor, der in einiger Entfernung zu den Kurgästen auf sie wartete. Er hielt das Röntgenbild in die Höhe.

»Sie haben bei Gräfin von Hausner eine weitere Röntgenuntersuchung angeordnet?«

»Ja, Herr Professor.«

»Sind Sie jetzt ein Mediziner?«

»Nein, Herr Professor.«

»Aha. Und hat Sie ein Mediziner damit beauftragt? Denn ob ein Röntgenbild gemacht wird, das entscheiden bei uns nicht die Krankenschwestern. Unser Budget dafür ist begrenzt!«

Johanna senkte den Blick. Sie brauchte Gewissheit darüber,

ob sie der Gräfin trauen konnte. War am Ende alles Maskerade und Täuschung, auch ihre Krankheit? Die Lungenbilder der Gräfin waren in Deutschland gemacht worden – es konnte sich leicht um eine Fälschung handeln. Tschudi starrte sie voller Zorn an und wartete auf eine Antwort.

»Es … es gab Grund zur Annahme … dass …«

»Ich habe es angeordnet«, erklang Dr. Mangolds Stimme in diesem Moment hinter ihr.

Professor Tschudi sah zum Doktor, der nun zu ihnen trat, dann zu Johanna, die sofort wieder ihr Zauberlächeln aufsetzte. Dass der junge deutsche Chirurg ihr zur Seite sprang, missfiel dem Professor offensichtlich. Schnaufend drückte er die Platte an Mangolds Brust. »Soso. Dann nehmen Sie es doch, Ihr Röntgenbild.«

Mit diesen Worten stapfte er davon. Einige der Gäste kicherten und tuschelten, Johanna und Mangold tauschten einen weiteren Blick und synchronisierten so ihren Herzschlag. Der Doktor hielt das Bild gegen die Sonne.

»Was sehen Sie?«, fragte er.

Lehrer und Musterschülerin. Dieses Spiel wurde niemals langweilig. Johanna trat neben den Doktor, um mit ihm das Röntgenbild aus der Nähe betrachten zu können. Sie steckten eine Weile die Köpfe zusammen und begutachteten die Aufnahme. Johanna wusste, wie eine gesunde Lunge aussah. Sie tippte mit dem Zeigefinger auf die Glasplatte. »Die Auskulation bestätigt sich: Verdacht auf Lungenspitzenkatarrh.«

Die Gräfin war also tatsächlich krank. Johanna schämte sich sogleich, ihr nicht geglaubt zu haben.

»Geschlossene Tuberkulose, richtig! Gräfin von Hausner hat keine Bakterien im Sputum – und auch kein Blut. Das wussten wir bereits. Warum wollten Sie noch mal röntgen?«

Er ließ das Röntgenbild sinken und sah Johanna an, die immer noch nah bei ihm stand. Wofür es nun eigentlich keinen

Grund mehr gab. Johanna beugte sich noch etwas weiter vor und sagte mit gedämpfter Stimme: »Die Gräfin hatte mich um ein zweites Bild gebeten … sie hofft noch immer, dass es nur eine gewöhnliche Lungenentzündung ist.«

Mangold nickte. »Ja. Die wenigsten wollen es wahrhaben, wenn sie ernsthaft erkrankt sind.«

Rückkehr nach Schloss Mehlitz

Die Gräfin öffnete den Deckel ihres Spucknapfs, hustete hinein und steckte ihn wieder in die Handtasche. Konsul zu Esteburg ließ die Zeitung sinken, in der er seit mehreren Stunden vorgab zu lesen. Er wandte sich ab und sah aus dem Fenster des Automobils. Sie überquerten soeben die Ruhr, bald würden sie die weitläufige Parkanlage erreichen, in der Schloss Mehlitz lag. Die Gräfin sah auf ihrer Seite hinaus. Der Fluss floss langsam und trübe und würde bald so breit werden, dass man ihn See nannte, den Baldeneysee, der einen halben Kilometer von Ufer zu Ufer maß. Im Sommer wurde hier gesegelt und gebadet, doch sie hatte die weißen Dreiecke auf dem Wasser immer nur sehnsuchtsvoll aus der Ferne betrachten können. Ihre Kindheit war trostlos und grau gewesen, wie der Kriegswinter, der nun vor ihren Augen vorüberzog. Es lag kein Schnee, es schien keine Sonne, und irgendwo hier lebten ihre Geschwister in Armut. Sofern sie überhaupt noch lebten. Sie wusste es nicht. Damals war sie einfach nur froh gewesen, es nach Berlin geschafft zu haben und die Stadt ihrer Kindheit für immer hinter sich zu lassen. Ilse von Hausner hatte sich geschworen, niemals nach Essen zurückzukehren. Und ausgerechnet Schilling hielt genau das für eine gute Idee.

Ihr war nicht wohl bei der Sache.

Die Gräfin wandte sich zur Wagenmitte, der Konsul faltete gerade seine Zeitung zusammen. Sie sah ihn an, bis er ihren Blick erwiderte.

»Was hat sich Schilling nur dabei gedacht? Die Leute wissen, wer ich wirklich bin«, sagte sie kraftlos.

Der Konsul nickte. »Schilling hält Sie nun mal für seine fähigste Agentin in der Schweiz.«

»Genau. In der Schweiz. Das ist weit weg von hier.«

»Die Betonung liegt auf AgentIN. Parvus liebt die Frauen sehr. Sie sind eine. Das wird die Verhandlungen erleichtern.«

Die Gräfin musste erneut husten, umklammerte mit beiden Händen ihren Spucknapf, dann starrte sie aus dem Fenster. Sie spürte den Blick des Konsuls, wandte sich aber nicht um, sondern lehnte bloß ihren Kopf an die kühle Scheibe und schloss die Augen. Schilling. Er war das, was einer Vaterfigur in ihrem Leben am nächsten kam. Zumindest näher als ihr leiblicher Vater. Schilling hatte sie damals hier rausgeholt. Und ausgebildet. Von ihm hatte sie gelernt, dass Attraktivität eine mächtige Waffe war.

Zu Esteburg redete weiter. »Das Treffen mit Dr. Parvus ist von enormer Bedeutung. Reißen Sie sich zusammen. Lassen Sie ihren … *Charme* spielen. Wenn alles glattläuft, könnte das der Wendepunkt sein – und Deutschland zum Sieg verhelfen. Das wäre der Schlüssel zu einer neuen Weltordnung!«

Der Wagen verlangsamte, hielt schließlich an, ein großes Tor öffnete sich, und schon rollten sie durch den Park und über einen sanft geschwungenen Weg den kleinen Hügel hinauf, auf dem das Schloss stand. An der breiten Treppe, die links und rechts von Löwenstatuen flankiert war, standen zwei Bedienstete im schwarzen Frack bereit. Erleichtert stellte die Gräfin fest, dass es niemand von damals war, dafür waren sie zu jung. Als der schwarze Mercedes zum Stehen kam, wurde dem Konsul geöffnet, der zweite Hausdiener ging um das Auto herum zur Seite der Gräfin. Als die Tür sich öffnete, musste sie den Blick senken, denn es kam ihr vor wie

Verrat. Sie betrachtete ihre Schuhspitzen, die auf dem weißen Kies aufsetzten, lauschte dem Knirschen ihrer Schritte beim Umschreiten des Wagens, und erst als die Stiefel des Konsuls in ihrem Blickfeld erschienen, wagte sie es, den Kopf zu heben. Ihre Augen wanderten hoch an der Fassade des Schlosses, folgten den Säulen bis zum ersten Balkon, dann weiter bis zur Balustrade des zweiten und hoch bis zum grünen Kupferdach. Als sie den Blick wieder senkte, registrierte sie die Hausherrin. Hedwig zu Mehlitz stand oben auf der Treppe und sah mit strengem Blick auf sie herab. Die Herzogin musste inzwischen um die dreißig Jahre alt sein – doch schon als Kind hatte sie das Dienstpersonal herumkommandiert wie Leibeigene.

»Konsul! Herzlich willkommen.«

Der Konsul eilte die Treppenstufen hinauf und küsste ihr die Hand. Die Gräfin nahm die Stufen gerade so langsam, dass es keiner Beleidigung gleichkam. Sie hörte zu Esteburg unterwürfig säuseln: »Hedwig, meinen ergebensten Dank, dass Sie dieses Treffen für uns arrangiert haben.«

Jetzt war auch die Gräfin oben angekommen und lächelte der jungen Herzogin zu. »Herzogin zu Mehlitz«, sagte sie und nickte.

Erst jetzt drehte Hedwig zu Mehlitz den Kopf und betrachtete die Gräfin von Kopf bis Fuß. Das Lächeln wurde nicht erwidert.

»*Gräfin* …«, antwortete sie langsam, wie um das Wort auszuprobieren. An der Garderobe der Gräfin war nichts auszusetzen. »Schöner Nerz«, konstatierte sie schließlich. »Geliehen?«

Die Frau, die nun Ilse von Hausner hieß, ließ die Spitze an sich abprallen und lächelte, als hätte man ihr soeben ein Kompliment gemacht. Die Herzogin wandte sich an den Konsul. »Kommen Sie.«

Einer der Diener öffnete die Tür, und sie betraten das Schloss. Die Herzogin und Konsul zu Esteburg gingen vorweg, die Gräfin ein paar Schritte hinter ihnen. Sie schritten den langen, marmornen Gang entlang – riesige Gemälde hingen an den Wänden, die hohen Decken waren üppig mit Stuck verziert. Die mannshohen Kandelaber funkelten, die in Öl verewigten Vorfahren blickten erhaben in die Weite, alles glänzte noch genau wie vor zwanzig Jahren. Keine Spur von Staub oder Niedergang, wie man das aus anderen Adelshäusern kannte. Die Rüstungsgeschäfte liefen besser denn je, schließlich war Krieg.

»Ich darf meinen Mann entschuldigen. Dringliche Geschäfte in Berlin. Unser aller Kaiser wünscht die neusten Mörser persönlich zu inspizieren – da war mein Mann unabkömmlich.«

»Verständlich. Über Ihre U-Boote hört man übrigens nur das Beste. Ist unser Gast schon hier?«

Der Gang mündete in den Empfangsraum, auf dessen Fußboden Parkett lag, bedeckt von dicken, edlen Teppichen. Von der Decke hing ein überdimensionierter Kristallleuchter.

»Der Kommunist? Wartet im Salon. Er hat bereits versucht, das Personal aufzuwiegeln – Gott steh uns bei!« Die Herzogin rollte mit den Augen.

Sie betraten den Salon. Der Konsul blieb vor einer der Vitrinen stehen und bückte sich, um die Modelle der verschiedenen Kriegswaffen zu betrachten, die in den Mehlitz-Werken produziert wurden: Haubitzen, Minenwerfer, Flugabwehrgeschütze – alles in Spielzeuggröße. Die Gräfin schenkte den Miniaturen keinerlei Beachtung. Sie inspizierte lieber den kleinen Mann im Pelzmantel, der in der Mitte des Salons stand, auf irgendetwas herumkaute und einen winzigen Mörser in seiner Hand hielt. Als er die Neuankömmlinge hörte, drehte er sich um. Er spuckte achtlos einige Schalen von

Sonnenblumenkernen auf den Teppich und fing direkt an, das Modell des Mörsers zu schwenken und sich mit starkem, russischem Akzent darüber lustig zu machen: »Langer Max, dicke Berta … was sind das nur für Namen? Sie sollten ihren Minenwerfer ›stramme Hedwig‹ nennen!« Er lachte dreckig und laut, begeistert von seinem eigenen Witz. Herzogin Hedwig zu Mehlitz verzog keine Miene, sondern zeigte mit geöffneter Handfläche in die Richtung des kleinen Russen. »Ich darf vorstellen: Alexand…«

»DOKTOR Alexander Parvus. Ihr Deutschen rühmt euch doch für eure Genauigkeit«, unterbrach er sie.

»Es ist mir eine Ehre«, sagte zu Esteburg.

»Das sollte es auch«, erwiderte Parvus und fischte sich einen weiteren Sonnenblumenkern aus einer Papiertüte in der Tasche seines Mantels. Dann widmete er seine ganze Aufmerksamkeit der Gräfin, wobei er sich den Kern in den Mund steckte, abermals ausspuckte und sich die Lippen leckte.

»Mein Gott! Sind Sie eine Pracht!«, sagte er auf Russisch. Die Gräfin, die kleine dicke Männer verabscheute, lächelte ihn strahlend an. Der Russe im Pelzmantel ließ seinen Blick an der Gräfin auf und ab wandern.

»Elegant und streng. Exzellent. Ihr Vorgesetzter hat mir nicht zu viel versprochen.«

Sie erwiderte, ebenfalls auf Russisch: »Auch wir Aristokraten haben unsere Vorzüge. Gräfin Ilse von Hausner.«

Parvus zog angetan die Augenbrauen in die Höhe, ergriff ihre Hand, die sie ihm nun galant entgegenhielt, um einen langen Kuss daraufzusetzen – anstatt ihn lediglich anzudeuten, wie es die Etikette vorschrieb. Mit einem genussvollen Schmatzen löste er sich, blickte in die Runde, zeigte auf die Sitzgruppe und fragte: »Setzen wir uns?«

Alle nahmen Platz. Parvus hob einen Koffer auf den Schoß, öffnete ihn und reichte der Gräfin eine Akte. Sie schlug die

Mappe auf und entnahm ihr ein Foto, das sie eingehend betrachtete. Ein Mann mit Stirnglatze, schmalen Augen und Henriquatre-Bart. »Das ist Ihr Mann in Zürich?«

Sie reichte das Bild an den Konsul weiter und studierte die Akte.

»Ja. Ich organisiere ein Treffen. Dann können Sie sich von ihm überzeugen. Persönlich, vor Ort!«, sagte Parvus und lehnte sich im Sessel zurück. Die Arme ließ er links und rechts über die Lehnen baumeln, sein rechter Oberschenkel wippte beständig auf und ab, nach wie vor hatte er nur Augen für die Gräfin. Die gab dem Konsul nun die Akte, der sie sich gründlich durchlas. Schließlich nickte er.

»Gut. Was soll die Aktion kosten?«

»Vierzig Millionen«, sagte Parvus ohne zu zögern. Zu Esteburg sog scharf die Luft ein, die Gräfin spitzte die Lippen und hob die rechte Augenbraue. Sie tauschte einen Blick mit dem Konsul. Der Russe fuhr fort. »Und fünfhunderttausend für mich, als Provision.«

Zu Esteburg runzelte die Stirn und setzte die Fingerspitzen beider Hände aneinander. »Vierzig Millionen vom Kaiser? Wir hatten mit acht gerechnet.«

»Gesegnet sind die, die keine Erwartungen haben«, antwortete Parvus grinsend und ließ einen weiteren Kern in seinem Mund verschwinden.

»Das ist doch völliger Wahnsinn«, schaltete sich die Herzogin erbost von der Seite ein. Das unverschämte Verhalten des Unterhändlers setzte ihr merklich zu. Als Antwort spuckte er demonstrativ die Schalen in ihre Richtung. Die Gräfin musste sich ein Grinsen verkneifen. Sie suchte den Blick des Russen. »Haben Sie sich auch nicht verrechnet, mein Lieber?«, säuselte sie.

»Maximal um eine Million«, kam die Antwort prompt. Er zwinkerte ihr zu.

Sie tauschte einen Blick mit dem Konsul. Doch der wollte sich offenbar nicht dazu äußern.

»Gut. Wir prüfen das«, sagte die Gräfin. »Berlin muss seine Zustimmung geben, und wir müssen auch unsere Leute in Zürich kontaktieren.«

»Prüfen Sie. Aber Sie werden bald erkennen: Wladimir Iljitsch Lenin ist für Deutschland die einzig reale Chance, diesen Krieg zu gewinnen.«

Töten üben

Immer wieder holte Johanna die Pistole hervor und nahm sie zur Hand. Das Gewicht, der ölige Geruch, die glatten Projektile, die sich nacheinander ins Magazin drücken ließen … eine auf engstem Raum funktionierende, perfekte Tötungsmaschine. Das Laden, Sichern und Entsichern hatte ihr die Gräfin vor der Abreise noch gezeigt. Das Schießen musste sie sich nun selbst beibringen. Grundsätzlich konnte sie die Faszination für Waffen nachvollziehen – doch deshalb wollte sie noch lange keinen Gebrauch davon machen.

Und wenn sie musste?

Der Feind oder du.

Sie musste sich zur Wehr setzen können.

Erst nach einigen Tagen konnte sie sich dazu durchringen, mit der Pistole und ein paar leeren Konservendosen in ein abgelegenes Tal zu reiten. Dort stellte sie die Büchsen nebeneinander auf einen Stein. Sie machte fünfzehn Schritte durch den Schnee. Drehte sich um. Legte an, zielte – und schoss. Der Rückschlag war enorm, die komprimierte Gewalt riss ihren Arm nach oben. Doch die Dosen standen alle noch. Sie feuerte erneut einen Schuss ab. Wieder traf sie nicht. Auch der dritte und vierte gingen daneben. Als beim fünften Schuss nahezu zeitgleich mit dem Knall eine der Konserven scheppernd vom Stein flog, wurde ihr Körper mit Adrenalin geflutet – damit hatte sie nicht gerechnet. Sie konnte verstehen, warum Urvölker Feuerwaffen für Zauberei hielten.

An den freien Nachmittagen suchte Johanna nun fast täglich das abgelegene Tal auf. Ihr Ehrgeiz war erwacht. Sie war eine exzellente Krankenschwester, sie konnte operieren – jetzt wollte sie eine ebenso gute Schützin sein. Und mit jeder Dose, die sie traf, wuchs ihr Selbstvertrauen.

Als sie zum ersten Mal mit jeder Patrone des Magazins eine Dose abräumte, ritt sie mit einem Hochgefühl nach Hause, das bis in die Abendstunden anhielt.

Noch während der Abwesenheit der Gräfin tauchte im Cronwald der Fotograf auf, der beim Ball die Bilder geschossen hatte. Er brachte die Abzüge für Mrs. Taylor. Johanna beobachtete, dass er sich anschließend einigermaßen vertrauensvoll mit Zaire unterhielt. Sie bekam auch mit, dass Zaire nach und nach das gesamte Personal überprüfte. Er stellte sich nicht sonderlich geschickt an. Johanna wurde direkt ausgefragt – vielleicht sei ihr etwas aufgefallen? Ob sie selbst verdächtigt wurde, wusste sie nicht. Doch es war nicht auszuschließen. Seit Schmidt sich selbst enttarnt hatte und direkt im Anschluss eliminiert worden war, wusste die Entente, dass jemand im Umfeld von General Taylor für die Gegenseite spionierte. Johanna musste bei ihren Nachforschungen also extrem vorsichtig sein. Glücklicherweise war Helen Taylors Genesung so weit vorangeschritten, dass sie nun die meiste Zeit des Tages auf der Terrasse lag. Zaire musste also nicht mehr Wache vor dem Wohntrakt der Taylors stehen und verließ Davos immer wieder auf dem Pferd. Entweder liebte er es auszureiten, oder er hatte ebenfalls geheime Aufträge zu erfüllen. Da auch der General des Öfteren Verabredungen in der Stadt hatte, konnte Johanna sich mehrmals in Ruhe mit dem Generalschlüssel im Appartement der Taylors umsehen. Sie untersuchte im Sitzungszimmer den Inhalt des Safes, las Briefe und schraffierte mit der Breitseite des Bleistifts den

Block des Generals, um dessen Notizen sichtbar werden zu lassen. Sie nahm die Blätter an sich, versteckte sie in ihrem Zimmer. Der doppelte Boden ihrer alten Puppenkiste war von jeher ihr Versteck gewesen, hier war genug Platz für die Pistole, die Munition, das Geld und die schraffierten Seiten von Taylors Notizblock.

Leider unterlag auch ihr Leben als Verlobte einer Zwangsläufigkeit, der sie sich unterzuordnen hatte. Während Thanner und ihr Vater die Gästeliste und die Sitzordnung für das Hochzeitsfest im März besprachen – selbstverständlich ohne sie in diese Planung einzubeziehen –, hatte sie ihrerseits Termine: Die Auswahl des Blumenschmucks wurde Johanna überlassen, außerdem musste sie zum Schneider, um ihr Brautkleid anpassen zu lassen. Mathilde war stets beratend dabei, gab Anweisungen, blühte geradezu auf in ihrer Aufgabe als Entscheidungsträgerin. Die kleine Karla sowie ein Patenkind von Thanner sollten die Blumenmädchen sein, sie bekamen ebenfalls passende Kleider geschneidert. Johanna ließ alles geschehen, da sie davon ausging, dass sie noch vor der Hochzeit das Land verlassen würde.

Und neben alldem ging auch ihr eigentliches Leben weiter – schließlich war sie nicht nur Verlobte und Spionin, sondern auch Krankenschwester. Professor Tschudi gegenüber verhielt sie sich seit dem Zwischenfall mit dem Röntgenbild besonders ergeben und befolgte übereifrig seine Anweisungen. Sie putzte und desinfizierte Bettpfannen, schickte Bigna in den Feierabend, um selbst das OP-Besteck zu reinigen und für Professor Tschudi bereitzulegen.

Es waren die Momente mit Dr. Mangold, die sie in diesen Tagen belohnten. Es hatte sich ein geheimes Spiel zwischen ihnen entwickelt, das nur mit tiefen Blicken und einander zugewandtem Lächeln gespielt wurde. Ziel des Spiels war es, sich so lange wie möglich in die Augen zu sehen, und die einzige Regel war, dass es niemand mitbekommen durfte.

Keine schlechte Partie

Als Ilse von Hausner nach Davos zurückkehrte, legte sich die Persona der exzentrischen Gräfin wieder auf ihr Wesen wie eine Haut ohne Schattenwurf. Sie hatte die Exkursion in die eigene Vergangenheit nicht nur überstanden – sie war gestärkt daraus hervorgegangen, wie aus einem Stahlbad. Die Mission Lenin war aufs Gleis gesetzt. Nun galt es, die Mission H der Gegenseite zu vereiteln. Hoffentlich hatte Johanna hierzu neue Informationen sammeln können. Noch mit dem Koffer in der Hand betrat sie am Nachmittag die Sonnenterrasse des Curhaus Cronwald, wo Johanna gerade mit ihrem Wagen durch die Reihen der Kurgäste rollte und Medikamente verteilte. Die Gräfin setzte ihren Koffer ab, blieb etwas abseits stehen und beobachtete sie – Johanna hielt inne und schien etwas oder jemanden zu fixieren. Als die Gräfin dem Blick der Krankenschwester folgte, entdeckte sie Doktor Mangold, dem sich Johanna bereits auf dem Ball im Tanz hingegeben und darüber fast ihren Einsatz vergessen hatte. Dass Johanna sich von dem jungen Deutschen angezogen fühlte, war nachvollziehbar, denn zwischen den greisen Kurgästen, den verstümmelten Kriegsversehrten und den überwiegend einfach gestrickten Bediensteten fiel dieser gescheite und attraktive junge Mann auf. Doch diese Verbindung trübte die Sinne ihrer Agentin, und das missfiel der Gräfin. Johanna registrierte ihren Blick, wandte sich sofort von Dr. Mangold ab und schob ihren Medikamentenwagen weiter zur nächsten Patientin. Die beiden hatten sich angeschmachtet wie frisch

Verliebte, gerade so, als gäbe es nur sie allein. Sicher gab es schon Gerede. Das musste ein Ende haben.

Die Gräfin trat zu Dr. Mangold.

»Ihnen ist schon bewusst, dass sie bald heiratet, Doktor?«

Doktor Mangold fuhr herum, perplex betrachtete er die Gräfin im Pelzmantel.

»Gräfin. Sie sind zurück.«

»Nun, ich kann Johanna schlecht mit Ihnen allein lassen, wie mir scheint.«

Mangold, der sich offenbar eingebildet hatte, dass Johannas und sein Augenspiel im Verborgenen stattgefunden hätte, wusste nicht recht zu antworten. Er wurde nicht rot, aber eine Antwort, die alles glaubhaft herunterspielen würde, wollte ihm auch nicht einfallen. »Was … was meinen Sie?«, stammelte er einigermaßen hilflos.

»Der Tanz auf dem Ball, Ihre Blicke … Fräulein Gabathuler wird in wenigen Wochen Frau Thanner sein. Sie wildern in fremdem Revier, mein lieber Herr Doktor.«

Mangold richtete sich auf, seine Miene verdunkelte sich. Er bemühte sich, Irritation vorzuspielen. »Sie missverstehen hier etwas. Kann es sein, dass Sie einen Narren an Johanna gefressen haben – und von sich auf andere schließen?«

Die Gräfin ließ sich nicht täuschen, lächelte mild und sagte gar nichts weiter. Sie betrachtete den Doktor, trat sogar einen Schritt zurück, um ihn zu inspizieren wie eine Rinderhälfte auf dem Fleischmarkt.

»Warum sind Sie eigentlich nicht verheiratet? Sie sind gar keine schlechte Partie, da müsste sich doch eine Frau finden lassen. Soll ich mal nach einem Exemplar für Sie Ausschau halten?«

»Reizend, Gräfin. Aber danke, nein. Ich bin zum Arbeiten hier. Sie müssen sich wohl eine andere Aufgabe suchen, wenn Ihnen langweilig ist.«

Nun hatte er seine Sicherheit vollständig wiedergewonnen, warf der Gräfin einen herablassenden Blick zu und verschwand in Richtung des Kliniktrakts. Johanna, die die Szene unauffällig verfolgt hatte, trat zur Gräfin. Sie begrüßten sich als Krankenschwester und Patientin, tauschten ein paar Banalitäten aus, *Wie war Ihre Reise, Gräfin – Danke, gut, wie ist es dir ergangen ohne mich,* dann nahm Johanna den Koffer der Gräfin und hakte sie unter.

Als sie im Foyer außer Hörweite der anderen Gäste waren, flüsterte Johanna: »Was war das denn eben?«

»Er scheint zwar ein recht unauffälliger Langweiler zu sein, der bisher nicht aktenkundig geworden ist, aber irgendetwas stimmt mit dem hübschen Doktor nicht. Unsere Leute sind da dran.«

Johanna sah sich um. »Dr. Mangold ist nicht unser Problem. Ich glaube, Zaire ist mir auf der Spur.« Sie winkte einen Pagen herbei.

Die Gräfin zog lediglich die rechte Augenbraue in die Höhe. »Wann hast du Dienstschluss?«

Johanna sah auf die Uhr. »In einer halben Stunde.«

»Wir sehen uns in einer Stunde im Hauptquartier zum Lagebericht«, flüsterte die Gräfin, ohne Johanna anzusehen. Stattdessen lächelte sie den Pagen an, der jetzt vor ihnen stand und auf Anweisungen wartete. Johanna reichte ihm den Koffer der Gräfin. »Flurin, bringen Sie Gräfin von Hausner und ihr Gepäck bitte zu ihrem Appartement, ja?«

Der Zug aus Landquart

Nachdem Johanna sich ihrer Schwesterntracht entledigt hatte, stieg sie aufs Dach und steckte sich eine Zigarette an. Sie inhalierte tief und ließ den Blick über die Dächer ihrer Heimatstadt gleiten. Am Heiligen Abend hatte nicht viel gefehlt, und sie wäre von hier oben in den Tod gesprungen. Beim Ausatmen beugte sie sich über die Mauer und sah hinunter. Und schauderte. Sie hatte ihr Leben wirklich beenden wollen. Nur die Nachricht der Gräfin hatte sie davon abgehalten – die Hoffnung auf ein Wiedersehen mit Elli. Und jetzt war die Flucht mit ihrer Tochter zum Greifen nah, denn für die Informationen, die sie in Abwesenheit der Gräfin zusammengetragen hatte, würde Sie weiteres Geld erhalten. Fünfhundert Franken, so viel sollte wert sein, was sie herausgefunden hatte. Dann brauchte sie nur noch den deutschen Pass. Einen neuen Namen. Und dann konnte sie diese Welt hinter sich lassen, in der ein Vater seiner Tochter das Kind wegnahm und eine Spionin ihren Kollegen auslöschte, um ihn zum Schweigen zu bringen.

Nach ihren Erlebnissen im Krieg hatte Johanna geglaubt, grausam wäre die Welt nur im Schützengraben, in der Schlacht. Wie naiv von ihr. Das ganze Leben war eine Schlacht, lediglich die Waffen und die Art der Kriegsführung unterschieden sich voneinander. Die Gräfin hatte das schon vor langer Zeit gelernt.

Heute, auf der Terrasse, als sie unvermittelt mit ihrem Koffer in der Nachmittagssonne aufgetaucht war, hatte Johanna trotz allem eine Welle aufrichtiger Zuneigung verspürt und auch ein bisschen Stolz empfunden, dass diese mondäne Weltbürgerin von Beginn an ihre Nähe gesucht hatte. Mit ihr, einer Davoser Krankenschwester, die drängende Fragen der Zeit diskutieren wollte. Vielleicht so etwas wie eine Freundin war. Sie hatte sich in ihrem Leben immer nach einem Vorbild, einer Mentorin gesehnt, doch weder ihre große Schwester noch Prinzessin Belova, die beste Freundin ihrer Mutter, hatten diese Rolle ausfüllen können. Die Gräfin war die erste Frau, zu der sie aufschaute. Sie würde sie vermissen, wenn all dies vorüber war.

Johanna trat die Zigarette aus, zog die Kapuze ihres Mantels in die Stirn und machte sich auf den Weg zu ihr.

Vor dem Hutgeschäft sah sie sich unauffällig um. Viel war nicht los in den frühen Abendstunden, um diese Zeit saßen die meisten Familien beim Essen. Sie bog in die Gasse neben dem Laden ein, überquerte den Hinterhof und stieg die Steintreppe hinab. An der Tür klopfte sie das vereinbarte Zeichen. Kurz darauf öffnete die Gräfin.

Sie waren allein. Johanna fragte sich, ob diese Zentrale eigentlich jemals besetzt war oder ob die Gräfin und Schmidt die gesamte Abteilung des deutschen Geheimdienstes in Davos gewesen waren. Es musste doch noch mehr Leute geben? Vielleicht war es besser, wenn sie es gar nicht genauer wusste.

Johanna händigte der Gräfin die Durchschläge aus, die sie in General Taylors Besprechungszimmer mittels Bleistiftschraffur erstellt hatte. Sie selbst hatte nicht viel mit den Notizen anfangen können. Während die Gräfin die Bögen auf der Europakarte ausbreitete und studierte, berichtete Johanna von Zaire.

»Hin und wieder reitet er aus und kommt für Stunden nicht zurück. Leider ist es unmöglich, ihn dabei zu verfolgen, ohne bemerkt zu werden, deswegen weiß ich nicht, was er treibt. Bei seinen Nachforschungen im Sanatorium geht er nicht sonderlich subtil vor. Er fragt alle, die mit den Taylors in Kontakt sind mehr oder weniger direkt aus: Bigna, den Barkeeper David, auch Flurin wurde angesprochen. Mich hat er ebenfalls gefragt, ob mir irgendetwas aufgefallen wäre.«

Die Gräfin lehnte sich zurück. Sie sah zufrieden aus.

»Dann weiß die andere Seite nichts. Sie fischen noch immer im Dunkeln. Sonst noch was?«

»Der Fotograf vom *Courier de Davos* hat Abzüge von der Ballnacht für Mrs. Taylor vorbeigebracht – weil sie nicht daran teilnehmen konnte, wollte sie wenigstens ein paar Bilder.«

»Dieser Kerl mit der Narbe?«

»Ja. Vom Akzent her würde ich sagen, er ist Belgier. Anschließend hat er sich draußen noch einige Zeit mit Zaire unterhalten. Ich konnte nichts hören – aber er sah nicht aus wie ein Fotograf, der bei einer Zigarette mit dem Türsteher plaudert. Sie hatten definitiv etwas zu besprechen.«

»Sehr gut. Auf den Mann setzen wir jemanden an.« Die Gräfin betrachtete eines der Blätter genauer. »Du warst wirklich fleißig, meine Liebe.«

Johanna nickte. »Wenn ich etwas mache, dann gründlich.«

Dr. Weiss, an der Front, und Dr. Mangold waren die einzigen Männer in ihrem Leben, die ihr Anerkennung für ihre Arbeit entgegengebracht hatten. Doch kein Lob hatte sie je so stolz gemacht wie der Blick, den die Gräfin ihr nun zuwarf. Hinzu kam, dass Johanna das Gefühl hatte, für eine gute Sache zu kämpfen. Sie trug entscheidend dazu bei, dass Mission H verhindert werden konnte und somit der Tod von Tausenden Soldaten.

Die Gräfin hielt einen der Bögen in die Höhe. »DUB OI SWE 1500«, las sie vor.

»Könnte das etwas mit Schweden zu tun haben?«, fragte Johanna.

»Ich kann mir nicht vorstellen, dass es hier in Davos von Interesse ist, was in Schweden los ist. König Gustav hat genug mit den Kommunisten im eigenen Land zu tun.« Sie nahm einen Bleistift zur Hand und schrieb die Buchstaben ohne Lücken nebeneinander. »Es könnte auch *DuBois WE 15:00* heißen.«

Den Namen kannte Johanna, und sie wusste auch woher.

»*DuBois?!* Der Name fiel beim geheimen Treffen der drei Generäle auf dem Ball! Chevallier, der Franzose, erwähnte einen DuBois … und dass er nicht ganz günstig gewesen sei.«

»Moment … heißt so nicht der Genfer Offizier, der seit einiger Zeit schweizweit gesucht wird? Er hat ein Codiergerät des Schweizer Generalstabs entwendet. Und ist seitdem untergetaucht.« Sie eilte zum Schreibtisch, auf dem der Telegrafenapparat stand, und durchwühlte Papierstreifen, Zeitungen und Notizen. »Hier! DuBois, tatsächlich!« Die Gräfin wedelte mit einem Streifen Papier.

»Ein Codiergerät? Was ist das?«, fragte Johanna.

»Das ist ein Stab, der ziemlich unscheinbar aussieht, wie ein Lineal. Doch damit lässt sich jegliche Geheimkommunikation der Schweiz entschlüsseln. Wer den Stab besitzt, weiß genau, was das Schweizer Militär plant …«

»Das heißt, dieser DuBois will den Stab an die Entente verkaufen? Aber wie hängt das mit den Giftgasgranaten und Mission H zusammen?«, fragte Johanna.

Die Gräfin kam zurück an den Tisch, schob die Bögen beiseite und betrachtete die Kanonen auf der Europakarte. Johanna stellte sich neben sie. »Das H steht dann wohl für *Hélvetie*?«

Das Gesicht der Gräfin gefror. Sie blickte Johanna mit großen Augen an. »Hélvetie!«, wiederholte sie langsam. »Natürlich!«

Mit entschlossenen Bewegungen beugte sie sich zu den kleinen Kanonen der Westfront und verschob ein paar der blauen Einheiten an die Grenze zwischen der Schweiz und Deutschland.

»Diese Hunde ... weil die Westfront feststeckt, planen sie, die Schweiz zu überrennen und Deutschland vom Süden her anzugreifen! Deshalb wollen sie wissen, was das Schweizer Militär plant – Chapeau!«

Johanna starrte fassungslos von den Kanonen auf der Landkarte zur Gräfin.

Ihr Heimatland sollte angegriffen werden? Mit Zündern, die in der Schweiz hergestellt wurden?

»Die ... die Schweiz soll überfallen werden? Und Sie ... wirken fast begeistert?!«

Johanna ließ sich in den Sessel fallen.

»Dass uns der Respekt vor dem Gegner abhandengekommen ist, das ist ein Grundübel unserer Zeit«, sagte die Gräfin leise. Sie war jetzt unruhig, lief auf und ab, nahm schließlich wieder den Zettel zur Hand.

»DuBois WE1500 – der zweite Teil heißt ganz klar *Wednesday 15:00*. Kommt Mittwoch um 15:00 Uhr nicht der Zug aus Landquart in Davos an?«

Johanna nickte kraftlos.

»Das kann nur bedeuten, dass General DuBois mit diesem Zug hier eintrifft. Also morgen.«

»Um den Codierstab zu übergeben? Wem? Zaire?«

»Oder dem Fotografen. Wir brauchen diesen Stab – um jeden Preis. Und müssen sehr, sehr vorsichtig sein.«

»Was beutetet das? Wie gehen wir vor?«

Die Gräfin reagierte nicht. Sie schien mit einem Mal völlig abwesend zu sein. Ihr Blick lief ins Leere. Dann, als würde sie aufwachen, schreckte sie hoch und sah Johanna an.

»Bis morgen habe ich einen Plan. Kümmere du dich darum,

dass du mich um 14:30 zum Bahnhof begleiten kannst. Ich werde Professor Tschudi zusätzlich bearbeiten, damit er dich freigibt. Sag ihm, eine Cousine kommt mich besuchen, und ich fühle mich zu schwach, um sie allein abzuholen. Wir treffen uns um 14:00 in meinem Appartement. Bring deine Waffe mit.«

Dann ging sie zum Safe, öffnete ihn und entnahm ein Bündel Scheine, zählte zehn Hunderter ab und schloss die Tür wieder.

»Hier. Gute Arbeit, Johanna.«

*

Am Mittwochvormittag gab Johanna sich Mühe, besonders aufmerksam zu sein, um Professor Tschudi bei Laune zu halten. Es war so einfach – sie wusste, wie Tschudi dachte, welche Patientinnen er hasste und dass er zu seinem Milchkaffee fünf Amarettini liebte. Heute lag und stand alles für ihn bereit, ohne dass er danach fragen musste, und sogar die stets zeternde Madame Chillet war gnädig mit dem Professor, denn Johanna hatte sie direkt nach dem Frühstück im Park mit einem Glas Champagner spazieren gefahren. Dr. Mangold war dafür umso abwesender, wirkte fahrig, sein Lächeln pflichtbewusst. Leider gab es nicht die kleinste Pause zwischen zwei Patientinnen, in der Johanna hätte fragen können, wo er mit seinen Gedanken war. Um die Mittagsstunde verabschiedete er sich, er hatte Hausbesuche in Davos zu erledigen.

Kurz darauf zog auch Johanna sich um. In ihrem Zimmer holte sie die alte Puppenkiste aus dem Schrank, öffnete sie und holte ihr Heidilein hervor. Sie hatte sich immer gewünscht, ihre alte Puppe irgendwann weitergeben zu können.

Bald, Elli, schon bald.

Johanna legte die Puppe beiseite und nahm den doppelten Boden heraus. Die Kiste hatte ihr schon in der Kindheit als Versteck für ihre kleinen Schätze gedient. Jetzt bewahrte sie hier das Geld, ihre Pistole und die Fotos von Erich auf. Sie nahm das Bild vom Weihnachtsabend in die Hand und betrachtete es lang. Wie glücklich sie lächelten, zwei Liebende in all dem Elend. Erich. Johanna musste schlucken. Es war so sinnlos, dieses Sterben in den Schützengräben. Sie legte die Fotografie zurück und nahm die Pistole heraus, wog sie in der Hand. Wollte sie das wirklich – jemanden töten? Konnte sie das? Und dann damit leben? Johanna sah noch einmal zur Puppe.

In Notwehr – das würde sie mit ihrem Gewissen noch vereinbaren können. Aber einen Schweizer wegen eines Codierstabes töten? Nein. Sie legte die Waffe zurück in die Kiste, setzte den doppelten Boden ein, legte die Puppe darauf, streichelte ihr über das Haar und verstaute die Kiste wieder unten im Schrank, hinter den Kleidern. Dann machte sie sich auf den Weg zum Appartement der Gräfin. Sie war in Zivil, doch da sie die kranke Gräfin begleiten würde, hatte sie ihr Schwesternköfferchen dabei.

Zwei Männer im Bergwerk

»Zaire und ich haben alles untersucht. Das gesamte Personal, das im Cronwald mit den Taylors zu tun hat, ist sauber«, sagte Van de Velde und zog an seiner Zigarette. Mangold nahm gerade einen Koffer aus dem Regal. Sie waren in dem alten Bergwerk, im gleichen Raum, in dem sie sich zum ersten Mal getroffen hatten. Mangold legte den Koffer vor Van de Velde auf den Tisch und klappte ihn auf. »Gut. Was ist mit Johanna Gabathuler?«

»Bisher nichts. Aber eigentlich wäre sie ideal. Sie hat überall Zugang, auch zu den Taylors. Was sagt Ihr Gefühl? Sie haben täglich mit ihr zu tun«, fragte der Belgier.

»Wenn sie für die Deutschen arbeiten würde, hätte sie den Verräter Lemke kaum in einer Notoperation gerettet – ganz im Gegenteil, sie hätte wohl dafür gesorgt, dass er *nicht* durchkommt«, sagte Mangold.

»Wir werden sehen«, sagte Van de Velde, zog noch einmal an seiner Zigarette, warf den Stummel auf die Erde und trat mit der Hacke darauf. »Das Codiergerät ist zentral für Taylors Mission H. Wir können am Bahnhof nicht vorsichtig genug sein. Wer weiß, ob die Schweizer Militärpolizei nicht bereits an General DuBois dran ist.«

»Aber dann hätten sie ihn doch längst festgenommen und den Stab gesichert.«

»Nicht unbedingt. Die wollen doch wissen, wem er den Stab übergibt.«

Mangold entnahm zwei Teile eines Scharfschützengewehrs.

Es klickte schmatzend, als er sie zusammenfügte. Er griff sich das Zielfernrohr und schob es in den dafür vorgesehenen Schlitten, legte an und sah prüfend hindurch. Alles in Ordnung. Dann schob er das einsatzbereite Gewehr in eine längliche Tasche, die er sich über die Schulter hängte. Van de Velde reichte ihm Munition, die Mangold ebenfalls verstaute und nickte dem Belgier entschlossen zu. Die zwei Männer verließen das Bergwerk und stiegen auf ihre Pferde.

Die Planänderung

Johanna klopfte. Die Gräfin öffnete ihr rauchend die Tür, in einem unauffälligen, locker sitzenden Kleid. Sie trug keinerlei Schmuck, wirkte angespannt, aber hochkonzentriert. Sie reichte Johanna ein Schwarz-Weiß-Foto. »Hier – das ist er.«

Johanna prägte sich das Gesicht ein: Spitzbart, Mittelscheitel, schmale Lippen, fleischige Ohrläppchen. Helle Augen, entschlossener Blick.

Die Gräfin fasste den Plan zusammen: »Ich habe bereits an der Rezeption Bescheid gegeben, dass ich mich heute nicht besonders sicher auf den Beinen fühle. Ich werde das Curhaus also im Rollstuhl verlassen. Unsere Agentin in Landquart habe ich kontaktiert, sie wird dort zusteigen. Meine ›Cousine‹ Jacqueline. Sobald der Zug die Station Schier verlassen hat und Davos ansteuert, wird sie die Türen so manipulieren, dass sich nur noch der hintere Ausgang im letzten Waggon nutzen lässt. Wenn in Davos alle Zuggäste nach hinten strömen und dort aussteigen wollen, werden wir das Gedränge nutzen, bevor Zaire oder der Fotograf die Situation erfasst haben. Am Bahnhof wird uns ein bezahlter Gepäckträger mit einem Wagen voller Koffer Deckung geben. Hinter dem Bahnhof steht dann ein Auto bereit.«

»Und … was genau machen wir?«

»Wir entführen DuBois.«

»Wie bitte? Eine Entführung? Am helllichten Tag, am Bahnhof?«

Johanna wurde schwindelig bei der Vorstellung, an einer Entführung teilzunehmen. Das war doch Wahnsinn!

»Wir werden schnell sein«, sagte die Gräfin.

»Der Mann ist General – er wird sich zu wehren wissen!«

»Wir sind zu dritt. Jacqueline wird direkt hinter ihm aussteigen. Und bei Chloroform wird jeder schwach.«

Sie reichte Johanna ein kleines Fläschchen.

»Aber … aber wie soll das gehen? Sollen wir ihn vor den Augen aller Leute betäuben und dann zu dritt ins Automobil tragen?«

Das alles klang nach einem ganz miserablen Plan.

»Jacqueline hat auch Chloroform, wir haben unseres nur für den Notfall dabei. Sie wird ihm beim Aussteigen ein getränktes Tuch von hinten auf Nase und Mund drücken. Wir stehen mit dem Rollstuhl bereit. Bevor er weiß, wie ihm geschieht, rollen wir mit ihm schon durch den Hinterausgang. Sobald wir im Wagen sind, setzen wir Masken auf.« Sie hielt zwei Sturmhauben in die Höhe.

»Und falls uns das nicht gelingt? Wenn er vorher aufwacht und unsere Gesichter sieht? Dann sind wir enttarnt!«

Die Gräfin schob zur Antwort ein Magazin in ihre Pistole und lud durch. Johanna sagte nichts. Sie verschwieg, dass sie ihre Waffe nicht dabeihatte. Doch die Gräfin schien in Johannas Gesicht zu lesen wie in einem Buch.

»Johanna. Dieser Krieg ist schon lange kein Abenteuer mehr, zu dem man hinreist, um etwas zu erleben – und wenn man genug hat, fährt man wieder nach Hause.«

Dieser Vorwurf traf Johanna ins Mark. Als wäre sie aus Abenteuerlust in den Krieg aufgebrochen!

»Wie können Sie so etwas sagen? Ich bin in den Krieg gefahren, um zu helfen! Ich habe mein Leben riskiert – für Ihre deutschen Soldaten!«, rief sie und musste sich beherrschen, um nicht allzu laut zu werden.

Die Gräfin blieb ruhig. »Und jetzt kommt der Krieg zu dir nach Hause. Als Pazifistin kannst du dich da nur abschlachten lassen. Du musst dich entscheiden, Johanna. Willst du kämpfen? Oder kampflos sterben?«

Johanna wollte weder das eine noch das andere. Sie sah jedoch, dass die Gräfin – wieder einmal – als Siegerin aus ihrem Streit hervorgehen würde.

»Ich will nicht sterben.« Sie griff die Flasche Chloroform und packte sie ins Rotkreuz-Köfferchen.

Die Gräfin sah auf die Uhr. »Wir müssen los. Die Kutsche wartet bereits.«

Johanna nickte und hakte die Gräfin unter, die ihre Schultern etwas nach vorn sacken und den Kopf kränklich hängen ließ. Dann traten sie hinaus auf den Flur.

Als sie im Erdgeschoss den Fahrstuhl verließen und langsam das Foyer durchquerten, sah Johanna bereits den Rollstuhl an der Rezeption stehen. Sie ging den Plan noch einmal im Kopf durch. Konnte das denn gut gehen? Das war doch alles viel zu riskant … was, wenn sie enttarnt wurden? Unweigerlich musste sie wieder an Schmidt denken.

Gerade als sie am Empfang angelangt waren, stürmten mehrere Bedienstete, unter ihnen Schwester Bigna, quer durch das Foyer und hinüber zum Kliniktrakt.

»Bigna! Was ist los?«, rief Johanna.

»Alle zum Rapport! Eine Lawine hat den Zug aus Landquart erfasst. Kurz vor Davos. Die Gendarmerie braucht dringend medizinisches Personal vor Ort!«

Und schon eilte sie weiter.

Johanna blickte zur Gräfin.

»Ein Notfall! Mein Gott … ein ganzer Zug … ich …«

Die Gräfin hatte die Lage bereits erfasst und gab sofort eine Planänderung durch. »Perfekt. Du gehst als Krankenschwester zur Unfallstelle und suchst nach DuBois. In dem Chaos wird es dir ein Leichtes sein, ihn zu betäuben und den Codierstab an dich zu nehmen – sofern er überhaupt noch am Leben ist. Ich bleibe hier und überprüfe, ob er bei den unverletzten Passagieren ist, die nach Davos gebracht werden.«

Hatte diese Frau denn gar kein Mitgefühl? Ein Zug war von den Schneemassen von den Gleisen gerissen worden, niemand wusste, wie viele Opfer es gegeben hatte – und die Gräfin sprach von einer »perfekten« Lage.

»Los, los! Zum Rapport! Du wirst gebraucht!«, rief die Gräfin und winkte mit einer unwirschen Handbewegung in die Richtung, in der Bigna verschwunden war.

Johanna starrte sie fassungslos an. Dann riss sie sich los und eilte davon.

Auf dem Schlachtfeld

Es war kalt, der Wind wehte Mangold und Van de Velde entgegen, wie Nadelstiche prickelten ihnen kleine Eiskristalle ins Gesicht. Als sie am Bahnhof von der Katastrophe erfahren hatten, waren sie umgehend zur Unglücksstelle aufgebrochen. Sie trieben ihre Pferde in der Dämmerung einen Hang hinauf. Als sie oben ankamen, machten sie halt, und unter ihnen, kaum hundert Meter entfernt, lag der Zug im Nebel. Der Dampfkessel war explodiert, die Waggons hatten sich unter- und übereinandergeschoben, lagen herum wie Spielzeug oder waren nur teilweise zu sehen, da große Teile des Zuges von Schnee bedeckt waren. Aus der Lokomotive dampfte es, vereinzelt kämpften sich Überlebende aus den zerborstenen Fenstern. Leblose Körper lagen im Schnee. Die ersten Helfer waren bereits eingetroffen, Anweisungen wurden gerufen, ein Lazarettzelt aufgebaut.

»Es ist besser, wenn wir uns hier trennen«, rief Van de Velde, »ich suche DuBois vom Zugende her. Wir treffen uns in der Mitte.« Er ritt hinab.

Mangold trieb sein Pferd in die andere Richtung den Hang hinunter. Je näher er kam, desto deutlicher vernahm er das Stöhnen und die Hilferufe. Er zog an den Zügeln, und sein Pferd verfiel ins Schritttempo. Unter der Schneedecke, aus dem Inneren des Zugs, ertönten dumpf Schmerzensschreie. Im Vorüberreiten besah sich Mangold die Unfallstelle – sie glich einem Schlachtfeld.

Er band sein Pferd an. Langsam ging er durch den Nebel

zum Zug. Hilfeschreie drangen von allen Seiten an sein Ohr. Aufgeplatzte Koffer, wie Pferdekadaver im Feld. Vor ihm lag ein Mann mit dem Gesicht nach unten. Mangold drehte ihn um – er war tot. Es war nicht DuBois. Es zischte, Rauch und Dampf stiegen aus der Lok und vermischten sich mit den Nebelschwaden. Menschen mit Schnittwunden taumelten durch den Schnee, sackten immer wieder ein. Mangold versuchte die Erinnerungen an den Krieg abzuschütteln, musste stehen bleiben, doch die Bilder setzten sich mit Wucht vor alles, was er denken konnte. Immer wieder war es der gleiche Kamerad, der um Hilfe schrie und vor seinen Augen zusammenbrach. Mangold fasste sich an den Hals und zog die Kette hervor, tastete nach der Erkennungsmarke, die einst dem jungen Soldaten gehört hatte.

Hände hoch!

Mathilde war gerade damit beschäftigt, die Einladungskarten für die Hochzeit in Kuverts zu stecken und diese zu beschriften, als das Telefon klingelte. Ihr Vater war dran.

»Mathilde, lass sofort alles stehen und liegen! Es hat eine Katastrophe gegeben – der Drei-Uhr-Zug aus Landquart ist von einer Lawine erfasst worden!«

»Was? Oh nein … gibt es Tote?«

»Das wissen wir noch nicht.«

»Waren denn auch Gäste im Zug?«

»Ja, einige Angehörige waren unterwegs zu uns – und auch neue Gäste. Jovin hat den Rettungsstab in der Polizeistation eingerichtet. Es soll ein Ersatzzug organisiert werden, um die Verwundeten nach Davos zu holen.«

»Auch zu uns?«

»Wir stellen selbstverständlich Personal ab. Johanna ist bereits zur Unfallstelle aufgebrochen, um sich vor Ort um die Verletzten zu kümmern.«

»Gut. Was soll ich tun?«

»Du bleibst hier und betreust unsere Gäste und teilst das Personal und die Zimmer für die Verwundeten ein«, antwortete Peter Gabathuler.

Klara hatte das Zimmer betreten, doch Mathilde schenkte ihr keine Beachtung.

»Hände hoch, Mama. Polizei!«, rief das Kind.

»Gut, ich komme sofort runter.«

Mathilde legte auf, schloss entnervt die Augen und atmete

einmal durch. Dass dieses Kind es immer noch nicht begriffen hatte. »Klara, wie oft hab ich dir gesagt …«, wollte sie ihre Tochter maßregeln, doch als sie sich umdrehte, hielt sie mitten im Satz inne.

Klara hatte eine Pistole in der Hand. Eine echte Waffe.

Und zielte auf sie.

Mathildes Puls fing augenblicklich an zu rasen.

»Klara!«, rief sie streng, doch Klara grinste nur und zielte weiter in ihre Richtung. Woher hatte das Kind eine Pistole?

War die Waffe geladen?

Hatte Jovis eine Dienstwaffe hier liegen lassen? Das konnte doch nicht sein – nicht ihr Jovis!

Mathilde ging langsam auf ihre Tochter zu, streckte den Arm aus. Sie musste sich Mühe geben, ruhig zu bleiben und mit sanfter Stimme zu sprechen. »Klara … das ist kein Spielzeug … gib mir die Waffe …«

Mit einem Ruck riss Mathilde die Pistole an sich und packte ihre Tochter am Arm. Alle Beherrschung löste sich in Wut auf, und sie fuhr Klara an: »Bist du verrückt geworden?! Wo hast du die her? Wo hast du die her?!«

Klara, die von ihrer Mutter ungewohnt kräftig geschüttelt wurde, fing sofort an zu weinen. Mathilde ließ sie los, legte die Waffe außer Reichweite auf den Schrank und nahm ihr Kind in den Arm. Ihr Herz raste noch immer.

»Ist ja gut … schhhhh …«, tröstete sie die Kleine und streichelte ihr über den Kopf. »Es ist ja nichts passiert.«

Klara schluchzte, Mathilde strich weiter über ihren Rücken.

»Sagst du's mir, Klärchen?«

Die Kleine verbarg ihren Kopf im Hals der Mama. Mit zitternder Stimme verriet sie: »Die war in Tante Johannas Puppenkiste …«

Sie gingen gemeinsam in Johannas Zimmer. Klara zeigte ihrer Mutter, wo sich die Kiste befand. »Ich wollte Versteck spielen … Tante Johanna hat mich nicht bemerkt. Dabei habe ich beobachtet, wie sie mit der Puppe gespielt hat. Und dass sie noch mehr Spielzeug in der Kiste versteckt hat.«

Mathilde öffnete die stoffbespannte Schachtel und entnahm die Puppe. Es war Johannas Heidilein – sie selbst hatte auch so eine gehabt, konnte sich jedoch kaum noch an den Namen erinnern, da sie ihre Puppe schon vor vielen Jahren aussortiert hatte. Doch – Mariechen, so hatte sie geheißen. Sie legte die Puppe beiseite und schaute in die Kiste.

»Den Boden kann man rausnehmen«, sagte Klara.

»Du bist ja eine richtige kleine Detektivin«, sagte Mathilde, und Klara lächelte stolz.

Im verborgenen Teil der Kiste befanden sich einige Schachteln Munition und ein Umschlag mit Hundert-Franken-Scheinen. Fassungslos zählte Mathilde das Geld. Eintausendfünfhundert. Woher hatte Johanna so viel Geld? Und wieso hatte sie eine Waffe? Und Munition? Sie nahm die Fotos in die Hand. Johanna mit einem Soldaten im Feldlazarett, irgendwo an der Westfront. Auf einem der Bilder lag der Soldat mit nacktem Oberkörper auf dem Bett und trug einen Bauchverband, Johanna in Schwesterntracht daneben. Beide strahlten. Auch auf einem anderen Bild lächelten die zwei glücklich in die Kamera. Der Soldat mit geöffneter Uniformjacke, eine Zigarette in der Hand. Wie ihre Schwester leuchtete! Eine Hand ruhte auf dem Oberschenkel des jungen, hübschen Kerls. Mathilde drehte das Bild um. *Weihnachten 1915*.

»Wer ist der Mann?«, fragte Klara.

»Ein Patient von der Tante. Sie hat ihm das Leben gerettet.«

Damit schien das Kind sich zufriedenzugeben.

»Und spielt Tante Johanna auch gern Räuber und Gendarm?«

Mathilde antwortete nicht. Mit den Fotos in der Hand sah sie aus dem Fenster. Sie bemerkte ein Kleid, das frisch gereinigt über dem Stuhl an Johannas Schreibtisch hing. Das rote Kleid, das Johanna auf dem Ball getragen hatte. Wo hatte sie das eigentlich her? Sie ging hinüber. Am Kleiderbügel war ein Zettel der Reinigung, *von Hausner, Appartement 227* stand darauf in Johannas Schrift.

Die Gräfin.

Steckte sie hinter alldem? Wurde Johanna von der Gräfin bezahlt? Aber für was denn nur?

»Klara? Du gehst jetzt zurück ins Zimmer, spielen. Ich werde unten gebraucht.«

Als Mathilde ins Foyer kam, hämmerte ihr Vater gerade eine Namensliste mit den Überlebenden an die Wand. Die Gäste des Hotels standen dicht gedrängt davor und redeten durcheinander, lasen die Namen. Er drehte sich um und beruhigte eine aufgeregte Frau. »Ihr Mann ist auf der Liste, Madame. Er wird im Sanatorium Seegrund versorgt. Sie können sicher bald zu ihm.«

Peter Gabathuler strahlte die einem Direktor angemessene Ruhe aus. Als er Mathilde erblickte, bahnte er sich den Weg zu ihr durch die Menschen. »Sie entschuldigen mich«, sagte er, dann gingen Vater und Tochter hinaus auf die Terrasse.

Gabathuler war in seinem Element. »Mathilde, kannst du noch drei Pagen zum Bahnhof schicken? Sie sollen Decken mitnehmen! Und Tee!«

»Wie viele Tote gibt es?«

»Bisher nur vier. Der Pleisch ist auch darunter.«

Schwester Bigna kreuzte ihren Weg, das Belegungsbuch in der Hand. »Wir brauchen mehr Zimmer für die Verletzten! Die Volksheilstätten im Dorf sind bereits voll.«

Mathilde nahm ihr das Buch aus der Hand, warf einen kurzen Blick hinein und sagte: »Dann desinfiziert 246 und 248, die sind heute morgen frei geworden.«

Gabathuler, schon halb im Gehen begriffen, fasste Mathilde an den Unterarm. »Sag in der Küche Bescheid. Sie sollen Suppe machen für die Opfer und Helfer.«

Mathilde nickte, dann lief auch sie los. Auf dem Weg in die Küche erblickte sie die Gräfin, im Gespräch mit Schwester Daphne. Sofort wechselte Mathilde die Richtung und ging zu den beiden Frauen.

»Danke … dann warte ich weiter …«, sagte die Gräfin soeben, sie hatte Mathilde noch nicht bemerkt, die hinter ihr stand.

»Gräfin. Verzeihen Sie, aber dürfte ich Sie kurz unter vier …«

Sie hielt inne, als die Gräfin sich umdrehte. Ihre Augen waren rot, die Schminke verschmiert – sie schien geweint zu haben.

»Ist alles in Ordnung?«, fragte Mathilde besorgt.

»Meine Cousine … sie war im Zug auf dem Weg zu mir. Bisher noch keine Spur von ihr.« Sie schluchzte, betupfte vorsichtig mit einem Stofftaschentuch ihre Augen. »Was gibt es denn Wichtiges?«

Mathilde schüttelte den Kopf »Ach so … nichts … das kann warten.«

Schwester Daphne hakte die Gräfin unter. »Kommen Sie. Im Foyer ist die Liste angeschlagen, dort werden alle Überlebenden eingetragen. Vielleicht ist sie inzwischen gefunden worden.«

Die Gräfin nickte traurig und zog mit der Schwester davon. Mathilde sah ihr nach und legte die Stirn in Falten. Dann machte sie kehrt.

Wenig später betrat sie mit dem Generalschlüssel ihres Vaters das Appartement der Gräfin. Mit dieser Frau stimmte etwas nicht, und vielleicht fand sich in ihren Räumen ja ein Hinweis. Mathilde sah sich unschlüssig um, ging hinüber zum Schreibtisch, besah sich die Papiere, es waren jedoch nur nichtssagende Korrespondenzen. Sie nahm eine Ausgabe der *Buddenbrooks* zur Hand, durchblätterte auch diese. Nichts.

Auf dem Schminktisch lagen weitere Bücher, Balzac auf Französisch, Tolstoi auf Russisch. So viele Bücher, ständig lieh sie Johanna welche aus und verdrehte ihr damit den Kopf. Als sie *Krieg und Frieden* durchblätterte, fiel eine Ansichtskarte aus Paris heraus, von einem gewissen Matthieu. Mathilde schämte sich, als sie die Liebesgrüße des offensichtlichen Verehrers las. Sie mochte die Gräfin nicht und missbilligte ihren Einfluss auf Johanna – aber hatte sie deshalb das Recht, ihr nachzuspionieren?

Das Grammofon stand auf einem Tischchen. Sie hob die Stoffdecke an und entdeckte unter der Tischplatte eine kleine Schublade. Auch hier, Postkarten: Grüße aus Rom, München, Hamburg. Auf einem Foto war, neben einem geschniegelten Mann im Pelz, die lachende Gräfin zu sehen, noch um einiges jünger, im Hintergrund das Brandenburger Tor. Dann ein Gruppenfoto mit Dienstmädchen, im Park vor einem Schloss. Mathilde wollte Fotos und Karten gerade wieder zurück in die Schublade stecken, da stutzte sie. Und besah sich das Gruppenfoto genauer.

Sommer 1895 stand da, fünf Dienstmädchen mit weißen Schürzen und Hauben lächelten in die Kamera, die Hände hinter dem Rücken verschränkt. Und eins davon, nun war Mathilde sich sicher, war die Gräfin. In jungen Jahren. Mathildes Herz schlug augenblicklich schneller. Ilse von Hausner war gar keine Gräfin?

In diesem Moment hörte sie von draußen einen Schlüssel im Schloss. Eilig verstaute sie alles wieder in der Schublade, schob sie zu, strich die Tischdecke glatt, als die Tür auch schon geöffnet wurde.

Ein Dienstmädchen mit Putzwagen kam hereingerollt. Sie blickte Mathilde perplex an. »Frau … Caduff?«

Mathilde schritt durchs Appartement und fuhr mit dem Zeigefinger über eine Kommode. Sie hob den Finger in die Höhe, zerrieb mit dem Daumen nicht vorhandenen Staub und sah das Dienstmädchen vorwurfsvoll an.

»Die Gräfin hat sich beschwert, und ich muss leider sagen – zu Recht. Hier muss dringend sorgfältiger abgestaubt werden!«

Die Suche nach DuBois

»Dr. Mangold – wie gut, dass sie hier sind«, sagte Johanna erfreut. Er fuhr herum. Sagte nichts. Sein Blick war leer. Er schien sie gar nicht zu erkennen. Es vergingen ein paar Sekunden, erst dann nickte er und sah wieder zum Zug. Zwei Polizisten mit Fackeln sowie etliche weitere Helfer liefen an ihnen vorbei, und mit einem Mal, als würde er aus einem Traum erwachen, war Dr. Mangold wieder voll da. Er straffte den Körper und drehte sich zu Johanna. »Schwester Johanna, Beeilung! Jede Minute zählt. Haben Sie genug Mullbinden mitgebracht?«

Sie hielt ihren Koffer mit dem Verbandszeug in die Höhe. »Natürlich. Ich bin bereit. Sind Sie's?«

Mangold blickte sie an und nickte resolut. Mit zur Schau gestellter Entschlossenheit versuchte er seinen Moment der Abwesenheit zu überspielen. Johannas Lächeln erwiderte er nicht.

Sie machten sich an die Arbeit.

Es wurde kalt, die Sonne war längst untergegangen. Unruhige Lichter von Fackeln und Taschenlampen irrten durch die Dunkelheit, Männer mit Schneeschaufeln gruben Löcher in den Schnee, um an die Türen und Fenster zu gelangen. Johanna versorgte Wunden, half einer Dame zum Lazarettzelt, nahm neue Decken mit und lief zurück zu den Waggons. Sie war wieder an der Front, wendete Körper, leuchtete in Augen und fühlte den Puls. Von DuBois keine Spur. Wenn bei den Überlebenden keine Verletzungen zu versorgen waren, rief sie die Helfer mit der Trage herbei.

Der Ersatzzug aus Davos traf ein. Langsam rollte er, soweit es die Gleise noch zuließen, an den Ort der Katastrophe heran, tauchte den zerborstenen Kessel der Lokomotive in helles Licht.

Johanna drehte sich wieder zur Unglücksstelle, eine Frau, kaum älter als sie, kam schwankend heran. Außer Atem blieb sie stehen. Ihre roten Haare klebten an der Stirn, sie hatte Schürfwunden im Gesicht und eine kleine Schnittwunde unter dem Auge, aus der Blut lief, wie eine rote Träne.

»Andrin. Mein Sohn. Er …«

»Ganz ruhig … Wie sieht er aus?«

»Er hat rote Haare, wie ich. Ich wurde herausgeschleudert. Ich …«

Johanna nickte, sah sich um, rief einen Pfleger herbei. »Hey du!«, und zur Frau gewandt: »Er bringt Sie zum Sanitätszelt. Hier sind Sie nicht sicher.«

»Nein, nein. Mein Sohn … Er ist doch noch so klein …«

Mit verzerrtem Gesicht blickte sie Johanna an, die Augen schmal vor Angst, sie vermisste ihr Kind, eine Mutter ohne ihr Kind – Johanna ergriff die Hände der Frau und sah sie fest an.

»Ich finde Andrin.«

Die Frau wollte wieder zum Zug zurück, doch Johanna hielt sie fest. »Gehen Sie jetzt mit ins Sanitätszelt, Ihre Wunde muss versorgt werden. Ich suche Andrin.«

Die Frau sah sie verzweifelt an.

Johanna legte eine Hand auf ihren Oberarm. »Ich … ich habe auch eine Tochter. Gehen Sie. Ich kümmere mich.«

Der Sanitäter legte eine Decke um die Schultern der Frau. Sie starrte Johanna noch einen Moment an, dann wurde ihr

Gesicht etwas weicher, und schließlich ließ sie sich zum Zelt führen.

Johanna nahm ihr Köfferchen und eilte zum Zug, leuchtete mit ihrer Lampe umher. Dr. Mangold kam keuchend rückwärts aus einem der gegrabenen Zugänge im Schnee gekrabbelt. Er zog einen Verletzten aus dem Zug. Als er Johanna erblickte, rief er: »Übernehmen Sie! Da unten sind noch mehr.«

Er stieg zurück ins Loch. Johanna untersuchte den Mann, er war bei Bewusstsein, sein rechtes Auge war zugeschwollen und seine Lippe aufgeplatzt.

»Können Sie aufstehen?«

Johanna half ihm hoch, stützte ihn, winkte die Träger herbei.

Als sie wieder zum Loch ging, um auf den Doktor zu warten, hörte sie hinter sich im Dunkeln eine leise Stimme.

»*Aidez-moi!*«

Johanna sah sich um, ging ein paar Schritte vom Zug fort. Sie leuchtete umher, hörte noch einmal den Hilferuf, jetzt ganz in der Nähe. Sie versackte bis zu den Knien im Schnee, und dann sah sie die Hand, die vor ihr zitternd hinter einem kleinen Schneehügel emporgestreckt wurde. »*Aidez-moi …*«

Sie kämpfte sich durch das tiefe Weiß und schaufelte erst den halb unter Schnee liegenden Kopf des Mannes, dann seinen Oberkörper frei. Der andere Arm umklammerte eine Tasche.

»Sind Sie verletzt?«

Er drehte den Kopf, und da erst sah sie den roten Schnee unter ihm: Am Hals war eine tiefe Schnittwunde, aus der das Blut pulste. Sie sah seine hellen Augen, seinen Bart, die Ohrläppchen. Das war DuBois. Sie legte ihre Hand auf die Wunde, um die Blutung zu stoppen. Der Mann stöhnte leise. Sie musste ihn durchsuchen, ohne dass er Verdacht schöpfte.

»Haben Sie noch andere Verletzungen?«

Sein Blick flackerte. Er sah Johanna fragend an.

»*Quoi? Aidez-moi.*«

Er drückte die Tasche fester an sich. Dann schlossen sich seine Augen. War er bewusstlos?

Sein Arm ließ sich ohne Probleme von der Tasche lösen, geschwächt, wie er war. Sie tastete ihn ab, fasste in die Innentaschen seines Mantels. Nichts. Dann nahm sie die Ledertasche, öffnete sie, alles mit einer Hand, mit der anderen drückte sie auf die Schnittwunde an der Halsschlagader. Johanna durchsuchte die Tasche, Fach für Fach, schließlich fand sie ein kleines Mäppchen, öffnete es, und darin war es: ein metallenes Lineal, mit Buchstaben an jeder Seite, obenauf ein kleinerer Schlitten, der sich in der Länge verschieben ließ. Der Codierstab. Johanna steckte das Mäppchen ein, verstaute es sicher in der Innentasche ihrer Jacke, dazu brauchte sie beide Hände. Dann legte sie die Finger wieder auf die Wunde. DuBois schien von alldem nichts mitbekommen zu haben.

»*Aidez-moi, s'il vous plaît!*«, flüsterte er.

»Wir müssen die Blutung stoppen. Ich brauche mein Verbandszeug.«

Sie sah zurück zum Zug, wo sie ihren Koffer hatte liegen lassen. Ein Mann mit Fackel kam vom hinteren Teil des Zuges, und sie wollte bereits nach ihm rufen, da bemerkte sie die lange Narbe in seinem Gesicht. Der Fotograf. Er blieb stehen und leuchtete umher. Johanna rollte sich über DuBois und kroch hinter den flachen Schneehügel, unter dem DuBois noch halb vergraben lag. Sie atmete nicht. Das Fackellicht war immer noch da. DuBois röchelte. Sie versuchte, ihre Hand wieder auf seine Wunde zu pressen, konnte ihn aber nicht erreichen, ohne sich aufzurichten. Das Licht flackerte noch immer ganz in der Nähe. Kurz schien es näher zu kommen, sie überlegte fieberhaft, ob sie Bewusstlosigkeit vortäuschen, fliehen oder die ahnungslose Krankenschwester mimen sollte, die hier irgendjemanden versorgte. Wenn der Fotograf jedoch ebenfalls auf der Suche nach DuBois und dem Codierstab war, der nun aber fehlte – dann wäre sie so gut wie enttarnt.

Endlich wurde der Fackelschein wieder dunkler, der Mann entfernte sich. Johanna richtete sich auf, spähte vorsichtig über den Hügel. Er war weg. Sie trat vor und presste wieder die Finger auf die Wunde.

»Hören Sie, ich muss mein Verbandszeug hol…«

Das Blut pulste nicht mehr.

Johanna beugte sich herab, drückte ihr Ohr an seinen Brustkorb.

»Monsieur!«

Sie gab ihm einen leichten Klaps ins Gesicht.

Nichts.

Sie hielt ihre Wange an seinen Mund.

Kein Atem.

Er war tot.

Sie hatte ihn sterben lassen. Für ein dämliches Lineal.

»Johanna!«

Mangolds Stimme ertönte dumpf aus dem Inneren des Zugs.

Sie blieb beim reglosen DuBois sitzen.

»Johanna! Ich brauche Ihre Hilfe.«

Mangolds Stimme war jetzt klar und deutlich zu hören. Doch Johanna reagierte nicht. DuBois war tot, sie hatte ihn nicht gerettet.

Sie hätte ihn ebenso gut erschießen können.

»Johanna? Wo sind Sie? Kommen Sie! Hier unten sind mehrere eingeschlossen! Darunter ein Kind.«

Andrin!

Sie fuhr herum und erhob sich. Das Blut an ihrer Hand war schon fast getrocknet, ihre Finger klebten aneinander. Sie steckte die Hand in den Schnee, rieb das Blut, so gut es ging, damit ab und griff nach ihrer Lampe.

»Ich komme!«

Mangold hatte am hinteren Teil des Waggons ein Loch in den Schnee gegraben und das Fenster eingeschlagen. Als Johanna zu ihm stieß, klopfte er gerade mit der Schaufel die letzten Scherben aus der Fassung. Er kletterte hinein und hielt Johanna die Hand entgegen. Ihre Finger waren eisig, seine hingegen angenehm warm. Sie stieg zu ihm in den Zug, der in Schieflage unter den Schneemassen vergraben lag.

»Wie viele Personen sind …«, wollte Johanna fragen, doch die bebende Erde ließ sie innehalten. Draußen ertönte eine warnende Stimme: »Achtung! Schneebrett! Da kommt was nach, wir müssen …« – das lauter werdende Grollen verschluckte den Rest – ein weiterer Lawinenabgang. Der Schnee schoss ins Abteil, versiegelte das Loch, sperrte sie ein.

Johanna fiel, ihre Lampe erlosch. Auch Mangolds Licht ging aus.

Draußen war das Grollen vorbei, alles schien wieder ruhig. Johanna rappelte sich auf. Sie hörte ein Wimmern. Gerade wollte sie Mangolds Namen rufen, da vernahm sie ein schwaches Stimmchen.

»Mami … Mami …«

Sie suchte nach ihrer Lampe, tastete umher, fand sie, klopfte dagegen – sie flackerte und sprang wieder an.

Mangold lag bäuchlings am Boden. Jetzt stützte er sich auf seine Ellenbogen, hob den Oberkörper und blickte hektisch umher, die Augen weit aufgerissen.

»Maaami …«, weinte das Kind irgendwo im Dunkel des Abteils. Johanna sah Mangold, der wie paralysiert in die Richtung der Stimme blickte und schnell und kurz atmete.

»Andrin?«, rief Johanna. Sie mussten dringend zu dem

Kind, doch Dr. Mangold rührte sich nicht. Er war wieder in Schockstarre, wie zu Beginn, als sie sich getroffen hatten.

»Dr. Mangold?« Johanna ging zu ihm, wollte ihm aufhelfen.

»Ich … ich kann das nicht. Nein!«, Mangold hob abwehrend einen Arm.

»Was …? Herr Doktor, wir müssen …«

»Mami!«, weinte Andrin mit schwacher Stimme.

Johanna hielt Mangold ihre Hand hin, doch er schlug wild um sich und brüllte: »NEIN! LUDWIG!!«

Was war los mit ihm?

Wer war Ludwig?

Max Horowitz: Seitenwechsel

Max kann sich nur an wenige Momente mit seinem leiblichen Vater erinnern, denn Heinz Overdieck fährt zur See und ist selten bei Frau und Kind zu Hause.

Einen Tag jedoch wird Max sein ganzes Leben nicht vergessen: der Tag, an dem er mit seiner Mutter im Kieler Hafen auf Vaters Schiff wartet.

Wie es im Nebel von den Schleppern in den Hafen gezogen wird.

Wie die Männer an Land die dicken Taue an den Pollern festmachen.

Wie die Gangway heruntergelassen wird.

Wie ein Sarg erst hinauf- und wenig später wieder heruntergetragen wird.

Sein Vater ist am Tag zuvor im Maschinenraum einige Meter in die Tiefe gestürzt und nur Stunden vom Heimathafen entfernt seinen Verletzungen erlegen.

Dr. Gustav Horowitz verliebt sich in die schöne Matrosenwitwe Helga Overdieck und macht sie zu Helga Horowitz, Max adoptiert er. Horowitz ist um einiges älter als Max' Mutter. Ein Militärarzt mit Schmiss, angesehen, ebenfalls verwitwet und selbst kinderlos. Er verfügt über die Mittel und Verbindungen, um Max nach dem Abitur eine Ausbildung an der Kaiser-Wilhelm-Akademie für das militärärztliche Bildungswesen zu ermöglichen, an der er selbst schon studiert hat und die als erstklassig gilt. Mit fünfundzwanzig ist Max fertig mit dem Studium.

Nach der Zeremonie, als ihm und seinen Kommilitonen feierlich die Entlassungsurkunde überreicht wird, stehen Gustav und Helga Horowitz im Saal der Berliner Akademie und warten auf Max. Lachend kommt er die Treppe heruntergeeilt – noch nie war er so stolz und so glücklich. Auch seine Mutter strahlt. Gustav Horowitz drückt Max' Hand kräftig und kneift die Augen zusammen.

»Glückwunsch. Du hast mich nicht enttäuscht, Junge.«

Selbst als Jahrgangsbester ist Max in den Augen seines Ziehvaters gerade gut genug. Schließlich war auch Horowitz selbst damals Jahrgangsbester.

»Danke, Papa.«

Seine schöne Mutter nimmt ihn in den Arm, drückt ihm einen Kuss auf die Wange, wischt ihm den Lippenstift aus dem Gesicht und tritt einen Schritt zurück, um Max zu betrachten. »Ach … wie gut du in der Uniform aussiehst!«

Sie sieht von ihrem Sohn zum Mann und wieder zurück. Horowitz nickt und wendet sich zum Gehen. Er hat bereits einige Schritte gemacht, da nimmt Max' Mutter ihren Sohn noch einmal ganz fest in den Arm.

»Dein Vater wäre sicher auch stolz auf dich«, flüstert sie so, dass ihr Mann es nicht hören kann. Max nickt still. Die Erinnerung an seinen leiblichen Vater ist längst verblasst, Gustav Horowitz hat ihn auf seine pflichtbewusste Art ersetzt, auch wenn niemand jemals einen leiblichen Vater ersetzen kann. Immerhin: Horowitz ist ein anwesender Vater für Max, keiner, der Frau und Kind allein zu Hause lässt und zur See fährt. Und er gibt ihm preußische Tugenden mit auf den Weg: gute Umgangsformen, Fleiß und eine vornehme Gesinnung, wie es Voraussetzung ist, um an der Akademie angenommen zu werden. Horowitz schlägt Max nur selten – weil Max ein liebes Kind ist, er spurt und hat keine Flausen im Kopf. Schon in jungen Jahren darf er mit ins Krankenhaus, denn er ist wissbegierig und gescheit, Horowitz fördert ihn, wo es nur geht. Er lässt ihn früh bei Operationen zusehen, das härtet schließlich ab. Respekt, Disziplin und Vaterlandsliebe sind die wichtigsten Dinge, die es im Leben gibt, das lernt Max von seinem Ziehvater, den er von Anfang an Papa nennt. Und er sieht, welcher Respekt seinem Vater im Klinikum entgegengebracht wird. Ob ein anderer Beruf als der des Chirurgen für ihn in Frage kommen könnte, darüber denkt Max nicht ein einziges Mal nach. Er wünscht sich, dass auch er eines Tages einen weißen Kittel tragen darf wie sein Papa und mit ebenso viel Respekt und Bewunderung bedacht wird.

Neben dem Abschluss an der Akademie meistert der junge Max auch die militärische Ausbildung mit Bravour – er ist einer der besten Schützen seiner Kompanie. Und als er noch im Jahr seines Abschlusses als Unterarzt zur Truppe stößt, kann er sein Glück nicht fassen: Im selben Sommer bricht der Krieg aus. Gemeinsam mit den Kameraden gegen den Franzosen ins Feld ziehen, sich für das Vaterland im Kampf beweisen – welch ehrenvolle Aufgabe! Was für ein Abenteuer!

Da die neutralen Belgier einem Durchmarsch der deutschen Armee nicht zustimmen, geht es in den ersten Augusttagen des Jahres 1914 Schlag auf Schlag: Um Frankreich schnell zu unterwerfen, besetzt Deutschland erst Luxemburg und marschiert dann in Belgien ein, weshalb die verbündeten Engländer dem Kaiserreich ein Ultimatum setzen. Als dieses nach vierundzwanzig Stunden verstreicht, befindet sich neben Russland und Frankreich auch England offiziell im Krieg mit dem Deutschen Kaiserreich.

Max ist Teil der 1. Armee und mit dabei, als sie gen Lüttich marschieren, um die Festung einzunehmen. Sie soll auf dem Weg nach Frankreich im Handstreich erobert werden, doch die Belgier setzen sich überraschend erfolgreich zur Wehr. Die Verluste unter den Deutschen sind enorm. Max sieht Kameraden fallen, muss Wunden nähen, zerfetzte Gliedmaßen amputieren, darf nicht weinen, und immer wieder kreuzt ein Wunsch seine Gedanken, den er sich nicht eingestehen will: Er möchte nach Hause. Weder fühlt es sich an wie ein Abenteuer, noch wird der Kampf nach völkerrechtlichen Regeln geführt. Von Beginn an machen Geschichten von *Franc-tireurs*, den Heckenschützen, die Runde, Zivilisten, die feige aus dem Hinterhalt auf die Truppen schießen. Und auch die eigenen Kameraden kämpfen alles andere als fair.

Endlich ist die Festung Lüttich eingenommen, die Deutschen marschieren weiter westwärts durch Belgien, morden wahllos Zivilisten, plündern Häuser und stecken sie in Brand. In Leuven haben sich die belgischen Truppen kampflos zurückgezogen, die *Garde Civique* ist aufgelöst, auch einfache Bürger müssen ihre Waffen abgeben. Hier sammelt sich die deutsche Armee. 15 000 Mann sind bereits in der Stadt, als die 2. Reserve-Division eintrifft, zum Durchmarsch an die Westfront. Doch die belgische Armee rückt von Antwerpen näher, und in der Stadt sollen nach wie vor Freischärler auf der Lauer liegen, es wird von Sabotageakten und Schüssen aus dem Hinterhalt berichtet. Die Lage ist unübersichtlich – Angst schlägt um in Wut. Ständig kommt es zu Scharmützeln in den engen Gassen. In kleinen Trupps werden die Gebäude der Stadt durchsucht. Auch Max muss mit durch die Straßen patrouillieren. Auf Befehl seines Leutnants – Matthies, ein Kerl noch jünger als er selbst – besteigt Max mit seinem Gewehr eines der höher gelegenen Häuser. Da hört er Schüsse in der benachbarten Straße. Matthies gibt den Feuerbefehl, weitere Schüsse fallen, ein Mann ist getroffen und stürzt aus dem Fenster auf die Straße.

»Heckenschütze!«, schreit Leutnant Matthies, doch Max hat gesehen, dass es ein deutscher Kamerad war, der aus dem Fenster gefallen ist, und weit und breit kein Belgier, der das Feuer hätte eröffnet haben können. Von oben sieht er seinen Trupp, der sich jetzt vor einem Haus versammelt, in dem weitere Zivilisten mit Waffen vermutet werden. Max steigt hinab. Als er bei dem Gebäude ankommt, zerren Matthies und Gruber gerade eine Frau auf die Straße. Der zuvor getroffene Kamerad liegt weiter abseits mit verdrehtem Arm und blutigem Schädel auf dem Kopfsteinpflaster. Max eilt zu ihm – er ist tot.

»Drin sind noch mehr!«, brüllt Matthies, richtet seine Pistole auf die Frau mittleren Alters, in Kittelschürze, sie weint und klagt und hat die Hände erhoben. Matthies schießt ihr aus nächster Nähe in den Kopf, das Klagen verstummt augenblicklich, der Körper der Frau sackt zusammen. Ein Knabe von vielleicht zehn Jahren kommt geduckt aus der Tür gerannt, will fliehen, biegt ab in eine Seitengasse, die Soldaten eröffnen das Feuer, der Junge fällt und bleibt reglos liegen. Als Gruber und Stiglitz hingehen, springt der Knabe wieder auf. Eine Finte – er versucht Haken schlagend davonzukommen, doch diesmal treffen ihn die Kugeln. Max will fragen, warum das Kind sterben musste, doch er wagt es nicht.

Stiglitz untersucht den Körper des Jungen und hält triumphierend ein Klappmesser in die Höhe.

»Bewaffnet«, ruft er, und wirft das Messer fort. Matthies nickt zufrieden.

Abends wird getrunken, die Soldaten haben einen Weinkeller geplündert und das Gebäude anschließend in Brand gesteckt. Sie berichten sich gegenseitig von den hinterhältigen Freischärlern, die sie im Laufe des Tages erledigt haben. Als der Leutnant seine Version der Geschichte erzählt, schweigt Max. Er hat selbst gesehen, dass der Kamerad durch Eigenbeschuss getroffen worden ist. Laut Leutnant Matthies waren es hingegen die hinterhältigen belgischen Zivilisten, sogar Frauen und Kinder seien dabei gewesen.

Bis an die Zähne bewaffnet!

Von wegen neutral!

In den folgenden Tagen wird Rache für die Kameraden genommen. Hunderte, so heißt es, sind aus dem Hinterhalt erschossen worden, die Wut ist groß und entlädt sich in Akten ungebremster Gewalt. Wer die Stadt nicht verlassen kann, wird niedergeschossen oder interniert. Überall wird Feuer gelegt, Hunderte Häuser brennen nieder, sogar die Universitätsbibliothek, und Max sieht den Hass in den Gesichtern der Kameraden, wohnt Massenerschießungen bei, ein wahrer Blutrausch scheint die Truppen erfasst zu haben, doch er hält still, nicht mal in den Briefen an die Eltern wagt er es, seine Zweifel zu erwähnen. Zu groß ist die Angst, in Papas Augen als unpatriotisch zu gelten.

Als sie Leuven verlassen, sind große Teile der Stadt niedergebrannt. Max passiert beim Abzug das Gerippe der Bibliothek, aus der noch immer Qualm steigt. Die Asche der vielen Tausend Bücher und Handschriften legt sich auf die Uniformen und Gesichter der Truppe.

Außerhalb der Stadtmauern, auf einer Anhöhe, sieht Max sich noch einmal um. Aus allen Vierteln steigt Rauch auf. Auch die Kirche ist ausgebrannt, schwarz und fensterlos überragt der kleine Kirchturm die Dächer.

Das Gotteshaus.

Die Universitätsbibliothek.

Welchen Sinn soll diese Vernichtung von Schönheit und Wissen haben?

Und das sinnlose Töten von unbeteiligten Bürgern geht weiter. Dörfer werden geplündert und niedergebrannt, wie von den Hunnen auf Beutezug. Als Arzt ist Max an keiner der Taten direkt beteiligt, er flickt die Verletzten zusammen und schießt nur selten selbst, wird meist nur als Beobachter und Scharfschütze eingesetzt. Doch keiner seiner Kameraden scheint Skrupel zu haben – Frauen, Greise, sogar Kleinkinder sind unter den Opfern, in Gruppen werden sie zusammengetrieben und niedergeschossen, junge Bäuerinnen werden vor ihrer Hinrichtung missbraucht, Max hört das Gegröle und die Schreie in der Scheune. Die Kameraden wechseln sich ab, trinken das Bier des Bauern und zwingen ihn, dabei zuzusehen, bevor sie erst ihm eine Kugel in den Kopf jagen und dann seine Frau nackt aus der Scheune treiben – um auch sie zu erschießen, von hinten. Sie bricht neben weiteren Leichnamen zusammen. Max hat die »Einladung« abgelehnt, er steht draußen vor der Scheune, es ist schon dunkel, als die Soldaten mit Bierflaschen in der Hand herauskommen. Einer der Soldaten bleibt vor dem nackten Leichnam der Bäuerin stehen und entleert seine Blase auf ihren Körper, alle johlen, ziehen weiter. Max folgt ihnen mit Abstand, langsam und widerspenstig, da hört er ein leises Weinen. Er bleibt stehen und horcht. Das Schluchzen kommt ganz aus der Nähe, wo ein Heuwagen steht. Vorsichtig geht Max um den Wagen herum, und hinter dem Wagen sitzt Ludwig, einer der vielen Schüler, die sich bei Kriegsbeginn voller Tatendrang freiwillig gemeldet haben. Viel zu schmächtig ist er, keine achtzehn Jahre alt, und er sitzt an das Rad des Wagens gelehnt und weint. Die Arme auf den angezogenen Knien verschränkt, den Kopf auf den Unterarmen, schluchzt er immer wieder: »Mami …« Er schreckt hoch, als er Max hört. Mit schmutzigem Gesicht und verquollenen Augen sieht er ihn an. Das Gewehr liegt neben ihm im Gras.

»Hey …« Max geht zu ihm. »Ich hab Tabak … möchtest du?« Er hält ihm seinen Tabaksbeutel hin. Der Junge reagiert nicht. Max dreht zwei Zigaretten, steckt sich eine an und hält ihm die andere hin. Er bemerkt, dass Ludwig seine Erkennungsmarke abgenommen hat, sie baumelt an der Kette aus seiner Faust heraus.

»Ich … ich kann nicht … mehr …«

Eine Gewehrsalve ertönt, beide zucken zusammen, Ludwig hält sich die Ohren zu und kneift die Augen zusammen. Als er sie wieder öffnet, streckt Max seine Hand aus. »Komm, Ludwig. Lass uns zurück zum Lager gehen.«

Doch Ludwig ergreift die Hand nicht, er steht allein auf. Mit einem Mal ist er voller Energie, schleudert seine Marke zu Boden, starrt Max grimmig an und zieht seine Uniformjacke aus. Sein Gewehr hat er liegen gelassen, die Jacke wirft er auch hin.

»Tu das nicht«, versucht Max sanft und fasst ihn an den Unterarm. Für Deserteure gibt es keine Gnade. Das weiß jeder.

»Ich will nach Hause, Doktor!«, sagt Ludwig und reißt sich los. Er linst hinter dem Heuwagen hervor, schaut, wo die anderen Kameraden sind. Dann läuft er los.

»Ludwig! Bleib stehen!«, ruft Max, doch vergeblich. Er hebt die Jacke auf, sucht auch die Marke des Jungen, findet sie, macht ein paar Schritte hinter Ludwig her, doch der ist bereits hinter der Scheune im Dunkel verschwunden.

»Hinterher, worauf wartest du!?«

Max fährt herum. Gruber. Der ihn vorwurfsvoll anglotzt, die Augen glasig von zu viel Bier und zu viel Blut. Und der jetzt seine Taschenlampe hin und her wedelt und über die Schulter brüllt: »Deserteur!« Und losläuft. Sofort kommen die anderen angerannt, sehen Max fragend an, erblicken die

Jacke, dann hören sie Gruber, der an der Ecke der Scheune stehen geblieben ist. »Hier isser lang!«

Alle drei hetzen los.

»Horowitz, komm!«

Max lässt die Uniformjacke am Heuwagen zurück, die Marke steckt er ein, dann folgt er den Kameraden.

Hinter der Scheune bleibt er stehen, im Dunkel erahnt er kaum die Wiesen und Büsche, eine eintönige Landschaft erstreckt sich vor ihm. Er sieht die Lampen durch die Finsternis wackeln, erahnt die Silhouetten der Soldaten, und jetzt hört er auch die Stimmen von Matthies und Gruber, dann fällt ein Schuss.

»Bleib stehen, du Hund!«, schreit Matthies, wieder hallt ein Schuss durch die Nacht.

Eine Zeit lang hört Max nichts, er macht sich auf in die Richtung der tanzenden Lichter, die ihm nun auf dem Feldweg entgegenkommen: Matthies, Gruber, Hartmann, Stiglitz – und zwischen ihnen, nach vorn gebeugt, die Arme auf dem Rücken gefesselt: Ludwig. Sein Gesicht verzerrt vor Schmerzen und Angst.

Hinter der Scheune befindet sich ein verwaister Unterstand für Kühe, zwei der Männer hängen ihre Lampen auf und binden Ludwig fest.

Er weint und bettelt. »Ich kann nicht mehr! Ich schaffe das nicht!«

»Halt dein Maul!«, fährt Matthies ihn an. Sie lassen eine Flasche Wein herumgehen. Max will das Wort ergreifen, aber er weiß, dass es auch sein Ende bedeuten könnte, wenn er für den Verräter Partei ergreift. Die Soldaten sind nicht mehr bei Sinnen, verbiegen sich die Wahrheit, wie es ihnen passt – am Ende würden sie ihn über den Haufen schießen und behaupten, er sei ebenfalls desertiert. Seine Eltern würden niemals die Wahrheit erfahren, ein Deserteur als Sohn – Papa würde sich wohl das Leben nehmen aufgrund der Schmach.

Der junge Leutnant kommt langsam zu Max herüber, der etwas abseits von den anderen steht und nicht mittrinkt. Matthies richtet seine Lampe auf Ludwig, der stetig, aber still weint. Dann fixiert er Max.

»Wolltest du ihn entkommen lassen?«

Max erwidert seinen Blick. Sie starren sich an, keiner schaut weg.

»Ich wollte Ludwig davon abhalten, eine Dummheit zu tun.«

»Aber er hat eine Dummheit getan.«

Matthies dreht sich zu Ludwig. »Hör auf zu flennen! Was für ein Waschlappen bist du eigentlich? Dachtest du, der Krieg wird ein Spaziergang?«

Jetzt zückt er seinen Revolver. Er dreht sich wieder zu Max.

»Horowitz. Für den Kaiser. Und für mich.«

Matthies hält ihm die Pistole mit dem Griff zuerst hin. Gruber, Stiglitz und Hartmann kommen feixend näher, Hartmann leuchtet mit seiner Lampe direkt in Ludwigs Gesicht. Max sieht zu Ludwig, dann auf die Waffe in der Hand des Leutnants. Sind sie denn Tiere? Ludwig wendet schluchzend den Kopf ab und weint nach seiner Mami. Der arme Kerl ist noch ein Kind, er hat hier nichts verloren, natürlich gehört er nicht an die Front, sondern nach Hause.

»Was ist los?«, fragt Hartmann. »Bist du kein Soldat, Doktor?«

»Zu fein für die Drecksarbeit?«, setzt Gruber hinterher.

Matthies drückt ihm den Griff des Revolvers auf die Brust.

»Erschieß ihn, Horowitz. Du bist einer von uns. Oder nicht?«

Max kann nicht. Die wenigen Male, die er in diesem Krieg auf Menschen geschossen hat, waren es Schatten, Silhouetten ohne Gesicht und Namen, und ob er getroffen hat – er weiß es nicht. Doch ein Kind erschießen? Aus nächster Nähe? Das wäre doch … Mord.

»Doktor … bitte …«, schluchzt Ludwig jetzt leise.

Max nimmt den Revolver, lässt ihn aber sofort sinken.

»Nein.« Er schließt die Augen. Eine Träne rinnt ihm über die Wange.

Matthies hebt sein Gewehr und zielt aus nächster Nähe auf Max.

»Wer nicht fürs Vaterland sterben will, hat kein Leben verdient.«

»… das ist doch … noch ein Kind!«

»Jetzt schieß, Doktor!!«

Max atmet tief ein. Blickt zu Ludwig. Sieht Leutnant Matthies an. Und wieder zu Ludwig.

Matthies drückt Max den Lauf gegen die Schläfe.

»DU ODER ER!«

Max hebt seine Waffe. Zielt. Schließt die Augen.

»Nicht, Doktor …«, sagt Ludwig noch, doch Max drückt ab.

Die Soldaten gröhlen, klopfen Max auf die Schulter.

Er will nicht, doch er muss hinsehen, als die Männer Ludwig durchsuchen, nichts Persönliches oder Wertvolles finden, auch seine Erkennungsmarke am Hals suchen sie vergeblich. Ludwigs Augen sind aufgerissen, immer noch verweint, auch sein Mund steht offen, die ganze rechte Gesichtshälfte ist rot. Max hat ihn erschossen, ermordet. Er schließt die Augen und wendet den Kopf ab, weiß bereits, dass er diesen Anblick niemals vergessen wird.

Die rechte Hand in der Hosentasche umschließt Ludwigs Marke.

Dies ist der Moment, in dem die Entscheidung fällt.

Zunächst spielt Max mit dem Gedanken, Papa einzuweihen. Kann er ihn bitten, seine Beziehungen spielen zu lassen, dafür zu sorgen, dass der Sohn von der Front wegbeordert wird? Er wagt es nicht. Zu gut weiß er, dass sein Vater keinerlei Verständnis für Drückeberger, für Kameradenschweine hat. Die Desertion ist für ihn ein durch und durch unpatriotisches Verhalten. Nicht seinem Vaterland dienen zu wollen! Aber würde Papa gutheißen, was Max gesehen hat? Und Mama? Sie hat keine eigene Meinung, alles, was Dr. Gustav Horowitz sagt, ist Gesetz, seine Mutter würde niemals wagen, ihrem Mann zu widersprechen.

Doch mit diesen Männern und auf diese Weise kann Max nicht gemeinsam kämpfen.

Und so hat er nur eine Wahl. Auch wenn es bedeutet, dass er seine Eltern niemals wiedersehen wird.

Zwei Nächte nach Ludwigs Tod kommt der Moment, auf den Max gewartet hat: Beim Vorstoß in Richtung der französischen Grenze geraten sie in einem verwinkelten Dörfchen unter Beschuss, müssen fliehen. In den engen Gassen fallen Schüsse, niemand weiß, wer auf wen schießt – Feind oder Freund, es dämmert bereits. Leutnant Matthies und Gruber fallen, die anderen fliehen in Panik in unterschiedliche Richtungen. Überall wird geschossen, die Franzosen rücken von drei Seiten auf das Dorf vor. Max und Hartmann verstecken sich auf dem Heuboden einer Scheune, flach liegen sie hinter einem Berg Stroh und lauschen den Kampfgeräuschen. Hartmann ist getroffen worden, Max kümmert sich, so gut es geht, um den Kameraden, doch er hat bereits zu viel Blut verloren und verliert das Bewusstsein.

Auch Max schließt die Augen.

Erst riecht Max es, dann hört er das Knistern, schließlich spürt er die Hitze: Die Scheune brennt. Er schreckt hoch.

»Hartmann!« Er schüttelte den Kameraden. Der blinzelt nur benommen. Max schüttelt kräftiger, Hartmann stöhnt, er hilft ihm auf, stützt ihn, doch der Kollege kann kaum stehen. Sie müssen die Leiter wieder hinuntersteigen, das wird kaum zu schaffen sein, aber das Stroh geht jeden Moment in Flammen auf, der Dachstuhl brennt, die Hitze ist jetzt schon kaum zu ertragen.

»Kannst du die Leiter allein absteig…«, will Max fragen, da schwingt ein Dachbalken von oben herunter, erwischt Hartmann an der Schulter und fegt ihn vom Heuboden. Er landet mit dem Kopf zuerst in ungefähr vier Metern Tiefe auf dem Steinboden der Scheune. Und bewegt sich nicht mehr. Das Stroh geht in Flammen auf und drückt Max eine Hitze ins Gesicht, dass es ihm den Atem nimmt.

Er rutscht die Leiter herunter, dreht Hartmann auf den Rücken und wendet sich sofort ab. Wo vorher das Gesicht war, ist nur noch blutiger Matsch. Der Schädel ist aufgeplatzt, das Gehirn zu sehen, Max wird übel, so etwas hat er noch nicht zu sehen bekommen. Doch er muss handeln, ein brennendes Stück Dachbalken fällt herunter, er richtet Hartmann auf, zerrt ihm die Uniformjacke herunter, zieht ihm seine eigene Jacke an, mit dem Namensschild im Nacken, reißt Hartmann die Marke vom Hals und legt ihm seine eigene Marke um. Da von Hartmanns Gesicht nichts mehr übrig ist, wird man ihn nur anhand der Marke identifizieren können. Sie sind annähernd gleich groß. Dr. Max Horowitz ist jetzt tot.

Er schleicht durchs Dorf. Vor einem etwas abgelegenen Haus, dessen Tür offen steht, liegen erschossene Zivilisten, vermutlich die Bewohner. Max schleicht sich hinein, tatsächlich, niemand ist da. Er versteckt sich auf dem Dachboden. Vereinzelt fallen Schüsse, Schreie erklingen, inzwischen aber von weiter entfernt, und irgendwann kehrt Ruhe ein. Als es dämmert, wagt er sich nach unten. In der Küche sucht er nach Essen oder Trinken, doch er findet nichts. Max hat Durst. Im Pferdestall entdeckt er endlich einen Trog, gierig trinkt er das stinkende Wasser – als ein Stalljunge hereinkommt, Max sieht ihn, beide erschrecken sich. Der Junge läuft aber nicht weg, da Max die Hände hebt und lächelt. Sein Französisch reicht gerade für ein *»Pas un ennemi«, bin kein Feind,* der Junge kann sehen, dass er unbewaffnet ist – und scheint ihm zu glauben.

Mit Handzeichen und einem Gemisch aus Französisch, Deutsch und Englisch macht Max ihm klar, dass er mitkommen will, sich ergeben möchte. Der Junge tritt ein paar Schritte aus dem Stall und ruft etwas auf Französisch, bald darauf kommt der Bauer, die Flinte im Anschlag. Der Junge sagt etwas in beruhigendem Tonfall, doch der Bauer hebt die Waffe, Max senkt den Blick und geht mit hinter dem Kopf gefalteten Händen in die Knie. Der Bauer kommt langsam auf ihn zu, zischelt dem Jungen etwas zu, der daraufhin in den Stall eilt und mit einem Strick wieder auftaucht. Max hält die Hände hinter seinem Rücken über Kreuz und lässt sich bereitwillig fesseln.

Im Lager gibt es einen General, der Deutsch spricht. Max wird verprügelt und verhört, erzählt immer wieder, dass er nicht zurück nach Deutschland will, die Deutschen sind Monster. Er wird in eine Einzelzelle eingesperrt. Zwei Tage später wird er abgeholt. Mit dem Auto fahren sie stundenlang, er weiß nicht, wohin. Erst über Landstraßen, durch Dörfer, irgendwann stehen die Häuser dichter, werden höher, er fragt den Soldaten neben ihm auf gut Glück »Paris?«, doch statt einer Antwort bekommt er einen Sack über den Kopf gezogen, der ihm erst wieder abgenommen wird, als er in einen Bürostuhl gedrückt wird. Ein Mann im schwarzen Anzug sitzt ihm gegenüber und zwirbelt sein linkes Schnurrbartende. Er weist den Soldaten an, Max' Fesseln zu entfernen und den Raum zu verlassen.

Max reibt sich die Handgelenke, der Franzose steckt sich eine Zigarette an, hält Max die Schachtel hin. Max greift zu, bekommt Feuer, die zwei Männer rauchen schweigend. Der Franzose lehnt sich in seinem Sessel zurück.

»Sie wollen für uns arbeiten?«, fragt er mit kaum hörbarem französischem Akzent.

Max nickt.

»Was machen Sie genau – sind Sie Sanitäter?«

»Ich bin Doktor. Chirurg.«

Der Franzose hebt die Augenbrauen.

»Aha … *c'est intéressant …*«

Er fragt ihn nach seiner Ausbildung, Max erzählt von der Militärakademie. Der französische Geheimdienstler ist überraschend gut informiert über die kaiserliche Universität, kennt sogar Professoren beim Namen. Er drückt seine Zigarette aus. Dann zwirbelt er abermals mit der Linken seinen Schnurrbart und mustert Max eine Zeit lang. Schließlich faltet er die Hände im Schoß und fragt: »Waren Sie schon mal in der Schweiz?«

Eine Verletzung wird versorgt

Dr. Mangold schnellte hoch und schubste Johanna zur Seite. Sie stand sofort wieder auf und leuchtete ihn mit ihrer Lampe an.

»Dr. Mangold! Beruhigen Sie sich.«

»Ludwig!«, schrie er ein weiteres Mal und sah sich hektisch um. Er hob die Hände vors Gesicht und duckte sich. Johanna tastete vorsichtig nach seinem Unterarm. Als er die Hände sinken ließ, streichelte sie ihm über die Wange. Mangold öffnete die Augen und sah sie mit tänzelnden Augen an, wie aus einem fiebrigen Traum erwacht. Nur langsam klarte sein Blick auf. Schließlich schüttelte er sich und atmete tief durch.

»Was ist passiert?«, fragte er scheu. Noch immer saß ihm eine Angst in den Gliedern, die irgendwo in der Vergangenheit zu wurzeln schien.

»Sie haben um sich getreten und geschrien.«

Die Schreie der Verletzten, die herumliegenden Körper, der Unfallort mit dem zerborstenen Kessel, aus dem es dampfte – das alles hatte auch in Johanna Bilder von der Front aufsteigen lassen. Mangold musste es ähnlich ergangen sein, und sein Kontrollverlust war ihm offenbar, wie schon zuvor, unangenehm. Doch diesmal versuchte er nicht, die Situation zu überspielen. Im Gegenteil, seine Augen füllten sich mit Tränen, und er machte keine Anstalten, diese vor Johanna zu verbergen. Sie dankte es ihm mit einem verständnisvollen Blick. »Ich kenne das von anderen Soldaten, die an der Front waren. Niemand steckt das einfach so weg«, sagte sie sanft.

Jetzt sahen sie sich an. Johanna legte noch einmal ihre Hand auf seine Wange und wischte eine einzelne Träne mit dem Daumen fort.

»Waren Sie auch dort? An der Front?«

Mangold nickte.

Sie schwiegen eine Weile.

»Behalten Sie das für sich, bitte«, sagte er nun leise, wischte sich mit dem Ärmel über das Gesicht, und Johanna nickte. Es gefiel ihr, ein Geheimnis und diesen Moment der Schwäche mit ihm zu teilen.

Dann war wieder das Wimmern zu hören, und Mangolds Augen weiteten sich.

»Mamiii …«

»Andrin!«, rief Johanna und fuhr herum. »Andrin?! Wo bist du?«

Sie tasteten sich zu zweit durch den schräg liegenden Waggon, überall lagen abgerissene Stücke der Inneneinrichtung herum, zersplitterte Tische und Sitzbänke. Am hinteren Ende war das Abteil komplett aufgerissen, und wo ursprünglich die Fenster gewesen waren, befand sich nun eine Wand aus Schnee. Auch das Innere des Wagens war voller Schnee, Holzteile und Koffer ragten hervor, eine gepolsterte Sitzbank war aufgerissen, die Durchgangstür zum nächsten Waggon fehlte ganz.

»Hilfe!«, erklang die dünne Stimme des Kindes.

Als Johanna und Mangold den Schnee beiseitegruben, kam die aus den Angeln gerissene Tür zum Vorschein, dahinter die Reste eines Tisches, und unter der Tischplatte hockte der Kleine und weinte.

»Andrin?«

Der Junge nickte. Er schien unverletzt. Johanna streckte ihren Arm aus, konnte ihn jedoch nicht erreichen.

»Gibt mir deine Hand, Andrin! Wir bringen dich zur Mami.«

Sie beugte sich noch weiter vor, verlor jedoch das Gleichgewicht – und fiel mit dem Arm auf die gebrochenen Reste der Scheibe, die noch in der Fensteröffnung der Tür steckten.

»Aaaua!«, Johanna stieß einen unterdrückten Schrei aus und spürte, wie es warm wurde unter der Jacke. Bald darauf färbte das Blut den Stoff dunkel – sie ließ sich zurücksacken und hielt ihre Wunde.

Mangold hatte sich von der anderen Seite der Tischplatte genähert und schaufelte den Schnee beiseite.

»Ich versuche es von hier«, rief er, nickte Johanna zu, grub weiter und kroch dann halb unter den Tisch. Johanna sah, wie die Hände von Andrin und Mangold sich fanden.

»Keine Angst, mein Kleiner. Ich hab dich!«

Er packte kräftig zu und zog ihn zu sich hoch.

Johanna nahm ein schabendes Geräusch hinter sich wahr und drehte sich um. Dort, wo einmal das Fenster gewesen war, bohrte sich aus der Schneewand nun eine Schaufel ins Innere des Waggons. Gleich darauf leuchtete jemand mit einer hellen Lampe von außen herein. Dumpf erklang die Stimme eines Helfers.

»Hallo? Hört mich jemand?«

»Ja, hier! Wir sind hier!«, rief Johanna.

Wenig später im Sanitätszelt, während Dr. Mangold die Wunde von Johanna untersuchte, beobachtete sie, wie Andrin seiner Mami um den Hals fiel. Beide weinten vor Erleichterung. Die rothaarige Mutter entdeckte Johanna und warf ihr einen dankbaren Blick zu, während Andrin sich fest an seine Mutter klammerte und das Gesicht in ihrem Haar vergrub, sodass die beiden Rotschöpfe zu einem verschmolzen. Johanna lächelte kraftlos zurück. Wie immer musste sie bei einem solchen Anblick an Elli denken. Es war verteufelt, jede Mutter mit Kind löste Neid oder sogar Wut in ihr aus. Der Schmerz, nicht zu wissen, wie es ihrer Tochter ging, fuhr auch jetzt wie ein Gift durch ihren Körper. Sie durfte gar nicht daran denken, dass Elli von der alten Donatsch gefüttert, gewaschen und getröstet wurde und jeden Tag ein Stückchen ohne sie, ihre Mutter, in die Welt hineinwuchs, die sie ihr so gern gezeigt hätte. Zumindest die Teile der Welt, die nicht von Krieg und Tod geprägt waren.

Mangold, der die Wunde gesäubert hatte, sagte: »Das muss genäht werden. Ich mache das gleich hier. Und lasse Ihrer Familie eine Nachricht zukommen.«

Johanna nickte nur. Ein Sanitäter bot ihr eine Zigarette an, die sie dankbar annahm. Rauchend sah sie Mangold dabei zu, wie er den Schnitt an ihrem Oberarm nähte.

»Immer der linke … den Arm hat's schon mal erwischt.«

Mangold hielt kurz inne und blickte sie fragend an.

»Die Franzosen hatten hinter Saint-Mihiel unser Feldspital bombardiert. Glücklicherweise bin ich mit ein paar Kratzern davongekommen. Mein Vater war dankbar. So hatte ich noch Chancen auf dem Heiratsmarkt.«

Mangold schluckte und nickte lächelnd, aber irgendwie schief.

»Da ist man froh, wieder zu Hause zu sein, nicht wahr?«

Ein stöhnender Verletzter wurde an ihnen vorbeigetragen und auf einer der Pritschen abgelegt. Johanna sah sich um, verzog keine Miene, als Mangold weiter Stich für Stich ihre Wunde nähte. Sie genoss selbst in dieser Situation die Berührung seiner Hände.

»Na ja, so viel anders als an der Front ist es hier auch nicht. Fehlen eigentlich nur noch die Bomben.«

»Und der Geruch. Der Geruch von verwesenden Leichen.«

Sie schauten sich an. Keine ihrer Kolleginnen, kein anderer Arzt oder Patient hatte den Krieg an vorderster Front erlebt. Von Thanner ganz zu schweigen. Der kannte den Krieg nur aus den Schlagzeilen und als Ursache für die steigenden und sinkenden Werte seiner Aktien. Wie gut es tat, mit jemandem zu sprechen, der das Gleiche erlebt hatte wie sie.

»Doktor …? Wer … wer ist Ludwig?«

Mangold erstarrte kurz. Dann bandagierte er ihren Arm, ohne sie dabei anzuschauen. Johanna beobachtete ihn abwartend. Vielleicht war er noch nicht so weit. Er befestigte das Ende des Verbands und half ihr zurück in die Jacke.

»Kennen Sie das Gefühl, wenn man mit aller Kraft auf jemanden aufpassen will, aber versagt?«

Seine Worte trafen Johanna völlig unvorbereitet, sodass ihr die Tränen in die Augen schossen. Sie nickte nur stumm. Mangold bemerkte nichts davon, sein Blick verlor sich im Nichts.

»Ich war begeistert von der Idee, meine Heimat zu verteidigen. Fürs Vaterland. Aber dann …«

Er brach ab. Johanna nickte. »Ich hab so viele Soldaten wieder zusammengeflickt, nur um sie zurück an die Front zu schicken. Kanonenfutter. Es ist diese Sinnlosigkeit des Kriegs, die einen ständig quält«, sagte sie.

»Man kann nur hoffen, dass das alles bald vorbei ist.«

Johanna sah nachdenklich auf, schwieg und nickte erneut. Mangold packte das Material zusammen und sah sie eindringlich an, etwas herausfordernd sogar.

»Sie … Sie werden dann wohl längst mit Ihrem Großrat verheiratet sein.«

Johanna sagte nichts und wich seinem Blick aus.

»Johanna.«

Mangold griff ihre Hand, doch sie zog sie zurück, als ein Sanitäter ins Zelt kam und an ihnen vorbeiging. Sie wollte, aber sie durfte sich ihm nicht hingeben. Nicht hier. »Ich denke, wir sind jetzt fertig, oder?«

Mit diesen Worten erhob sie sich, knöpfte sich die Jacke zu und wollte gehen.

Doch Mangold streckte den Arm nach ihr aus. »Warten Sie.« Er berührte sie nur sanft – und schon machte sie halt.

Johanna sah ihn verzweifelt an. Mangold öffnete den Mund.

»Ich …« Er suchte nach Worten, aber fand keine. Und wie sie nun voreinander standen, so hatten sie sich schon einmal mit den Augen ineinander verhakt, nach dem Tanz, und Johannas frisch genähte Narbe wollte wieder aufspringen, so heftig stürmte das Blut durch ihren Körper, denn zum Verlangen hatte sich nun das Gefühl zweier Gefährten gesellt, die den Krieg überlebt hatten, das gegenseitige Verständnis und Vertrauen, nicht zuletzt die vielen gemeinsamen Stunden im Operationssaal und an den Betten der Patientinnen. Es waren keine Worte nötig, Mangold legte seine Hände an ihr Gesicht, warm, ganz warm, und sie wusste, dass es gefährlich und falsch und verboten war, doch diese Lippen, die Augen, seine Hände, sein Geruch, sein glattes Kinn, sie war wehrlos, sie wollte wehrlos sein, und als er langsam seine Lippen auf ihre legte, war ihr alles um sie herum egal, alles, was sie wollte, war das hier, genau jetzt.

Mangold zog seinen Kopf ruckartig zurück.

»Verzeihen Sie.«

Atemlos schaute sie ihn an, sie hatte längst ihre Arme um ihn gelegt, ließ ihn nicht abrücken, sondern sie zog ihn fest an sich und erwiderte den Kuss. Und nun gab es keine Fragen mehr, keine Antworten und kein Zurück, es gab nur noch diesen Kuss, der nicht enden durfte.

Das Tribunal

Am Morgen auf der Brücke des Cronwald hieß es Abschied nehmen. Die ersten Sonnenstrahlen brachen hinter den Gipfeln hervor und tauchten Johanna und Mangold in warmes Licht. Wie dringend wollte sie sich vom Doktor – den sie heimlich, nur für sich, bereits Carl nannte – mit einem Kuss verabschieden. Doch alle Fenster hatten Augen, die Vorhänge bewegten sich, Johanna meinte, auch im Fenster ihres eigenen Zimmers eine Bewegung wahrzunehmen.

Ein züchtiger, kollegialer Händedruck, sie lächelten sich noch einmal an, hatten in dieser Nacht gemeinsam eine Linie überschritten. Als Gefährten. Als Liebende? Johanna ertappte sich beim Gedanken an dieses große Wort.

Erich hatte sie geliebt, wie sie noch nie zuvor einen Mann geliebt hatte. Die Nächte mit ihm waren wie Goldstücke, ein Schatz in ihren Erinnerungen, den sie immer noch voll Sehnsucht und Wonne in stillen Stunden hervorholte und von allen Seiten betrachtete. Doch das Flirren und Flattern war nach und nach verstummt, es hatte sich als warmer Abdruck des einst so intensiven Gefühls neben der Trauer niedergelassen. Für das Herzklopfen sorgte jetzt Doktor Mangold – Carl.

Sie betrat den Flur des Sanatoriums, schmutzig und abgekämpft, der Schmerz im Oberarm untrennbar verbunden mit der Erinnerung an Carls Hände auf ihrer nackten Haut. Lächelnd schritt sie den Gang entlang, schwebte, erfüllt vom Glück wie lange nicht. Der Kuss, die Verbundenheit, sie war nicht mehr allein, so fühlte es sich an. Sie hatte einen Gefährten, sie war in ihn verliebt. Jetzt hatte sie es gedacht, jetzt war es so. Ihr Herz versprudelte die Neuigkeiten im ganzen Körper, bis in die Zehenspitzen hinab und herauf unter die Schädeldecke, der Atem in ihr wurde warm davon, und alles war leicht.

Mathilde trat aus dem Büro des Vaters und blickte ihr ernst entgegen. Fast sah es aus, als wäre sie zornig. Und tatsächlich, als sie sprach, konnte man ihn hören, den unterdrückten Zorn.

»Johanna. Komm ins Büro. Wir müssen etwas besprechen.«

Als Johanna das Arbeitszimmer ihres Vaters betrat, saß dort Caduff am Schreibtisch. Mathilde schloss die Tür, Caduff sagte nichts, sah sie nur finster an.

Dann griff er in eine lederne Tasche, die auf seinem Schoß lag. Er holte eine Pistole heraus und legte sie vor sich auf den Schreibtisch. Johanna erkannte die Waffe sofort. Daneben legte Caduff ein Bündel Scheine. Das Geld, das sie von der Gräfin bekommen hatte. Zuletzt holte er noch die Fotos von ihr mit Erich heraus und platzierte sie behutsam nebeneinander auf den Scheinen und der Waffe.

Mathilde stellte sich an den Schreibtisch neben ihren Mann und konnte ihre Wut nun kaum noch bändigen.

»Da! Das habe ich in deinem Zimmer gefunden.«

Caduff, noch vom vergangenen Tag in Polizeiuniform, und Mathilde sahen sie auffordernd an. Ein Tribunal. In Johanna arbeitete es. Das Beste war es wohl, so zu reagieren, wie eine kleine Schwester in diesem Falle reagieren würde.

»Wühlst du durch meine Sachen? Wer gibt dir das Recht dazu?«

Caduff fuhr dazwischen. »Klara hat die Waffe gefunden, Johanna! Sie hat damit auf Mathilde gezielt!«

Johanna atmete hastig ein und verschluckte sich fast.

»Oh Gott … wie furchtbar. Ist denn … ist etwas passiert?«

»Nein! Aber wieso hast du eine deutsche Waffe in deinem Schrank?«, fragte er.

Eine *deutsche* Waffe, natürlich!

Danke, Caduff.

»Die hat Erich mir gegeben. Damals an der Front. Bevor er in den Graben zurückgeschickt wurde. Ich sollte mich schützen können …«

Mathilde und Caduff wechselten einen Blick. Das schien ihnen einzuleuchten.

Doch Mathilde bohrte weiter.

»Und was ist mit dem Geld? Woher hast du so viel Geld? Etwa von der Gräfin? Ich habe ein Foto von ihr gefunden. In Dienstmädchenkleidung.«

»Du hast auch bei der Gräfin herumgeschnüffelt? Bei einer unserer Patientinnen? Weiß Papa das?«, sagte Johanna, weiter in ihrer Rolle als kleine Schwester. Doch warum gab es von der Gräfin eine Fotografie, auf der sie als Dienstmädchen angezogen war? Das ergab keinen Sinn … vielleicht auf einem Kostümball? Nein. Konnte es sich um einen verdeckten Einsatz gehandelt haben? Oder war die Gräfin am Ende … Mathilde sprach es aus: »Ist sie überhaupt eine Gräfin?«

Johanna ignorierte die letzte Frage ihrer Schwester. »Das Geld habe ich mir angespart. Das gehört mir und geht dich überhaupt n…«

»Lüg mich nicht an! In was bist du da hineingeraten? Diese Gräfin … ist sie eine … Spionin?« Mathilde war nun außer sich, sie schrie, entsetzt von dieser Vorstellung.

Caduff erhob sich, legte beruhigend eine Hand auf die Schulter seiner Gattin und sagte: »Johanna, wenn du irgendetwas weißt … wenn du mit diesen Leuten zusammenarbeitest, dann landest du im Gefängnis. Ist dir das klar?«

Verdammt. Es wurde eng. Wie konnte sie aus dieser Situation herauskommen? Wenn sie alles verneinte, machte sie sich nur noch verdächtiger.

Caduff fuhr fort. »Und damit du es weißt: Ich werde auch die Gräfin befragen. Ich …«

Johannas Gedanken rasten, sie musste ihnen etwas geben, eine kleine Information, mit der sie ihre eigene Glaubwürdigkeit wiederherstellen und die beiden zugleich beruhigen konnte. Mit dem Mut der Verzweiflung fiel sie Caduff ins Wort.

»Natürlich, befrag sie. Zwischen ihren Fieberschüben hat sie durchaus klare Momente. Frag sie am besten nach dem Landesverräter, von dem sie im deutschen Konsulat etwas gehört haben will.«

»Von was redest du?«, fragte Mathilde.

»Ein Schweizer Landesverräter?«, Caduffs Mundwinkel zuckte nervös.

Johanna strich sich die Haare aus der Stirn und redete wie ein Wasserfall – als müsse sie dringend etwas loswerden, das sie schon zu lange mit sich herumtrug.

»Ich will es euch die ganze Zeit schon sagen, aber ihr wollt ja lieber über meine Privatsachen diskutieren, in denen ihr herumschnüffelt. Dabei gibt es wirklich Wichtigeres zu besprechen! Darf ich jetzt? Oder wollt ihr noch wissen, wer das auf den Fotos ist? Das ist Erich. Der Vater meines Kindes, das mir weggenommen wurde. Ein deutscher Soldat, den ich geliebt habe und der irgendwo in Frankreich in Stücke zerfetzt worden ist. Zufrieden?«

Mathilde sah sie betreten an, Caduff blickte zu Boden. Johanna griff in ihre Jacke. Dieses Opfer musste sie bringen – sie legte das Codiergerät auf den Tisch.

»In der Lawine, da war ein Mann, der verblutet ist. Ein Helfer hat dies bei ihm gefunden. Er meinte, das könnte etwas Militärisches sein.«

Mathilde verzog das Gesicht und beäugte den Stab skeptisch, doch Caduff nahm ihn an sich. Er betrachtete das Codiergerät genau. Und schien zu verstehen, worum es sich handelte – der Schreck stand ihm ins Gesicht geschrieben.

»Wie hieß der Tote? Wie sah er aus?«

Johanna spielte die Verzweifelte, wedelte mit den Händen, gab unschlüssige Laute von sich. »Ich ... ich weiß es nicht. Ich habe ihn nicht gesehen. Ich sollte das Gerät einfach zu dir bringen.«

Johanna spürte ihren Puls als Klopfen im Hals, mit großen Augen sah sie Caduff an. Glaubte er ihr? Sie durfte den Unschuldsblick nicht übertreiben, ihre Schwester würde es bemerken. Caduff prüfte weiter den Stab. Dann verstaute er ihn in seiner Innentasche und packte Geld, Pistole und Fotos zurück in die Ledertasche.

»Gut. Gut, ich kümmere mich darum! Es wird alles gut. Verstau die Pistole außer Reichweite von Kinderhänden.« Mit diesen Worten reichte er Johanna die Tasche und verließ den Raum.

Caduff hatte die Sache geschluckt. Johanna blickte zu Boden und rang die Hände, Aufgeregtheit und Überforderung vortäuschend. Jetzt bloß keinen Blick mit Mathilde wechseln, mit geschlossenen Augen lehnte sie sich an den Schreibtisch, massierte ihre Schläfen, atmete tief durch und flüsterte: »Was für eine Nacht. Ich muss mich waschen und etwas Schlaf nachholen.« Sie öffnete die Augen, blickte aber starr zur Tür. »Oder willst du noch meine Tagebücher lesen?«

Ohne die Antwort ihrer Schwester abzuwarten, verließ sie den Raum.

Die Sonne war nun gänzlich hinter den Bergen aufgestiegen und kitzelte die ersten Dächer von Davos mit ihren orangefarbenen Strahlen. Johanna stand auf der Sonnenterrasse und betrachtete die Spitzen des Panoramas, die bereits in Licht getaucht waren.

Sie rauchte. Sie dachte an Carl, sie dachte an Elli. Ihre kleine zauberhafte Elli. So viele Wochen hatte sie das Kind in sich getragen, seine Bewegungen fühlen und sogar durch die Bauchdecke sehen können, dem Moment der Geburt entgegengefiebert. Sie wollte sie endlich in ihre Arme schließen, küssen, an sich drücken und nie wieder loslassen.

Von hinten trat jemand neben sie und steckte sich ebenfalls eine Zigarette an. Bigna.

»Weißt du, warum die Taylors plötzlich abgereist sind?«

Die Taylors, abgereist?

Johannas Herz geriet aus dem Takt.

Ohne die Taylors hatte sie keine Funktion mehr für die Deutschen. Sie war überflüssig, zudem eine Gefahr.

Bigna sah sie an. Johanna tat unbeteiligt, zuckte mit den Schultern, drückte die Zigarette aus und hoffte, dass Bigna nicht bemerkte, dass ihre Hand leicht zitterte. »Keine Ahnung.«

Langsam ging sie zurück ins Gebäude, doch sobald sie außer Sichtweite von Bigna war, rannte sie los.

Sie musste sichergehen. Der Fahrstuhl war unterwegs, sie nahm die Treppen, hastete bis in den dritten Stock. Wenig später war sie oben im Sperrbezirk.

Im *ehemaligen* Sperrbezirk.

Kein Zaire vor der Tür, im Appartement alle Schränke geräumt. Johanna war außer Atem, ihre Schläfen hämmerten. Die Europakarte im Sitzungszimmer war ebenso verschwunden wie die Büste des Königs. Im Kamin nur noch kalte Asche. Die verkohlten Ränder von Dokumenten waren zu erkennen. Sie griff die letzten zwei Fetzen, auf denen Schriftzeichen zu sehen waren, und steckte sie ein. Hier waren Akten verbrannt, Spuren verwischt worden.

Was konnte sie jetzt tun?

Wem konnte sie trauen?

Sie dachte an Carl. Wie er ihr letzte Nacht sein schreckliches Kriegserlebnis anvertraut hatte. Konnte sie Carl alles sagen? Ihrem … Gefährten? Sie sehnte sich nach Carl, nach seiner Berührung, sie wollte das alles mit ihm gemeinsam durchstehen, nicht mehr allein sein in diesen schrecklichen Zeiten. Sie war sich sicher, dass sie sich nicht bloß verliebten Träumereien hingab, sondern ihre Gefühle auf Gegenseitigkeit beruhten. Der Kuss im Lazarett, die tiefen, geheimen Blicke seit ihrem Tanz, und überhaupt: der Tanz! Es bestand ohne jeden Zweifel eine tiefe Verbundenheit zwischen ihr und Carl. Und trotzdem würde er wohl kaum nach ein, zwei Küssen sein Leben als Doktor hinter sich lassen, um mit ihr und Elli vor dem deutschen Geheimdienst zu fliehen.

Wenn es wirklich Liebe war, für ihn ebenso wie für sie, dann würde es eine Zukunft geben, später. Nach dem Krieg. Sie würden sich finden. Doch zunächst einmal musste sie Elli holen und verschwinden. Irgendwie über die Grenze und fort, fort von hier, nur fort.

Ans Herz gewachsen

Konsul Ole zu Esteburg musste die Nacht damit verbracht haben, Pfeife um Pfeife zu stopfen. Er hatte die Katastrophe nur aus zweiter Hand mitverfolgen können, die Zeit ohne Schlaf in der Zentrale verbracht. Jetzt war die Basis hinter dem Hutladen komplett eingenebelt. Die Gräfin hatte auf einem Stuhl Platz genommen, wedelte mit der Hand den Qualm fort und hustete in ihren Spucknapf. Zu Esteburg erbarmte sich und klopfte die Pfeife aus. Die Gräfin bedankte sich mit einem Nicken und begann mit ihrem Bericht.

»DuBois ist tot. Johanna hat mir gleich nach ihrer Rückkehr eine Nachricht zukommen lassen. Sie hat das Codiergerät bei sich.«

Der Konsul nickte zufrieden.

»Ich bin beeindruckt. Dann scheint die Krankenschwester ihr Geld immerhin wert zu sein.«

Die Gräfin nickte. Zu Esteburg fuhr fort.

»Was haben unsere Leute in Zürich herausgefunden? Was hat die Überprüfung von Parvus' Behauptungen ergeben?«

Ilse schob ihm eine Akte der Abteilung IIIb hinüber. Der Konsul klappte die Mappe auf und nahm die Fotos zur Hand – verdeckte Aufnahmen von Lenin in Zürich.

»Dieser Lenin scheint nicht ungeeignet. Schilling lässt ihn weiter observieren«, sagte die Gräfin.

»Er ist tatsächlich gewillt, auf Parvus' Forderung einzugehen? Vierzig Millionen Reichsmark vom Kaiser – an einen Kommunisten? Was für ein Irrsinn!« Zu Esteburgs Hand wollte zur Pfeife greifen, dann fiel ihm ein, dass er sie gerade erst gelöscht hatte.

»Ich gebe Ihnen recht, Herr Konsul, das ist viel Geld. Aber wenn Wilson sein ›America First‹ aufgibt? Und die Amerikaner in den Krieg eintreten? Dann brauchen wir alle Kräfte an der Westfront. Nur wenn Lenin die Bolschewiki an die Macht führt, wird Russland aus dem Krieg austreten.«

»Die Amerikaner, hier in Europa? So weit wird es nicht kommen.«

Die Gräfin hustete und blickte ihn zweifelnd an. Es ratterte und piepte, der Telegraf begann eine Botschaft auszuspucken. Der Konsul schnellte hoch, nahm den Streifen Papier zwischen die Finger und las die Botschaft. Ein Laut des Unmuts entfuhr ihm, sodass die Gräfin fragend den Kopf wandte. »Was gibt's?«

»Unser Mann bei der Polizei hat interessante Neuigkeiten für uns.« Sein Unterton verriet, dass es keine *guten* Neuigkeiten waren. »Ihre Krankenschwester hat das Codiergerät dem Polizeichef Caduff übergeben.«

Die Gräfin spuckte in den Napf.

»Und Taylor ist untergetaucht.« Der Konsul riss den Streifen Papier ab und entzündete ihn, ließ ihn brennend in den Aschenbecher sinken. Die Gräfin kniff die Augen zusammen. »Das mit Taylor ist eine Vorsichtsmaßnahme«, murmelte sie. »Es wäre möglich, dass DuBois vor seinem Tod geredet und Taylor an die Schweizer Behörden ausgeliefert hat. Und Johanna Gabathuler ...«

Der Konsul, der bereits seine Pfeife neu stopfte, fiel ihr ins Wort.

»... kann uns jederzeit verraten. Sie hat Ihre Befehle missachtet. Und jetzt, da Taylor weg ist, ist sie sowieso nutzlos.« Ein Streichholz flammte auf. Im nächsten Moment paffte er dicke Wolken gegen die Decke. »Sie muss eliminiert werden.«

Die Gräfin verzog erstaunt ihr Gesicht.

»Aber Konsul, Johanna kennt hier jeder. Die Verlobte eines Politikers. Es gäbe eine große Untersuchung …«

Zu Esteburg blickte die Gräfin durchdringend an.

»Die Krankenschwester scheint Ihnen ans Herz gewachsen zu sein. Soll sich jemand anders um sie kümmern?«

Die Gräfin erhob sich. Und lächelte.

»Danke. Das ist nicht mein Stil.«

Mutter und Tochter

Im Rucksack hatte sie nur das Nötigste: Wechselkleidung, Trinkwasser, Milch, eine warme Decke, eine Mütze für Elli, eine kleine Hausapotheke, ihre Papiere, die Fotos von Erich, ihre Waffe, das Geld. Es war noch etwas Platz für Ellis Kleider, die sie bei der Donatsch mitnehmen würde.

Als sie Davos hinter sich gelassen hatte, hielt sie ihr Pferd auf dem Pass an und warf einen Blick auf ihre Heimatstadt im Tal. Dort kannte sie jede Gasse und jeden Platz, sie sah die Kirchturmspitze in der Sonne funkeln, von hier oben konnte sie auch das Cronwald sehen. Es schmerzte, sich nicht verabschiedet zu haben, von Mathilde oder Bigna. Auch in Carls Augen hätte sie gern ein letztes Mal geschaut. Doch das war nicht möglich gewesen. Da sie zum verabredeten Zeitpunkt nicht in der Zentrale aufgetaucht war, um den Codierstab zu übergeben, würde man bald nach ihr suchen. Sie wollte noch immer nicht wahrhaben, dass die Gräfin ihr etwas antun würde, trotzdem war die Sache zu gefährlich. Johanna war von einem nützlichen Kontakt im Curhaus zu einem unkalkulierbaren Risikofaktor geworden – sie kannte die Zentrale, sie wusste, dass die Gräfin für den Geheimdienst arbeitete.

Endlich kam das Gehöft in Sicht. Es dämmerte bereits. Sie band das Pferd außer Sichtweite im Wald an, schulterte ihren Rucksack und schlich zum Haus. Vorsichtig lugte sie ins Fenster, die Stube war leer. Sie vernahm Stimmen – sie kamen aus der Scheune, die hinter dem Haus lag. Dann hörte sie etwas im Haus, und ihr Herz schlug schneller: Elli. Sie weinte. Sie weinte nach ihrer Mutter! Johanna eilte ums Haus herum, drückte die Tür auf, am Ofen stand die Wiege, sie flog durch die Stube, kam am kleinen Holzbettchen zum Stehen, schob vorsichtig den Kopf vor – und da lag sie: Elli. Sie sah ihre Mutter mit großen Augen an. Zum ersten Mal sahen sie sich in die Augen, und sofort hörte Elli auf zu weinen. »Elli«, flüsterte Johanna, und Elli lächelte sie an. Noch nie hatte Johanna ein Lächeln derart bezaubert wie das Lächeln ihres eigenen Kindes. Sie war sich sicher, dass ein Erkennen in Ellis Blick lag, sie *wusste*, dass es ihre Mutter war, die da vor ihr stand, erkannte nun doch ihre Stimme, ihren Herzschlag, ihren Geruch – in ihr floss das gleiche Blut. Johanna streckte die Hände aus, hob die Kleine aus der Wiege, drückte sie fest an sich und atmete eine große Portion Glück ein: die Nase im Flaum, die Lippen auf der Schläfe ihrer Tochter, endlich, endlich, Elli. Ihre Elli. Mit geschlossenen Augen drückte sie den kleinen Körper an sich, flüsterte immer wieder den Namen des Kindes. Doch sie musste sich beeilen.

Sie riss sich los, sah ihrer Tochter noch einmal in die Augen, küsste sie, legte sie zurück in die Wiege, holte Decke und Mütze heraus und wickelte Elli ein. Im Schränkchen neben der Wiege lagen Strampler, Windeltücher, sie stopfte alles in den Rucksack und schulterte ihn. Jetzt bloß schnell weg von hier. Johanna setzte Elli die Mütze auf, und das Kind gluckste zufrieden, als sie es erneut aus der Wiege hob. Wie glücklich dieses Geräusch, dieser Geruch, dieses Gewicht machten, es war wirklich so, wie Johanna es sich in den vergangenen Wochen immer und immer wieder vorgestellt hatte. Wange an Wange mit ihrem Kind drehte sie sich um – und blickte in den Lauf der Schrotflinte von Gertrud Donatsch.

Ein Kuss mit Folgen

Im ehemaligen Pausenraum des Bergwerks war ein behelfsmäßiges Lager für die Taylors eingerichtet worden. Ein Ofen verströmte Wärme, die zum größten Teil in den rohen Steinwänden verschwand, ohne die Raumtemperatur spürbar anzuheben. Helen Taylor schlief in Decken gehüllt auf einem Feldbett direkt neben dem Ofen, auf dessen schmiedeeiserner Platte eine Kanne Tee warmgehalten wurde. In der Mitte des Raums war aus alten Kisten und einem Türblatt ein behelfsmäßiger Tisch gebaut worden, darauf war eine Europakarte ausgebreitet, und neben einer Gaslaterne stand eine Flasche schottischen Whiskys, ein fingerhoch gefülltes Glas sowie ein Aschenbecher.

General Taylor war bereits seit zwei Stunden wach. Dass es früh am Morgen war, hätte ihm nur seine Taschenuhr verraten können – im Inneren des Berges waren die Tageszeiten wie ausgelöscht. Er starrte auf die Europakarte. Van de Velde, einen Becher Tee in der Hand, saß in respektvollem Abstand zur Gattin des Generals auf einem Hocker und streckte die Füße in Richtung Ofen. Zaire stand an der Tür. Auch er hatte kaum geschlafen, wobei er generell keinen Schlaf zu brauchen schien, ihm war die Müdigkeit nie anzumerken.

Schritte näherten sich draußen im Gang. Zaire zückte seine Waffe, auch die anderen beiden Männer horchten auf und blickten zur Tür. Van de Velde erhob sich, stellte den Becher auf dem Ofen ab. Erst als das Erkennungszeichen geklopft wurde, schnell und kräftig, entspannten sich die Männer.

Zaire öffnete die Tür, und Mangold kam hereingestürmt. Er strahlte wie ein Schuljunge am ersten Ferientag, knallte eine Zeitung auf den Tisch und entfaltete sie, strich und klopfte die Titelseite glatt.

»Endlich! ›*America First*‹ *is over!*«

Der General und Van de Velde beugten sich über den Tisch und steckten die Köpfe über der Zeitung zusammen. Auch in ihren Gesichtern machte sich nun ein Grinsen breit. Zaire kam neugierig herüber und stellte sich auf die andere Seite des Tisches. Er erkannte den amerikanischen Präsidenten, musste jedoch den Kopf drehen, um auch die Schlagzeile lesen zu können.

KRIEGSEINTRITT DER USA – PRÄSIDENT WILSON ERKLÄRT DEUTSCHLAND UND ÖSTERREICH-UNGARN DEN KRIEG

General Taylor überflog den Artikel, wischte sich über das Gesicht und nahm sein Glas in die Hand. Der frühe Morgen galt hier nicht. Feierlich hob er den Tumbler mit dem letzten Schluck Whisky in die Höhe.

»Gentlemen. Die Amerikaner im Westen – und unsere Attacke über die Schweiz im Süden … Das ist der Wendepunkt!«

Er setzte das Glas an, schloss die Augen und ließ den Whisky im geöffneten Mund herumrollen. Seine Frau murmelte etwas im Schlaf, rhythmische, unverständliche Worte, monoton wie ein Gebet.

»Ja …«, Mangold stimmte mit gedämpfter Stimme zu, »… allerdings ist wegen DuBois der Grenzschutz in der Westschweiz verstärkt worden. Ohne das Codiergerät können wir die Kommunikation der Schweizer an der Grenze nicht entschlüsseln. Wie sollen wir so die Zünder außer Landes bringen?«

Taylor schwieg.

Van de Velde ergriff das Wort. »Wir schmuggeln sie über die Alpen. Mit Schlitten und der Hilfe von italienischen Gebirgsspezialisten. So bringen wir auch Sie außer Landes, General.«

Taylor nickte und sah sich besorgt nach seiner schlafenden Frau um. Mangold folgte seinem Blick.

»Ich begleite Sie und Ihre Frau bis zur italienischen Grenze«, sagte er.

»Gut.« Der General verengte die Augen. Er schien noch etwas sagen zu wollen. »Doch zunächst müssen Sie uns etwas erklären, Dr. Mangold.«

Alle drei Männer musterten den Doktor nun schweigend. Zaire verschränkte die Arme.

»Ja …?«, fragte Mangold irritiert.

»Was läuft zwischen Ihnen und Johanna Gabathuler?«

Mangold sah Taylor erstaunt an, blickte dann zu Van de Velde, zu Zaire und wieder zum General. Er öffnete den Mund. Doch bevor er etwas sagen konnte, kam ihm Taylor zuvor.

»Keine Spielchen. Sie haben sich geküsst. Der Belgier hat's gesehen.« Er nickte rüber zu Van de Velde, der das Gesagte mit einem Brummen bestätigte.

»Ich … wir … ja. Im Waggon, in der Lawine … es war wie … Johanna war, wie ich, an der Front. Da sind wir uns nähergekommen.« Er blickte den drei Männern nacheinander in die Augen. Mit fester Stimme fuhr er fort. »Als ich ihr danach im Lazarettzelt den Arm genäht habe, gab es einen Kuss, ja. Aber mehr nicht. Das war dumm.«

Er blickte zu Boden, wirkte fast beschämt.

General Taylor stellte sein Glas ab, verschränkte die Arme hinter dem Rücken und hob das Kinn. »Was war daran dumm? Johanna Gabathuler könnte uns wichtige Informationen liefern. Sie ist die Verlobte eines Großrats, und Caduff, ihr Schwager, ist der Polizeichef von Davos.«

Mangold sah ihn ungläubig an. »Ich soll … Schwester Johanna rekrutieren?«

»Aber sicher«, sagte Van de Velde, »sie wäre nicht die erste Frau mit einem Liebhaber. Sie kann uns sehr nützlich sein.«

Taylor machte einen Schritt auf Mangold zu, boxte ihm jovial auf den Oberarm und grinste.

»Mit ihrem deutschen Charme sollte das doch kein Problem sein. Auf dem Ball, beim Tanz hat es jeder gesehen: Sie ist Ihnen verfallen. Fräulein Gabathuler hat wohl eine Schwäche für Deutsche, hat im Krieg ihr Leben für Ihre Leute aufs Spiel gesetzt. Das können Sie nutzen! Und das werden Sie.«

Das Angebot und eine Versicherung

Durch das Fenster der Donatschstube fielen die ersten Strahlen der Morgensonne, Johanna hatte Elli bereits gewaschen, gewickelt und gefüttert. Die Handgriffe saßen, sie hatte damals bei der kleinen Klara mitgeholfen und sich um zahlreiche andere Säuglinge von Freundinnen, Cousinen und Nachbarinnen gekümmert. Nun hielt sie ihre eigene Tochter im Arm, die hochzufrieden in einem kleinen Wollstrampler steckte und ihre Mutter anstrahlte.

Die Schrotflinte lehnte am Kamin, Gertrud Donatsch war am Herd zugange. Sie kam mit einem Teller dünner Hafergrütze herüber und knallte ihn missmutig auf den Tisch. Johanna zuckte zusammen.

»Danke«, sagte sie, erhob sich und legte Elli in die Wiege. Sie betrachtete ihr Töchterchen noch einen Moment, wie die kleinen Ärmchen ausprobiert wurden, zackig und ungelenk durch die Luft ruderten, dazu stieß Elli kleine, glucksende Laute aus. Johanna deckte sie zu, griff ihren Rucksack und setzte sich zurück an den Tisch.

»Danke, dass ich hier schlafen durfte.«

Donatsch grunzte.

Johanna fuhr mit sanfter Stimme fort. »Hast du dir mein Angebot überlegt?«

Die Alte zog die Mundwinkel nach unten. Johanna überlegte, ob sie die Donatsch schon mal hatte lachen sehen. Sie konnte sich nicht daran erinnern.

»Wenn sie dich erwischen und du redest, gehe ich mit in den Knast«, stieß sie hervor.

»Aber warum sollte ich das tun? Davon habe ich nichts, das würde alles nur noch schlimmer machen. Ich habe dir ein Waisenkind zur Pflege gegeben, niemand außer uns zweien wusste etwas davon. Dass es mein eigenes war, konntest du nicht ahnen. Und dann habe ich es mir ohne dein Wissen wiedergeholt.«

Sie sahen sich an.

»Das ist Kindesentführung. Und dazu noch ein Bastard. Wo willst du damit überhaupt hin?«

Statt zu antworten, griff Johanna in ihren Rucksack, zählte fünf Hunderter ab und blätterte sie nacheinander auf den Tisch.

Die Alte starrte auf die Scheine.

»Ihr Gabathulers. Handelt mit Menschen wie mit Vieh.«

Sie streckte die Hand aus, doch kurz bevor sie zugriff, hielt sie inne. Dann zog sie die Hand zurück.

»Die fünfhundert … und Vreni wird bei euch zur ›Hausdame‹ aufsteigen. Mit mehr Lohn.«

Johanna schluckte.

»Wie … wie soll das gehen? Ich verlasse Davos.«

»Dann muss du eben erst später abhauen.«

Zurück ins Curhaus? Ohne Elli?

»Das geht nicht.«

»Vreni wird Hausdame. Klär das mit deinem Vater, dann kannst du Elli holen.«

Johanna überlegte fieberhaft.

Abgesehen von der Gefahr, die ihr in Davos durch die Gräfin drohte: Vreni als Hausdame, war das überhaupt machbar? Konnte sie Papa davon überzeugen? Sie hatte schon oft ein gutes Wort für besonders tüchtige Angestellte eingelegt, und so manche Lohnerhöhung oder gar Beförderung war den lobenden Bemerkungen zu verdanken, die sie Papa gegenüber gemacht hatte. Das sollte also klappen. Doch dazu musste sie ins Cronwald zurückkehren. Zur Gräfin.

Johanna griff in ihren Rucksack, holte zwei verschlossene Kuverts hervor, die bereits adressiert waren. Eigentlich hatte sie diese bei einem Notar im Chur hinterlegen wollen, damit sie dort sicher verwahrt wurden. Mit der Anweisung, sie im Falle ihres Ablebens zu versenden. Doch nun musste sie improvisieren.

Sie schaute wieder zur Donatsch.

»Einverstanden. Ich kläre das. Aber dann musst du auch noch etwas für mich tun. Nur für den Fall, dass mir etwas zustößt …«

Angespannt schob sie die zwei Briefe über den Tisch.

»Was ist das?«, fragte die Alte grimmig.

»Meine Lebensversicherung«, sagte Johanna.

Wende oder Untergang?

Am selben Morgen ging die Gräfin in ihrem Pelzmantel die Hauptstraße von Davos entlang. Sie war auf dem Weg zur Zentrale. Ein Junge mit Zeitungen in der Umhängetasche rannte zwischen den in der Sonne flanierenden Kurgästen umher, aufgeregtes Geplapper lag in der Luft, und der Kleine brüllte aus Leibeskräften – was bei seiner Statur nicht besonders kräftig war. Die Gräfin konnte es dennoch hören.

»Fünf Rappen! Extrablatt! Amerika erklärt Deutschland den Krieg!«, rief er.

Die Gräfin stieß einen scharfen, nicht sehr standesgemäßen Pfiff aus und winkte den Zeitungsjungen zu sich herüber.

»Fünf Rappen, gnädige Frau.«

Sie nahm ihm eine Zeitung aus der Hand und schnippte ein Zwanzig-Rappen-Stück in die Luft, der Junge fing die Münze geschickt auf und setzte seinen Weg und sein Geschrei fort. »Extrablatt! Die große Wende? Oder der Untergang? Extrablatt!«

Im Weitergehen schlug sie ihre Zeitung auf und begann zu lesen.

»… Reaktion auf den uneingeschränkten U-Boot-Krieg … Rücksicht auf Menschlichkeit beiseitegeworfen … Der Kaiser läuft Amok?!«

Vor dem Hutladen faltete sie das Blatt zusammen und bog in die Seitengasse ab.

In der Zentrale stand der Konsul mit aufgestützten Fäusten am Tisch, die Knöchel weiß, und betrachtete eine geöffnete Akte. Das Foto von Johanna war an der ersten Seite festgeheftet. Als Ilse hereinkam und die Zeitung hob, nickte er nur.

»Ich weiß«, grummelte er, ohne sie anzusehen.

»*Die Amerikaner, hier in Europa? So weit wird es nicht kommen*«, zitierte sie ihn mit der ihr eigenen Melange aus Sarkasmus und bitterem Charme. Der Konsul ignorierte ihre Stichelei. Die Gräfin trat zu ihm an den Tisch, warf die zusammengefaltete Zeitung mit dem Bild von Präsident Wilson auf die Akte und sagte: »Wenn im Westen nun auch noch die Amerikaner mitmischen und wir im Osten weiter gegen die Russen kämpfen müssen, ist es aus. Jetzt ist Lenin unsere einzige Option.« Sie ging hinüber zum Schreibtisch.

Ohne aufzusehen sagte zu Esteburg: »Rufen sie Berlin a…« Er brach ab, als er sah, dass die Gräfin bereits den Hörer in der Hand hatte.

Während sie mit Schilling sprach, stopfte der Konsul seine Pfeife, rauchte sie an, nahm sich die Zeitung und begann, darin zu lesen. Doch das Telefonat dauerte nicht lang.

»Gut. Danke.« Die Gräfin hängte auf.

Zu Esteburg senkte die Zeitung und blickte sie gespannt an.

»Und?«

»Berlin genehmigt die Mission mit Lenin. Durch den Kriegseintritt der USA will die Führung jede Gelegenheit forcieren, um den Krieg wieder zu unseren Gunsten zu drehen. Und sei die Chance noch so gering.«

Der Konsul schüttelte den Kopf.

»Vierzig Millionen … für einen Strohhalm, an den sich der Kaiser klammert.«

Er legte die Zeitung beiseite, schloss Johannas Akte, gab sie der Gräfin und fuhr fort. »Umso weniger Risiken dürfen wir nun eingehen. Die Krankenschwester weiß zu viel. Verlieren wir keine Zeit mit ihr.«

Die Gräfin ging zum Tisch und setzte sich. »Es ist besser, wenn Johannas Leiche nie gefunden wird. Das gibt nur Ärger. Ich erledige das auf dem Weg. Hinter der Grenze.«

»Gut. Dann sehen wir uns in Essen wieder.«

Ein Foto wird gemacht

Johanna näherte sich im Strom der Kurgäste dem Hutladen, als sie den deutschen Konsul, Ole zu Esteburg, aus der Gasse treten sah. Hastig drehte sie sich um, betrachtete die Auslage eines Geschäfts für Herrenbekleidung, gerade so, als wollte sie eine Krawatte für ihren Verlobten auswählen. In der Spiegelung der Schaufensterscheibe war zu sehen, wie zu Esteburg seinen Mantelkragen hochschlug, sich umsah und die Straßenseite wechselte, um im Tempo der anderen Fußgänger das Viertel zu verlassen.

Der Hinterhof lag still im Schatten des Geschäftshauses. Johanna blieb im Dunkel des Durchgangs stehen, blickte nach oben, inspizierte sorgfältig alle Fenster. Nichts bewegte sich. Mit gesenktem Kopf, die Kapuze ins Gesicht gezogen, überquerte sie den Hof, nahm die vier Treppenstufen nach unten und schritt unter den Kellerbögen hindurch bis zur Tür. Sie zog ihre Waffe und steckte sie, die Hand am Griff, in ihre Manteltasche. Bisher hatte sie nur auf Dosen geschossen.

Der Feind oder du.

Vorsichtig drückte sie die Klinke herunter, doch die Tür war verschlossen. Also klopfte sie an das Holz, zwei Mal kurz, Pause, zwei Mal kurz, Pause, drei Mal lang. Sie trat einen Schritt zurück und atmete tief durch. Im Guckloch der Tür war eine minimale Bewegung zu erahnen, das Geräusch des Schlüssels im Schloss kratzte durch die Stille, dann wurde die schwere Tür aufgeschoben.

»Sie wollten mich sehen?«, fragte Johanna kühl.

Die Gräfin sagte nichts, drehte ihr den Rücken zu und ging zurück zum Tisch.

»Schließ hinter dir ab«, sagte sie und setzte sich. Vor ihr lag ihre Pistole, das Magazin, eine kleine Bürste, ein Putztuch, ein Kännchen Öl, daneben der abgeschraubte Schalldämpfer und Patronen, alle ordentlich aufgereiht. Sie nahm die Pistole und begann, sie zu ölen und zu putzen.

Johanna ging langsam auf den Tisch zu, beobachtete sie genau. Die Hand in ihrer Tasche umklammerte die Waffe. Elli würde nicht ohne Mutter aufwachsen, das hatte sie sich geschworen, bevor sie hierher aufgebrochen war.

Die Gräfin schob die kleine Rundbürste in den Lauf.

»Wo warst du? Du hast nicht auf meine Nachricht reagiert.«

»Mathilde lässt mich nicht mehr aus den Augen. Sie hat die Pistole und das Geld entdeckt. Ich musste die Ahnungslose spielen und meinem Schwager das Codiergerät geben. Sonst wäre ich aufgeflogen.«

»Und nun ist General Taylor weg.«

Sie begann nach und nach die Patronen ins Magazin der Waffe zu drücken. *Klick. Klick.* Dabei hob sie den Kopf und musterte Johanna eindringlich.

»Und nun bin ich nutzlos. Und stelle eine Gefahr dar«, sagte Johanna.

Klick.

»Was denkst du?«, fragte die Gräfin.

Klick.

Die letzte Patrone. Sie schob das Magazin in den Griff. Mit bedächtigen Bewegungen griff sie nach dem Schalldämpfer und schraubte ihn auf die Mündung.

»Dass Sie mir einen Pass versprochen haben. Und dass ich gute Arbeit dafür geleistet habe.«

Die Gräfin nickte. »Da hast du recht.«

»Ich habe weiter Zugang zu wichtigen Leuten im Cronwald. Es gibt immer noch Mission H.« Johanna ließ ihre Waffe los und griff in die Innentasche, holte die zwei verkohlten Streifen Papier heraus. »Hier, das habe ich im Kamin von Taylors Suite gefunden.« Sie hielt ihr die angesengten Zettel hin. Doch die Gräfin griff nicht zu. Sie sah Johanna weiter in die Augen.

»Zugegeben: Du bist schon weit mehr als ein einfacher Spitzel für uns.« Sie legte die Waffe ab und forderte die Papierstreifen ein, die Johanna ihr reichte, studierte die kryptische Zeichenfolge und las murmelnd vor, was sie entziffern konnte. »SM:139 … SH:293 …?« Das schien nichts in ihr auszulösen, sie blickte mit schmalen Augen vor sich hin. Dann steckte sie die Zettel ein und erhob sich. »Wir gehen dem nach. Doch vorher gibt es einen anderen Auftrag. Wir haben jemanden in Chur, ein Professor Rühmkorf. Tschudi schuldet ihm einen Gefallen, und wir haben Rühmkorf in der Tasche. Er hat auf Umwegen von deinen an der Front erworbenen Fähigkeiten im Operationssaal gehört und wird sich morgen bei Tschudi melden. Wegen Personalausfall in seiner Klinik braucht er für die nächsten vier Tage eine fähige Assistentin.«

Johanna sah die Gräfin überrascht an.

»So weit die offizielle Geschichte.«

»Und was soll ich in Chur machen?«

»Gar nichts. Wir reisen nach Deutschland. Du wirst mich als meine Krankenschwester begleiten.«

»Wohin?«

»Erkläre ich dir auf dem Weg.«

Die Gräfin ging zum Regal, wo die Granaten, Waffen, Funkgeräte und anderes technisches Gerät lagen. Sie holte eine große Kamera hervor. »Und jetzt stell dich dort vor die weiße Wand.«

Johanna beobachtete, wie die Gräfin ein Stativ auseinanderklappte und einen Blitz darauf montierte, von der Art, wie ihn die Pressefotografen beim Ball benutzt hatten.

»Was hast du vor?«, fragte Johanna irritiert.

Die Gräfin reichte ihr einen Handspiegel.

»Für die neuen Reisepässe in Deutschland benötigt man seit letztem Jahr ein Foto.«

Viehhandel und Liebe

Im leeren Saal saßen Thanner und Gabathuler am Familientisch, vor ihnen die Seiten eines Vertrags. Mathilde betrat den Raum und kam zu ihnen.

»Johannas Hochzeitskleid ist heute eingetroffen. Wunderschön!«, rief sie, während sie sich den beiden Männern näherte.

Thanner hob den Kopf, lächelte kurz, wurde sofort wieder ernst. Er wandte sich an Gabathuler.

»Sie verlangen von mir, Teilhaber eines verschuldeten Sanatoriums zu werden. Das wäre sogar in Friedenszeiten ein Risiko. Die operative Kapitalrendite mag noch stimmen, und die Fassade glänzt noch, doch die Wirtschaft ist überall komplett abgestürzt.«

»Sobald der Krieg vorbei ist, wird unser Davos wieder überrannt werden, Herr Großrat«, sagte Gabathuler.

»Und wenn es bald ein Heilmittel gegen die Tuberkulose gibt? Was dann?«

Mathilde zog sich einen Stuhl heran, wechselte einen Blick mit ihrem Vater und setzte sich. »Bleibt immer noch das Winterparadies!«, sagte sie.

»Genau«, stimmte der Curhausdirektor eifrig zu.

Thanner lehnte sich zurück.

»Brot und Zerstreuung in Davos …«

Dann holte er seinen Füllfederhalter hervor, hielt noch einen Moment inne – und unterschrieb.

Gabathuler und Mathilde sahen ihm schweigend zu und

blickten sich dabei nur aus den Augenwinkeln kurz an. Erleichterung machte sich in Peter Gabathulers Gesicht breit – das Curhaus war gerettet. Thanner drückte die Kappe auf seinen Füllfederhalter.

»Was man nicht alles tut für die Liebe«, seufzte er.

Die Unabänderlichkeit der Dinge

Johanna stand beim Geräteschuppen neben der Terrasse und blickte ins Tal. Sie hatte sich eine Zigarette angezündet. Die Patienten waren alle beim Essen, ein Dienstmädchen war damit beschäftigt, die Decken einzusammeln. Ihre Reisetasche war bereits gepackt, Tschudi hatte ihr tatsächlich für vier Tage freigegeben. Was auch immer er Professor Rühmkorf schuldete – sie wollte es lieber nicht wissen. Sie hörte die Tür und sah hinüber zum Curhaus. Carl war herausgetreten, blickte umher, sah sie und kam langsam herüber, ein leises Lächeln auf den fein geschwungenen Lippen. Er blieb vor ihr stehen und setzte ein vorwurfsvolles Gesicht auf.

»Soso, Sie werden in Chur gebraucht? Hat es sich also schon herumgesprochen, dass wir eine überqualifizierte Krankenschwester haben, die operieren kann?«

Sie winkte ab. *Ach, Carl,* dachte sie – und wollte es auch sagen, selbst wenn es sich nicht gehörte.

»Ach, Herr Doktor, Sie Schmeichler. Ich soll nur ein wenig assistieren, dort im Klinikum ist durch eine Grippewelle wohl ein Menge Personal ausgefallen.«

»Ganz im Ernst, Johanna? Sie sollten Medizin studieren. Oder zumindest mit mir spazieren gehen …«

Er grinste frech, Johanna zog lächelnd an ihrer Zigarette. *Nichts lieber als das, Carl, sofort, am liebsten für den ganzen restlichen Tag …* Auf der Terrasse wurden noch immer Decken zusammengeräumt. Und sie musste bald den Zug nach

Chur nehmen. Also löschte sie ihre Zigarette, atmete aus und knöpfte sich ihre Jacke zu.

»Ich muss leider los. Aber bevor ich's vergesse: Mein Vater lädt diesen Sonntag die Ärzteschaft zum Dinner. Als Dankeschön für den Einsatz in der Lawine.«

»Werden Sie auch da sein?«

Er machte einen kleinen Schritt auf Johanna zu, streifte mit seinem Zeigefinger wie zufällig ihren Handrücken. Ihre Hand zuckte, wollte zugreifen. »Im beheizten Salon bei Kaviar und Champagner anstoßen, während um uns die Welt untergeht? Klar, wer will das nicht.«

Mangold lächelte, doch Johanna wurde ernst. Ihr war klar, dass dieses schöne Spiel bald ein Ende haben würde. Ein letzter Auftrag noch, dann bekam sie ihre neuen Papiere von der Gräfin. Und ihren Gefährten, ihren Carl musste sie zurücklassen.

Mangold sah sie fragend an, weil er bemerkte, dass sie in Gedanken woanders war.

»Ich werde bald weggehen«, sagte sie schnell, ohne darüber nachzudenken.

Er sah sie erstaunt an. »Wie? Sie allein? Oder mit Ihrem Verlobten nach der Hochzeit?«

Johanna musterte ihn. Sie wollte nichts lieber, als sich ihm anvertrauen, ihm von Elli erzählen und auch, dass sie eine Spionin war – und dann mit ihm fortlaufen. Wäre es nicht vielleicht doch möglich? Nicht allein, sondern mit ihm zusammen aufzubrechen? Ihre Kopfhaut prickelte bis hinunter in den Nacken bei dieser Vorstellung: irgendwo mit Carl und Elli neu anfangen. Als Familie.

»Was meinen Sie, Johanna?« Er kam jetzt noch näher. »Sie können mir vertrauen, das wissen Sie doch«, flüsterte er.

Doch Johanna wandte sich ab und ließ den Blick wehmütig ins Tal hinabschweifen. Es war sinnlos. Sie konnte nicht einfach erwarten, dass er sein Leben hier in Davos für sie aufgab. Und selbst wenn – mit ihren neuen Papieren war es zu gefährlich. Sie würde ihm erklären müssen, weshalb in ihrem Pass ein anderer Name stand und woher sie den deutschen Pass überhaupt hatte. Wenn die Gräfin erfuhr, dass Johanna Mangold eingeweiht hatte, war er in Gefahr. Nein, sie musste ohne Carl weggehen. Es gab immer noch die Möglichkeit, ihn später zu kontaktieren, wenn alles geschafft war. Das schien Johanna die vernünftigste Lösung zu sein.

Jetzt nahm sie seine Hand, achtete darauf, dass die Berührung von der Terrasse aus nicht zu sehen war, und streichelte sanft mit dem Daumen über seinen Handrücken. Immer noch über das Tal blickend sagte sie: »Wir können nicht ändern, wer wir sind.«

Mangold folgte ihrem Blick, seine Lippen wurden schmal und hart.

»Da haben Sie wohl recht.«

Die Resignation in seiner Stimme war nicht zu überhören. Wie schmerzhaft es war, ihn so enttäuschen zu müssen.

Das Dienstmädchen auf der Terrasse hatte alle Decken zusammengelegt und ging nun wieder ins Sanatorium. Kaum war die Tür geschlossen, schlang Johanna ihre Arme um Mangold und hielt ihn fest. Er erwiderte die Umarmung, und so standen sie einen Moment und genossen die Wärme und Nähe und den Geruch des anderen.

Wie konnte etwas, das so schön war, gleichzeitig so wehtun?

Wie leicht man verschwinden kann

In Chur musste Johanna einen Tag mit Professor Rühmkorf verbringen, damit es Zeugen gab, falls Nachforschungen zu ihrer Anwesenheit in der Klinik angestellt würden. Dann machte sie sich auf den Weg zum verabredeten Treffpunkt am Bahnhof. Die Schwesterntracht konnte sie anlassen, denn nun war sie die persönliche Krankenschwester der Patientin Ilse von Hausner, die sie auf ihrer Reise nach Deutschland begleitete.

Hinter dem Bahnhof stand die Gräfin an einen Krankenwagen gelehnt in der Sonne und rauchte. Als sie Johanna bemerkte, blickte sie auf die Uhr.

»Na, dann kann's ja losgehen.«

Johanna fuhr, während ihre vermeintliche Patientin eine Landkarte gezückt hatte, ihr den Weg wies und den Plan für den bevorstehenden Grenzübertritt erklärte. Irgendwie musste es ihnen gelingen, dass sie aus dem Land gelassen wurden, ohne dass die Beamten ihre Papiere überprüften. Hier in der Nordschweiz waren Großrat Thanner und der Name seiner Verlobten sicherlich nicht so bekannt wie in der Nähe von Davos – doch es war besser, kein Risiko einzugehen. Kurz vor der Grenze hielten sie. Die Gräfin legte sich auf die Bahre im hinteren Teil des Wagens, wobei sie unter der Decke ein kleines Glas mit Kirschkonfitüre und einen Löffel bereithielt. Johanna setzte eine Schutzmaske auf. Als sie den Kontrollposten erreichten, kurbelte sie das Fenster nur halb herunter, begrüßte die Beamten und sprach sofort eine Warnung aus.

»Ich habe eine deutsche Patientin mit offener Tuberkulose im Wagen. Sie ist hochansteckend.«

»Was ist der Grund ihrer Ausreise?«

»Ihre Tage sind gezählt. Es war ihr letzter Wunsch, in der Heimat sterben zu können.«

Die Grenzsoldaten gingen um den Wagen, sahen durch das Heckfenster. Sie besprachen sich kurz, dann öffnete einer die Flügeltür. Sofort begann die Gräfin heftig zu husten. Sie krümmte sich, verfehlte im Liegen den Spucknapf in ihrer Hand. Roter Auswurf lief über ihr Kinn und landete auf der Hand und der weißen Decke. Sofort schlugen die Soldaten die Tür zu und ließen den Krankenwagen passieren.

Johanna steuerte das Auto durch kleine Ortschaften, die nur aus wenigen Häusern bestanden. Die Berge im Rückspiegel waren graue Schatten am Horizont, die im wolkigen Winterhimmel verschwanden. Das Land wurde flacher, die immer gleichen Nadelbäume wurden von Mischwäldern abgelöst, bald standen nur noch vereinzelt Bäume am Straßenrand. Der Wind hatte die dünne Schneedecke stellenweise weggefegt, sodass die weite Fläche von schmutzig braunen Flecken durchsetzt war. Von Zeit zu Zeit stand eine magere Kuh oder ein trauriges Pferd hinter einem Zaun.

Noch immer wusste Johanna nicht, was das Ziel ihrer Reise war. Warum ließ die Gräfin sie darüber im Unklaren?

Je länger Johanna den Wagen durch die karge Landschaft lenkte, desto skeptischer wurde sie. Was war mit dem Foto für den Pass? Johanna hatte es in Hochstimmung versetzt, von der Gräfin fotografiert zu werden – der Pass war nun nicht mehr nur ein leeres Verspechen, bald würde sie ihn in den

Händen halten, so dachte sie. Doch hatte die Gräfin Johanna damit nur in Sicherheit wiegen wollen? Oder hatte sie tatsächlich einen Pass anfertigen lassen? Diente dieser Ausflug am Ende nur dazu, sie möglichst geräuschlos zu beseitigen und ihrer Leiche, sollte sie gefunden werden, eine andere Identität zu verschaffen?

Als sie ein kleines Waldstück erreichten, wo niemand die geheimnisvolle Patientin würde aussteigen sehen, klopfte die Gräfin an das kleine Fenster, das die Fahrerkabine mit dem hinteren Teil des Wagens verband. Rechter Hand kam ein kleiner See in Sicht.

»Halt an. Ich komme wieder nach vorn«, rief die Gräfin.

»Verraten Sie mir endlich, wo wir hinwollen?«

»Genau das hatte ich vor. Lass uns eine kleine Pause machen.«

Johanna fuhr ab und folgte einem schmalen Weg, bis sich eine Möglichkeit zum Parken ergab. Sie stoppte. Zwischen dem Krankenwagen und dem See lag eine freie, dünn mit Schnee bedeckte Ebene, die zur anderen Seite leicht anstieg und in Sichtweite von hohen Laubbäumen eingegrenzt wurde. Eine Formation aus mächtigen Felsen durchbrach den Waldsaum. Im Rückspiegel beobachtete Johanna die Gräfin, die nun die beiden Flügeltüren öffnete und ausstieg, sich dann jedoch umdrehte und ins Wageninnere beugte. Sie schien ihren Koffer geöffnet zu haben. Holte sie ihre Waffe hervor? Johanna hoffte, dass sie sich irrte. Aber unbewaffnet wollte sie der Gräfin jetzt nicht entgegentreten, hier, im Nirgendwo. Sie griff sich die Decke vom Beifahrersitz, faltete sie zusammen, holte ihre Waffe hervor und legte sich die Decke über den Arm. Dann stieg sie aus und ging langsam nach hinten.

Ein Waldvogel meckerte.

Die offen stehende Flügeltür versperrte Johanna die Sicht auf die Gräfin, lediglich ihr Kopf war durch die Heckscheibe zu sehen. Sie begann zu husten.

»Solch lange Reisen sind Gift für Ihre Gesundheit, Gräfin«, sagte Johanna.

Sie sah durch die Scheibe, die beiden Frauen musterten sich einen Moment. Johanna lächelte sanft. Die Waffe unter der Decke schussbereit.

Die Gräfin macht einen halben Schritt um die Flügeltür herum, lehnte sich von innen mit der Schulter dagegen, ihr Arm war nicht zu sehen. Sie betrachtete den Waldrand.

»Wir sind weit gekommen – du und ich. Ich …«, sie sprach nicht weiter. Dann sah sie Johanna in die Augen.

Als ihre Blicke sich trafen und eine Weile aufeinander ruhten, wurde Johanna klar: Sie wollte diese Frau nicht verlieren. Der Moment in den schönen Kleidern vor dem Spiegel, am Abend des Balls, das war nicht gespielt gewesen, das hatten sie beide genossen, Johanna war sich sicher. Doch wie konnte sie an den Kern dieser Frau gelangen, die harte Hülle der Spionin durchdringen? Ohne Angst haben zu müssen, jeden Moment von ihr eliminiert zu werden? Wieso gab es diesen dummen Krieg, wieso konnte nicht einfach alles vorbei sein und sie und die Gräfin wären wirklich Freundinnen?

»Vorgestern hatte Madame Meunier einen Blutsturz«, sagte Johanna nachdenklich. »Seit Wochen kam die Familie nicht mehr zu Besuch. Mit allen hatte sie es sich verscherzt. Sie starb allein im Cronwald. Wollen Sie so enden wie Madame Meunier?«

Die Gräfin antwortete nicht.

Johanna fuhr fort: »Ich mag Sie, Gräfin, das wissen Sie. Die Frage ist: Mögen Sie mich? Ich meine, mögen Sie mich *wirklich*. Ohne das ganze Verwirrspiel? Wissen Sie überhaupt noch, was echt ist und was nicht? Wer sind Sie, Gräfin?«

Die Angesprochene reagierte nicht, schluckte und schloss kurz die Augen – und das war ein Fehler. Johanna trat gegen die Hecktür, von der die Gräfin halb verdeckt wurde, die Tür schwang zu, traf sie hart am Arm und wirbelte sie herum. Sie stieß einen Schmerzensschrei aus, etwas fiel zu Boden – eine Pistole. Johannas Instinkt hatte sie nicht getäuscht. Die Gräfin taumelte und musste sich am Heck abstützen. Johanna trat gegen die Waffe und beförderte sie so außer Reichweite. Dann machte sie einen Schritt zurück und richtete ihre eigene Pistole direkt auf die Gräfin, die mit schmerzverzerrtem Gesicht am Wagen lehnte und sich die Schulter hielt.

»Was willst du tun? Mich umbringen?«, fragte sie mit dem üblichen Spott auf den Lippen.

»Habe ich eine Wahl?«

Ein erneuter Hustenanfall schüttelte die Gräfin, sie hielt sich gekrümmt am Krankenwagen fest, spuckte und hustete und hörte gar nicht wieder auf. *Vielleicht stirbt sie ja auch von ganz allein*, dachte Johanna und schämte sich sogleich für diesen Gedanken. Aber es lag auf der Hand: Entweder ging sie als Mörderin aus dieser Situation hervor – oder als Leiche. Oder als Krankenschwester, deren Patientin verstorben war. Letzteres war, nüchtern betrachtet, die beste Lösung.

Die Gräfin sank hustend und spuckend auf die Knie, entweder war sie wirklich kurz davor zu kollabieren, oder … in diesem Moment wirbelte sie herum und schleuderte ein Messer auf Johanna, die sich gerade noch zur Seite drehen konnte, sodass die kleine, schwere Klinge nur ihren Oberarm streifte. Das Wurfmesser fiel wenige Meter hinter ihr zu Boden, und Johanna hatte den Arm mit der Waffe noch gar nicht wieder gehoben, da war die Gräfin bereits auf den Beinen und schlug sie ihr aus der Hand. Der gesamte Hustenanfall war ein Schauspiel gewesen, die Gräfin riss Johanna zu Boden. An der Spionage-Universität wurde ganz offensichtlich neben Schauspiel auch Nahkampf unterrichtet, denn im nächsten Moment lag Johanna bereits auf dem Rücken, an den Handgelenken von der auf ihr sitzenden Gräfin fixiert. Sie sahen sich in die Augen. Johannas einzige Hoffnung war ein Stein, den sie beim Fallen registriert hatte. Er musste schräg hinter ihrem Kopf liegen … sie riss die linke Hand mit aller Kraft los, tastete im pulverigen Schnee herum und bekam den Stein zu fassen, der kantig war und groß, und dann hieb sie ihn in Richtung des Kopfes ihrer Gegnerin, die auswich und den Arm zu packen bekam. Der Stein entglitt ihr und landete auf ihrer eigenen Schulter, Johanna schrie vor Schmerzen und bäumte sich auf, warf die Gräfin auf die Seite, die beiden rollten herum, und endlich gelang es ihr, sich zu befreien. Sofort sprang die Gräfin auf, bückte sich nach dem Messer, das nicht weit von ihr im Schnee gelandet war, Johanna versuchte einen dicken Stock aufzuheben, doch der untere Teil war von Unkraut überwuchert, sie musste kräftig daran zerren. Die kleinen Wurzeln rissen knisternd, sie umfasste den Knüppel mit beiden Händen, gerade rechtzeitig, um sich der Deutschen entgegenzustellen, die mit dem Messer auf sie zugesprungen kam. Johanna schlug zu und traf den Oberarm, die Gräfin stöhnte auf, packte den Stock, riss mit nur einer Hand daran und trat gleichzeitig gegen Johannas gestreckten Arm. Ein Schmerz durchfuhr sie, der Stock fiel zu Boden, Johanna wurde erneut von der Gräfin zu Boden gerissen. Schon saß sie wieder auf ihr, fixierte mit einer Hand Johannas rechtes Handgelenk, das Messer in der anderen Hand, gerade noch bekam Johanna mit der Linken das Gelenk zu packen, drückte dagegen an, doch die Gräfin war stark, viel stärker als ihr Krankheitszustand hätte erwarten lassen, die Klinge näherte sich langsam Johannas Hals.

Zeit für ihre Lebensversicherung.

»Wenn Sie mich töten …«

»Lass es einfach geschehen. Dann ist es schneller vorbei«, sagte die Gräfin, während sich das Messer immer weiter Johannas Hals näherte. Ihre Gesichter waren sich nah, Johanna spürte den Atem und roch das Parfum der Gräfin, pudrig und mondän. Noch immer hielt sie ihr Handgelenk umklammert, die Klinge kratzte schon an ihrer Kehle, und mit letzter Kraft hämmerte Johanna der Gräfin die eigene Faust, mit der sie das Messer hielt, gegen den Brustkorb, noch mal und noch mal, und als sie jetzt wieder anfing zu husten, war es echt. Johanna riss die Hand mit dem Messer zur Seite, rammte der Gräfin beide Knie gleichzeitig in den Rücken und stieß sie von sich. Sie brauchte ihre Pistole. Während die Gräfin, hustend, im Schnee nach dem Messer tastete, rannte Johanna hinüber zum Auto, da lag ihre Waffe, sie bückte sich, hob sie auf, drehte sich um – und sah die Gräfin davonrennen.

In den Wald.

Sie schoss.

Die Kugel schlug funkensprühend in die Felsformation am Waldrand. Johanna schoss ein weiteres Mal, und noch mal, doch keiner der Schüsse traf. Die Gräfin war zwischen den Laubbäumen verschwunden.

Johanna näherte sich, schlug jedoch einen anderen Weg als die Gräfin ein, umkreiste den Felsblock, der mehr als doppelt so hoch wie sie in die Höhe ragte. Vorsichtig lugte sie um die Ecke, setzte langsam einen Fuß vor den anderen, suchte den Boden ab, um nicht auf Zweige zu treten. Der Wald lag ruhig und dunkel da, alle Tiere schwiegen. Sie machte einen vorsichtigen Schritt, spähte um den Felsen. Nichts. Einen, zwei weitere Schritte. Auch tief in den Bäumen – keine Regung. Als sie über sich eine Bewegung wahrnahm, war es bereits zu spät – ein zischendes Geräusch, und schon im nächsten Moment spürte sie den Schmerz. Vom Felsen herunter kam die Gräfin gesprungen und schlug ihr einen dicken Ast auf die ausgestreckten Arme. Ihre Waffe fiel zu Boden. Sie schrie auf, mit dem nächsten Schlag traf der Knüppel sie am Rücken und nahm ihr die Luft. Johanna fiel auf die Knie, die Gräfin schnappte sich die Pistole und drehte ihr den Arm auf den Rücken, es schmerzte, alles tat weh: ihre Handgelenke, ihr Rücken, der verdrehte Arm, das Herz. Dazu die kalte Mündung an ihrer Schläfe.

Johannas letzte Chance. »Karl Wildau«, presste sie unter Schmerzen hervor, »Zürich!«

Die Gräfin bog ihr den Arm noch etwas höher und bohrte ihr die Mündung in die Schläfe. Johanna stöhnte. »Wenn du das tust, bist du am Ende. Ihr alle.«

»... das würde ich in deiner Lage auch sagen.«

»Adelheit Guggisheim, Bern. Lemkes Liste. Die Namen aller deutschen Agenten in der Schweiz. Ich hab sie abfotografiert. Du erinnerst dich?«

Die Gräfin schwieg.

»Zwei Kuverts liegen beim Notar. Wenn ich nicht wohlbehalten zurückkomme, geht ein Brief mit der Liste zu meinem Schwager, und der andere an das französische Konsulat ...«

Einen Moment lang schwieg die Gräfin noch, dann lockerte sie den Griff, ließ schließlich los und steckte die Waffe ein.

»Du überraschst mich immer wieder.«

Johanna erhob sich, rieb sich die schmerzenden Unterarme und drehte sich zur Gräfin.

»Wenn meiner Familie, wenn Elli ... wenn irgendeinem was passiert, gehen die Briefe raus.«

Die zwei Frauen sahen sich an. Ihre Haare waren zerzaust, Johanna hatte Dreckspuren auf der Wange, der Rock der Gräfin einen Riss. Sie atmete schwer, unterdrückte einen Huster. »Und jetzt?«, fragte sie.

Johanna hob das Kinn. Sie hatte die Gräfin in der Hand. Johanna Gabathuler hatte die Spionin ausgetrickst.

»Ich habe kein Interesse daran, dass eure Spione sterben. Ich will einfach nur mit Elli irgendwo ein neues Leben beginnen. Ein gutes Leben.«

»Was heißt das?«

»Ich will meinen Pass.«

»Das Konsulat hat bereits alles in die Wege geleitet. Ein paar Tage dauert es noch, die Papiere müssen in Deutschland hergestellt werden.«

»Und ich brauche mehr Geld. Bis mein Pass fertig ist, arbeite ich weiter für dich. Aber für das Doppelte.«

Die Gräfin hob die Augenbrauen. Langsam schlich sich ein Grinsen in ihr Gesicht. Jedoch nicht spöttisch, sondern anerkennend. »Du weißt, was du wert bist.« Schweigend betrachtete sie Johanna. Dann nickte sie. »Also dann. An die Arbeit. Ein bisschen was musst du schon noch tun für dein Geld.«

Sie ging zurück zum Auto, Johanna folgte ihr. Die Gräfin sammelte noch ihre Waffe und das Messer ein, dann stiegen sie in den Wagen. Johanna setzte sich ans Steuer, betrachtete sich im Rückspiegel und rieb mit einem Taschentuch den Dreck aus ihrem Gesicht.

»Wann habe ich dir eigentlich das Du angeboten?«, fragte Ilse.

»Hast du nicht«, sagte Johanna und startete den Wagen.

Ein Abendessen auf dem Schloss

Die Fahrt nach Essen verbrachten sie schweigend. Erst als sie sich Schloss Mehlitz näherten, gab Ilse ein paar knappe Informationen preis.

»Im Schloss treffen wir auf die Herzogin Hedwig zu Mehlitz. Ihrer Familie gehört der gleichnamige Rüstungskonzern, der größte Waffenlieferant des Kaisers. Ein russischer Geschäftsmann wird dort sein, Dr. Parvus. Und Konsul Ole zu Esteburg. Die Herrschaften erwarten uns zum Abendessen. Ich lass dir eins meiner Kleider bringen. Und Schuhe.«

»Und was ist die Mission?«

»Nur weil wir jetzt anscheinend per Du sind, musst du nicht in alles eingeweiht werden. Der Konsul und ich haben ein Geschäft zu erledigen. Du bist meine Krankenschwester, mit der ich mich angefreundet habe.«

Johanna starrte auf die Straße und nickte langsam.

Zwei Freundinnen auf einem Ausflug nach Deutschland. Es klang so schön. Musste man erst versuchen, sich gegenseitig umzubringen, damit es dazu kam?

Zwei Freundinnen. Es war besser, wenn sich Johanna keinen Illusionen hingab.

Bei ihrer Ankunft war es bereits dunkel. Sie wurden vom Dienstpersonal begrüßt und auf ihre Zimmer geführt, das Abendessen sollte eine Dreiviertelstunde später serviert werden.

So blieb genug Zeit, um sich frisch zu machen. Johanna betrat das luxuriöse Bad, das Wasser kam heiß aus dem Hahn. Sie wusch sich mit der wohlriechenden Seife, bürstete ihre Haare, schminkte sich dezent. Es klopfte, sie schlüpfte in einen Morgenmantel und öffnete. Ein Diener brachte ihr ein elegantes Abendkleid der Gräfin, dunkel, hochgeschlossen. Dazu ein paar spitze Lederschnürschuhe mit Absatz sowie ein schwarzes Handtäschchen. Johanna schlüpfte in das Kleid, es saß perfekt. Die Schuhe waren eine Nummer zu groß – doch das war besser als zu klein. Ihre Arbeitsschuhe konnte sie schließlich auf keinen Fall zu diesem Kleid anziehen. Sie betrachtete sich im Ganzkörperspiegel, machte eine Vierteldrehung, inspizierte den Sitz des Kleides von der Seite. Zufrieden mit dem, was sie sah, ging sie zurück ins Bad, schminkte sich die Augen eine Nuance dunkler und rauchte eine Zigarette, vorsichtig, um den Lippenstift zu schonen.

Zur verabredeten Zeit klopfte es. Johanna öffnete, vor der Tür stand Ilse. Sie trug einen flachen Damenzylinder mit Stoffblumen am Hutband und ein königsblaues Kleid mit langen, durchsichtigen Ärmeln, in die kleine Strasssteine eingearbeitet waren. In einer Spitze aus Elfenbein brannte eine Zigarette. Sie hustete in ihren blauen Taschenspucknapf, der aufgrund seiner Farbe neben ihrem Kleid wie ein modisches Accessoire wirkte. Sie schloss den Deckel, verstaute ihn in ihrer kleinen, goldenen Handtasche und musterte Johanna von oben bis unten.

»Na also«, sagte sie und nickte anerkennend.

Gemeinsam gingen sie die Treppe hinab.

Ilse kannte sich offenbar gut aus im Schloss, sie hakte Johanna unter und führte sie durch mehrere lange Gänge und hohe Türen, vorbei an Ölgemälden und Statuen. Die Nähe, Ilses Hand auf ihrem Unterarm … nur wenige Stunden nach ihrem Kampf auf Leben und Tod. Fast schien es, als wären sie sich dadurch noch nähergekommen. Oder war sie einfach naiv? Wickelte Ilse sie schon wieder ein, um sie in Sicherheit zu wiegen?

Nein, die Karten lagen auf dem Tisch – Johanna hatte die Deutschen in der Hand, und Ilse schien sich schnell mit der Situation arrangiert zu haben. Vielleicht hatte sie nur auf Befehl gehandelt – und es gefiel ihr, dass sie Johanna nun nicht mehr töten musste?

»Achtung, da vorn ist das Speisezimmer«, sagte Ilse und ließ Johanna los. Sie nahm etwas Abstand zu ihr ein und verlangsamte das Tempo.

Am Kamin des hohen Raums, den sie nun betraten, standen drei Personen und tranken Champagner. Sie drehten sich um, als die beiden Frauen herankamen. Den Konsul kannte Johanna aus Davos vom Sehen, bei der Dame musste es sich um die Herzogin handeln. Der Dritte war der russische Geschäftsmann, ein unsympathischer, fülliger Typ, der unentwegt kleine Kerne knabberte und die Schalen achtlos auf den Teppich spuckte. Seine Augen weiteten sich, als er Johanna erblickte, er musterte sie eingehend, während er sich die Fingerspitzen sauberlutschte. Den Blick des Konsuls konnte sie zunächst nicht deuten. Er lächelte, wirkte aber angestrengt – dann verstand sie: Er musste seine Verwunderung überspielen, dass Johanna hier auftauchte – da Ilse geplant hatte, sie auf der Fahrt zu erledigen. Er war also in den Plan eingeweiht gewesen. Wenn er nicht sogar den Befehl zu dem Mord an Johanna gegeben hatte? Der Konsul war ihr erst vorgestern in Davos begegnet, beim Hutladen, als sie auf dem Weg in die Zentrale gewesen und er offensichtlich von dort gekommen war. Es lag nahe, dass er in die Aktivitäten der kaiserlichen Agenten involviert war. Vielleicht war er sogar Ilses Vorgesetzter? Jedenfalls konnte der Konsul nicht begeistert sein, dass Ilse sie nun zu diesem Treffen mit dem Russen mitbrachte. Das »Geschäft« hatte mit Sicherheit einen politischen Hintergrund, immerhin waren sie zu Gast bei der Familie, die den Krieg mit ihren Kanonen und Granaten am Laufen hielt.

Johanna lächelte allen freundlich zu. Ilse nahm ihre Hand und präsentierte sie wie eine Novizin.

»Ich darf vorstellen: Fräulein Johanna Gabathuler, meine gute Freundin und persönliche Krankenschwester. Wir haben uns im Sanatorium in Davos kennengelernt.«

»Fräulein Gabathuler, welch schöne Überraschung«, sagte der Konsul, trat vor und küsste ihre Hand. Die Herzogin blickte sie skeptisch an. Ilse bemühte sich, die spürbare Dissonanz im Raum zu beseitigen.

»Johanna hat als Krankenschwester freiwillig ein Jahr lang an der Westfront im Sanitätsdienst gearbeitet. Sie hat Hunderten unserer Soldaten das Leben gerettet.«

Nun zog Hedwig zu Mehlitz immerhin eine Augenbraue hoch und deutete so etwas wie ein anerkennendes Kopfnicken an.

Parvus drängte sich dazwischen. »Gräfin. Ich hoffe, unsere Begegnung verläuft dieses Mal … fruchtbarer?«

Ilse nickte lächelnd, Parvus drückte ihr einen langen Kuss auf den Handrücken. Und mit einem Blick in Richtung Johanna fügte er hinzu: »Ein wahrer Engel, den Sie uns hier mitgebracht haben!«

»Ja, nicht wahr?«

Dann sagte er auf Russisch: »Kann man ihr vertrauen?«

Johanna hatte mit Prinzessin Belova von Kindesbeinen an die Sprache ihrer Mutter gesprochen. Noch bevor Ilse antworten konnte, sagte sie in perfektem Russisch: »Wenn man es nicht könnte, wäre ich kaum hier.« Sie streckte ihre Hand aus. Parvus schaute Johanna erstaunt an, dann beugte er sich vor, um auch ihren Handrücken zu küssen. Ilse lächelte, der Konsul und die Herzogin, die wohl kein Russisch verstanden, warfen sich einen fragenden Blick zu. Dann zeigte zu Mehlitz in Richtung der langen Tafel in der Mitte des Raums.

»Na, dann. Setzen wir uns.«

Johanna war die erstklassige Küche aus dem Cronwald gewohnt, ihr Schweizer Küchenchef mischte die lokalen Gerichte mit Elementen der französischen Küche, und auch die italienischen Nachbarn machten sich auf dem Speiseplan bemerkbar. Hier stand ebenfalls ein Meister in der Küche, und das Menü, welches serviert wurde, war exzellent – allerdings eher fleischlastig. Die in Deutschland herrschende Lebensmittelknappheit machte sich in keinem der vier Gänge bemerkbar.

Johanna hielt sich zurück, sowohl beim Essen als auch bei der Unterhaltung. Sie wurde nichts gefragt, also sagte sie auch nichts, als sich die Runde nach dem Hauptgang und einigen Flaschen Wein in eine hitzige Diskussion verstrickte. Mit seiner aufbrausenden und rechthaberischen Art dominierte Dr. Parvus das Gespräch. Gerade widersprach er der Herzogin.

»… genau da liegen Sie falsch, meine Liebe: In einem von Frankreich okkupierten Deutschland ist die Revolution unmöglich.«

Hedwig zu Mehlitz lachte amüsiert. »Ah, und deshalb muss der Kaiser den Krieg gewinnen! Für Ihre Revolution?«

Der Konsul winkte ebenfalls lachend ab. »Mein Bester, Sie scheinen mir etwas weltfremd.«

Parvus trank sein Glas aus und knallte es auf den Tisch, sodass Johanna zusammenzuckte. »Weltfremd?« Er zeigte mit dem Finger auf zu Esteburg. »Im Westen und Osten seid ihr festgefahren. Eure Kriegskosten könnt ihr nur decken, weil Eure Reichsbank Geld druckt. Wegen den kleinen Arbeitern habt ihr die Preisentwicklung angepasst. Aber einmal mehr vergessen, die Steuern für die Reichen anzuheben«, er dreht den Kopf zur Herzogin und grinste süßlich, »… nicht wahr?«

Dann lehnte er sich zurück und ließ den Blick in die Runde schweifen. »Man braucht nicht, wie ich, Nationalökonomie studiert zu haben, um zu sehen, wohin das führt: Inflation. Inflation und Revolution, die mögen sich.«

Ilse versuchte mit ruhiger Stimme die Hitze etwas herunterzufahren. »Wie auch immer: Der Kaiser muss in Erwägung ziehen, unserem Feind den Frieden anzubieten.«

»Sie haben alle Angst vor dem Amerikaner. Zu Recht. Aber Gott sei Dank bin ich ja jetzt da!«

Die Herzogin und der Konsul warfen sich einen Blick zu. Der Russe ging ihnen offenbar gehörig auf die Nerven. Ilse winkte ein Dienstmädchen herbei, das ihr Wein nachschenkte.

Als die Herzogin das bemerkte, sagte sie zu ihrer Angestellten: »Schenken Sie ruhig nach. Wir haben genug. Bei uns braucht niemand zu stehlen.«

Dabei fixierte sie Ilse. Was hatte das zu bedeuten? Johanna versuchte, nicht allzu auffällig hinzusehen, sie senkte den Kopf, trotzdem registrierte sie noch, wie Ilses Lächeln etwas Zittriges bekam. Da war eine Dynamik zwischen den beiden Frauen, die Johanna nicht enträtseln konnte. Das Gespräch wurde nach dieser Bemerkung nicht wieder aufgenommen, die Stille hatte etwas Unangenehmes. Sogar Parvus schwieg ausnahmsweise, er hielt dem Dienstmädchen wortlos sein Glas entgegen, sie schenkte auch ihm nach – nicht ohne zuvor einen unsicheren Blick zur Herzogin zu werfen.

Schließlich nickte der Konsul auffordernd in Richtung der jungen Hausherrin, sodass diese sich erhob und in die Runde blickte. »Es ist schon spät. Sie haben morgen eine lange Reise vor sich.« Sie sah zu Ilse. »Ihr Koffer aus Berlin ist gestern Abend angekommen. Er ist in unserem Safe.«

Ilse und der Konsul nickten sich zu, alle erhoben sich und wandten sich zum Gehen.

»Gute Nacht allerseits«, sagte zu Esteburg, und zu Ilse: »Gräfin? Auf ein Wort.«

Johanna tauschte noch einen Blick mit ihrer Freundin – und Patientin. »Ich bin dann auf meinem Zimmer, wenn du mich brauchst.« Sie drehte sich zum Konsul. »Ihnen eine geruhsame Nacht, Herr Konsul zu Esteburg.«

Auf dem Gang schloss sie zu der Herzogin und Parvus auf.

Ohne Johanna anzusehen, begann die Herzogin ein Gespräch.

»Was sagen Sie – kann man in drei Wochen Skifahren lernen?«

»Durchaus. Sie sollten mal zu uns zur Kur kommen und …«

Johanna fasste sich an die Seite und blieb stehen.

»Oh! Ich hab mein Täschchen liegen lassen.«

»Ich …«, wollte die Herzogin sagen, doch Johanna fiel ihr ins Wort.

»Warten Sie nicht auf mich«, sagte sie, drehte sich um und eilte den Gang zurück.

Noch vor dem Speisezimmer befand sich die Tür zum angrenzenden Leseraum.

Johanna hörte schon die Stimme von Ole zu Esteburg, drückte langsam die Klinke herunter, die ein minimales Quietschen von sich gab. Die Tür war nicht verschlossen. Johanna schlüpfte hinein und zog sie vorsichtig wieder ins Schloss. Die beiden Zimmer waren mit einer breiten, zweiflügeligen Schiebetür verbunden, ein heller Lichtstreifen schnitt sich in das Dunkel des Lesezimmers. Johanna konnte die Stimmen schon fast verstehen. Sie ging bis zum Spalt der Verbindungstür und legte das Ohr daran.

»… und sie hat die Listen beim Notar hinterlegt?!«, fragte der Konsul. Die Erregung ließ seine Stimme zittern.

Dann waren Schritte zu hören, er ging im Speisezimmer auf und ab.

»Ich sage ja: Sie ist gut«, antwortete Ilse, kühl wie gewohnt.

Der Konsul schnaubte.

»Das Risiko ist jedenfalls zu groß. Wir können Johanna nicht eliminieren«, sagte Ilse. »Aber wir können dafür sorgen, dass sie mit ihrem Kind aus Davos verschwindet. Wenn wir uns an die Abmachung halten, wird Johanna das auch tun.«

Die Schritte verstummten.

»Nein. Wir lassen uns nicht erpressen. Johanna Gabathuler ist Ihre Verantwortung.«

»Und Lemke war Ihre«, konterte Ilse scharf. »Ohne Ihren Fehlgriff gäbe es keine Liste, mit der man uns erpressen kann! Denken Sie, Berlin wurde nicht darüber unterrichtet?«

Der Konsul begann wieder, auf und ab zu gehen.

Ilse fuhr fort. »Nutzen wir Johanna weiter. Sie macht ihre Sache hervorragend. Ich kenne keinen, der auch nur annähernd so gut ist wie sie!«

Was für eine Wohltat, das zu hören. Bei all dem Wahnsinn, in den Johanna hineingeraten war, bedeutete ihr das Lob von Ilse noch immer eine Menge. Weil sie sich sicher sein konnte, dass es ausnahmsweise die echte Ilse war, die dort sprach. Keine Taktik. Ilse kämpfte für sie, für Johanna Gabathuler, obwohl genau das dem Konsul missfiel.

»Nein! Wenn wir zurück sind, holen Sie sich diese verdammte Liste – und wenn Sie jedes Notariat der Schweiz auf den Kopf stellen müssen. Und dann – weg mit ihr! Oder ich werde bei Oberst Schilling vorstellig.«

Johanna schluckte, schloss die Augen. Als sie die Lider wieder hob, stellte sie fest, dass sich ihre Sicht an die Dunkelheit gewöhnt hatte. Jetzt erst sah sie sich um. An den Wänden hingen Fotos, Familienporträts, eine Jagdgesellschaft, aber auch Gruppenfotos von der Belegschaft – die Dienstmädchen, das Küchenpersonal, aus den unterschiedlichen Epochen. Selbst die Angestellten hatten hier einen Platz in der Galerie.

Im Speisezimmer quietschte ein Stuhl. Der Konsul setzte sich und atmete schwer aus. »Weil die USA uns den Krieg erklärt haben, kriegt Lenin vierzig Millionen vom Kaiser. Unglaublich.«

»Und wenn wir es nicht zahlen, ist das Geld bald sowieso nichts mehr wert. Es geht steil bergab mit der Deutschen Wirtschaft.«

Zu Esteburg seufzte. »Nun gut. Zwei Millionen als Anzahlung. Sie schmuggeln Parvus wie geplant für das Treffen mit Lenin in die Schweiz. Kontrollieren Sie ihn! Machen Sie Parvus für unsere Interessen gefügig. Mit allem, was dafür nötig ist – Sie wissen, worauf er aus ist.«

»Sonnenblumenkerne?«

»Ihr Sarkasmus ist unangebracht, Gräfin. Fragen Sie in der Küche nach einer Flasche Champagner und spielen Sie Zimmerservice. Ein kleines Abenteuer dürfte ihm sicherlich gefallen.«

Die Gräfin stöhnte angewidert. »Der Mann ist unerträglich.«

»Es geht um das Überleben unserer Nation!«

Johanna löste sich von der Schiebetür. Sie hatte genug gehört. Das Deutsche Kaiserreich bezahlte einem Russen vierzig Millionen Reichsmark? Wofür?

Sie musste jetzt verschwinden. Als sie die Wand entlang zur Tür schlich, streifte ihr Blick eines der Gruppenfotos. In einer Reihe standen fünf Dienstmädchen vor dem Schloss.

Sie hielt inne und ging näher heran. *Sommer 1895*. Im Dunkel war das Bild nur schwer zu erkennen. Vorsichtig nahm sie es von der Wand und hielt es in den schmalen Lichtstreifen, der vom Speisezimmer hereinfiel.

Konnte das sein? Ja. Eindeutig. Das war Ilse. Als junges Dienstmädchen. Mathilde hatte also recht gehabt: Ilse war keine Gräfin.

Die paar Belgier

Über der verlassenen Eislaufbahn im Stadtpark leuchteten die Sterne. Mangold und Zaire standen schweigend beieinander und rauchten. Mangold sah auf die Uhr. Endlich schälte sich ein Mann aus dem Dunkel und kam näher.

Der Belgier.

Mangold bot ihm eine Zigarette an und gab ihm Feuer. Van de Velde inhalierte tief, legte den Kopf in den Nacken und pustete den Rauch in den Sternenhimmel. »Die Zünder werden übermorgen mit der Bahn angeliefert. Im Bergwerk können wir sie zwischenlagern. Ich habe über einen Mittelsmann ausreichend Schnaps und Etiketten von einer Brennerei in Chur organisiert, damit tarnen wir die Kisten.«

»Und die Italiener?«

»Kommen mit den Pferdeschlitten über die Alpen.«

Mangold nickte.

Der Belgier sah ihn an. »Wo stehen wir mit der Krankenschwester?«

»Sie vertraut mir nicht wirklich. Ich habe alles versucht. Offenbar hat ihr Verlobter sie nach dem Ball eingenordet – sie blockt alle Annäherungsversuche ab.«

»Jeder hat eine Schwäche. Bei Lemke war es das Geld, bei einer Krankenschwester ist es Mitgefühl. Machen Sie auf Mitleid. Erzählen Sie von Ihrer Fahnenflucht.«

»Lemke ist jetzt tot …«

»Dann sollten Sie Johanna wohl besser schützen als Ihren letzten Spitzel, nicht wahr?«

Er warf die halb aufgerauchte Zigarette zu Boden und trat sie aus.

»Also. Übermorgen. Zaire, Sie informieren die Taylors und bereiten alles für die Fahrt vor. Wir etikettieren die Kisten um, sobald unsere Männer sie ins Bergwerk geliefert haben. Mangold, Sie reiten den Italienern entgegen. Die werden mit ihren Schlitten mittags auf dem Flüelipass sein. Dann zeigen Sie ihnen den Weg zum Bergwerk.«

Ohne ein Wort des Abschieds drehte er sich um und ging. Mangold sah ihm nach, rauchte schweigend seine Zigarette zu Ende.

»Ein unangenehmer Kerl …«, murmelte er. »Ich glaube, er würde sich am liebsten an mir für alles rächen, was die Deutschen seinem Volk angetan haben.«

Zaire lachte verächtlich. »Pah! Die paar Belgier, die dabei gestorben sind. Bei uns im Kongo haben die belgischen Soldaten ein viel größeres Massaker veranstaltet. Meine ganze Familie wurde dabei abgeschlachtet.«

Mangold schwieg.

»Das tut mir leid, Zaire.«

Zaire nickte, sagte aber nichts.

Mangold steckte sich eine neue Zigarette an, dann fügte er hinzu: »Muss ziemlich schwer für Sie sein, mit ihm zusammenzuarbeiten …«

»Ja. Aber ich diene General Taylor. Mit ihm hab ich schon in Uganda gegen die Deutschen gekämpft. Und solange man einen gemeinsamen Feind hat …«

»Wie haben sie Taylor eigentlich kennengelernt? Und wieso Uganda – Sie kommen doch aus dem Kongo?«

»Das ist eine längere Geschichte.«

Mangold bot auch Zaire eine Zigarette an. »Bitte. Ich habe Zeit.«

Zaire Honoré: Weiße Teufel

Im November 1884, dreißig Jahre bevor in Europa der große Krieg ausbricht, ist die herrschende Klasse damit beschäftigt, Afrika unter sich aufzuteilen. Zu diesem Zweck hat der deutsche Reichskanzler Otto von Bismarck die europäischen Kolonialmächte sowie Vertreter des Osmanischen Reichs und der USA zur *Kongokonferenz* nach Berlin geladen. Im Reichskanzlerpalais sitzen sie an einem riesigen U-förmigen Tisch zusammen, etwa vierzig bärtige Herren in schwarzen Gehröcken. An der Wand des Saals hängt eine Karte Afrikas, fünf Meter hoch, einige wenige Flecken darauf sind noch weiß. Der größte dieser weißen Flecken sitzt im Zentrum: im Kongo.

Während der nächsten drei Monate möchte man hier im Palais die wirtschaftlichen Probleme sowie die territorialen Konflikte diskutieren, die sich im Zuge der bisherigen Kolonialisierung ergeben haben. Am Ende der Konferenz werden die völkerrechtlichen Spielregeln festgelegt sein, nach denen der afrikanische Kontinent in Zukunft weiter tranchiert werden soll.

König Leopold II., Monarch von Belgien, ist nicht zur Konferenz geladen. Das noch junge Königreich besitzt keine Kolonien und ist zu klein, um mit an diesem Tisch zu sitzen. Dennoch gelingt es Leopold durch geschickte Einflussnahme, die anderen Herrscher davon zu überzeugen, das Kongobecken im Zentrum Afrikas nicht aufzuteilen, sondern als Freihandelszone bestehen zu lassen. Der belgische König möchte dort das Christentum verbreiten und den Sklavenhandel bekämpfen, er will den Afrikanern Zivilisation und Wohlstand bringen, seine Interessen sind rein philanthropischer Natur. Mit diesen Versprechen überzeugt er die Teilnehmer der Konferenz, und so geht das Territorium des Kongos in den Besitz der von ihm gegründeten *Kongogesellschaft* über.

Noch im selben Jahr kauft Leopold II. alle Fremdanteile der Kongogesellschaft und löst diese auf. Er lässt sich vom belgischen Parlament als König des neu gegründeten *Freistaat Kongo* bestätigen – ihm gehört nun ein Land, das fast achtzigmal so groß ist wie sein eigenes Königreich.

Schon acht Jahre zuvor hat er den Afrikaforscher Henry Morton Stanley in das noch unbekannte Terrain geschickt – offiziell in rein wissenschaftlicher Mission. Stanley kennt Afrika von vorangegangenen Expeditionen, ist ebenso erfahren wie skrupellos, er verabscheut den Kontinent und die dort lebenden Menschen. Somit ist er der richtige Mann für den eigentlichen Auftrag: Er soll im Namen von Leopold möglichst viel Land erwerben und Siedlungen gründen.

Den Stammesfürsten im Landesinneren bringt er Schnaps und Glasperlen mit und erzählt ihnen vom überaus mächtigen König Leopold – so mächtig, dass er sogar die Sonne beherrscht. Um diese Macht zu demonstrieren, bündelt Stanley mithilfe einer Lupe die Strahlen der Sonne und entfacht so ein Feuer. Der Brennglas-Trick zeigt stets die gewünschte Wirkung: Berauscht vom Schnaps und aus Angst vor dem Herrscher, der Macht über die Sonne hat, unterzeichnen Hunderte von Stammesfürsten Verträge in einer ihnen unbekannten Sprache und überschreiben dem König ihr Land mitsamt der Arbeitskraft ihrer Bewohner.

In den folgenden Jahren investiert Leopold einen beträchtlichen Teil seines Vermögens in den Aufbau von Handelsposten und Missionsstationen und finanziert zudem Schulen, in denen befreite kongolesische Sklaven unterrichtet werden. In diesen Jahren scheint es wirklich so, als wollte König Leopold dem Land nichts als Bildung und Wohlstand bringen.

Da jedoch im Kongo ausschließlich Tauschhandel betrieben wird, erwirtschaftet der neue Staat nur geringe Einnahmen. Es ist nicht möglich, Steuern einzutreiben, weshalb die Kongolesen ihre Abgaben an den König in Naturalien bezahlen müssen. Zunächst wird im großen Stil Elfenbein ausgeführt, dann jedoch wird ein anderer Rohstoff wichtiger, da ein gewisser John Boyd Dunlop im Jahr 1888 eine bahnbrechende Erfindung macht: Der luftgefüllte Gummireifen revolutioniert das Verkehrswesen, die weltweite Nachfrage nach Kautschuk steigt rasant.

In den Regenwäldern des Kongo wächst eine Lianenart, aus der sich das Naturgummi gewinnen lässt, und so konzentriert sich Leopold II. ab sofort auf die Kautschukgewinnung. Noch im selben Jahr schafft er die 16000 Mann starke *Force Publique*, eine Armee aus Einheimischen, die mit Automatikgewehren ausgestattet ist und von belgischen Befehlshabern geführt wird. Es ist der Beginn einer Herrschaft von unvorstellbarer, menschenverachtender Brutalität.

*

Schon als kleiner Junge ist Zaire mit seinen Geschwistern von morgens bis abends damit beschäftigt, im Dschungel nach Kautschuk-Lianen zu suchen. Zaire durchstreift die Wälder, denn er hat ein gutes Gespür dafür, wo die Lianen zu finden sind, und er weiß, wie lange man die Pflanzen nach dem ersten Schnitt in Ruhe lassen muss, bis sie sich erholt haben. Man ritzt sie mit der Machete an, dann beginnt der weiße, dicke Saft zu fließen. Aufgefangen wird er in einer kleinen weißen Schale, die nach einiger Zeit geleert wird, und die getrocknete Kautschukmilch kann dann zu einem kleinen Gummiball geformt werden. Alle zwei Wochen müssen diese Kugeln körbeweise beim weißen Teufel abgeliefert werden. Wer die geforderte Menge nicht erreicht, bekommt die *Chicotte* zu spüren, eine Peitsche aus Nilpferdhaut. Zwanzig Schläge auf das nackte Hinterteil sind so schmerzhaft, dass man ohnmächtig wird. Hundert Schläge überleben die wenigsten.

Zaire ist in diese Welt hineingeboren worden, er kennt nichts anderes. Es ist ein Leben in ständiger Angst vor der Folter. Er hat schon viele Männer, Frauen und Kinder sterben sehen.

Im Nachbardorf versuchen die Männer zu rebellieren. Sie töten einen Wachposten und lauern dem Kautschukagenten auf, als er erscheint, um die Ernte einzusammeln. Doch seine Soldaten haben längst Wind von der Sache bekommen und überwältigen die Männer. Alle werden erhängt, erschlagen oder erschossen. Zum Vergnügen der Soldaten werden einige auf dem Dorfplatz zum Inzest mit ihren Kindern gezwungen. Danach werden den Männern die Geschlechtsteile abgeschnitten und im Dorf aufgehängt.

Da die Weißen den einheimischen Soldaten nicht trauen, geben sie nur genau abgezählte Munition aus. Für jede verschossene Kugel muss ein Toter nachgewiesen werden. Das geschieht, indem jeder Leiche eine Hand abgehackt wird. Die Hände werden geräuchert und gesammelt, für jede Hand gibt es eine neue Patrone. Doch die einheimischen Soldaten nutzen die Gewehre auch für die Jagd, dafür brauchen sie Munition – also hacken sie Hände bei Lebenden ab. Wenn die Männer die geforderte Kautschukmenge nicht sammeln konnten, müssen sie sich, damit Munition gespart wird, hintereinander aufstellen. Eine Kugel durchschlägt bis zu drei Köpfe.

Als Zaire vierzehn Jahre alt ist, wagt ein weiteres Nachbardorf den Aufstand. Es wird ebenfalls ausgelöscht. Zaire schleicht sich später hin, zu den niedergebrannten Hütten, er sieht die Köpfe, die auf Pfähle aufgespießt wurden, und die Gedärme, die zwischen ihnen gespannt sind.

Als die Männer aus seinem Dorf am nächsten Stichtag nicht die geforderte Menge Kautschuk liefern können, ergreift sein Bruder Kamasi aus Angst die Flucht. Doch die Soldaten fangen ihn. Der belgische Kautschukagent tobt, er ist betrunken und peitscht so lange mit der Chicotte auf Kamasi ein, bis der sich nicht mehr bewegt. Allen Kindern wird bei lebendigem Leib eine Hand abgehackt. Damit niemand von den Männern auf die Idee kommt, einen weiteren Fluchtversuch zu unternehmen, werden die Frauen des Dorfes in Ketten gelegt und als Geiseln genommen. Für den nächste Abgabetag in zwei Wochen wird die doppelte Menge Kautschuk gefordert.

Die folgende Zeit schläft Zaire nur wenig, ununterbrochen ist er unterwegs, sucht neue Lianen, leert die Schalen, ritzt Pflanzen mehrfach an, auch wenn es ihr Ende bedeutet. Viele der Wurzeln geben kaum noch Milchsaft ab. Vierzig Körbe voller Kautschuk müssen es sein, doch nach zehn Tagen sind es erst achtundzwanzig. Der Häuptling des Dorfes ruft die Männer zur Besprechung. Es bleiben ihnen noch vier Tage, um einen Plan zu entwickeln.

Am Stichtag sammeln sich die Dorfbewohner mit ihren Körben auf dem Platz. Der Belgier sitzt mit den aneinandergeketteten Frauen im Schatten, alle haben einen Eisenbeschlag um den Hals und Fesseln an Füßen und Händen. Die Soldaten stehen Wache. Es sind acht Männer mit Gewehren.

»Wo sind die anderen?«, brüllt der weiße Teufel, als ihm auffällt, wie wenige der Männer zur Abgabe erschienen sind. Fast die Hälfte fehlt. Er erhebt sich und reißt an einer der Ketten. Maisha, die Frau von Jabari, fällt zu Boden, er tritt ihr in den Bauch und stellt seinen Stiefel auf ihren Kopf. Die Soldaten, die damit beschäftigt sind, die Körbe zu leeren und die Kautschukmenge zu überprüfen, blicken nervös umher. Irgendetwas stimmt nicht. Zaire umklammert den Griff seiner Machete, die er unter dem Korb versteckt hat. Er wartet auf das Zeichen. Der Belgier hat sich sein Gewehr gegriffen und setzt den Lauf an Maishas Schläfe. Ohne Vorwarnung drückt er ab, läd durch und zerrt an der Kette die nächste Frau zu Boden.

Es ist Zaires Mutter.

Einer der Soldaten an den Körben vermeldet nun die Menge. Es ist deutlich zu wenig. Da erklingt der heisere Ruf des Turakos, das verabredete Zeichen, Häuptling Hekima schnellt hoch und schneidet dem Soldaten, der direkt vor ihm steht, die Kehle durch. Aus den Bäumen werden Speere geschleudert, zwei weitere Soldaten gehen getroffen zu Boden, alle anderen eröffnen das Feuer, auch der Belgier schießt wild um sich. Ein Speer trifft ihn im Bein, er schreit und wankt, schießt mehrmals ins Blattwerk, Zaires Vater stürzt getroffen aus einem der Bäume, links und rechts von Zaire stürmen die Männer mit Macheten voran, Schüsse erklingen, die meisten fallen sofort. Die Soldaten feuern wie wild in die Bäume, die Männer rauschen durch die Blätter und landen mit dumpfem Knall auf dem staubigen Boden. Der Belgier hat sich den Speer aus dem Bein gezogen, schleudert ihn fort, dann nimmt er Zaire ins Visier, der geduckt hinter einem Korb kauert, die Machete in der Hand. Er springt auf, dem weißen Teufel entgegen, seine

Mutter, am Boden liegend, wälzt sich gegen die Beine des Weißen, der beim Abdrücken stolpert. Zaire schreit auf, die Kugel trifft seine Machete, mit einem lauten Scheppern wird sie ihm aus der Hand gerissen. Entwaffnet muss er mitansehen, wie der Belgier herumfährt und seiner am Boden liegenden Mutter in den Kopf schießt. Die wenigen Männer, die noch leben, ergreifen die Flucht, werden jedoch nach wenigen Schritten niedergeschossen. Auch Zaire rennt los, geduckt, im Zickzack, eine Kugel streift ihn am Oberarm, trotzdem erreicht er den Wald, endlich verschluckt ihn der Dschungel, er rennt und rennt, bis ihm die Lungen wehtun.

Zwei Tagesmärsche ostwärts liegt der See Mwutan Nzige, und dahinter liegt ein anderes Land, Uganda, das nicht dem weißen Monsterkönig Leopold gehört.

Zaires Dorf gibt es nicht mehr, Vater, Mutter und Bruder gibt es nicht mehr, Zaire hat alles verloren, er kann nicht mehr zurück, will nicht mehr zurück. Alles, was er will, ist ein Gewehr. Ein Gewehr, mit dem er auf die weißen Teufel schießen kann.

Das Paradies und mehr als eine Hölle

Als Zaire seinen Bericht nach einer guten Stunde abschloss, nahm Mangold die letzten beiden Zigaretten aus der Schachtel. Eine hielt er Zaire hin.

Eine Zeit lang rauchten sie schweigend.

»Und ich dachte, ich hätte in Belgien die Hölle erlebt«, sagte Mangold.

Zaire zuckte mit den Schultern. »Es gibt mehr als nur eine Hölle.«

»Und in Uganda? Da muss es doch noch andere … *weiße Teufel* gegeben haben?«

»Das schon. Aber ich bin ins 4. Bataillon der *King's African Rifles* aufgenommen worden. Bei den Engländern lernte ich schießen und lesen, bekam Lohn, regelmäßig zu Essen. Im Vergleich zu meinem Leben im Kongo war es das reinste Paradies.«

»Und Taylor?«

»Ich bewährte mich im Kampf gegen die Deutschen und wurde irgendwann in die persönliche Leibgarde von General Taylor aufgenommen. Bei einem Anschlag rettete ich ihm das Leben. Als er dann aufgrund seiner militärischen Verdienste ins Army Council abberufen wurde, fragte er mich, ob ich ihn begleiten wolle. Und nun bin ich hier.« Zaire lächelte matt. »Ein Afrikaner in den Schweizer Bergen.«

Mangold lächelte zurück. »Um mit einem Belgier und einem Deutschen die Deutschen zu bekämpfen. Verrückte Zeiten.«

»Ja. Und ziemlich kalt hier.«

Ein Traum, so kühn

Im Cronwald war glücklicherweise so viel zu tun, dass Johanna gar nicht in Verlegenheit kam, von ihren Tagen bei Professor Rühmkorf erzählen zu müssen. Bigna hatte sowieso kein Interesse, denn es gab aufregende Neuigkeiten – ein neuer Page, ebenfalls Italiener, hatte eine Anstellung im Sanatorium angenommen, und nachdem sie nun schon drei Mal gemeinsam eine Zigarettenpause gemacht hatten, malte sich Bigna die Großfamilie aus, die sie mit Enrico gründen würde. Aus Deutschland waren neue Kriegsversehrte eingetroffen, und kaum dass Johanna zurück war, stand sie bereits wieder bei Dr. Mangold im Operationssaal. Carl. Wie sie sich auf das Wiedersehen gefreut hatte! Das Blut rauschte in Hochgeschwindigkeit durch ihren Körper, als er auf dem Gang plötzlich vor ihr stand, doch er hatte bereits seinen Mundschutz umgelegt und war voll auf die Arbeit konzentriert, sodass sich keine Gelegenheit bot, um ein persönliches Wort miteinander zu wechseln. Eine komplizierte Operation am Oberschenkel eines deutschen Soldaten stand an.

Während der OP suchte sie immer wieder Carls Augen, doch er hatte nur den Oberschenkelknochen im Blick, verständlicherweise. Er forderte mit ausgestreckter Hand Tupfer und Schere ein, sprach sonst kein Wort. Alles verlief ohne Komplikationen.

»Schwester Bigna, Wunde säubern«, sagte er nach getaner Arbeit und ging direkt zum Waschbecken, um sich die blutigen Hände zu waschen. Nun kam es ihr doch seltsam vor. Er schien üble Laune zu haben. War etwas in ihrer Abwesenheit vorgefallen? Johanna sah ihm hinterher, überlegte, ob sie besser abwarten sollte. Doch sie wollte ihn sehen, wollte ihn sprechen, und wenn es ihm schlecht ging, konnte sie ihn doch vielleicht aufmuntern. Er hatte gerade den Wasserhahn zugedreht, da trat sie zu ihm ans Becken, um ebenfalls ihre Hände zu waschen. »Freuen Sie sich denn gar nicht, dass ich zurück bin?«, fragte sie ihn.

Mangold sah sie an, trocknete sich die Hände ab, dann hielt er Johanna das Handtuch hin. Kein Lächeln, nichts. Seine Augen blieben ungewöhnlich kalt.

»Sie heiraten bald. Lassen Sie mich bitte von jetzt an in Ruhe. Kriegen Sie das hin?«

In Johannas Ohren setzte ein gewaltiges Rauschen ein. Ihr einziger Gefährte wollte nichts mehr mit ihr zu tun haben?

»Ich …«, sie wusste nichts zu sagen, und selbst wenn ihr etwas eingefallen wäre, es hätte ihr nichts genutzt, denn Carl war nun wieder Dr. Mangold, er wandte sich um und rief Bigna und der anderen Schwester zu: »Putzen und desinfizieren! Das wäre dann alles!«

Damit ließ er sie stehen und eilte aus dem Operationsraum.

Johanna starrte regungslos vor sich hin, und erst als Bigna zu ihr kam und ihr das Handtuch aus der Hand nahm, wachte sie auf und sah sich um. In ihrer Ratlosigkeit setzte sie ihr übliches Lächeln auf.

»Was war denn mit dem heute los?«, fragte Bigna nur.

Johanna zuckte mit den Schultern. »Ich habe keine Ahnung. War irgendwas mit ihm und Tschudi während meiner Abwesenheit?«

»Nicht, dass ich wüsste …«

»Vielleicht hat er ja Liebeskummer«, sagte Johanna mit bemühter Leichtigkeit und hoffte, dass es stimmte – denn das konnte die einzige Erklärung sein: dass er sich aufgrund der Aussichtslosigkeit ihrer Lage von ihr fernhielt. Und aus Anstand. Schließlich ging Carl davon aus, dass Johanna bald heiratete und sie ihre Liebe niemals würden ausleben können.

Erneut flammte der Wunsch in ihr auf, ihn einzuweihen in ihre Flucht, die nun in greifbare Nähe gerückt war. Dass er nicht alles stehen und liegen lassen konnte, um mit ihr und Elli Davos zu verlassen, hatte sie eingesehen. Dieser Traum war zu kühn. Doch sie wollte ihn wissen lassen, dass sie nach ihrem Verschwinden auf ihn warten würde. Sie wollte ihm ihre Liebe gestehen, wollte Abschied nehmen, mit einem Kuss oder mehr …

»Liebeskummer?«, fragte Bigna. Sie hatte ihre Hände gesäubert, zog die Schürze aus und stopfte sie in den Wäschekorb. »Hat er denn jemanden? Ich dachte, er ist Junggeselle?«

Johanna zuckte scheinbar desinteressiert mit den Schultern. »Machst du hier alles fertig? Ich muss zur Gräfin, sie hat nach mir verlangt, es ist wohl dringend.« Johanna rollte die Augen. »Womöglich will sie mich zu einem erneuten Röntgenbild überreden …«

Sie verabschiedete sich und verließ den Operationsraum. Auf dem leeren Gang zu Ilses Appartement hallten ihre Schritte lauter als üblich, auch der Weg kam ihr länger vor als sonst. Carls Zurückweisung saß wie ein eisiger Stachel in ihr. Dass er aus Anstand so gehandelt hatte, gar nicht wissend, dass sie Thanner niemals heiraten würde, machte die Sache noch unerträglicher. Wenn sie ihn doch einweihen könnte! Mit einem Kuss besiegeln, dass es eine Zukunft für sie gab! Immer wieder stieg das Bild in ihr auf, Carl, Elli und sie, in Deutschland, oder Italien, nach dem Krieg, eine kleine Landarztpraxis, ein Garten mit Kirschbäumen … ihr brach es das Herz. Ihn zurücklassen zu müssen, unwissend und enttäuscht … Würde er denn später jemals in Erwägung ziehen, ein Leben mit ihr zu führen, wenn sie ihn nun so versetzen würde? Nein. Es war klar: Sie musste ihn ins Vertrauen ziehen.

Als sie vor Ilses Tür ankam, tupfte sie sich vorsichtig die Tränen ab. Wann würde ihr Leben endlich wieder in ruhigen Bahnen verlaufen? Würde sie überhaupt jemals eine Familie haben? Selbst wenn sie Carl einweihte – Mathilde und Papa würde sie zurücklassen. Und Ilse. Wobei sie endlich damit aufhören musste, in Ilse eine Freundin zu sehen. Wenn Johanna sich nicht mit der Liste abgesichert hätte, würde Ilse vermutlich keinen Augenblick zögern und sie eliminieren.

Sie musste hier weg, je früher, desto besser.

Johanna klopfte.

Ilse öffnete im Morgenmantel. Die Tür zum Balkon stand offen, ein Rechteck Sonnenlicht zog sich auf dem Teppich in die Länge. Sie gingen zur Sitzgruppe, der Couchtisch beherbergte das übliche Sammelsurium aus blauem Heinrich, Aschenbecher und Weltliteratur. Ilse legte sich auf die Chaiselongue, Johanna blieb stehen. »Ich habe Parvus im Rhätischen Hof in einer Edelsuite untergebracht. Wie von dir befohlen«, sagte sie.

»Gut. Alles andere wirst du zum gegebenen Zeitpunkt erfahren.«

»Wie weit ist mein Pass?«

»Soweit ich gehört habe, ist er bereits mit einem Konsulatsmitarbeiter unterwegs in die Schweiz. Du bekommst ihn also bald.«

»Wann?«

»Wenn du einen letzten Auftrag für uns erfüllt hast.«

Johanna sah aus der Balkontür und betrachtete die in der Mittagssonne schlafenden Dächer ihrer Heimatstadt. Wurde sie nur hingehalten? Würde sie diesen Pass jemals in den Händen halten?

»Ilse …«

»Ich weiß, du zweifelst. Aber dein Clou mit der Liste hat meinen Vorgesetzten in Berlin überzeugt. Konsul zu Esteburg war allerdings alles andere als begeistert. Trotzdem, dein Pass ist unterwegs, glaub mir.«

Johanna sah Ilse in die Augen. Konnte sie ihr glauben? Es fühlte sich alles wahr und echt an. Ja. Sie hatte Ilse und den Konsul auf Schloss Mehlitz belauscht, hatte gehört, wie Ilse sich für sie eingesetzt hatte.

Johanna setzte sich.

»In Ordnung. Um was für einen Auftrag geht es?«

Ilse atmete erleichtert auf und ging zu ihrem Schreibtisch.

»Ich habe deine Zettel aus Taylors Kamin Hedwig zu Mehlitz gezeigt.« Sie holte die angesengten Papierstreifen aus einer Ledermappe hervor und legte sie auf den Tisch.

»Bei dem ›SM:139‹ handelt es sich um einen Zeitzünder von Pilot & Söhne. Schwere Artillerie.«

»Dass die dahinterstecken, wussten wir bereits.«

»Aber was wir bisher noch nicht wussten: Es gibt hier in Davos einen umtriebigen Rüstungslobbyisten, der schon öfter mit den Mehlitz' Geschäfte gemacht hat – und der an Pilot & Söhne Beteiligungen hält.«

»Und wer ist das? Kenne ich ihn?«

Ilse sah Johanna erwartungsvoll an. »Er redet den ganzen Tag von nichts anderem als von seinen Investitionen und Aktiengeschäften.«

»Nein …« Johannas Augen weiteten sich ungläubig, nur um sich gleich wieder zu schließen. Das konnte nicht wahr sein.

»Doch. Dein lieber Großrat Thanner.«

Johanna lehnte sich zurück, die Augen weiterhin geschlossen. Thanner. Er bereicherte sich nicht nur am Krieg, er investierte sogar in eine Firma, die an Mission H beteiligt war. Hatte dieser Mensch denn gar keine Skrupel? Keine Würde?

»Unser Agent in St. Gallen berichtet, dass die Zünder das Werk von Pilot & Söhne mit der Bahn verlassen haben. Allerdings nicht in Richtung Westschweiz. Wir haben ihre Spur verloren.«

Johanna schlug die Augen auf und sah Ilse an.

»Und ihr braucht mich, um herauszufinden, ob Thanner vielleicht etwas weiß …«, schlussfolgerte sie.

Ilse musterte Johanna eindringlich. »Traust du dir das zu?«

Thanner aushorchen? Wie sollte das gehen? Er sah in ihr keine adäquate Gesprächspartnerin, niemals würde er ihr ein Geschäftsgeheimnis dieser Größenordnung anvertrauen. Aber vielleicht gab es Unterlagen, die sie sich heimlich ansehen konnte? Das sollte zu machen sein. Außerdem: Was hatte sie für eine Wahl? Nur Ilse konnte ihr das Billet in die Freiheit besorgen. Und das Geld, das sie brauchte, um sich anschließend ein neues Leben mit Elli aufzubauen. Ganz abgesehen davon, dass die Entente-Mächte bei ihrem Angriff auf Deutschland im Rahmen der Mission H die Schweiz überfallen wollten und Tausende von Soldaten elendig im Gas verenden würden. Und ausgerechnet sie, Johanna Gabathuler, konnte das verhindern.

»Ich tu's. Danach bekomme ich meinen Pass. Und ich will tausend Franken sofort.«

Sie sahen sich an. Keine der beiden Frauen senkte den Blick. Als wäre eine Schutzschicht von Ilse abgebröckelt, hatte Johanna zum ersten Mal das Gefühl, der unverstellten Ilse in die Augen zu sehen. Es ging um mehr als nur um die Mission H und einen deutschen Pass. Es ging darum, dass sie sich aufeinander verlassen konnten. Wie auf ein geheimes Zeichen fanden sich ihre Hände, nichts daran war seltsam, es fühlte sich ganz zwangsläufig an, wie ein Vertrag, nein, mehr noch: wie ein Versprechen, das sie einander nun gaben.

»Wenn du diesen Auftrag erledigt hast und wir Mission H erfolgreich sabotieren können, bekommst du deinen Pass. Das verspreche ich dir. Und dein Geld bekommst du sofort. Die doppelte Summe.«

Ein zauberhafter Abend

Thanner aß, wie so oft, im Curhaus zu Mittag, und Johanna nutzte die Gelegenheit, um sich mit ihm für später zu verabreden. Sie wolle ihm etwas Wichtiges, Persönliches sagen, und sowieso, sie wolle nun gern mehr Zeit mit ihm verbringen, ob er sie nicht auf ein Glas Wein zu sich nach Hause einladen möge. Sie hätten schließlich noch gar keine Zeit gefunden, über die bevorstehende Hochzeit zu sprechen – und die Zeit danach. Selbstverständlich sprang er sofort darauf an, sein Blick wanderte wieder genießerisch an ihrem Körper auf und ab, und er versuchte, verführerisch zu klingen: »Zu mir nach Hause? Aber sehr gern …« Thanner nahm ihre Hand und grinste schmierig, sein Händchen war schwitzig und weich, und es saß ein Stück Salatrest zwischen seinen kleinen Mäusezähnen. Johanna musste wegsehen, legte jedoch ein gespielt schüchternes Lächeln auf, sodass er nichts merkte.

Am späten Nachmittag waren sie verabredet. Johanna schminkte sich die Augen eine Spur dunkler als sonst, bestäubte sich dezent mit Parfum, wählte ein Kleid mit einer kleinen, eingenähten Tasche aus und steckte das Schlafpulver ein. Dann ging sie nach unten ins Foyer, wo Thanner in einem Clubsessel saß, eine Zigarre rauchte und den Wirtschaftsteil der Zeitung studierte. Als er sie sah, glänzten seine Augen, er löschte die Zigarre, erhob sich und hakte sie unter.

Sie steuerten in Richtung Stadtmitte, zum Park. Die Berge waren von dunklen Wolken umhüllt, es war wieder kälter geworden. Den Bewohnern der Stadt und den zahlreichen Kurgästen schien es nichts auszumachen, sie flanierten durch den Stadtpark, auf der Eisbahn wurde Curling gespielt, von irgendwoher wehte die Melodie eines Musikanten herüber, und der Duft von gerösteten Mandeln und Esskastanien zog durch die Winterluft.

Eine Zeit lang zogen sie schweigend durch den Park, und als es dämmerte, verließen sie die Anlage an der Ostseite, um zu Thanners Haus zu spazieren. Seit dem frühen Tod seiner Eltern lebte er allein, da er keine Geschwister hatte.

Jetzt ergriff er Johannas Hand.

»Sie erwähnten eine persönliche Angelegenheit, die Sie mit mir besprechen wollten?«

Johanna lächelte ihn an. Er lächelte zurück. Wie einfach es doch war, Männer zu täuschen. Einem charmanten Lächeln hatten sie nur selten etwas entgegenzusetzen.

»Ja. Ich wollte mich bei Ihnen entschuldigen. In letzter Zeit … stand ich etwas neben mir.«

Thanner sah sie geradezu sanftmütig an. »In der Tat. Ich habe mich bereits gefragt, was Sie bedrücken könnte.«

In seiner Stimme schwang aufrichtige Besorgnis mit.

»Wissen Sie … ich habe schreckliche Dinge im Krieg gesehen. Die Bilder aus dem Grabenkrieg lassen mich einfach nicht los.«

Thanner nickte. »Ich habe großen Respekt vor Ihrem Einsatz. Das war sehr mutig von Ihnen.«

Johanna war einigermaßen überrumpelt von der unerwarteten Anerkennung aus Thanners Mund. Der folgende Satz, den sie sich im Vorfeld zurechtgelegt hatte, entsprach zwar nicht der Wahrheit, kam ihr nun aber etwas leichter über die Lippen. »Danke. Ich wollte Ihnen einfach sagen, dass es mich mit Stolz und Freude erfüllt, bald Ihre Frau sein zu dürfen.«

Thanner lächelte – er glaubte ihr offenbar jedes Wort. In seiner Welt, in seiner Vorstellung musste es genau so sein: Die Frau, die ihn zum Mann bekam, durfte sich glücklich schätzen.

»Für unsere Trauung habe ich den besten Organisten aus Chur organisiert«, sagte er nun, als wäre er ein Zauberkünstler, der das Unmögliche möglich gemacht hatte.

»Wie schön!«

»Alle werden da sein. Die gesamte FDP-Kantonsspitze.«

Also der langweiligste Club von Wichtigtuern, der denkbar war. Trotzdem tat ihr Thanner nun fast ein wenig leid. Von der Braut kurz vor der Trauung sitzen gelassen zu werden – der Spott seiner Parteikollegen, wenn auch hinter vorgehaltener Hand, würde grenzenlos sein.

Sie erreichten Thanners Wohnsitz, ein zweistöckiges Patrizierhaus, in das sie nach der Ehe mit einziehen sollte.

»Es ist nur … noch so viel Zeit, bis wir endlich heiraten«, sagte sie und rückte näher an ihn heran. Sie standen vor der Haustür. Er strich ihr mit dem Finger über die Wange und legte den anderen Arm auf ihre Hüfte. Johanna schloss die Augen. Thanner öffnete die Tür und bat sie herein.

Der Salon war geschmackvoll eingerichtet. Johanna war überrascht, auch das hatte sie ihm nicht zugetraut. Moderne, schlichte Möbel und alte Erbstücke ergänzten sich, an der Wand hing ein expressionistisches Gemälde. Elektrisches Licht beleuchtete den Raum spärlich, vor dem Fenster thronte ein großer Schreibtisch, auf dem sich säuberlich Aktenmappen stapelten. Es herrschte eine strenge Ordnung, Schreibpapier und Stifte waren rechtwinklig auf einer ledernen Unterlage angeordnet, ansonsten war die Fläche leer.

»Nehmen Sie doch bitte Platz«, sagte Thanner und wies zum Sofa, »ich hole uns etwas zu trinken.«

Bevor Johanna sich setzte, sah sie sich weiter um. Sie schlenderte zum Fenster, sah hinaus in den Garten, dabei warf sie von der anderen Seite einen Blick auf den Schreibtisch, inspizierte die Schubladen, die keine Schlösser hatten. Sehr gut.

Sie setzte sich auf das Sofa. Thanner kam mit zwei Gläsern Weißwein herein, sie stießen an, tranken einen Schluck – und dann presste er ohne jede Ankündigung seine Lippen auf ihre. Sie spürte seinen Schnurrbart, schmeckte Zigarre und Wein, Thanners Hände begannen, über ihren Körper zu wandern, ihren Rücken, die Hüften abzutasten. Wie ungelenk und grob er dabei vorging – im Gegensatz zu Erich. Dabei war Erich um viele Jahre jünger gewesen als Thanner. Jetzt schob er bereits ihren Rock hoch. Johanna blinzelte, Thanner, der weiterhin seine Lippen auf die ihren presste, hatte die Augen geschlossen, aber die beiden Weingläser standen noch in Reichweite, er verlagerte sein Gewicht und hing bereits halb auf ihr, da fuhr sie den Arm aus und stieß mit ihrer linken Hand beide Gläser um.

Es klirrte, doch keines zerbrach.

Thanner ließ von ihr ab und sah zum Tisch.

»Oh, Entschuldigung«, sagte Johanna und sprang sofort auf, nahm die beiden Gläser und wollte damit in die Küche eilen, doch er griff ihren Unterarm und hielt sie fest. Sie drehte sich zu ihm um. »Wir wollen doch nicht verdursten!«, sagte sie, lächelte verschwörerisch und schwenkte die beiden Gläser. Thanner verschränkte die Hände hinter dem Kopf, lehnte sich zurück und grinste. »Das stimmt nun auch wieder.«

Sie ging in die Küche, nahm die Flasche Wein aus dem Kühlschrank, füllte beide Gläser auf. Aus der Tasche ihres Kleides holte sie das kleine Fläschchen mit dem Schlafpulver, schüttete etwas davon in Thanners Glas, rührte mit dem Finger um, bis es sich restlos aufgelöst hatte. Als sie zurück in den Salon kam, musste sie mit Erstaunen feststellen, dass Thanner bereits dabei war, sich zu entkleiden. Johanna reichte ihm sein Glas, hob ihres in die Höhe. Wie lächerlich er aussah, lediglich noch in Unterhose und Socken, ihr zuprostend. Das Lächeln, das sie mit großer Mühe zustande bekam, fühlte sich wie eine Grimasse an. Schnell leerte sie ihr Glas, auch er trank seins gierig aus, stellte es sofort weg und zog Johanna mit einem Ruck aufs Sofa. Mit hastigen Bewegungen nestelte er die oberen Knöpfe ihres Kleides auf und fuhr ihr mit der Hand in den Ausschnitt.

»Aber … nein …«, sagte sie, doch er drückte sie bereits an den nackten Schultern nieder, ihr blieb nichts anderes übrig, als sich hinzulegen und alles geschehen zu lassen. Wie lange hatte es bei Helen Taylor gedauert, bis die Wirkung einsetzte? Zehn Minuten? Hoffentlich ging es bei Thanner schneller. Er stülpte seinen Mund auf ihren, wieder schmeckte sie seinen abgestandenen Atem, spürte den piksenden Oberlippenbart und seine bohrende Zunge in ihrem Mund. Sein Gewicht nahm ihr fast den Atem, als er sich nun, auf ihr liegend, mit beiden Händen die Unterhose herunterzerrte. Er schob ihren Rock hoch, Johannas Impuls war, sich zu wehren, doch sie schloss nur die Augen. Am liebsten hätte sie auch alle anderen Sinne abgestellt, denn alles an Thanner, an diesem Moment war abstoßend: sein Körper, sein Bart, sein Geruch, sein Schmatzen und Stöhnen, die grobe Art, mit der er unter ihrem Kleid herumtastete und -zerrte. Der Ekel übermannte sie, Johanna drehte den Kopf weg, sie kniff die Augen zusammen, wünschte sich fort, nur fort, doch nun ließ es sich nicht mehr verhindern, und schon war ihr Verlobter in ihr – das Einzige, was sie jetzt noch tun konnte, war, die Sache zu beschleunigen: Also öffnete sie die Augen wieder und sah ihn an, stöhnte mit ihm, der sich in rhythmischen Bewegungen auf ihr abmühte. Er begann zu schwitzen.

»Oh, Rudolf!«, presste Johanna hervor, geradezu überrascht klang das, sie riss die Augen auf, als hätte sie noch nie etwas so Wundervolles erlebt, und wurde noch lauter, sie schloss die Augen wieder und versuchte an die Nächte mit Erich zu denken, an seine zärtlichen, vorsichtigen Hände und wie sie bei ihm ins Kissen hatte stöhnen müssen, damit niemand etwas hörte im Hospital, und nun schrie sie so, wie sie gern für Erich geschrien hätte, hier, in diesem großen, leeren Haus, in dem die Liebe nicht wohnte und niemals einziehen würde. Auch Thanner rief jetzt ihren Namen, und dann grunzte und zuckte er sekundenlang, krallte sich an ihren Oberarmen fest – und als hätte jemand einen Schalter umgelegt, erschlaffte sein Körper, und er sackte schwer auf Johanna zusammen. Sein schwitziger Kopf lag an ihrer Wange, sein Atem ging schnell und stoßweise, wurde langsam ruhiger, schließlich begann Thanner leise zu schnarchen.

»Rudolf?«, fragte Johanna. Er antwortete nicht. Sie drehte sich unter ihm, befreite sich von der Last seines Körpers und rollte ihn aufs Sofa. Übelkeit überkam sie, und sie hetzte in den Flur – wo war das Bad? Neben der Küche war eine Tür, und glücklicherweise, hier befand sich die Toilette, gerade noch rechtzeitig fiel sie auf die Knie.

Nachdem sie ihre Kleidung und Frisur wieder hergerichtet und ein großes Glas Wasser getrunken hatte, ging sie zurück in den Salon. Der nackte Thanner lag auf dem Sofa, sein Brustkorb hob und senkte sich, er schnarchte leise. Das Pulver tat ganz offensichtlich seine Wirkung. Sie nahm eine Decke und breitete sie über ihm aus – hauptsächlich, um sich selbst den Anblick zu ersparen. Anschließend ging sie zum Schreibtisch und untersuchte die Aktenmappen. Sie waren alphabetisch sortiert, somit dauert es nicht lange, bis sie fündig wurde. Sie zog die Mappe mit der »Pilot & Söhne«-Aufschrift hervor, setzte sich und blätterte die Papiere durch. Anteilsscheine, Geschäftsverträge, und dann: ein Lieferschein über fünfhunderttausend *SM:139* – das waren die Zünder für Mission H. Geliefert von St. Gallen nach Genf. Jedoch war der Zielort durchgestrichen, jemand hatte handschriftlich *Davos-Laret* hinzugefügt. Die Zünder wurden also ins Laret geliefert? Das war nur wenige Kilometer von hier entfernt.

Thanner stöhnte im Schlaf und bewegte sich, ein Schreck durchfuhr sie von der Körpermitte her, fuhr ihr in alle Gliedmaßen und löste sich in ihren Zehen- und Fingerspitzen auf. Sie sah zu ihm hinüber. Er grunzte und schmatzte, doch seine Augen blieben weiterhin geschlossen. Johanna versuchte tief durchzuatmen. Sie nahm sich einen Bogen Schreibpapier, griff sich den Bleistift und schrieb ihrem Verlobten eine liebestrunkene Nachricht, die dieser vorfinden würde, wenn er erwachte.

Mein lieber Rudolf!
Vielen Dank für den zauberhaften Abend.
Ich wollte dich nicht wecken, du hast so süß geschlummert.

Bis bald!
Deine Johanna

Dann holte sie einen Lappen aus der Küche, wischte den vergossenen Wein auf – wie es sich für eine gute Ehefrau gehörte –, legte den Zettel neben den schlafenden Thanner auf den Tisch und verließ das Haus. Sie sah auf die Uhr. Die Dankesfeier für das Personal und die Lawinenhelfer hatte schon vor über einer Stunde begonnen. Sie stöhnte leise auf. Danach stand ihr nun wirklich nicht der Sinn: eine Feier mit ihrem Vater, der große Reden schwang, Mathilde, die sie skeptisch beäugte, und Dr. Mangold, der nichts mehr von ihr wissen wollte. Was sie jetzt brauchte, war ein heißes Bad in einem Zimmer, das sich von innen verriegeln ließ. Sie zog die Tür von Thanners Haus leise ins Schloss, schlug den Mantelkragen hoch, steckte sich eine Zigarette an und machte sich auf den Weg. Es half nichts, sie musste sich zumindest kurz blicken lassen.

Flohwalzer vierhändig

Als sie die Bar des Sanatoriums betrat, war diese bereits so gut wie leer. Nur noch eine Handvoll Gäste war anwesend und hatte sich am Klavier versammelt. Ein paar letzte Häppchen vertrockneten auf dem Buffett, schräge Pianoklänge waren zu hören. Das musste Klara sein, es war der Flohwalzer, der gespielt wurde, jedoch … Johanna sah hinüber, denn es klang anders als sonst – und der Grund dafür war Carl, der mit Klara vierhändig spielte. Er spielte immer wieder absichtlich falsche und laute Töne und pikste Klara dabei jedes Mal in die Seite, das Kind quietschte vor Vergnügen. Johanna erstarrte, als sie die zwei so sah. Als wäre die erlebte Episode mit Thanner nicht Folter genug gewesen, musste sie nun auch noch Carl dabei zusehen, wie er mit ihrer Nichte herumalberte. Ihr wurde in diesem Moment noch einmal schmerzhaft klar, wie sehr sie ein Leben mit ihm wollte – er wäre der perfekte Vater für Elli. Ihr Entschluss stand fest: Wenn sie ihren Pass hatte, kurz bevor sie Davos verließ, würde sie ihn einweihen, ihm ihre Liebe gestehen und vernünftig von ihm Abschied nehmen. Und hoffentlich mit ihm darüber sprechen, dass er ihr irgendwann folgen würde.

Carl und Klara spielten die letzten Takte, erhoben sich und verbeugten sich vor den restlichen Gästen. Mathilde winkte ihre Tochter zu sich. »Na komm, jetzt hast du den lieben Herrn Doktor aber genug in Beschlag genommen.«

Peter Gabathuler, der neben dem Klavier stand, entdeckte Johanna und winkte sie ungeduldig zu sich. Langsam ging sie zu der kleinen Gruppe hinüber. Er sagte nichts, sah sie nur vorwurfsvoll an.

»Hallo Papa, verzeih. Ich konnte bei einem Patienten nicht weg. Ich werde gleich zu Bett gehen«, sagte sie matt.

»Jetzt begrüß wenigstens noch die letzten Gäste und unseren Herrn Doktor.«

»Doktor Mangold und ich hatten heute bereits das Vergnügen.«

Sie vermied es, ihn anzusehen. Im Augenwinkel bemerkte sie, dass er sein Champagnerglas vom Klavier nahm und es hinunterstürzte.

»Für mich ist es sowieso an der Zeit, ich muss auch ins Bett«, sagte er und hielt sich die Hand vor den Mund, um ein Gähnen zu verbergen. Dann wandte er sich mit einem Lächeln an Gabathuler, Mathilde, Caduff und die letzten Gäste.

»Meinen besten Dank für die exquisite Feier.« Er streichelte Klara über den Schopf. »Und vielen Dank, dass ich mit dir auftreten durfte.« Er nickte noch einmal in die Runde, ignorierte Johanna dabei geflissentlich und verließ die Bar.

Johanna ertrug es nicht. Sie konnte einfach nicht mehr warten, musste *sofort* mit ihm sprechen. Er schien sie inzwischen regelrecht zu verabscheuen – wenn sie ihn nicht einweihte, würde es vielleicht irgendwann zu spät sein. Sie nickte ihrem Vater zu, täuschte ein Gähnen vor und folgte dem Doktor auf den Gang.

»Dr. Mangold.«

Er blieb stehen und drehte sich um. Sein Gesicht blieb ausdruckslos, doch Johanna meinte, einen kleinen Funken Freude in seinen Augen wahrnehmen zu können.

»Sie sind so abweisend, seit ich zurück bin«, sagte sie.

Jetzt sah er sie wieder so an, wie noch vor wenigen Tagen, und sofort war es wieder da, das tiefe Vertrauen, die Nähe, die sie stets gespürt hatte, sobald ihre Blicke in einem ruhigen

Moment zueinander fanden. Sie neigte den Kopf auf die Seite und lächelte.

»Dr. Mangold … ich …«

»Johanna«, fiel er ihr ins Wort. Sein Blick wurde hart. »Ich bin ein Mann von Anstand. Was zwischen uns geschehen ist, in einem Moment der Schwäche, war ein Fehler. Ich bitte Sie inständig, mich nicht weiter zu bedrängen.«

Und damit drehte er sich um und ließ sie stehen.

Zwei Frauen des Krieges

Am nächsten Morgen erwachte Johanna, weil es an ihrer Tür klopfte. Sie schnellte hoch, irritiert, noch halb in unruhigen Träumen verheddert, die beim Anziehen des Morgenmantels bereits verblasst waren.

Vor der Tür stand Flurin, der Page.

»Guten Morgen, Fräulein Gabathuler. Das wurde soeben von der Schneiderei Füssli für Sie geliefert.«

An einem Bügel hielt er ein Kleid in die Höhe. Durch den dünnen Stoff der Kleiderhülle ließ sich weiße Spitze erahnen: ihr Hochzeitskleid. Flurin lächelte. Johanna konnte das Lächeln nicht erwidern, die Erinnerungen an den letzten Abend mit Thanner überfielen sie, und in ihr krochen Wut und Ekel hoch. Sie hatte die Tür kaum geschlossen, da warf sie das Kleid wie etwas Giftiges zu Boden, so als könnte ihr eine zu lange Berührung gefährlich werden.

Wenig später begann ihr Arbeitstag.

Ilse saß auf dem privaten Balkon ihres Appartements in der Morgensonne, eingehüllt in eine Kamelhaardecke, der Zimmerservice brachte soeben ein Kännchen Kaffee und zwei Tassen. Johanna blickte auf ihre Uhr. Dann nahm sie das Fieberthermometer aus Ilses Mund.

»37,8«, sagte sie und trug die Zahl ins Fieberprotokoll ein.

Als das Dienstmädchen das Appartement verlassen hatte, konnten sie endlich frei sprechen. Johanna setzte sich, und Ilse schenkte beiden eine Tasse Kaffee ein. Sie trank ihren schwarz, für Johanna goss sie etwas Milch ein und reichte ihr die Tasse. Beide Frauen lehnten sich zurück und betrachteten das Tal mit den leuchtenden Berggipfeln am Horizont. Ilse pustete auf ihren Kaffee, schlürfte einen Schluck und sah dann zu Johanna, die nicht reagierte, sondern ihre Augen weiter auf die Berge heftete.

»Und … warst du erfolgreich? Bei Thanner?«

Johanna hielt nur weiter ihren Kaffee, den Blick starr geradeaus gerichtet. Dann nickte sie endlich.

»Was hast du herausfinden können?«, fragt Ilse vorsichtig.

Johanna holte Luft und setzte die volle Tasse auf ihren Oberschenkeln ab, umfasste sie weiterhin mit beiden Händen, um sich daran zu wärmen.

»Die Zünder werden heute Mittag per Bahn ins Laret geliefert.«

Ilse zog die Augenbrauen in die Höhe. »Ist das nicht hier in der Nähe?«

Johanna nickte. »Ein paar Kilometer von Davos entfernt.«

»Gibt es dort irgendein größeres Gebäude? Lagerhallen? Irgendwie müssen sie die Zünder außer Landes schmuggeln, also brauchen sie einen Ort, um die Kisten zwischenzulagern … oder die Zünder umzupacken.«

»Es ist ein kleines, abgelegenes Nest am wunderschönen Schwarzsee. Da ist eigentlich nichts. Nur ein stillgelegtes Bergwerk.«

»Das muss es sein! Du kennst dich doch aus in der Gegend – wie gelangt man von dort am schnellsten außer Landes?«

»Über den Flüelipass ist man mit dem Pferdeschlitten innerhalb eines halben Tages in Italien.«

»Alles klar. Wir müssen sofort handeln. Ich organisiere die Ausrüstung. Am Nachmittag reiten wir hin. Diese Lieferung darf das Land nicht verlassen.«

Johanna nickte kaum merklich und stellte ihren Kaffee auf den Tisch, ohne einen einzigen Schluck davon getrunken zu haben. Ilse legte ihre Hand auf Johannas.

»Du. Wenn du … also, wenn du reden willst, wegen Thanner …«

Endlich drehte Johanna den Kopf und sah Ilse in die Augen.

»Ich habe getan, was nötig war«, sagte sie kühl. Sie befreite ihre Hand und griff nach dem Klemmbrett mit dem Protokoll.

»Johanna. Was in Deutschland passiert ist … ich … es …«, Ilse fand keine Worte, hatte wohl keine Übung darin, sich zu entschuldigen. Hilflos senkte sie den Blick.

Johanna blieb abweisend. »Befehl ist Befehl. Ich versteh das schon. Der Konsul war kristallklar«, sagte sie.

Ilse sah sie verblüfft an. Und lächelte.

»Du hast … uns belauscht? Sehr gut. Du hast viel von mir gelernt.«

Johanna atmete verächtlich durch die Nase aus.

»Ja, ich hab euch belauscht. Der Konsul hat angeordnet, mich umzubringen, und du willst mich gnädigerweise entkommen lassen. Aber glaubst du wirklich, dass ich dir vertraue, nach dem, was in Deutschland passiert ist? Ich bin doch nur noch am Leben, weil ich mich mit der Liste abgesichert habe. Zum Glück werdet ihr die niemals finden.«

Ilse musterte Johanna. »Vreni Donatsch soll zur Hausdame befördert werden? Auf dein Bestreben hin?«

Johanna erstarrte. Ilse wusste Bescheid. Die gute Nachricht: Johanna war noch am Leben. Konnte sie ihr also doch vertrauen?

Ilse fuhr fort.

»Der Konsul ist nicht mein Vorgesetzter. Mein Vorgesetzter sitzt in Berlin. Und der vertraut mir. Und ich … vertraue niemandem. Dass deine Briefe mit der Liste bei der Donatsch liegen … das weiß keiner.«

Johanna nickte, dann straffte sie sich.

»Ich habe auf Schloss Mehlitz ein Foto von dir als Dienstmädchen gesehen.«

Ilse begann zu husten, griff sich ihren Spucknapf und drehte sich weg.

»Ich will die Wahrheit«, sagte Johanna, als der Hustenanfall vorbei war, und fixierte die Gräfin, die keine war. Diese spielte nachdenklich mit ihrem Halskettchen und blinzelte in die Morgensonne. Das Medaillon der heiligen Barbara, das sie auch in der Ballnacht getragen hatte. Schließlich drehte sie den Kopf zu Johanna und erwiderte ihren Blick.

»Ich heiße eigentlich … Barbara.« Sie lächelte verlegen. »Ich war die Älteste von vier Geschwistern. Meine Mutter ist früh gestorben – wie du weißt. Dieser Teil meiner Geschichte stimmt. Mein Vater war Bergarbeiter – ein mieses Schwein. Ein Säufer. Er wurde bei einem Wassereinbruch schwer verletzt und auf die Straße gesetzt, ich als Älteste musste das Geld ranschaffen. Sonst gab es Prügel. Ach, was sag ich, Prügel gab es eigentlich immer. Dass ich die Stelle als Dienstmädchen auf Schloß Mehlitz bekommen habe, war ein kleines Wunder. Aber der Lohn hat hinten und vorn nicht ausgereicht, um die ganze Familie zu ernähren. Du weißt nicht, wie es ist, von der Hand in den Mund zu leben. Wie man sich schämt.«

Jetzt erinnerte sich Johanna an die spitze Bemerkung, die Hedwig zu Mehlitz beim Abendessen gemacht hatte – und verstand.

»*Bei uns braucht niemand stehlen …*«, zitierte sie nachdenklich, und gegen ihren Willen entfuhr ihr ein kaltes Lachen. »Du hast eine der mächtigsten Familien Deutschlands bestohlen?«

Ilse lächelte stolz. Winkte aber ab.

»Nicht die Familie Mehlitz selbst. Aber deren Gäste. Da gab es Leute, die wussten nicht mal, wie viel Geld genau sie dabeihatten. Und es wurden rauschende Feste gefeiert, die feinen Herrschaften mussten teilweise am Ende der Nacht von uns Bediensteten in die Kutsche getragen werden. Ich war verdammt gut, nahm immer nur gerade so viel, dass es nicht auffiel. Nur …« Ilses Blick verdüsterte sich. »Die kleine Hedwig war schon als Kind ein Biest. Sie hat mich dabei beobachtet, wie ich die Manteltaschen eines jungen Offiziers durchsuchte. Ich steckte sein Portemonnaie zurück, es war kaum Bargeld darin, aber Hedwig verpetzte mich dennoch. Der Offizier hatte eben begonnen, für den Geheimdienst zu arbeiten, und baute eine neue Abteilung auf …«

»Schilling?«

»Voilà. Der Leiter der Abteilung IIIb. Er wollte mich wohl ein bisschen beeindrucken, gefiel sich darin, den Retter zu spielen. Schilling hat mir vorgeschlagen, mein Talent fürs Vaterland zu nutzen. Ich wollte nichts lieber, als dem Drecksloch in Essen zu entfliehen. So wurde mir eine höhere Ausbildung ermöglicht. Er zeigte mir einen anderen Weg, wie ich für meine Geschwister sorgen konnte. Wenn auch zu einem hohen Preis: Ich durfte sie nie wiedersehen …«

Johanna atmete durch spitze Lippen aus. Wie sich ihre Geschichten glichen. Keine Mutter. Ein kleines Kind, das sie beobachtet und auffliegen lässt. Ein neuer Name vom Geheimdienst und ein neues Leben – ohne die alte Familie. Ilse tastete nach ihren Zigaretten, nahm sich eine, hielt auch Johanna die Schachtel hin. Gab beiden Feuer. Sie rauchten schweigend. Dann fuhr Ilse fort.

»Barbara kam bei einem Unfall ums Leben. Sie liegt in Essen begraben. Ein Teil meines Lohns geht getarnt als Almosen der Kirchgemeinde bis heute an meine Geschwister. Mein Vater ist längst tot.«

Sie sahen sich an. Das war die Wahrheit, Johanna wusste es, diese feuchten Augen waren ganz sicher kein Schauspiel.

»Mich halten nicht wenige für den Teufel. Aber es gibt etwas, das uns verbindet, Johanna, was uns … aneinanderkettet. Die Freiheit, nach der du dich so sehnst, kommt immer zu einem Preis. Warum konnte ich im Geheimdienst aufsteigen? Warum durftest du an der Front operieren? Es ist der Krieg. Er hat uns erlaubt, unser Schicksal selbst in die Hand zu nehmen. Wir brauchen den Krieg. Ob du es willst oder nicht, du und ich: Wir sind Frauen des Krieges.«

Die Edelobst-Lieferung

Die Zeitzünder der Firma Pilot & Söhne waren mittags angeliefert worden, der Schnaps einen Tag zuvor. Niemand in dem verschlafenen Nest hatte Notiz davon genommen.

Nun stapelten sich die Kisten im Gang des Bergwerks bis unter die Decke. Im vorderen Bereich des Stollens überwachte Van de Velde die Präparierung der Ware. Zwei Männer waren damit beschäftigt, die Deckel zu öffnen und die Zünder mit Holzwolle und mehreren Flaschen Obstbrand zu bedecken. Danach wurden sie wieder zugenagelt und große Zettel mit der Aufschrift EDELOBSTBRENNEREI CHUR aufgeleimt.

Van de Velde sah auf die Uhr. Es begann bereits zu dämmern.

»Schneller, Leute! In einer halben Stunde wird Mangold mit den Italienern hier sein, dann will ich alle Kisten fertig draußen stehen haben!«

Nach und nach wurden die Zünder herausgetragen und vor dem Bergwerk gestapelt. Gleich daneben bereitete Zaire den Passagierschlitten für die Taylors vor. Die Sitzbank war weich gepolstert und mit Fellen ausgelegt, in der Mitte stand ein Proviantkorb. Er fütterte die Pferde, dann begab er sich nach drinnen, um dem General Bericht zu erstatten. Van de Velde begleitete ihn.

In dem Raum, der den Taylors in den letzten Tagen als Lager gedient hatte, saß Helen Taylor auf ihrem Feldbett nah am Ofen, eingehüllt in ihre Decke.

Zaire lächelte ihr zu, dann wandte er sich an den General.

»Sie können sich abfahrtbereit machen.«

Der General sah auf seine Uhr.

»Sehr gut. Es läuft also alles nach Plan.«

Van de Velde nickte. »Mangold und die Italiener dürften bald hier sein.«

Taylor zeigte auf den Tisch, auf dem noch die Europakarte und einige Dokumente lagen. »Stellen Sie sicher, dass wir hier keine Spuren hinterlassen.«

Dann half er seiner Frau beim Aufstehen. »Der Doktor ist gleich da und wird sich um dich kümmern, Darling. Alles wird gut.«

Pferde und Sprengstoff

Ilse und Johanna trieben ihre Pferde am Ufer des Davoser Sees entlang in Richtung Laret, die Satteltaschen waren mit Sprengstoff und Zündkabeln gepackt. Als sie den Weg erreichten, der zum Bergwerk führte, stiegen sie ab. Links und rechts standen die Bäume dicht am Hang, sie führten ihre Pferde an den Zügeln hinauf auf die Anhöhe, bis sie den Vorplatz des Stolleneingangs von oben im Blick hatten. Ilse zückte ein Fernglas und beobachtete das Treiben.

»Edelobstbrennerei.« Sie lachte. »Sehr gut. Das dürften die Zünder sein.«

Johanna übernahm das Fernglas und inspizierte die Szene ebenfalls. »Was machen wir jetzt?«, fragte sie.

Sie reichte Ilse das Fernglas zurück.

Van de Velde trat aus dem Stollen und dirigierte die Männer, die mit einer Kiste aus dem Bergwerk kamen. Sie wuchteten sie auf die anderen Kisten, Van de Velde klopfte ihnen zufrieden auf die Schulter und verteilte Zigaretten. Einer der beiden holte ein Gewehr und stellte sich vor den mannshoch aufgetürmten Kisten auf, Van de Velde und der andere verschwanden wieder im Stollen.

»Sie scheinen fertig zu sein. Wir schleichen runter, bringen den Sprengstoff von hinten an und jagen die Kisten in die Luft.«

Sie hustete in die Armebeuge ihrer Jacke. Dann griff sie zu den Taschen, die neben ihnen lagen, und holte die Dynamitstangen, die Zündkabel und einen Zündhebel heraus.

»Beim Abstieg verlegen wir das Kabel nach unten. Unten bringen wir das Dynamit an. Die Zündkabel werden einfach ins Dynamit gedrückt. So.« Ilse demonstrierte es mit einer der Stangen. »Dann schleichen wir wieder hoch und zünden von hier aus.«

Sie reichte Johanna eine der Taschen mit dem Sprengstoff-Paket.

»Was ist mit der Wache?«, fragte Johanna.

»Die wird dann wohl ebenso Vergangenheit sein wie die Zünder.«

Johannas Blick verriet, dass sie – wie immer – Skrupel hatte. Ilse sah sie eindringlich an.

»Diese Leute wollen die Schweiz angreifen. Tausende sollen im Giftgas sterben. Es geht hier auch um deine Heimat!«

Johanna blickte Ilse an. Schließlich nickte sie.

Vorsichtig stiegen sie den steilen Hang hinunter, von Baumstamm zu Baumstamm, jede mit einer Tasche über der Schulter und ein Zündkabel hinter sich abwickelnd, das nach oben führte, wo der Hebel des Fernzünders darauf wartete, gedrückt zu werden. Auf halber Strecke musste Ilse wieder husten, es gelang ihr, den Anfall weitestgehend zu unterdrücken und das Geräusch in ihrer Armbeuge zu ersticken. Sie stiegen weiter hinab, achteten darauf, nicht auf Zweige zu treten. Die Bäume lichteten sich, vor ihnen türmten sich die Kisten auf. Langsam und geduckt schlichen sie sich von hinten heran, der Bewacher war nicht zu sehen, nur der Rauch seiner Zigarette zog durch die klare Luft. Nach einer Weile begann er eine melancholische Melodie zu pfeifen. Ilse nahm vorsichtig die Tasche von der Schulter, griff hinein und holte einen Sprengsatz hervor. Johanna wollte es ihr gleichtun, hielt jedoch inne – das Pfeifen schien näher zu kommen. Tatsächlich, der Mann bewegte sich an der linken Seite um den Stapel der Kisten herum. Sie riss die Augen auf und zeigte hinter sich, eilte in Ilses Richtung, die Gräfin verstand, und beide huschten um die Ecke. Dem Pfeifen nach schlenderte der Mann in Richtung Wald. Seine Schritte knirschten im Schnee. Jeden Moment musste er die Zündkabel entdecken. Dann war ein neues Geräusch zu hören, es begann leise zu plätschern. Ilse spähte um die Ecke – der Wachmann hatte sein Gewehr abgestellt und pinkelte in den Wald. Sofort legte sie die Tasche ab, zückte ein Messer und eilte los. Johanna sah ihr hinterher, es waren etwa fünf Meter, die Ilse zurücklegen musste, auf halber Strecke musste sie husten, rannte aber weiter, jetzt ging es um jede Millisekunde – der Wachmann sah erstaunt über die Schulter, riss die Augen auf, griff nach seinem Gewehr, doch zu spät – Ilse hatte ihm die Klinge bereits in den Hals gerammt, noch bevor er die Waffe zu fassen bekam. Er fasste sich an den Hals, Blut quoll zwischen seinen Händen hervor, und der Warnruf, den er hervorstoßen wollte, verreckte in einem erstickten Röcheln, denn schon war Ilse bei ihm und hielt ihm von hinten den Mund zu, gleichzeitig stieß sie ihm die Klinge von der Seite unter die Rippen, mehrmals, bis der Mann, immer noch mit geöffneter Hose und entblößtem Geschlecht, zusammensackte. Johanna schloss die Augen und drehte sich ab, lehnte sich an die Wand aus Holzkisten.

Ilse zerrte den Leichnam vom Waldrand direkt hinter den Kistenstapel, sodass er vom Stolleneingang nicht zu sehen war. Sie lief zurück und scharrte mit dem Fuß etwas Schnee über das Blut. Dann kam sie wieder zurück und holte den Sprengstoff hervor.

»Mach schnell«, zischte sie Johanna zu.

Sie platzierten die Sprengstoff-Pakete an beiden Seiten der aufeinandergetürmten Kisten und steckten die Zündkabel hinein. Als sie zum Waldrand eilten, wurde Ilse von einem Hustenanfall geschüttelt, der sich nun nicht mehr unterdrücken ließ. Sie presste den Mund in den Ärmel und stützte sich an einem der Bäume ab. Johanna legte sich Ilses Arm um die Schulter und zerrte sie den Hang hoch, hustend, röchelnd, spuckend. Aus dem Bergwerk waren nun die Stimmen einiger Männer zu hören. Endlich war Johanna oben angekommen, sie ließ Ilse fallen, die ein letztes Mal in den Waldboden hustete, Johanna hob das Fernglas. Aus dem Eingang trat der Fotograf mit der langen Narbe im Gesicht, zusammen mit dem anderen Kistenträger, gefolgt von General Taylor, der seine Frau stützte, und Zaire, der Decken und Kissen trug. Helen Taylor nahm im Schlitten Platz, der direkt neben den aufgetürmten Zündern stand. Im selben Moment kam aus der anderen Richtung ein Tross mit Pferdeschlitten vor dem Bergwerk an.

»Jetzt drück schon! Worauf wartest du?«, rief Ilse, kraftlos auf dem Rücken liegend.

Johanna war wie erstarrt. Ihre Hand lag bereits auf dem Hebel.

Das konnte nicht sein.

Der Tross mit den Schlitten wurde angeführt von … war das möglich?

Das war … war er das wirklich?

Ja. Es war Carl.

Carl, der nun neben den Kisten vom Pferd stieg.

Sie sah, dass der andere Träger sich wunderte, weil sein Kollege nicht vor den aufgetürmten Kisten stand und diese bewachte.

»Was soll das?«, zischte Ilse und richtete sich auf, »drück endlich!«

Der Kollege ging um die Kisten herum – und sah den ermordeten Wächter. Johanna war noch immer paralysiert. Der Mann entdeckte den Sprengstoff.

Wenn sie jetzt den Hebel drückte … doch in diesem Moment hechtete Ilse bereits herüber und warf sich mit ihrem ganzen Gewicht darauf.

Eine gewaltige Explosion ließ die Erde beben, Johanna und Ilse zogen die Köpfe ein, die Druckwelle fegte den Hang hinauf und blies ihnen Schnee, Holzsplitter, Sand und kleine Steinchen um die Ohren. Die Hitze war bis hier oben zu spüren. Menschen schrien, Pferde wieherten, das Echo der Explosion wurde von den Bergen zurückgeworfen, und dann prasselte alles, was soeben in die Luft geblasen worden war, zurück auf die Erde.

Nach der Explosion

So viele Granaten und Bomben hatte Johanna schon einschlagen sehen, so viele Soldaten und Sanitäterinnen an der Front sterben sehen, doch immer war sie nur Zuschauerin gewesen, unbeteiligt, ausschließlich vor Ort, um den Verletzten zu helfen. Noch nie zuvor hatte sie ins Geschehen eingegriffen, Waffengewalt angewandt, schon gar nicht so rabiat und so rücksichtslos, nie hatte sie den Tod von Unschuldigen in Kauf genommen. Zaire und den Fotografen hatte sie nach der Explosion durch den Rauch zurück in den Stollen taumeln sehen, doch die anderen? Hatten sie wirklich alle getötet? Zusammen mit den Zündern in die Luft gesprengt? Die Wachleute, General Taylor und seine Frau Helen, die völlig unschuldig war – und Carl. Den sie geküsst hatte, mit dem sie getanzt hatte … den sie geliebt hatte und immer noch liebte.

Ilse konnte sich kaum auf dem Pferd halten, hing vornübergebeugt im Sattel, inzwischen hatte die Dämmerung eingesetzt. Sie galoppierten in voller Geschwindigkeit durch das Tal zurück nach Davos, noch immer hörte Johanna auf ihrem linken Ohr ein schrilles Pfeifen von der Explosion. Die Tränen liefen ihr über die Wangen, wurden vom Wind zerrieben, sie wischte sich wieder und wieder über das Gesicht, irgendwann gab sie auf. Der Blick blieb benebelt, die Pferde kannten den Weg.

Zurück im Sanatorium musste sie sich zunächst das Gesicht waschen, die Schwesternmontur anziehen und einen Rollstuhl holen. Ilse war zu geschwächt, um zu gehen, das Fieber war deutlich gestiegen. Johanna schob sie durch einen Hintereingang ins Gebäude, auf dem Flur kam ihr ein Dienstmädchen entgegen, sie setzte ihr Lächeln auf und redete im beruhigenden Plauderton mit Ilse, als hätten sie eine kleine, abendliche Spazierfahrt unternommen. »Morgen geht es Ihnen schon viel besser, Gräfin«, sagte sie und tätschelte ihr die Schulter.

Bis zum Appartement kam ihnen dann niemand mehr entgegen.

Als sie Ilse ins Bett gehievt und ausgezogen hatte, wusch sie auch ihr das Gesicht und deckte sie zu. Ilse zitterte, Johanna fühlte ihre Stirn.

»Du glühst.«

Ilse schlug matt die Augen auf und versuchte ein Lächeln. »Wir haben es geschafft.« Sie streckte die Hand nach Johanna aus, ließ sie aber sogleich wieder sinken, als sie sah, dass Johanna mit den Tränen kämpfte.

»Was ist passiert?«

Johanna wischte sich über die Augen.

»Du musst jetzt schlafen.«

»Was ist mit dem General?«

Johanna atmete tief durch. Mit zitternder Stimme sagte sie: »Tot. Auch seine Frau. Der Belgier und Zaire konnten entkommen.«

Johanna starrte aus dem Fenster. Dass kurz vor der Explosion Dr. Mangold aufgetaucht war, hatte sie noch nicht erwähnt. Aufgrund ihres Hustenanfalls und der einbrechenden Dämmerung war Ilse dieses nicht ganz unwichtige Detail entgangen. Johanna wusste, dass sie es erwähnen musste. Doch sie hatte keine Lust. Ilse hatte ja bereits vor ein paar Tagen vermutet, dass mit ihm etwas nicht stimmte … womöglich hatte er Johanna lediglich aus taktischen Gründen bezirzt – um sie später zu benutzen. Wie sehr es Ilse gefallen würde, recht gehabt zu haben. Auf ihre spöttischen Kommentare konnte Johanna gut verzichten.

»Verdammt. Sind noch andere entkommen?«, fragte Ilse schwach.

»Nein … es sind sonst alle tot.«

Eine Geste des Vertrauens

In der Zentrale hinter dem Hutladen hatten sich der Konsul, Ilse, Johanna und Parvus versammelt. Ilse saß, noch immer geschwächt, in einem der Sessel, Parvus knabberte seine Kerne, zu Esteburg rauchte Pfeife und ging dabei auf und ab. Johanna stand steif etwas abseits von dem Trio und starrte ins Leere. Unter ihren Augen lagen dunkle Schatten, sie hatte in der Nacht kaum Schlaf gefunden. Als der Konsul nun stehen blieb und sie ansprach, reagierte sie nicht.

»Das war hervorragende Arbeit, Johanna. Bravo. Ich habe gehört, dass der Auftrag ohne Sie wohl gescheitert wäre.«

Parvus spuckte eine Sonnenblumenkernschale aus.

Ihren Sarkasmus hatte Ilse bereits wiedergewonnen: »Der Konsul hat dich neuerdings ins Herz geschlossen. Spät, aber immerhin.«

Johannas Blick verharrte weiter im Nichts. »Es reicht, wenn er sich zukünftig an unsere Abmachung hält«, sagte sie leise.

Der Konsul lächelte die Bemerkung weg.

»Fräulein Gabathuler. Sie empfehlen sich für mehr.«

Er wartete ab, tauschte einen Blick mit Ilse, die nickte.

Dann fuhr er fort, jetzt in deutlich schärferem Tonfall. »Was Sie jetzt erfahren, ist absolut vertraulich. Verstanden?«

Zu Esteburg sah erneut zu Ilse, die tief Luft holte und sich erhob. Gerade wollte sie zu sprechen ansetzen, da kam ihr Parvus zuvor. Er hatte eine Zigarre gezückt, streckte die Hand aus und fragte: »Feuer?«

Der Konsul reichte ihm sein Feuerzeug, Parvus steckte sich seine Zigarre an, setzte sich in den frei gewordenen Sessel und nickte Ilse zu: »Beginnen Sie!«

Ilse hatte die Unterbrechung mit hochgezogenen Augenbrauen abgewartet und machte eine Kunstpause. Dann setzte sie ruhig und langsam zu ihrem Vortrag an. »Seit Längerem observieren unsere Leute in ganz Europa Kommunisten im Exil. Bolschewiki. Wir suchen jemanden, der das Potenzial hat, in Russland die Revolution anzuzetteln. Einer …«

Parvus fiel ihr erneut ins Wort, es schien ihm nicht schnell genug zu gehen. Er wedelte mit der Zigarre in Richtung Johanna: »Einer, der die Massen begeistert, verstehst du?! Charisma. Einer, der …«

»Danke«, schnitt Ilse ihm das Wort ab und lächelte kalt, um dann so gelassen wie möglich fortzufahren. »Kämen in Russland die Bolschewiki an die Macht, würde dies einen Keil zwischen die Entente treiben, denn …«

Voller Ungeduld setzte Parvus Ilses Satz fort: »… denn im Gegensatz zum Zar wollen die Bolschewiki aus dem Krieg austreten. Für Deutschland …«, er schnellte hoch, tippte energisch auf die Europakarte und wollte eigentlich fortfahren, wurde aber von Ilses Husten unterbrochen. Sie blickte Parvus dabei an, als wäre er schuld an ihrem erneuten Anfall. Johanna, die längst verstanden hatte und der das kleine Machtspiel der beiden auf die Nerven ging, beendete den Disput mit klarer Stimme: »Für Deutschland würde die Ostfront in Russland wegfallen. Der Kaiser könnte sein gesamtes Militär auf die Franzosen und Engländer im Westen konzentrieren.«

Der Konsul nickte zustimmend. »Ein regelrechter Befreiungsschlag. Und unser Weg zum Sieg!«

Parvus lächelte Ilse süffisant an und deutete mit seiner Zigarre in Richtung Johanna. »Gräfin, Sie haben hier ernsthafte

Konkurrenz, wie mir scheint.« Aus seinem Mund stieg Rauch auf, während er sprach.

Ilse hustete erneut, verzog das Gesicht, musste sich abstützen, um nicht zu fallen, Parvus und der Konsul tauschten einen Blick.

Ilse zückte ihren blauen Heinrich und spuckte hinein. Parvus verzog das Gesicht mit gespieltem Ekel, dann zog er schmatzend an seiner Zigarre. Ilse fuhr fort.

»Dank Parvus haben wir diesen Revolutionär nun gefunden. Er nennt sich Lenin …«

Parvus stieß Rauch aus und setzte umgehend zur Korrektur an: »Wladimir Iljitsch Lenin …«

Der Russe war wirklich kaum zu ertragen. Johanna ignorierte ihn und fragte Ilse: »Wo hält er sich auf?«

»Er lebt im Exil in Zürich. Parvus arrangiert ein Treffen.«

Zu Esteburg sah Johanna ernst an. »Sollte bekannt werden, dass unser Kaiser mit Kommunisten verhandelt, würde das innerhalb Deutschlands zu massiven Verwerfungen führen.«

Der Russe griff in seine Manteltasche, knackte einen Sonnenblumenkern mit den Zähnen und spuckte dem Konsul die Schalen vor die Füße. »Lenin seinerseits will nichts mit der Monarchie zu tun haben – das widerspricht seiner Ideologie. Der Einsatz ist hoch. Für beide Seiten.«

Ilse schlug eine Akte auf, die auf der Europakarte lag, und entnahm ein Foto. »Hier kommst du ins Spiel.« Sie hielt Johanna die Fotografie hin – die verblüfft den Blick hob. Das war Georg Kohlmann. Der deutsche Soldat, der im Sanatorium gesund gepflegt worden war. Was hatte er mit der Sache zu tun? Georg saß seit Belovas Ball in Haft, angeblich war er an dem Anschlag der Kommunisten beteiligt gewesen – Vreni hatte diese Aussage gemacht, so gingen die Gerüchte. Und dass sie stimmten, wusste Johanna von Mathilde, die es aus erster Quelle erfahren hatte: von ihrem Mann, dem Polizeichef.

»Georg Kohlmann? Was hat der damit zu tun? Kennt er Lenin?«

»Nein, aber er ist ein Genosse. Kämpft für die Revolution. Lenin hat von der Protest-Aktion auf dem Ball im Cronwald gehört. Das hat ihm wohl gefallen. Und nun fordert er eine … nennen wir es: Geste des Vertrauens.«

Johanna sah verständnislos von Ilse zum Konsul. Der ergriff das Wort.

»Wir sollen seinen Genossen Kohlmann aus dem Gefängnis befreien. Nur dann will Lenin sich mit uns treffen«, sagte er.

»Georg sitzt doch hier in Davos in Haft – in der Polizeistation?«

Die Station war Polizeirevier, Verwaltung und ein kleines Gefängnis in einem.

»Ja«, bestätigte der Konsul knapp.

Johanna schluckte. Auch ihr Schwager Jovin Caduff, der Polizeichef, hatte dort sein Büro.

Zu Esteburg nickte ihr grimmig zu. Er ging zum Safe, holte ein dickes Bündel Scheine und einen Pass heraus und hielt ihn ihr geöffnet unter die Nase. Johanna erkannte ihr eigenes Foto. Ihr Pass! Es gab ihn! Sie streckte die Hand aus, doch zu Esteburg klappte den Ausweis wieder zu und wedelte damit in der Luft.

»Ihr neuer Pass. Und 2000 Franken. Sobald Kohlmann frei ist, sind Sie es auch.«

Ihr Billet nach draußen, zum ersten Mal war es wirklich zum Greifen nah. Sie wollte sich auf keinen Fall noch länger mit vagen Versprechungen hinhalten lassen.

»Wann wird das sein? Für wann ist die Aktion angesetzt?«

»Es eilt. Wir holen Kohlmann heute Abend raus. Morgen Mittag bekommen Sie ihren Pass und das Geld. Dann können Sie Ihre Tochter holen und verschwinden.« Er schob den Ausweis und das Bündel Geldscheine in einen festen Umschlag und hielt ihn in die Höhe.

Alles hinter sich lassen. Ein neues Leben beginnen.

Mit Elli.

Ohne Carl.

Johanna schluckte und sah angespannt in die Runde.

Dann holte sie tief Luft und nickte.

Nicht einsatzfähig

Wenig später war Johanna wieder im Dienst. Sie schob ihr Arzneiwägelchen über die Sonnenterrasse, Prinzessin Belova begleitete sie, ihr Hündchen Fjodor auf dem Arm. Es wollte Johanna nicht gelingen, sich wie üblich mit einem Lächeln zu maskieren, zu tief steckten ihr die Erlebnisse der vergangenen Tage in den Knochen. Erst die schreckliche Nacht mit Thanner, nun der Anschlag auf die Zeitzünder. Mochte die Aktion auch noch so wichtig gewesen sein und viele Tausende Tote in der Zukunft verhindern – es waren Menschen ums Leben gekommen. Der Wächter, den Ilse mit dem Messer ermordet hatte. Die Taylors. Der Belgier und Zaire waren davongekommen.

Und was war mit Carl? Dass er plötzlich dort aufgetaucht war, hatte ihre Gefühlswelt gehörig durcheinandergewirbelt. War er ebenfalls in der Explosion umgekommen? Und wenn das so war, durfte sie dann überhaupt traurig sein? Es schmerzte, sich so in ihm getäuscht zu haben: Er hatte mit der Entente zusammengearbeitet, war auf höchster Ebene in die Mission H involviert gewesen – sie war auf einen Lügner und Vaterlandsverräter hereingefallen. War er deshalb zuletzt so abweisend gewesen? Weil er geahnt hatte, dass sie für die Deutschen spionierte?

Mit ausdrucksloser Miene schob sie das Wägelchen vor sich her. Belova plauderte derweil mit den Gästen.

»Ich bin gleich bei Ihnen, Semjon. Ich habe Gebäck mitgebracht«, sagte sie zu einem der Patienten auf Russisch. Der nickte lächelnd, Johanna und Belova gingen weiter. Belova musterte Johanna von der Seite, die wortlos die Medikamente verteilte.

»Du siehst gar nicht gut aus, Schätzchen. Ganz und gar nicht gut. Du solltest mal zu einer meiner Sitzungen kommen. Dich energetisch behandeln lassen und …«

Zwei vergnügte Männerstimmen schnitten durch die Morgenluft, Belova blickte auf. »Ah, sieh an, dein Verlobter. Es findet zusammen, was zusammengehört!«

Johanna straffte sich. Peter Gabathuler und Großrat Thanner kamen ihnen lachend entgegen. Papa und Rudolf. Johannas Magen zog sich zusammen, als sie Thanner lächeln sah, während er laut zu ihrem Vater sagte: »Ich kann es ebenfalls kaum noch erwarten. Johanna hat mich vor Kurzem erst bei mir zu Hause besucht – ein vorzügliches Zusammentreffen.«

»Wie schön. Das freut mich zu hören«, antwortete Gabathuler. Er sah zufrieden zu seiner Tochter, blinzelte ihr zu, Thanner strich sich mit Zeigefinger und Daumen die Barthaare über der Oberlippe glatt und fixierte Johanna. Seine kleinen Zähne blitzten auf, während er mit unverhohlenem Genuss ihre Silhouette studierte, offenbar in Erinnerungen schwelgend. »Ganz hervorragend, in der Tat.«

Sie waren vor Johanna und der Prinzessin stehen geblieben.

Johanna sah auf die Uhr.

»Verzeihen Sie, ich bin als OP-Schwester eingeteilt.«

Die zwei sich in Selbstgefälligkeit überbietenden Männer machten Johanna Platz, damit sie ihren Medikamentenwagen weiterschieben konnte. Belova blieb bei ihnen und sah ihr ebenfalls hinterher. »Grundgütiger, wie die Zeit vergeht. Die kleine Johanna. Gerade noch ein Fohlen und nun das beste Pferd im Stall.«

Als Johanna fertig eingekleidet in den OP-Raum trat, war sie bereits eine Minute zu spät. Hektisch band sie ihre Haare hoch und setzte die Haube auf.

Bigna wartete auf sie, gab aber Entwarnung: »Keine Eile. Tschudi hat Verspätung.«

Auf dem Tisch lag ein bereits narkotisierter Patient und atmete ruhig.

»Hast du schon gehört? Es gab eine Explosion beim alten Bergwerk.«

Johanna desinfizierte sich die Hände und nickte. »Ja. Weiß man schon, was da los war?«

Bigna zuckte nur mit den Schultern – als hinter ihnen eine Stimme ertönte. »Tschudis Operation beim Hofrat dauert länger. Ich übernehme hier.«

Johanna fuhr herum. Ihr Herz schlug im Hals, im Kopf, in der Brust, überall, ihr ganzer Körper klopfte. Carl! Er lebte?! Ihr Atem ging schneller, die Handflächen waren feucht. Ungläubig starrte sie ihn an. Der Gefühlscocktail aus Freude, Angst und Zorn nahm ihr fast die Besinnung.

Carl spionierte für die Gegenseite.

Wusste er, dass sie hinter dem Anschlag steckte?

Wie hatte er die Explosion überleben können?

Er hatte lediglich eine kleine Schramme im Gesicht, ansonsten schien er unversehrt.

»Störe ich? Oder wollen wir anfangen?«, fragte er kühl.

Auffordernd streckte er seine Arme aus, Johanna half ihm in die Schürze und band sie ihm mit zitternden Händen von hinten zu. Als sie dabei seinen Arm streifte, sog er scharf die Luft ein und zuckte leicht zusammen, sagte aber nichts. Gänzlich unversehrt war er also nicht davongekommen.

Alle banden ihre Masken um, die Operation begann. Johanna war vollkommen paralysiert. Sie wich Carls Blicken aus und stand am Operationstisch wie eine Schaufensterpuppe.

»Skalpell.«

Johanna reagierte nicht. Bigna räusperte sich.

»Schwester! Das Skalpell!«, rief der Doktor ungeduldig.

Johanna zuckte zusammen, griff nach dem Skalpell und reichte es ihm. Ihre Hand zitterte.

»Johanna?«, fragte Bigna besorgt.

Ihr wurde schwindelig, sie schwankte, musste sich abstützen.

»Mir … mir geht es nicht gut …«, stammelte sie.

Mangold atmete genervt aus.

»Johanna, so können wir nicht arbeiten. In Ihrem Zustand gefährden Sie die Operation. Schwester Bigna, wer ist noch auf Station?«

Bigna warf Johanna einen besorgten Blick zu, dann antwortete sie: »Schwester Heidrun ist nebenan.«

»Gut. Holen Sie die Kollegin. Und Sie verlassen bitte umgehend den Operationssaal und ruhen sich aus, Johanna.«

Johanna wagte nicht, ihm in die Augen zu sehen. Sie nickte nur, flüsterte: »Danke, ja, das ist wohl besser«, und verschwand.

Bereits auf dem Weg in ihr Zimmer spürte sie einen hämmernden Kopfschmerz aufsteigen. Zu wenig Schlaf, zu viele Gedanken. Sie trank ein großes Glas Wasser, nahm eine Tablette, stand eine Weile hilflos vor ihrem Tisch herum. Dann legte sie sich aufs Bett und fiel nahezu augenblicklich in einen traumlosen Schlaf.

*

Am Nachmittag schreckte sie hoch, ihr Mund war trocken, die Zunge dick. Die Kopfschmerzen waren noch da, aber gut verpackt, wie in einem Nebenraum. Ein Blick auf die Uhr – in einer halben Stunde war sie mit Ilse und dem Konsul verabredet. Johanna legte sich einen kühlen Lappen auf die Stirn und versuchte ihre Gedanken und Gefühle zu ordnen. Sie war noch immer verwirrt, wegen Carl. Abscheu und Angst, aber immer wieder auch diese dumme Sehnsucht zerrten an ihr. Spätestens jetzt musste sie Ilse erzählen, dass Carl für die Entente arbeitete. Er war ein Verräter, eine Gefahr, es gab keinen Grund, ihn zu beschützen.

Als Johanna Ilses Appartement betrat, war der Konsul noch nicht da. Ilse lag mit einer Decke auf der Chaiselongue, hatte sehr hohe Temperatur und hustete. Es sah nicht gut aus. Noch war kein Blut im Sputum, sie war also nicht ansteckend, doch das Fieber deutete auf Entzündungsherde in der Lunge hin, und das war kein gutes Zeichen. Johanna setzte sich zu ihr und kühlte ihre Stirn mit einem nassen Handtuch. Gerade wollte sie von Mangold erzählen, da klopfte es.

Ilse schreckte auf, raffte die Decke zusammen, hielt sie zusammen mit dem Handtuch Johanna hin. »Ins Schlafzimmer damit. Schnell!«, raunte sie. Offenbar wollte sie dem Konsul gegenüber keine Schwäche zeigen. Die spöttischen Bemerkungen dieses Russen schienen ihr mehr zugesetzt zu haben, als sie sich bisher hatte anmerken lassen. Sie nahm Haltung an, zupfte sich die Haare zurecht, wartete, bis Johanna wieder zurück war, dann rief sie: »Herein!«

Der Konsul betrat den Raum.

Er hatte eine Rolle Papier dabei, die er auf dem großen Tisch im Wohnbereich entrollte. Ein Grundriss der Polizeistation. Er deutete auf das Quadrat, das die Lage der Gefängniszelle zeigte.

»Georg Kohlmann sitzt hier. Abends ist die Wache kaum besetzt und …«

»Der Polizeichef ist mein Schwager. Er übernimmt oft die Abendschichten – sehr zum Leidwesen meiner Schwester.«

Johannas Stimme bebte, sie versuchte die Fassung zu wahren, aber ihre Stimme zitterte. Ein Überfall auf Caduff, das konnte sie nicht zulassen.

»Das ist gut.«

»Wieso ist das gut? Nur weil ich für Sie arbeite, bin ich kein Monster. Jovin Caduff darf nichts zustoßen.«

»Es ist deshalb gut, weil er erst recht tun wird, was wir sagen. Wenn Sie unsere Geisel sind.«

»Ich … soll eine Geisel spielen?«

»Genau.«

»Und ich …«, Ilse wandte sich ab, griff nach ihrem blauen Napf, es folgte ein unappetitliches Husten und Spucken, bis sie wieder sprechen konnte. »Und ich bin dann wohl die Geiselnehmerin?«

Zu Esteburg sah sie mit schmalen Lippen an.

»Gräfin. Lassen Sie es mich kurz machen: nein.«

»Wie bitte?«

»Sie sind nicht einsatzfähig.«

»Dummes Geschwätz. Wer sagt so was?«

»Jedem ist bewusst, wie heikel diese Allianz mit den Kommunisten ist.«

Die Gräfin stieß verächtlich Luft aus und sah zur Seite aus dem Fenster.

»Parvus … diese Schlange!«

»Machen Sie sich doch nicht lächerlich. Wollen Sie den Überfall mit dem Spucknapf in der Hand durchführen? Außerdem können Sie sich kaum auf den Beinen halten. Unser Plan mit Johanna steht. Parvus springt für Sie ein. Ihr Gesundheitszustand lässt uns keine Wahl.«

Ilse schlug mit der Hand auf den Grundriss.

»Das ist meine Mission! Johanna ist meine Verantwortung!«

»Die Mission gestern Nacht war nur dank Johanna ein Erfolg. Ohne sie wären Sie verreckt.«

Ilse lachte auf, ihr Hohn war wieder zurück.

»Johanna ist noch nicht so weit!«

Was sollte das jetzt? *Sie war noch nicht so weit?* Johanna sah zu Ilse, doch die starrte den Konsul an. Er schüttelte den Kopf und rollte den Plan wieder zusammen.

»Ganz abgesehen davon hat Georg Kohlmann absolutes Vertrauen zu Fräulein Gabathuler, nachdem sie sich als Schwester um ihn gekümmert hat. Das könnte uns nützlich sein. Wir brauchen Johanna, und Sie müssen erst mal wieder gesund werden. Ich habe bereits mit Schilling gesprochen. Die Sache ist entschieden. Gute Besserung!«

Ilse öffnete den Mund, konnte jedoch nichts sagen, da ihr ein erneuter Hustenanfall zuvorkam. Der Konsul zog die Augenbrauen hoch, verkniff den Mund zu einem pragmatischen Lächeln und verließ den Raum.

Ilse ließ sich auf die Chaiselongue fallen, wütend und fiebrig. Sie war vollkommen erledigt. Doch auch Johanna konnte ihre Wut und Enttäuschung nun nicht mehr zurückhalten. Sie trat an die Chaiselongue heran und sah auf Ilse herab. »Ich bin noch nicht so weit? Dir kann man es auch nie recht machen!«

Sie wollte gehen, doch Ilse griff nach ihrer Hand, hielt sie zurück.

»Johanna!«

Sie sahen sich an.

»Ich … du kannst Parvus nicht trauen. Du kannst niemandem trauen.«

»Aber ausgerechnet dir …?!«

Johanna lachte bitter auf, schlug Ilses Hand fort, schüttelte fassungslos den Kopf und ging zur Tür.

»Johanna, warte doch!«, rief Ilse, aber Johanna riss die Tür auf und verließ das Appartement ohne ein weiteres Wort. Ilse schickte ihr einen unkontrollierten Wutschrei hinterher, kurz darauf erklang ein Poltern, etwas krachte von innen gegen die

Tür und ging zu Bruch. Ilse verlor offenbar die Fassung, es rumpelte und knallte dumpf durch die Wand, und während sie weiter randalierte, eilte Johanna davon, sie wollte nur noch weg von hier. Sie musste ihre Tochter sehen, Elli festhalten und küssen und ihren magischen Duft einatmen, und wenn es nur für ein paar Momente war. Sie musste zu ihr, jetzt, sofort, alles andere war egal.

Kurze Momente reinen Glücks

Sie hatte die Strecke zum Donatschhof in vollem Galopp zurückgelegt, das Pferd stand dampfend draußen. Johanna war erschöpft und außer Atem, immerhin war jedoch die Wut während des schnellen Ritts durch die Kälte verflogen, und als sie Elli endlich in ihren Armen hielt, das warme, duftende Köpfchen an ihre kalte Wange gepresst, da breitete sich eine große Wohligkeit und Ruhe in ihr aus. Sie setzte sich zu Vreni an den Tisch in der Stube, Gertrud spaltete Holz am Kamin. Lediglich die hinabsausende Axt und das regelmäßige Splittern der Scheite, die vom Hackklotz auf den Steinboden polterten, störte die Ruhe, wenngleich auch etwas Heimeliges in den Geräuschen lag. Das Feuer knisterte dazu, und Elli gab kleine, zufriedene Laute von sich.

Die Donatsch-Frauen waren von Johannas überraschendem Besuch nicht begeistert gewesen, nur unwillig hatte die Alte sie hereingelassen.

Vreni starrte Johanna an, die Mundwinkel missmutig heruntergezogen und die Arme verschränkt. Sie war schon immer neidisch auf Johanna gewesen, gönnte ihr nichts, wäre so gern gewesen wie sie.

»Was ist mit meiner Beförderung?«, fragte Vreni, während ihre Mutter die Axt niedersausen ließ. Das Holz brach knisternd auf und fiel zu Boden.

»Kriegt Elli auch genug Milch?«, fragte Johanna.

Gertrud hielt inne, schulterte die Axt und blickte sie düster an.

»Sie kriegt genug. Wann beginnt Vreni jetzt als Hausdame bei euch?«

Johanna erhob sich, schaukelte Elli sanft, summte eine einfache Melodie und legte ihr Kind in die Wiege. Dann griff sie in ihren Rucksack und nahm ein Blatt Papier heraus.

»Pierre hat den Vertrag bereits aufgesetzt. Hier.«

Sie hielt Vreni das Schriftstück hin, die sofort danach griff, als könnte ihr jemand anderes zuvorkommen.

Johanna setzte ihren Rucksack auf und stellte sich an die Wiege, um Elli dabei zu beobachten, wie ihr die Augen zufielen.

»Bald komm ich Elli holen. Was immer ihr hört, ihr sagt nichts. Wir hatten nie Kontakt.«

Sie drehte sich um und blickte von Gertrud zu Vreni.

»Verstanden?!«

Gertrud nickte düster.

Vreni, die den Vertrag studiert hatte, sah auf. »Was hast du vor?«

»Je weniger ihr wisst, desto besser.«

Überraschender Besuch

Dr. Mangold hatte den Stadtpark an der Ostseite verlassen und war rauchend seinem Ziel entgegengeschlendert. Wann immer er Passanten bemerkte, wechselte er gemächlich die Straßenseite oder änderte die Richtung. In der Nähe von Thanners Haus wartete er im Schatten einer Mauer, bis niemand mehr auf der Straße zu sehen war, dann betrat er das Grundstück. Er prüfte seine Waffe, steckte sie in die Manteltasche und klingelte.

Thanner öffnete die Tür und konnte seine Überraschung zunächst nicht verbergen, dann hatte er schnell seine Gesichtszüge unter Kontrolle und schob sich ein überlegenes Grinsen zurecht.

»Doktor Mangold.«

»Herr Großrat! Wie schön, Sie anzutreffen. Darf ich eintreten?«

»Aber bitte!«

Thanner führte Mangold ins Arbeitszimmer, nahm sich eine Zigarre, kappte die Spitze und zündete sie an. Mangold bot er keine an.

»Der Mann, der so gern mit meiner Verlobten tanzt. Also: Was verschafft mir die Ehre?«

Mangold ließen die Worte offenbar kalt, er musterte Thanner kurz, dann kam er, ohne die Bemerkung zu kommentieren, zum Grund seines Besuchs.

»Herr Großrat, ich mache es kurz: Wie Sie sicher gehört haben, ist General Taylor bei einem Anschlag ums Leben gekommen. Die gesamte Charge mit den Zündern ist vernichtet worden. Es gibt also eine undichte Stelle. Und Sie wussten, dass die Zünder umgeleitet wurden.«

Thanner, der sich hinter seinem Schreibtisch gerade hatte setzen wollen, hielt überrascht inne. Er drehte sich langsam zu Mangold, offensichtlich um einen spöttischen Gesichtsausdruck bemüht.

»Dr. Mangold – Sie spionieren für die Briten? Ein deutscher Verräter, der mich beschuldigt, einen Verrat begangen zu haben?« Er gab sich weiter Mühe, belustigt zu klingen. »Warum sollte ich das tun?«

»Weil Sie erfahren haben, was die Entente wirklich vorhatte.«

»Seien Sie doch bitte so gütig und teilen Ihre Weisheit mit mir.«

»Die Zünder – Ihre Zünder – sollten für einen Angriff auf die Schweiz verwendet werden.«

Nun konnte Thanner die Maskerade nicht mehr aufrechterhalten. Sein joviales Lächeln verschwand schlagartig und machte ehrlichem Entsetzen Platz.

»Wie bitte? Davon wusste ich nichts!«

»Wie auch immer: Entweder Sie helfen uns, Taylors Mörder zu finden, oder wir machen alles öffentlich und Sie sind politisch erledigt.«

Thanner setzte sich mit düsterer Miene hinter seinen Schreibtisch, Mangold nahm ihm gegenüber Platz. Der Großrat lehnte sich zurück.

»Wir haben leider keine Ahnung, wie die Information in fremde Hände gelangen konnte. Meinen Geschäftspartnern in St. Gallen ist nichts aufgefallen.«

»Kann es sein, dass Sie ausspioniert wurden? War irgendetwas ungewöhnlich in den letzten Tagen? War jemand hier?«

»Nein. Das Haus ist gesichert. Besuch empfange ich persönlich. Und außer meiner Verlobten hatte ich in der gesamten letzten Woche keinen Besuch.«

Nun war es an Dr. Mangold, die Kontrolle über sein Gesicht zu verlieren.

»Johanna Gabathuler …?«

Thanner winkte ab. »Jetzt hören Sie doch auf. Johanna? Ich kenne sie quasi von Kindesbeinen an. Sie ist hübsch und verwöhnt, aber sie war sicher nicht hier, um mich auszuspionieren … sie hatte anderes im Sinn …«

Er grinste vielsagend und saugte an seiner Zigarre.

Mangold verengte die Augen. »Könnte es sein, dass Sie sie unterschätzen …?«

»Ich glaube, Sie bilden sich ein, meine Johanna besser zu kennen als ich. Sie war gestern nur aus einem einzigen Grund hier: weil sie nicht mehr bis zur Hochzeit warten konnte. Sie hat sich mir hingegeben.«

Thanner grinste, als er bemerkte, wie sehr Mangold diese Information traf.

»Ich war absolut wehrlos, sie ist geradezu über mich hergefallen.«

Er zog seine Schreibtischschublade auf, im nächsten Moment hielt er einen Revolver in der Hand und zielte auf Mangold.

»Hände flach auf den Tisch.«

Damit legte er seine Zigarre im Aschenbecher ab und griff lächelnd zum Hörer seines Telefons.

»Ich denke, ich mache alles von mir aus öffentlich. Politisch kann man mir vorwerfen, dass ich naiv war. Das überlebe ich. Sie hingegen …«

Die Stimme der Vermittlung war als dünnes Knistern zu hören.

»Die Polizei, bitte«, diktierte Thanner. Immer noch grinsend fixierte er Mangold, mit der Linken drückte er den schwarzen Bakelithörer an sein Ohr, in der anderen Hand hielt er die Waffe. »... da bin ich unsicher: Erschießt man Landesverräter in Deutschland? Oder gilt da noch der Strang?«

Unvermittelt schnellte Mangold hoch, schlug seinem Gegenüber die Waffe aus der Hand und hieb auf die Gabel des Telefons. Thanner ließ den Hörer fallen und fuhr ebenfalls in die Höhe. Mangold holte aus – sein Fausthieb ging jedoch ins Leere, da Thanner sich duckte. Er packte sich Thanner, das Telefon wurde während der nun folgenden Rangelei zu Boden gerissen, Thanner löste sich und rammte seinen Kopf gegen Mangolds Brust, umklammerte seine Arme und stemmte sich mit aller Kraft gegen ihn. Mangold machte ein paar Schritte rückwärts, versuchte, sich zu befreien, doch Thanner hielt seine Arme weiter umklammert, und gemeinsam taumelten sie in die Mitte des Salons. Mangold drohte rückwärts aufs Sofa zu fallen, doch im letzten Moment gelang es ihm, Thanner sein Knie in den Schritt zu rammen. Thanner keuchte, Mangold konnte seine Arme befreien, verlor das Gleichgewicht, versetzte im Taumeln jedoch seinem Kontrahenten noch einen kurzen, kräftigen Haken an die Schläfe. Dann landete er weich auf dem Sofa. Thanner hingegen fiel rücklings auf den Couchtisch, dessen gläserne Tischplatte mit einem krachenden Splittern zerbarst. Er stieß einen lauten, langen Schrei aus, der langsam erstarb, der Mund blieb geöffnet, die Augen waren weit aufgerissen.

Mangold erhob sich. Unter Thanner breitete sich langsam eine Blutlache aus. Mangold tippe den reglosen Großrat mehrmals grob mit der Schuhspitze an.

Nichts geschah.

»Scheiße«, murmelte der Doktor.

Dann verließ er das Haus.

Die Befreiung des Genossen Kohlmann

Als sie zurück war von ihrem Ausritt ins Dischmatal, suchte Johanna sofort ihre Schwester auf. Sie musste die heutige Mission vorbereiten, und zum Plan gehörte, dass sie ihrem Schwager einen Korb mit Essen vorbeibrachte, damit Parvus, der zufällig kurz nach ihr das Polizeigebäude stürmen würde, sie als Geisel nehmen konnte. Um Georg Kohlmann freizupressen.

Sie aßen gemeinsam zu Abend, in Eile, denn Mathilde hatte wie jeden Abend alle Hände voll zu tun. Klara quengelte, weil ihr Papa schon wieder nicht zum Essen kam.

»Der Papa muss sich darum kümmern, dass die Verbrecher dieser Stadt hinter Schloss und Riegel kommen, Liebes«, erklärte Mathilde bedrückt.

»Wenn Papa nicht hier ist, dann esse ich auch nichts«, stieß Klara schmollend hervor und verschränkte die Arme.

»Du musst aber etwas essen.«

Klara schüttelte den Kopf, sprang auf und lief durch den Saal davon.

»Klara!«, rief Mathilde, doch das Kind war schon durch die Tür verschwunden. Ermattet lehnte Mathilde sich nach hinten. »Das Mädchen raubt mir den letzten Nerv … und den Jovin sehe auch ich kaum noch.«

»Isst er denn überhaupt etwas, wenn er immer so lange arbeitet? Ich habe das Gefühl, er wird immer dünner«, lenkte Johanna das Gespräch in die geplante Richtung.

Mathilde winkte ab und erhob sich. »Ich weiß … aber er ist alt genug, ich kann mich nicht um zwei Kinder kümmern.« Sie verzog das Gesicht zu einer Entschuldigung und nickte in Richtung Ausgang. »Ich muss zur Kleinen. Sie ist ganz durcheinander in letzter Zeit, das Zugunglück, der Anschlag … Verzeih, wenn ich dich hier so sitzen lasse.«

Johanna lächelte sanft. »Kümmere du dich nur um Klara. Und ich lasse für Jovin einen Korb mit belegten Wegglis von der Küche zusammenstellen und bringe sie ihm vorbei, was hältst du davon?«

Mathilde, die bereits im Gehen begriffen war, sah ihre Schwester voller Zärtlichkeit an. »Du bist ein Engel.«

*

»Johanna!«

Caduffs Gesicht hellte sich auf, als Johanna eine halbe Stunde später die dunkle Polizeistube betrat. Lächelnd machte sie einen Schritt in den Raum, hielt den Korb in der einen Hand, während sie versuchte, mit der anderen ihren Mantel aufzuknöpfen. Caduff sprang hinter seinem Schreibtisch hervor und eilte ihr zu Hilfe. Sie reichte ihm den zugedeckten Korb, öffnete die letzten Knöpfe und fächerte sich etwas frische Luft an den Leib, während Caduff neugierig am Korb schnupperte.

»Mathilde hat sich beschwert, dass du kaum noch zu Hause isst. Nachtschichten sind schlimm. Ich kenne das.«

Sie zog das Tuch beiseite, und beim Anblick des Inhalts ging ein Leuchten über sein Gesicht. Dankbar griff er nach einem belegten Weggli.

»Da hast du leider recht … und Mathilde auch.« Er biss hinein, kaute und sah Johanna langsam nickend an. »Und dann Klara mit ihren Albträumen. Du glaubst ja nicht, was Kinder …«

Ihr Schwager stockte. Johanna senkte den Blick. Kindersorgen. Wie sehr sie die beiden darum beneidete. Caduff sah hinüber zu seinem Kollegen Rügenglies in der anderen Ecke des Raums und fuhr mit gesenkter Stimme fort. »Tut mir leid. Was … was man dir angetan hat, ist nicht in Ordnung.«

Jovin. Er war wohl die letzte reine Seele, die es in ihrer Familie noch gab. Aber feige war er auch.

»Warum hast du dann nichts gesagt?«, frage sie leise.

Er pulte sich etwas mit der Zunge aus der Backe, verdeckte dabei mit dem angebissenen Weggli seinen Mund.

»Du kennst deinen Vater.«

Johanna lachte kurz auf. »Meinen Vater? Du hattest wohl eher Angst vor deiner Frau.«

»Wer hat das nicht?«

Sie lächelten sich an. Johanna blickte an ihrem Schwager vorbei zum Polizeibeamten Rügenglies, der neugierig zu den Flüsternden herübersah. Sein Interesse galt allerdings dem Inhalt des Korbs. Caduff bemerkte den Blick und drehte sich um. »Bert, na kommen Sie schon her, Ihr Magen knurrt ja bis hierher! Meine Schwägerin hat genug für zehn hungrige Männer mitgebracht!«

Der Beamte erhob sich und kam grinsend zu ihnen herüber. Auch er griff sich eines der mit geräuchertem Schinken belegten Brötli und biss hinein. Mit dicken Backen kauend warfen sich die beiden Männer einen Blick zu. Und in diesem Moment wurde die Tür aufgerissen.

»Alle die Hände nach oben!«

Der maskierte Parvus stürmte mit gezückter Pistole herein. Johanna fuhr herum, Caduff ließ den Korb fallen und stürzte zu seinem Schreibtisch, wo seine Waffe lag. Rügenglies trug seine am Gürtel, doch brachte es offenbar nicht übers Herz, sein Brötli fallen zu lassen, nahm es begriffsstutzig von der rechten in die linke Hand, und bevor er seine Waffe ziehen konnte, war Parvus bereits bei Johanna und riss sie an sich. Wie einen Schutzschild hielt er sie sich vor den Körper.

»Die Hände hoch, habe ich gesagt!«, brüllte Parvus und setzte Johanna den Schalldämpfer seiner Pistole an die Schläfe. Sie schrie in Panik auf.

Rügenglies folgte dem Befehl umgehend, immer noch das Weggli umklammernd, Caduff, der seinen Arm bereits nach der Pistole auf dem Schreibtisch ausgestreckt hatte, hielt in der Bewegung inne und hob sofort die Hände, als er die Waffe an Johannas Schläfe sah.

»So ist's brav. Und jetzt einer nach dem anderen die Pistolen auf den Boden legen. Schön langsam! Mit zwei Fingern. Du zuerst!«

Parvus richtete die Pistole auf den Polizisten vor ihm. Der stand still da und rührte sich nicht.

»Ich wiederhole mich ungern.«

Ohne zu zögern drückte er ab. Der vom Schalldämpfer verschluckte Knall ließ alle zusammenzucken: Johanna, Caduff – und Rügenglies. Die Kugel war hinter ihm eingeschlagen, haarscharf an seinem Kopf vorbei. Er musste den Windzug gespürt haben. Bleich wie die Wand, aus der sich nun ein Stück Putz löste und zu Boden fiel, griff er mit Daumen und Zeigefinger nach seiner Pistole. Mit dem anderen Arm hielt er weiter zitternd das Brötli nach oben gestreckt, ging in die Knie und ließ vorsichtig die Waffe zu Boden gleiten.

»Zu mir damit!«

Rügenglies trat gegen die Waffe, die quer durch den Raum schlitterte. Parvus stoppte sie, indem er darauftrat.

Anschließend war Caduff dran, auch er beförderte seine Waffe mit spitzen Fingern zu Boden und stieß sie mit dem Fuß zum Maskierten.

Parvus, Johanna fest im Griff, machte ein paar Schritte nach hinten und schob die Waffen dabei bis zur Tür.

»Geh zur Zelle und lass unseren Genossen raus!«, schnauzte er Caduff an. »Losloslos! Sonst kriegt das Fräulein hier ein hübsches Loch in den Schädel.«

Alles verlief exakt wie abgesprochen. Johanna hatte die beiden Polizisten von ihren Schreibtischen weggelockt, und als sie mit den Wegglis beschäftigt waren, war Parvus hereingestürmt. Er hatte einen Warnschuss abgegeben. Als Nächstes würde Parvus die Waffe auf Caduff richten, und daraufhin würde ihr mehrfach geprobter Befreiungsversuch folgen.

Caduff sprach mit ruhiger Stimme auf den maskierten Mann ein.

»Ganz ruhig. Nehmen Sie bitte die Waffe herunter. Fräulein Gabathuler hat mit dieser Sache n…«

Parvus richtete die Waffe auf Caduff, der augenblicklich verstummte. In diesem Moment schlug Johanna den Kopf nach hinten und verlagerte ihr Gewicht so, dass sie mit Parvus taumelnd gegen die Tür krachte. Ein Schuss fiel, schlug in die Decke ein, Parvus drehte Johanna einen Arm auf den Rücken, sie schrie auf und beugte sich notgedrungen nach vorn.

»Willst du eine Kugel in den Fuß haben?«, schrie er und feuerte in den Holzboden, einmal, zweimal. Dicht neben Johannas Stiefel. Mit diesem grauenvoll gedämpften Klacken schlugen die Kugeln ein.

Ilses Schüsse hatten vor einigen Tagen genauso geklungen. Nur dass sie in Schmidts Körper eingeschlagen waren.

Parvus spannte den Abzug der Waffe, es klickte, dann setzte er die Mündung des Revolvers an ihre Schläfe.

»Ist gut, alles klar, ich habe verstanden«, wisperte Johanna und hielt still.

Sie blickte ihren Schwager an, versuchte verzweifelt auszusehen und verzog das Gesicht zu einer lächerlichen Fratze.

Offiziell war sie in Todesangst. Caduff sprach mit seiner sanften Unterhändlerstimme weiter.

»Ich hole Ihren Genossen. Johanna, bleib ruhig – dann wird dir nichts passieren.«

Caduff bewegte sich mit erhobenen Händen in Richtung der Gefängniszelle.

Wenig später hörte man Georg fluchen, es polterte, dann kamen beide gemeinsam zurück, Georg in Handschellen. Seit Tagen hatte er sich nicht gewaschen, die Haare waren fettig und zerzaust, ihm war ein kurzer Bart gewachsen, dazu die Augenklappe – er sah schrecklich aus. Seine Hände zitterten, die Handschellen klimperten.

»Verflucht, was soll das?«

Georg sah sich im Raum um und verstand nichts. Parvus fummelte eine Sturmhaube aus der Jackentasche und drückte sie Johanna in die Hand.

»Zieh ihm die hier über! Aber so, dass er nichts sehen kann.«

Georg wehrte sich. »Nein, hey! Wer sind Sie?«

Parvus herrschte ihn an: »Ruhig! Halt dein Maul und lass dir die Kappe überziehen.«

Johanna streifte ihm die Mütze über, mit den Gucklöchern nach hinten. Als sie fertig war, wurde sie abermals von Parvus gepackt.

»Du musst Kohlmann führen.«

Johanna griff Georg am Arm, und langsam setzte sich das Trio in Bewegung, Johanna und Parvus rückwärts, mit der Waffe abwechselnd auf die Polizisten deutend, den blinden Georg im Schlepptau. Parvus bückte sich und verstaute die beiden Pistolen. Er öffnete die Tür.

»Los, raus mit euch!«

»Fräulein Gabathuler bleibt hier«, sagte Caduff ruhig.

»Nein. Sie kommt als Geisel mit. Wenn ihr uns folgt, ist sie tot!«

»Nehmen Sie mich m...«

Die Tür fiel zu.

Caduff nahm die Arme herunter.

Rügenglies besah einen Moment lang sein Brötli. Dann biss er hinein.

Ein Maiensäß am Fuße des Hangs

Sie ritten zu dritt durch die Dunkelheit, unten im Tal läuteten die Kirchenglocken. Parvus führte das Pferd, auf dem Georg mit der Sturmkappe auf dem Kopf saß, die Arme um den Hals des Tiers geschlungen, noch immer in Handschellen. Johanna ritt im vollen Galopp vorweg, ihre Haare wehten im Wind, die Kälte biss ihr ins Gesicht. Auf einer Anhöhe hielt sie an. Während sie Parvus und Kohlmann aufschließen ließ, betrachtete Johanna die dunkel vor ihr aufragenden Berge. Am Fuße des Hangs stand ein verlassenes Maiensäß, dem sie sich nun gemeinsam im Schritttempo näherten. Aus dem Schornstein stieg ein dünner Rauchfaden in den düsteren Himmel.

Vor der Hütte bedeutete Parvus Johanna, draußen zu warten. Eigentlich hatte sie ihren Teil der Aufgabe erfüllt, aber Parvus und zu Esteburg waren offenbar anderer Meinung. Der Russe brachte Georg in die Hütte und kam mit dem Konsul wieder heraus, schloss die Tür und sagte mit gedämpfter Stimme: »Also, wie besprochen: Kohlmann vertraut dir. Du kannst auf ihn einwirken, falls er uns nicht glaubt.«

»Ich halte es nach wie vor für keine gute Idee, ihm gegenüber meine Deckung aufzugeben.«

Der Konsul sagte: »Für ihn sind Sie unsere Geisel, die sich ungefragt ins Gespräch einmischt. Sie kennen sich – reden Sie ihm gut zu. Sie sind die Krankenschwester, die daran interessiert ist, dass der Krieg endet.«

»Genau«, sagte Parvus. »Der Typ ist ein Bauer – wie soll er darauf kommen, dass du mit uns zusammenarbeitest?«

Parvus hielt ein Seil in die Höhe und grinste dreckig. »Ich werde auch extra ein bisschen grob zu dir sein.«

Johanna überlegte. Konnte das funktionieren? Parvus hatte recht – wer sich in Vreni Donatsch verliebte, konnte keine besonders große Menschenkenntnis besitzen. Georg zu täuschen, durfte eigentlich kein Problem darstellen. Also stimmte sie zu. Parvus fesselte sie an den Händen und führte sie in die Hütte.

Georg hob den immer noch verhüllten Kopf, als er die Tür hörte. Er war in der Mitte des Raums auf einem Stuhl fixiert. Im Ofen brannte ein Feuer, das nur wenig Licht abwarf. Georg wand sich auf dem Stuhl und begann zu brüllen.

»Wer hat euch beauftragt? Sollt ihr mich verschwinden lassen? Die Polizei? Gabathuler! Wer?«

Der Konsul zog ihm die Maske vom Kopf und trat ein paar Schritte zurück. Mit der Maske kam auch die Augenklappe herunter. Johanna wurde von Parvus durch den Raum gestoßen, an einen Stuhl in der Ecke gefesselt. Wie angekündigt, ging er dabei nicht sonderlich behutsam vor, das Seil schnitt in ihre Handgelenke und Johanna stieß einen spitzen Schmerzensschrei aus.

»Halt dein Maul!«, fuhr Parvus sie an. Mit dem Rücken zu Georg grinste er Johanna ins Gesicht. Er griff nach ihrem Kinn, bog ihren Kopf nach oben, holte aus – und schlug sich auf die eigene Hand. Johanna spielte mit, warf den Kopf zur Seite und schrie erneut auf. Georg rüttelte an seinen Fesseln. »Lasst mich! Verflucht, ich …« Er sah sich in der dunklen Hütte um.

»Genosse, beruhig dich!«, sagte Parvus und ging zu ihm. »Wir sind auf deiner Seite.« Er legte ihm die Hand auf die Schulter.

Georg schwieg und blickte skeptisch von Parvus zum Konsul und wieder zurück. Seine leere Augenhöhle sah furchtbar aus.

»Den kenn ich doch, vom Ball … Sie sind Deutscher, irgendein Adliger, von und zu, richtig?«

Georg spuckte aus.

Parvus lächelte mild. »Ja, aber das tut in diesem Falle nichts zur Sache. Wir haben den gleichen Feind, das führt zu dieser … ungewöhnlichen Allianz.«

»Und wer soll dieser Feind sein?«

»Der Zar.«

Georg verstummte. Parvus fuhr fort.

»Sagt dir der Name Lenin etwas? Du, als Kommunist, dürftest ihn kennen.«

»Lenin? Ja, sicher.«

»Er wollte, dass wir dich befreien.«

Nun war Georg vollends verwirrt. »Lenin? Mich?« Er lachte ungläubig. »Warum?«

Zu Esteburg stellte sich neben Parvus.

»Hören Sie zu. Der Deutsche Kaiser will Lenins Revolution in Russland finanzieren und …«

»Der Deutsche Kaiser? Haltet ihr mich für einen Idioten, oder was? Ich …«

Noch einmal zerrte er mit solchen Leibeskräften an seinen Fesseln, dass er mit dem Stuhl umzukippen drohte. Parvus schnellte nach vorn und hatte alle Mühe, ihn zu halten. Die Sturmhaube lag zu Georgs Füßen auf dem Boden, Parvus bückte sich und hob sie auf. Er griff hinein und fummelte die Augenklappe heraus, hielt sie mit einem fragenden Blick in die Höhe. »Genosse.« Vorsichtig trat er einen Schritt vor und setzte sie Georg wieder auf. »Ich bin Dr. Parvus. Vielleicht kennen Sie …«

»Parvus, der Publizist? Herausgeber der GLOCKE?«, fiel

Georg ihm heftig ins Wort. »Lenin nennt Sie eine Kellerassel!«

Der Konsul sah irritiert zu Parvus. »Dass Lenin Sie nicht ausstehen kann, haben Sie nie erwähnt.«

Parvus holte seine unvermeidliche Papiertüte aus der Manteltasche, knackte einen Sonnenblumenkern und spuckte die Spelzen aus.

»Wenn ich nur mit Leuten Geschäfte machen würde, die mich liebhaben, würde ich Schafe hüten. Ganz abgesehen davon kann Lenin überhaupt niemanden ausstehen.«

»Wieso sollte Lenin wollen, dass Sie ausgerechnet mich befreien?«, wollte Georg wissen.

»Er hat von deiner Aktion beim Ball gehört – und war offenbar beeindruckt«, sagte Parvus.

Georg guckte weiterhin skeptisch.

Der Konsul holte sich einen Stuhl aus der Ecke und setzte sich vor Georg hin.

»Hören Sie. Ich halte die Bolschewiki für einen Dreckshaufen, da bin ich ganz ehrlich. Aber wenn Lenin es schafft, mit dem Geld unseres Kaisers in Russland die Revolution zu starten, dann profitiert das Deutsche Reich davon.«

Georg schwieg weiter. Der Konsul fuhr fort.

»Lenin findet auch nicht gerade Gefallen daran, sich von einer Monarchie finanzieren zu lassen, das können Sie glauben. Deshalb will er nur dann mit uns verhandeln, wenn wir seinen Genossen aus dem Knast holen. Also müssen Sie Lenin anrufen und ihm sagen, dass Sie frei sind.«

Georg betrachtete den Konsul voller Abscheu.

»Einen Scheiß werd ich tun. Ihr Aristokraten seid doch der eigentliche Dreck! Habt Leute wie mich zu Tausenden in euerm Krieg verheizt, damit ihr euch weiter die Bäuche vollschlagen könnt. Niemals!«

Er trat nach dem Konsul und traf ihn am Schienbein, woraufhin dieser schreiend hochfuhr und sein Stuhl polternd umfiel. Zu Esteburg zückte seine Pistole und setzte sie Georg auf die Stirn. »Dann werden Sie diesen Ort nicht lebend verlassen.«

Georg lehnte sich nach vorn, drückte seine Stirn gegen den Lauf der Pistole, riss den Kopf in den Nacken und schlug seine Stirn an die Mündung, einmal, zweimal, und brüllte: »Dann drück ab! Ihr habt mich in den Graben geschickt, also beendet es endlich. Drück ab, verflucht noch mal! Drück aaaaab!«

Der Konsul trat zurück, weiterhin auf Georg zielend. Parvus und er tauschten einen Blick.

»Lassen Sie mich mit Georg allein«, sagte Johanna ruhig.

Die Männer drehten sich irritiert zu ihr um.

»Wer fragt dich denn?« Parvus spuckte einen Kern in ihre Richtung.

»Georg und ich waren beide in Verdun. Sie haben doch gar keine Ahnung, was ein Grabenkrieg ist.«

»Ja und?«

»Hören Sie – mir ist vollkommen egal, wer hier von wem Geld bekommt, ich will einfach nur nach Hause. Ich kenne Georg, lassen Sie mich mit ihm reden.«

Die zwei Männer sahen sich an.

»Einen Versuch ist es wert«, sagte der Konsul zum Russen.

»Warum nicht?«, fügte Parvus hinzu. Er zuckte mit den Schultern. Dann verließen die zwei Männer die Hütte.

Als die Tür ins Schloss gefallen war, lächelte Johanna Georg an.

»Georg. Ich kann diese Typen auch nicht leiden. Aber denken Sie nach: Wer bekämpft die Deutschen im Osten? Und wer die Kommunisten in Russland? Der Zar. Der Zar ist der gemeinsame Feind.«

Georg schüttelte den Kopf. Der Hass auf die Aristokratie schien bei ihm tief zu sitzen, er wollte nichts davon hören.

Wie konnte sie ihn nur davon überzeugen, dass es das Richtige wäre, mit den Männern zusammenzuarbeiten? Sie dachte an die Soldaten im Lazarett und an der Front, die unter dem Einsatz ihres eigenen Lebens Verwundete aus dem Kugelhagel geholt hatten. Das war es: Sie musste an seinen Kameradschaftsgeist appellieren. Johanna fuhr fort, lauter als zuvor.

»Sie haben es gehört – einmal an der Macht, will Lenin aus dem Krieg austreten. Das könnte den Krieg beenden! Und Tausenden von jungen Soldaten das Leben retten. Soldaten wie Ihnen.«

Der Satz zeigte Wirkung. Georg hörte auf zu zappeln und schwieg. Er schüttelte sich die Haare aus der Stirn, kalter Schweiß lief an seiner Schläfe herunter, geräuschvoll atmete er aus und fing an zu schluchzen.

»Sagen Sie es mir, Johanna … hat Vreni mich verraten? Stimmt das?«

Ach, der arme Teufel. Hatte sich Hoffnungen gemacht, ausgerechnet bei dieser Schlange. Johanna sah ihm ins Gesicht.

»Georg. Mein Vater, die Deutschen, die Bourgeoisie – und Vreni … Alle sind hier nur auf ihren Vorteil bedacht. Vergessen Sie Vreni! Was wollen Sie wirklich? Worauf kommt es Ihnen an? Statt Flugblätter zu drucken, könnten Sie wirklich etwas bewegen, die Welt verändern. SIE könnten den Unterschied machen.«

Georg sah sie an. »Glauben Sie wirklich, dass das stimmt … mit Lenin?«

»Warum sonst sollten diese Männer ein solches Risiko eingehen und Sie befreien?«

Georg schwieg.

Er nickte langsam.

Dann sagte er: »Gut. Ich mach's.«

Die Familie Gabathuler

Spät am Abend erreichte Johanna das Curhaus. Abgekämpft blickte sie an der rückseitigen Fassade des Sanatoriums empor. Morgen also. Morgen bekam sie ihren Pass. Dann hieß es Abschied nehmen. Sie hielt einen Moment inne. Schon einmal war sie weggerannt, vor den Zwängen ihrer Heimat nach Deutschland geflohen – und hatte an der Front in Frankreich Erich getroffen. Wäre er nicht gefallen, sie wäre wohl nie zurückgekehrt. Diesmal würde sie die andere Richtung einschlagen: Sie wollte nach Italien, hinunter in den Süden, den Krieg und die Intrigen hinter sich lassen. Irgendwo, wo niemand sie kannte, neu anfangen. Sie sprach leidlich Italienisch, als Krankenschwester würde sie schon eine Arbeit finden. Oder sie konnte in einem Hotel arbeiten. Elli würde im Mittelmeer schwimmen lernen. Johanna lächelte und betrachtete eine Zeit lang den Sternenhimmel über Davos. Nun war es also so weit.

Sie senkte den Blick. Im Saal brannte kein Licht, doch das sanfte Leuchten einer Gaslaterne verriet, dass noch jemand dort war. Sicherlich Papa und Mathilde.

Jetzt musste sie sich wirklich beweisen. Ihre Schwester zu täuschen, war schon immer am schwersten gewesen. Zum Glück war es düster im Saal. Das Beste würde sein, sie sagte so wenig wie möglich – auch ein paar Tränen konnten nicht schaden. Johanna dachte an alles, was sie in ihrem Leben unwiederbringlich verloren hatte, an ihre Mutter, an Erich, die ersten gemeinsamen Wochen mit Elli, die sie verpasst hatte – und an Carl. Er war ihre letzte Hoffnung auf eine Familie gewesen. All das war fort. Alles war gescheitert. Als sie den Saal durch den Hintereingang betrat und ihren Vater und Mathilde aufspringen sah, die zwei nächsten Menschen, die sie in ihrem Leben hatte, und beide hatten sie betrogen, da brach es aus Johanna heraus, ohne dass sie ihre Schauspielkünste einsetzen musste – sie war wirklich ganz allein auf der Welt. Doch während ihre Tränen liefen, fiel Mathilde ihr um den Hals, und als sie die vertraute Umarmung ihrer Schwester spürte, geriet ihre ganze Wut ins Wanken. Auch Mathilde weinte – Tränen der Erleichterung. Als anschließend auch noch ihr Vater sie umarmte, unbeholfen zwar, aber so herzlich, wie es einem Peter Gabtahuler möglich war, wurde etwas in ihr ganz weich.

»Johanna … ich … ich hab mir … meine Güte …«, stammelte er. Was war das? Ihr Vater zeigte Gefühle?

Mathilde schnäuzte sich und tupfte sich die Tränen von den Wangen.

»Johanna! Mein Gott! Haben diese Kommunisten dir etwas angetan?«

Johanna schloss die Augen und schüttelte den Kopf.

»Jovin sucht dich mit seinen Leuten überall!«

»Sie haben mich hinter dem See abgesetzt und gehen lassen.«

Ihr Vater setzte sich, griff sich eine Zigarre und zückte seinen Zigarrenschneider.

»Die rote Verschwörung in unserem Land ist größer als angenommen!«

Er kappte die Spitze und wollte sich die Zigarre gerade anstecken, da eilte ein Dienstmädchen mit ernstem Gesicht herein.

»Herr Direktor? Entschuldigen Sie, es ist wichtig.«

Sie reichte Gabathuler einen Zettel. Er setzte seine Lesebrille auf, hielt die Notiz in den Schein der Lampe auf dem Tisch, las – und versteinerte. Die Hand, die den Papierbogen festhielt, sank aufs Tischtuch. Als er langsam den Kopf hob und zu Johanna und Mathilde blickte, sah er aus wie ein Säugling und ein Greis zugleich: unschuldig, hilflos, grau.

»Johanna … es ist grauenvoll …«

Die Schwestern sahen ihn an.

»Dein Verlobter … Er wurde überfallen. Zu Hause …«

»Was? Thanner? In seinem eigenen Haus?«

»Sein Zustand ist kritisch.«

Mathilde stieß einen Schreckenslaut aus. »Mein Gott. Wer tut so etwas?«

Johanna starrte ihren Vater an. Sie durfte auf keinen Fall zu Mathilde sehen. Ihre Schwester würde sofort bemerken, dass Johanna einen Verdacht hatte.

Die Ochrana

Mangold, die Hände in den Taschen seines Pelzmantels vergraben, eine Mütze tief ins Gesicht gezogen, erreichte den Treffpunkt im Park. Er steckte sich eine Zigarette an, sah sich um. Unvermittelt tauchte Van de Velde neben ihm auf. Ohne Grußwort, wie immer, kam er sogleich zur Sache.

»Sie hätten Thanner töten sollen! Haben Sie wenigstens etwas Brauchbares herausgefunden?«

Mangold sah sich skeptisch um. Irgendetwas stimmte hier nicht. Er umklammerte die Pistole in seiner Manteltasche.

»Was soll das? Warum wollten Sie mich noch heute Nacht treffen?«

Van de Velde sah an ihm vorbei, im gleichen Moment erklang hinter Mangold eine Stimme. Die Stimme von Olga Belova.

»Beantworten Sie die Frage, Doktor.«

Mangold fuhr herum.

Hinter ihm stand die russische Prinzessin. Neben ihr ein Hüne von einem Mann. Er hatte Wülste und Nähte im Gesicht, gegen die sich Van de Veldes Narbe wie ein Kratzer ausmachte. Das Narbengesicht hielt die Hände vor dem Körper verschränkt, in der Hand einen Revolver. Auch Mangold zückte seine Waffe.

»Ganz ruhig«, sagte Belova, »General Taylor hat Sie stets sehr lobend erwähnt.«

Mangold blickte angespannt vom Narbengesicht zu Van de Velde und schließlich zu Belova.

»Was soll das?«

»London, Paris und Petersburg wollen ihre Kräfte in der Schweiz bündeln. Die Prinzessin verfügt über ein mächtiges Netzwerk«, antwortete Van de Velde nüchtern.

Mangold drehte sich zu Belova. Seine Augen verengten sich zu Schlitzen. »Sie arbeiten für die Geheimpolizei des Zaren? Die Ochrana?«

Olga Belova lächelte mild.

»Also: Konnte Thanner Ihnen sagen, wer den Anschlag beim Bergwerk verübt hat? Wer Mission H vereitelt und Taylor und seine Frau auf dem Gewissen hat?«

Mangold blickte erneut zwischen Belova und Van de Velde hin und her. Er schien zu zögern. Dann sagte er: »Es gibt einen Verdacht. Jemand vom Personal des Cronwald könnte in Frage kommen. Mehr wissen Thanner und seine Leute auch nicht.«

»Gehen Sie dem nach. Schnell. Die einschlägigen Kanäle der Deutschen sind seit Tagen stumm. Sie führen etwas im Schilde. Etwas Wichtiges.«

Mangold nickte.

Das wahre Ich

Am nächsten Morgen stand Johanna mit Bigna und Carl, oder Doktor Mangold, wie sie ihn lieber wieder nennen wollte, gemeinsam am OP-Tisch. Zum letzten Mal. Sie waren über einen narkotisierten Patienten gebeugt, alles verlief routiniert und eingespielt – und war kaum auszuhalten. Immer wieder fanden sich ihre Blicke, aber die Zärtlichkeit, das Spielerische waren nur noch eine Erinnerung, wie aus einem anderen Leben. Stattdessen meinte Johanna, eine tiefe Traurigkeit in seinen Augen zu lesen. Wer war dieser Mann, der einen Angriff gegen sein eigenes Land unterstützte? Was hatte er erleben müssen? Sie stellte fest, dass sie ihn, trotz allem, noch immer nicht vollständig aufgegeben hatte. So wie er sie ansah, musste es ihm ähnlich gehen. Vielleicht war er, wie sie, ungewollt hineingeraten in diesen Strudel aus Spionage und Betrug? Und sehnte sich ebenfalls danach auszubrechen, alles hinter sich zu lassen. Lag deshalb diese tiefe Trauer in seinem Blick? Doch es war absurd, ihre Gedanken waren absurd. Sie klammerte sich lediglich an eine Illusion.

Schweigend schnitt der Doktor mit dem Skalpell in die Oberschenkelhaut des Patienten, Johanna zog das Fleisch auseinander und reichte ihm einen Tupfer.

Bigna unterbrach die Stille. »Der Professor operiert Thanner schon den ganzen Morgen?«

»Ja. Klemme.«

Mangold fixierte die Wunde, Blut lief aus der Öffnung.

»Tupfer!«

Johanna hielt den frischen Tupfer längst bereit, Mangold griff zu, wieder trafen sich ihre Blicke, wieder schimmerte diese dunkle Traurigkeit auf.

Später, beim Desinfizieren des Chirurgenbestecks, war es abermals Bigna, die das Gespräch in Gang brachte. Wie es so ihre Art war.

»Die Kommunisten, die Explosion beim Bergwerk, der Überfall auf Thanner – der Krieg kommt immer näher. Und du, Poveretta, arbeitest. Obwohl dein Verlobter nur ein paar Zimmer weiter liegt?«

Johanna bemühte sich, niedergeschlagen zu wirken. Dabei hatte sie sich bei einem Aufblitzen von Erleichterung ertappt, als sie vom kritischen Zustand Thanners erfahren hatte. War sie auf dem besten Weg, wie Ilse zu werden? Eine Frau, die über Leichen ging? Und noch einen zweiten Gedanken hatte sie sich erlaubt: Für den Fall, dass Großrat Thanner nicht überleben sollte – würde dann eventuell ein Leben in Davos möglich sein? Nein. Sie wollte ihre Tage mit Elli verbringen, nicht ins Dischmatal reiten müssen, um sie für ein paar Momente auf den Arm nehmen zu können. Dennoch – die Glückstränen ihrer Schwester und ihr erleichterter Papa, als sie gestern wohlbehalten von der Geiselnahme zurückkehrte, hatten sie in den Schlaf begleitet. Sicher, sie hatten sie hintergangen. Doch sie hatten es, auf ihre Art, gut gemeint. Wenn sie ging, würde sie beiden große Schmerzen zufügen, denn ohne Johanna waren sie nur noch zu zweit.

Und dann hatte ihr sogar Thanner leidgetan. Selbst wenn er überlebte, eine vollständige Genesung ihres Verlobten schien unwahrscheinlich.

»Ich war heute Morgen bei ihm, bevor er in die Narkose versetzt wurde. Er sah schrecklich aus. Aber die Arbeit hilft mir, mich abzulenken«, sagte Johanna leise.

Bigna nickte und schenkte ihr ein tröstendes Lächeln.

Als Johanna und Bigna sich gemeinsam zum Händewaschen begaben, meldete sich Doktor Mangold zu Wort. Er war bereits in Hut und Mantel und hatte seine Arzttasche in der Hand.

»Ich muss zu einem Hausbesuch ins Dorf. Die nächsten zwei Stunden bin ich nicht verfügbar.«

Johanna sah ihn offen an. Er erwiderte ihren Blick. Sie wagte ein Lächeln. Er lächelte zurück.

Wer war dieser Mann? Sie musste es einfach wissen.

Und sie hatte zwei Stunden Zeit, um es herauszufinden.

Zehn Minuten nachdem Mangold verschwunden war, machte sich Johanna auf den Weg zu den Ärzteunterkünften. Der Weg führte sie über die Außenterrasse. Sie ließ den Blick über das Tal schweifen, das im Morgenlicht noch halb verschlafen funkelte, und das unvermittelte Aufglühen tiefer Heimatliebe versetzte ihr einen Stich. Würde sie wirklich ohne ihre Berge leben können?

»Es ist nicht wahr.«

Johanna fuhr herum. Ilse saß im Curhaus in einem Rollstuhl und schaute durch das geöffnete Fenster ebenfalls ins Tal hinab. Sie trug ihren Kimono und sah blass aus. In ihrem Blick lag keine Liebe, sondern schwerer Fatalismus.

»Es ist nicht wahr, dass du mir nichts recht machen kannst.«

Beinahe verlangend blickte sie Johanna an. Offensichtlich hatten sie die Worte schwer getroffen, die Johanna ihr vor zwei Tagen in ihrem Appartement entgegengeschleudert hatte. Sie richtete sich in ihrem Rollstuhl auf, ihre Augen schimmerten im Licht der Morgensonne. Dann rann eine Träne über ihre Wange. »Der Geheimdienst stand für mich immer an erster Stelle. Aus Loyalität meinem Land und Schilling gegenüber. Er hat mich gerettet, aufgenommen, wie in eine Familie. Ich habe alles dafür aufgegeben. Und jetzt werde ich einsam sterben. Wie du es prophezeit hast.«

Was für ein grauenvoller, unerträglicher Gedanke. Im Angesicht des Todes schien die Gräfin zum ersten Mal Angst zu bekommen. Auch Johannas Augen wurden feucht.

»Es tut mir leid, dass ich dich in dieser Situation allein lassen muss. Wirklich«, sagte Johanna. Jetzt liefen auch bei ihr die Tränen, sie ließ es geschehen. »Du weißt ja – zu Esteburg übergibt mir später den Pass. Ich verschwinde noch heute aus Davos.«

»Ach, meine naive kleine Pazifistin …«

Ilse sah sie traurig, fast mitleidig an. Sofort wurde Johanna von Angst gepackt.

»Wie meinst du das?«

Die Gräfin beugte sich vor und flüsterte: »Der Geheimdienst wird dich niemals ziehen lassen.«

Wie ein Schmerz fuhr die Erkenntnis durch Johannas ganzen Körper. Sie hatte einen Pakt mit dem Teufel geschlossen.

»Aber … die Liste. Wenn mir etwas zustößt …«

»Keine Sorge, sie werden dich nicht eliminieren. Aber vielleicht entführen sie Elli. Irgendetwas wird ihnen schon einfallen. Du bist einfach zu wertvoll.«

In Johanna kochte die Wut hoch. Sie war es leid, nur eine Spielfigur der Mächtigen zu sein. Hatte sie sich nicht geschworen, sich nicht mehr wie ein Bauer auf dem Schachfeld umherschieben zu lassen?

»Ich hole dir deinen Pass, Johanna. Wie ich es versprochen habe. Meine Tage sind sowieso gezählt. Ich besorge dir auch das Geld. Heute Abend. Aber dann musst du sofort verschwinden.«

Ilse streckte ihre Hand durch das Fenster, damit Johanna ihr aufhelfen konnte. Sie griff zu, Ilse zog sich hoch, beide Frauen versuchten sich an einem Lächeln.

»Danke«, sagte Johanna. »Dann sehen wir uns später in deinem Appartement?«

Ilse blickte sie lange an, dann nickte sie und versetzte – mit überraschender Wendigkeit – dem Rollstuhl einen kräftigen Tritt. Er rollte einige Meter über das Parkett und stieß mit einem lauten Poltern an die gegenüberliegende Wand des Zimmers. Johanna sah ihr hinterher. Sie hatte sich nicht in ihr getäuscht – nur musste Ilse erst dem Tod ins Auge sehen, um ihr wahres Ich freigeben zu können. Diese Ilse würde ihr fehlen.

Und Carl? Auch er hatte einen guten Kern, Johanna war sich sicher. Sie sah auf die Uhr. Noch war ausreichend Zeit. Sie machte sich auf den Weg zu den Ärzteunterkünften.

Der Hof vor dem Wohntrakt war leer. Johanna überquerte ihn mit gesenktem Haupt und betrat den Flur. Niemand war zu sehen. Zielstrebig steuerte sie Mangolds Zimmer an, ein letzter Blick den Flur hinunter, sie zog ihren Generalschlüssel hervor und öffnete, betrat das Zimmer und schloss hinter sich ab.

Als Erstes durchsuchte sie den Schrank, fasste in die Taschen seiner Anzüge, schob einen nach dem anderen auf dem Kleiderbügel zur Seite. Als Letztes kam der Smoking an die Reihe, den Carl beim Ball getragen hatte. Noch einmal überfiel sie die Erinnerung an den Tanz an jenem Abend, die Innigkeit, die Anziehung, ihr Verlangen, das sie wie eine elektrische Energie unter Spannung gesetzt hatte, eine Energie, die sich seitdem nie wieder vollständig entladen hatte – im Gegenteil, während ihres Kusses hatten die Ströme erneut zu fließen begonnen und sich gegenseitig verstärkt. Johanna musste sich losreißen.

Als Nächstes war das Bett dran. Sie kniete sich auf die Erde, sah darunter, hob die Matratze hoch, tastete die Kissen ab.

Nichts. Auch die Durchsuchung seines Schreibtisches ergab nichts. Im ganzen Zimmer waren keinerlei persönliche Gegenstände zu sehen. Sie ging zum Fenster, die bodenlangen Vorhänge waren zur Seite geschoben. Vorsichtig spähte sie nach draußen, der Hof war nach wie vor menschenleer, sie huschte mit einem großen Schritt am Fenster vorbei. Ihr Blick fiel auf den Boden. In den Holzdielen waren feine Kratzspuren zu sehen. Als sie den Vorhang anhob, kam ein Belüftungsschacht zum Vorschein. Johanna nahm eine Schere aus Mangolds Schreibtischschublade und stemmte das Gitter heraus, sie bückte sich, sah in den Schacht und versuchte etwas zu erkennen. Doch es war zu dunkel. Sie ging auf die Knie, griff in die dunkle Öffnung und tastete den Boden ab. Staub. Krümel, dann etwas Eckiges, Kaltes, sie bekam es zu fassen und zog eine schwarze Blechkiste hervor. Johanna trug sie zum Schreibtisch und klappte den Deckel der Kiste auf. Eine Pistole. Französische Francs, Goldmark, britische Pfund, das alte Foto eines Paares, womöglich seine Eltern – und zwei Pässe. Johanna spürte ihr Herz bis in den Hals schlagen. Sie klappte den ersten Pass auf und sah ein aktuelles Foto von Carl, auch sein Name stand dort: Dr. Carl Mangold. Der andere Pass war älter und abgegriffener, so alt, dass noch kein Foto darin war. Er gehörte einem Max Horowitz, Staatsbürger des Deutschen Kaiserreichs. Wohnhaft in Kiel.

Max. War das sein echter Name? Das Geburtsjahr war dasselbe wie in dem anderen Pass. Sie versuchte Gesicht und Namen zusammenzudenken. So richtig wollte es nicht gelingen. *Max Horowitz.* Dann legte sie alles zurück in die Kiste, klappte den Deckel zu und wollte sich gerade erheben, als sie die Mündung einer Pistole an ihrer Schläfe spürte.

Eine ruhige Stimme sagte: »Kein Laut.«

Es war die Stimme von … Max.

Rien ne va plus

Die Nachmittagssonne fiel durch das Fenster auf den grünen Filz des Roulettespiels. Der Raum war noch nicht geöffnet worden, und Peter Gabathuler saß allein am Tisch, drehte das Rouletterad und warf lustlos eine Kugel hinein, die klackernd umhertanzte, bis sie ihre Zahl gefunden hatte. Er beobachtete das sich verlangsamende Rad, bis es zum Stillstand kam. Dann begann er von Neuem. Mathilde betrat das Zimmer, doch er beachtete sie nicht.

»Papa.«

Die Kugel tanzte, landete in der 32, leise surrend verlangsamte das Rad.

»Der Professor operiert Thanner erneut«, fuhr Mathilde fort.

Gabathuler nickte. »Ohne den Großrat überleben wir noch ein halbes Jahr … im besten Fall«, murmelte er tonlos. Er beugte sich vor und griff zur Kugel, rollte sie zwischen Daumen und Zeigefinger.

Mathilde setzte sich zu ihm. »Wie konnte nur alles so außer Kontrolle geraten? Es ist, als wäre die ganze Welt krank.«

Peter Gabathuler nickte wieder.

»Papa. Lass uns die Spendengala absagen.«

Gabathuler fuhr herum und widersprach: »Auf keinen Fall. Wir machen weiter … wie bisher!«

Er gab dem Roulletterad erneut Schwung und warf die Kugel hinein.

»Aber Papa … gibt es nicht wichtigere Dinge? Unsere Familie? Wir hätten Johanna gestern fast verloren. Gott weiß, ob Thanner überlebt. Vielleicht … du solltest Johanna sagen, wo ihr Kind ist. Elli. Rede mit ihr.«

Gabathuler erhob sich und warf seiner Tochter einen grimmigen Blick zu. »Warum jetzt diese alte Wunde aufreißen? Wir haben weiß Gott andere Probleme als das Balg deiner Schwester. Das Kind ist in guten Händen, wir haben Johanna vor dem Gefängnis bewahrt. Warum willst du das jetzt aufs Spiel setzen?«

Ohne eine Antwort abzuwarten, strich er sich die Rockschöße glatt und verließ das Zimmer.

Die Sache mit Lenin

Das Tal breitete sich im Rot des Abends vor dem Fenster der Gräfin aus. In der Hand hielt sie die Fotografie – sie als Dienstmädchen auf Schloss Mehlitz. Sommer 1895. Wie wäre ihr Leben verlaufen, wenn sie nicht versucht hätte, Schilling zu bestehlen? Hätte sie sich je von ihrer Herkunft befreien können? Oder würde sie noch immer in Essen wohnen, einer niederen Arbeit nachgehen, Champagner nur vom Hörensagen kennen? Wäre es wirklich das schlechtere Leben gewesen?

Sie fuhr zusammen, als es an der Zimmertür klopfte.

Hastig verstaute sie das Foto in der Schublade des kleinen Tischchens, zog die Tischdecke glatt und rief »Herein!«.

Der Konsul betrat schnellen Schrittes das Appartement.

»Gräfin. Wissen Sie, wo Johanna ist? Sie ist nicht zur Passübergabe erschienen.«

»Sie wollten ihr den Pass geben?«, sagte die Gräfin sarkastisch und lachte kurz auf. »Das überrascht mich.«

»Natürlich nicht. Für die Sache mit Lenin brauchen wir sie noch. Sie muss im Cronwald ein Zimmer mit Telefon organisieren. Dieser Anruf darf, sollte er abgehört werden, nicht zum deutschen Konsulat oder der Zentrale zurückverfolgt werden.«

»Johanna wird oft von ihren Patienten aufgehalten. Sie ist Krankenschwester. Sie hat einen Beruf.«

»Verdammt. Die Zeit drängt.« Er sah Ilse an. »Würde sie uns verraten?«

Ilse schüttelte den Kopf. »So kurz vor ihrem Ziel? Nein. Sie hat zu viel zu verlieren.«

Dann machte sie einen Schritt auf ihn zu und legte die Hand auf seinen Unterarm.

»Konsul. Mein Fieber ist gesunken. Ich kann wieder übernehmen. Auf Etage 3 hat jedes Zimmer ein Telefon. Und die gesamte Nordseite steht leer.«

»Sicher?«

»Ja. Die Zimmer dort werden grundsätzlich als Letztes vergeben. Und das Cronwald ist weit davon entfernt, voll belegt zu sein.«

Die Gräfin blickte ihn fest an. Der Konsul musterte sie. Seit seiner Ankunft hatte sie nicht gehustet. Und sie strahlte tatsächlich deutlich mehr Lebenskraft aus als am Tag zuvor. Ihm blieb sowieso keine andere Wahl. Also nickte er.

»Dann hole ich jetzt Parvus und Kohlmann.«

Wenig später betraten sie zu viert den Gang der Etage 3: Ilse mit erhobenem Kinn voran, dahinter der Konsul mit einem Aktenkoffer, gefolgt von Kohlmann – Parvus hatte ihm die Wangen frisch rasiert, den Rest des Bartes dunkel gefärbt und in Form gebracht. Er trug einen Hut, den er tief ins Gesicht gezogen hatte, seine Augenklappe hatte er gegen eine Brille mit getönten Gläsern getauscht. Dazu steckte er in einem feinen, aber unauffälligen Mantel. Hinter ihm ging Parvus und sah sich von Zeit zu Zeit um.

Ilse zückte ihren Generalschlüssel und öffnete das erste Zimmer an der Nordseite. Sie traten ein.

»Perfekt!«, sagte der Konsul, als er das Telefon erblickte.

Er legte den Koffer aufs Bett und öffnete ihn. Kohlmann schnaufte, als er den Inhalt sah. Der Koffer war randvoll mit gebündelten 1000-Mark-Scheinen.

»Bitte. Überzeugen Sie sich, dass es echt ist und kein Altpapier darunterliegt.«

Kohlmann trat an den Koffer und nahm ungläubig mehrere der Bündel in die Hände, hob sie hoch, roch daran. Er wühlte ein bisschen in dem Geld herum. Schließlich nickte er. Parvus zog eine Karte aus der Jackentasche, darauf stand *Cabaret Voltaire – Zürich*. Auf der Rückseite der Karte war die Nummer verzeichnet. Er hob den Hörer ab. Der Konsul und Ilse steckten ihre Köpfe näher in Richtung der Muschel. Die Stimme der Frau vom Amt schälte sich knisternd aus der Leitung.

»552, bitte«, sagte Parvus mit heller Stimme.

Er wartete, bis die Verbindung hergestellt wurde. Jemand nahm ab. Und schwieg.

Parvus sprach jetzt langsam und besonders deutlich.

»Erst in Zürich wird die Lindt zur Limmat.«

In der Leitung knackte es. Parvus sah zum Konsul.

»Aufgelegt.«

Er hängte auf.

»Was jetzt?«

Zu Esteburg beobachtete Parvus, der schon wieder Sonnenblumenkerne kaute und die Schalen wegspuckte.

»Wie wär's, wenn wir erst mal sicherstellen, dass wir keine Spuren hinterlassen?«, fragte Ilse und zeigte giftig lächelnd auf die Schalen auf dem Boden. Parvus verzog das Gesicht zu einem jovialen Grinsen und bückte sich, um alles aufzuklauben. In diesem Moment klingelte das Telefon. Er schnellte hoch, atmete erleichtert aus und nahm den Hörer ab. Der Mann am anderen Ende der Leitung sprach Russisch.

»Ist er frei?«

Parvus antwortete ebenfalls auf Russisch.

»Er ist hier.«

Er winkte Kohlmann zu sich herüber, hielt den Hörer so, dass alle mithören konnten.

»Ja?«, fragte er unsicher.

Lenin antwortete, nun auf Deutsch.

»Wie heißt du, Genosse?«

»Georg … Kohlmann, Herr Lenin. Die Männer hier haben mich aus dem Knast geholt.«

Kohlmann war sichtlich aufgeregt.

»Das wurde mir bereits von anderer Quelle bestätigt. Wie hieß der Polizist im Gefängnis? Als sie dich befreit haben?

»Sie meinen Caduff?

»Nein, den anderen.«

»Warten sie … ich glaube … Rügenglies. Ja, Wachtmeister Bert Rügenglies.«

Stille.

Atmen.

»Beschreib ihn.«

»Äh, also, so ein kleiner Dicker, mit grauem Schnurrbart. Goldene Nickelbrille.«

»Das stimmt. Gut, dann scheinst du wirklich Georg Kohlmann zu sein. Die Leute, die dich befreit haben – vertraust du ihnen?«

Kohlmann blickte vom Konsul zu Ilse. Parvus, der den Hörer hielt, sah ihn erwartungsvoll an.

»Nein.«

Alle drei rissen die Augen auf, Esteburg voll Zorn, bei Parvus war es die pure Verzweiflung, Ilse hob fragend die Hände. Kohlmann fuhr fort.

»Aber sie sagen, wir haben den gleichen Feind. Und ich habe das Geld gesehen.«

»Wie viel?«

»Ein großer Koffer voller 1000-Mark-Bündel. Das müssen … Millionen sein?«

»Gib mir Parvus.«

Kohlmann trat zur Seite, Parvus trat vor und fragte: »Wo in Zürich wollen wir die Übergabe machen?«

Am anderen Ende blieb es still. Nur ein gelegentliches Knacken stach aus dem Grundrauschen hervor.

»Ich komme hoch.«

Begegnung im Park

Johanna war den ganzen Abend nicht bei ihr aufgetaucht. Allerdings hatte die Gräfin ohnehin keine Gelegenheit gehabt, den Pass und das Geld aus dem Safe der Zentrale zu besorgen – zu Esteburg hatte sie damit beauftragt, sich um Kohlmann zu kümmern, der nicht länger bei ihr im Appartement herumsitzen konnte.

Sie eilten durch den Stadtpark, über sich die wolkenverhangene, sternenlose Nacht, Kohlmann noch immer mit getönter Brille, den Hut tief ins Gesicht gezogen, obwohl nur vereinzelt Menschen in der Ferne vorüberspazierten.

»Du verbringst die Nacht in einer Pension. Einer unserer Leute wird dich gleich hinbringen«, sagte die Gräfin.

»Und dann? Ihr braucht mich doch nicht mehr. Warum lasst ihr mich nicht gehen?«

»Wir schaffen dich außer Landes, wenn die Sache mit Lenin gelaufen ist. Vorher ist es zu gefährlich. Die Schweizer Polizei sucht dich, und du …«

Georg sah hinüber zur Gräfin. Sie hatte innegehalten und beobachtete einen Mann, der an einer Weggabelung stand und sich gerade zu ihnen umdrehte. Dabei nahm er eine unnatürlich aufrechte Haltung ein.

Die Gräfin streckte den Arm zur Seite aus. »Warte hier«, bedeutete sie Georg, holte eine Zigarette hervor und ging winkend auf den Mann zu.

»Guter Mann. Entschuldigen Sie bitte … haben Sie Feuer?«

Der Mann zögerte. Doch bevor er antworten konnte, hatte

er schon ein Messer am Hals. Die Gräfin packte sein Handgelenk und drehte ihm den Arm auf den Rücken.

»Für wen arbeitest du?«

Der Mann versuchte, sich aus ihrem Griff zu befreien, sofort rammte sie ihm das Knie in den Schritt. Keuchend sackte er zusammen, woraufhin er noch den harten Ellbogen der Gräfin im Genick zu spüren bekam. Er fiel ungebremst aufs Gesicht und blieb regungslos liegen. Sie drehte ihn auf den Rücken und tastete ihn ab. Tatsächlich, an der Brust spürte sie eine Erhebung. Sie riss den Mantel auf, griff in die Innentasche – und holte eine kleine Knopflochkamera heraus.

Die Gräfin setzte sich auf den Mann, schüttelte ihn, er stöhnte leise, benommen.

»Für wen arbeitest du? Für die Entente? Für diesen Belgier?«

Sie drückte ihm die Messerspitze langsam in den Hals. Es begann zu bluten.

»Noch mal. Für wen …«

In diesem Moment begann der Körper unter ihr unkontrolliert zu zucken, der Mann bäumte sich auf, und spätestens als dünner Schaum aus seinen Mundwinkeln rann, war klar: Er hatte auf eine Giftkapsel gebissen. Die Gräfin stemmte seine Kiefer auf, griff ihm in den Mund, suchte nach der Kapsel, doch fand nichts.

Ein böses Abschiedsgrinsen auf den Lippen murmelte er auf Russisch: »Ihr werdet … niemals … gewin…« Weiter kam er nicht.

Aus seinem Kragen ragte eine Tätowierung, sie riss das Hemd auf, bis sie den Oberkörper freigelegt hatte. Über den gesamten Brustkorb erstreckte sich eine römische Zwei, reich mit Ranken verziert, darüber eine Krone. Die Zwei stand für Nikolaus II.

»Ein Zarist …«, sagte die Gräfin mit gedämpfter Stimme, über die Schulter zu Kohlmann. »Die sind also auch schon hinter dir her.« Doch Kohlmann antwortete nicht. Sie drehte sich um – er war verschwunden!

Die Gräfin sprang auf.

Sah in alle Richtungen.

Lief in die eine Richtung, dann in die andere.

Blieb stehen.

Verdammt. Verdammt!

Kohlmann war ihr entwischt.

Der Konsul hatte recht.

Sie war nicht einsatzfähig.

Johanna und Carl

Johanna hätte den Sprengsatz am Bergwerk niemals gezündet, nachdem Carl dort aufgetaucht war. Ilse hatte sich auf den Hebel geworfen. Und Carl? War er zu einer solchen Tat imstande? Würde Carl sie wirklich töten?

Sie hatte seine Leidenschaft, seine Nähe und sein Verlangen beim Tanz gespürt, und später auch beim Kuss. Nichts davon war gespielt gewesen.

Doch jetzt trieb der gleiche Mann sie atemlos, mit gezückter Pistole durch die Berge ihrer Kindheit. Was sollte das? Was ging in ihm vor? Wollte er sie in ein einsames Tal führen, um ihren Leichnam dort verschwinden zu lassen? Eine Schlucht hinunterschubsen, damit es wie ein Unfall aussah?

»Wohin gehen wir?«

Mangold schwieg. Der Hang, den sie hinaufstiegen, wurde steiler.

»Was haben Sie vor?«

Mangold schnaufte angestrengt.

Johanna blieb stehen und drehte sich um.

»Weiter!« Mangold riss sie am Arm herum und stieß sie nach vorn.

»Werden Sie mich jetzt töten?«, fragte Johanna.

»Halt den Mund!« Er schubste sie, Johanna stolperte und lief weiter vor ihm her.

»Sie sind nicht besser als all die deutschen Soldaten, die Sie so verachten.«

»Du hast keine Ahnung!«

Etwas in seiner Stimmlage verriet ihr, dass ihre Worte ihn getroffen hatten. Auch in ihm steckte ein Mensch, er war kein eiskalter Mörder. Wenn sie sich ihm nun öffnete, sich verletzlich zeigte, würde er sich in Sicherheit wiegen … und dann …

Sie blieb erneut stehen, drehte sich um, blickte ihn traurig an. »Unser Tanz auf dem Ball? Der Angstanfall in der Lawine? Und dann der Kuss? Alles nur Farce? Ich habe Ihnen …«, Johanna verharrte mit halb geöffnetem Mund, holte mehrmals Luft, um ihn glauben zu machen, sie sei außer Atem. Sie senkte die Stimme, sah ihm in die Augen und setzte neu an, »… ich habe dir geglaubt, Carl. Und mich in dich verliebt.« Noch eine Spur leiser fügte sie hinzu: »Wenn du das alles nur gespielt hast … dann bist du noch grausamer als die Soldaten.«

Langsam kam er auf sie zu. Er war tatsächlich außer Atem, stieß dicke, weiße Wolken in die Dunkelheit. Für sie, als ein Kind der Berge, war diese Bergwanderung wie ein Spaziergang gewesen, dennoch beugte sie sich nach vorn und stützte sich auf den Knien ab, tief ein- und ausatmend, wie nach einem Dauerlauf.

Carl ließ die Waffe sinken. Er stand nun direkt vor ihr.

»Johanna. Ich …« Vorsichtig streckte er die Linke nach ihr aus – da fuhr sie hoch, rammte ihm den Ellbogen in den Magen, schlug ihm die Waffe aus der Hand. Die Pistole verschwand einige Meter abseits im tiefen Schnee, Carl ging fluchend auf die Knie, nach Atem ringend, Johanna ergriff die Flucht. Sie sprintete in den angrenzenden Tannenwald, doch schon bald kam Carl wieder auf die Beine und nahm die Verfolgung auf. Sie war schnell, Johanna huschte im Zickzack durch die Bäume, aber jeden Haken, den sie schlug, schien er zu antizipieren – so kam er unweigerlich näher, und schließlich bekam er sie von hinten zu packen, sie fielen seitlich zu Boden, Carl wirbelte sie herum, drehte sie auf den Rücken und setzte sich auf sie, ihre Handgelenke fixierend.

Johannas Augen stachen wie Nadeln, Carl hielt dem Blick stand.

»Was willst du?«, fragte Johanna. »Dass ich meine Leute verrate? Ich bin kein Verräter wie du!«

»Dein Pazifismus ist doch nur ein Vorwand. In Wahrheit spielst du Krieg. Du genießt das Gefühl von Macht und …«

»Falsch … Es geht um … um meine Tochter …«

Er sah sie perplex an.

»Deine … was? Du hast ein Kind?«

Sie nickte. Der Gedanke an Elli und ihren Traum mit Carl trieb ihr die Tränen in die Augen. Und nun saß er voller Hass auf ihr. Wie hatte sie sich so in ihm täuschen können?

Doch dann ließ er ihre Handgelenke los, rutschte von ihr herunter und ließ sich neben sie fallen. So lagen sie einen Moment und starrten auf die dunklen Tannenspitzen, die sich über ihnen ins Nachtschwarz streckten.

Gab es doch noch Hoffnung? Johanna wollte Carl lieben dürfen, sie wünschte sich ihren Gefährten zurück. Das musste doch möglich sein. Er sollte alles erfahren, sie würde sich ihm öffnen, endlich, vielleicht war es dafür noch nicht zu spät.

»Als ich in Frankreich an der Front war, habe ich einem deutschen Soldaten das Leben gerettet. Ihn wieder zusammengeflickt. Erich. Wir haben ein paar wundervolle Monate im Lazarett verbracht. Als er wieder halbwegs genesen war, wurde er zurück an die Front geschickt und fiel in Verdun …«

Carl drehte den Kopf und betrachtete sie von der Seite. »Der Krieg ist so grausam.«

Sie nickte.

»Und … dein Kind?«

»Als ich hochschwanger zurückkehrte, hatten Vater und Mathilde schon alles arrangiert. Nach der Geburt bei den Diakonissen wurde mir Elli weggenommen … ich …«, sie drehte ihren Kopf ebenfalls und sah ihn an. »Ich tue das alles nur für sie, Carl.«

»Was meinst du?«

»Ich weiß, wo Elli ist. Und werde Thanner nicht heiraten. Morgen verlasse ich die Schweiz. Mit Elli. Für immer.«

*

Johanna kannte jeden Winkel ihrer Berge, sie wusste von einem abgelegenen Maiensäß, das Carl und sie nach einer Stunde Fußmarsch durch die fast sternenlose Nacht erreichten. Die Almhütte stand am Fuße eines Hangs, kalter Wind wirbelte Schnee vor sich her, Johannas Kleider waren hart gefroren. Mit einem gezielten Tritt öffnete Carl die Tür. Das Maiensäß war nur mit dem Nötigsten ausgestattet: eine Pritsche aus Stroh, darauf eine raue Decke, ein kleiner Ofen, ein Topf, ein Waschtrog und ein Tisch mit zwei Stühlen, über denen Felle hingen. Carl entfachte ein Feuer, Johanna holte in dem Topf etwas Schnee, um ihn am Ofen zu schmelzen. Ihre steifgefrorene Kleidung hängten sie darüber an die Leine und setzten sich, in Felle eingehüllt, vor das Feuer. Langsam breitete sich die Wärme im ganzen Raum aus und kroch auch in ihre Gliedmaßen.

Carl starrte in die Flammen.

»Ich werde dir nichts verraten. Und du mir genauso wenig.«

Johanna nickte. »Je weniger wir wissen, desto besser.«

Sie griff nach dem Topf. Der Schnee darin war geschmolzen, sie setzte an und trank.

»Mmh, schön warm … hier.«

Carl nahm den Topf an die Lippen und trank mit geschlossenen Augen einen langen Schluck.

Johanna betrachtete ihn dabei. »Max … Max Horowitz.«

Carl lächelte. »Ist schon ein bisschen her, dass mich jemand so genannt hat.«

»Was ist mit deinen Eltern? Deiner Familie?«

»Mein Vater fuhr zur See. Er starb früh. Meine Mutter heiratete bald wieder. Einen Militärarzt. Ihm verdanke ich den Eintritt ins Militär, die Ausbildung zum Chirurgen. Ein strammer, kaisertreuer Patriot. Er hätte kein Verständnis für meine Flucht gehabt. Offiziell gelte ich als verschollen.«

»Vermisst du sie?«

»Ja, sicher. Ich liebe meine Eltern. Und genau deshalb darf ich sie nie wiedersehen.«

»Wieso denn nicht?«

»Für sie bin ich im Krieg gefallen. Das ist tragisch. Aber in der Welt meiner Eltern … meines Vaters hat ein solcher Tod etwas Ehrenhaftes. Es wird ihn vermutlich auf eine perverse Art mit Stolz erfüllen. Doch wenn er wüsste, dass ich noch lebe und die Seiten gewechselt habe, würde seine Welt zusammenbrechen. Diese Schmach, einen Verräter zum Sohn zu haben, will ich ihm ersparen. Darum bleibt Max Horowitz verschollen.«

Johanna umschlang ihre angewinkelten Beine und legte das Kinn auf die Knie. Sie schwiegen das Knistern und Flackern an, Carl beugte sich vor, schob einen neuen Scheit in die Flammen. Johanna runzelte die Stirn und betrachtete die nassen Kleider, die über dem Ofen hingen. Hin und wieder fiel ein Tropfen herab und verdampfte zischend auf dem heißen Metall.

»Ich war noch nie in Kiel. Ist es schön da?«

Carl grinste breit.

»Ich sag mal so: Die Berge verstellen einem nicht die Sicht. Die See, das Salz in der Luft, die Möwen … ja. Es ist sehr schön da.«

»Ach, die weite Welt …«

Johanna seufzte und sah in die Flammen. Carl betrachtete ihr Profil, ihr Gesicht, wie es vom Feuer angeleuchtet wurde. Sie wandte sich zu ihm und studierte ihn ebenfalls. In aller Ruhe. Die schöne, gerade Nase, die feinen Lippen, die dunklen Augen. Johanna wollte darin versinken.

»Was machen wir jetzt?«

Carl schwieg. Sie sahen sich an. Ganz langsam bewegten sich ihre Gesichter aufeinander zu, zu langsam für Johanna – sie griff nach Carl und zog ihn mit aller Bestimmtheit zu sich heran.

*

Als Johanna erwachte und aus dem Fenster sah, leuchteten die Berggipfel bereits rot in der Morgensonne. Sie hatten in dieser Nacht wenig geschlafen, denn sie hatten sich geliebt, erst gierig, dann immer ausgiebiger, und in den Erholungsphasen zwischendurch wurde die Hütte an immer neue Orte gesetzt, in eine Zukunft ohne Krieg, denn mehr als eine Pritsche und einen Ofen würden sie nicht brauchen, solange sie einander hätten, solange sie die Tür am Morgen öffnen könnten und davor läge Kanada, Indien oder Mexiko. Sie hatten sich in ein Leben geträumt, fern von der Heimat, die ihnen nichts als Schmerzen zugefügt hatte.

Nun war es kalt in der Hütte, Johannas Atem kondensierte, als sie sich aufrichtete. Sie zog die Felle über ihre dünne Decke und sah zu Carl. Er hockte nackt vor dem Ofen und brachte das Feuer wieder in Gang. Als die Flammen emporleckten, schlüpfte er zurück zu ihr ins Warme.

»Was ist mit Argentinien?«

»Mmh …«

Johanna überlegte. »Nein. Es muss doch New York sein. Ich will schließlich studieren.«

Carl sah sie gespielt empört an.

»Studieren? Soso! Und ich dachte, du willst mit mir zusammen sein.«

Johanna lachte. »Aber sicher. Mit dir und Elli.«

Mit ihren Händen griff sie sein Gesicht und küsste ihn, voller Liebe und der Hoffnung auf bessere Zeiten. Sie sah ihm tief in die Augen und lächelte ihn an. Ein neuer Anfang war möglich, mit Elli und Carl, am anderen Ende der Welt. Dieser Traum saß nun wie ein Schatz in ihrer Brust, ganz warm pulsierte es in ihr. Doch bevor dieser Traum wahr werden konnte, musste noch einiges geschehen. Ihr Blick wurde ernst.

»Ich brauche meinen Pass. Etwas Geld habe ich auch angespart. Dann hole ich Elli – und dann muss es schnell gehen.«

Carl sah Johanna an, nickte und umarmte sie, er hielt sie fest und ließ nicht wieder los. Zwischen dem piksenden Stroh und der rauen Decke fühlte sich seine Haut wie Samt an. Er beugte sich an ihr Ohr. »Aber jetzt haben wir noch ein wenig Zeit, oder?« Und schon waren seine Lippen wieder auf ihren, und ihre Hände gingen auf Wanderschaft, und die Sorgen verloren sich in den fließenden Bewegungen, mit denen ihre Körper ein letztes Mal miteinander verschmolzen.

Fleischwölfe

Vreni. Sie hatte ihn verraten. Georg kämpfte sich schwer atmend durch den Schnee, dem Dischmatal entgegen. Ein scharfer Wind prügelte ihm harte, kleine Schneekörner ins Gesicht, doch die Wut machte ihn immun gegen Kälte und Schmerz. Vreni. Sie war an allem schuld. Dass sie ihn hatte abblitzen lassen, war schmerzhaft genug gewesen. Dabei war es nur ein wenig Gesellschaft gewesen, nach der er sich gesehnt hatte. Ein Abendessen, vielleicht einen Tanz, eine Umarmung – einen Kuss. Doch sie hatte all seine Avancen ignoriert. Ihn nicht ernstgenommen. Sie tat sein Gerede vom Klassenkampf als Hirngespinst ab, hatte nur Augen für Pelzmäntel und Champagnerschalen, träumte von Federbetten, Goldketten und Filet. Sie gab sich nicht mit einem Bauernknecht wie Georg ab, sie wollte zur besseren Gesellschaft gehören, wollte Teil der herrschenden Klasse sein. Die Oberen liebten nicht ihr Land, sie liebten ihr Geld. Und schickten Soldaten wie Spielfiguren in die Fleischwölfe an der Front. Soldaten wie Georg.

Georg Kohlmann: Der Akkordeonspieler

»KUNDMACHUNG« – steht in großen Lettern ganz oben auf dem Plakat, es folgt eine Liste mit Geburtsjahrgängen, daneben Daten, beginnend mit der kommenden Woche. Georg, Fritz und Emil stehen in der Morgendämmerung davor. Eine laue Sommernacht lang haben sie sich mit einer Flasche Pflaumenschnaps herumgetrieben, getrunken, Georg hat mit Marita und Erika getanzt, Emil mit Heidi, und Fritz ist, wie immer, leer ausgegangen. Jetzt sind die Frauen zu Hause in ihren Betten, Geld und Schnaps sind alle, und die Singdrosseln zwitschern ihr Lied.

Emil sucht mit dem Zeigefinger die Zeilen ab. Bei ihrem Jahrgang – 1891 – hält er inne und folgt mit dem Finger der Linie nach rechts, bis zum angegebenen Datum. »28. Juni 1916«, liest er vor.

Fritz und Emil blicken zu Georg. Sie sind zusammen groß geworden, das Datum kennen sie.

»Die spinnen wohl. An meinem Geburtstag? Da hab ich Besseres zu tun.«

Georg spuckt auf das Plakat, Emil blickt sich hektisch um und raunt: »Bist du bescheuert?«

Mit dem Ärmel wischt er den Rotz ab, ein dunkler Fleck bleibt. Fritz, der nicht lesen kann und auch sonst nicht der Hellste ist, fragt: »Was steht da noch? Lies weiter!«

Unter den vielen Zeilen mit den Jahrgängen und den Daten ihrer Musterung steht noch ein längerer Text, in Amtsdeutsch. Darunter in fetten Buchstaben der Name des Landesregierungsrats: Pieske. Georg legt die rechte Hand auf den Rücken und beugt sich steif vor, klemmt sich ein imaginiertes Monokel ins Auge, zwirbelt den nicht vorhandenen Schnurrbart. Mit Schnöselstimme liest er vor, ganz der feine Herr Pieske: »Es wird betont, dass ein rechtzeitiges und vollzähliges Erscheinen der Wehrpflichtigen in ihrem eigensten Interesse gelegen ist, da jedermann, der nach Abschluss der kommissionellen Überprüfung ohne den klausulierten Personal- und Meldenachweis angetroffen wird, dem Militäranwalte überwiesen werden wird.«

»Verstehe ich nicht«, sagt Fritz.

»Mensch Fritze, du musst zur Musterung. Sonst gehste ins Loch«, fasst Emil zusammen und gibt ihm einen leichten Schlag auf den Hinterkopf.

»Oder wirst gleich an die Wand gestellt«, sagt Georg, knöpft sich die Hose auf und pinkelt im Bogen an die Mauer, wobei er den Strahl höher wandern lässt und das ganze Plakat einnässt. Fritz lacht, Emil schubst Georg, der sich daraufhin zu ihm dreht und in seine Richtung pinkelt, und in genau dem Moment kommt jemand an der Kreuzung um die Ecke gebogen. Sofort ergreifen alle drei die Flucht, Georg muss im Laufen die Hosen zumachen und pisst sich dabei ein, die drei Freunde hasten lachend in der Morgendämmerung davon.

Georgs Brüder Hans und Friedrich sind im Frühjahr eingezogen worden. Friedrich ist bereits gefallen, in Belgien. Vater ist voriges Jahr ebenfalls gefallen, allerdings besoffen in die Jauchegrube – und erst nach zwei Tagen gefunden worden.

Mutter weint, als Georg ihr von der Musterung erzählt. Er ist seit März der einzige Mann im Haus, und dazu einer, der nicht seine Familie durchprügelt, so wie es beim Alten üblich war. Abends spielt Georg für Mutter und seine Schwestern Akkordeon, textet Soldatenlieder um, vor allem die kleine Dora himmelt ihren Bruder an. Und nun muss auch er in den Krieg ziehen.

Am frühen Morgen seines fünfundzwanzigsten Geburtstags wacht Georg von Kuchenduft auf, schon um halb sieben. Anni hat ihn gebacken, man soll ja eigentlich nicht, weil es Verschwendung ist in diesen mageren Zeiten, aber sie hat Zucker und Mehl abgezweigt – und wie der schmeckt! Fritz und Emil kommen ebenfalls zum Gratulieren und schnuppern gierig.

Die drei Kohlmann-Frauen wollen den Geburtstagskanon singen, Mutter beginnt sogleich fröhlich zu trällern: »Viel Glück und vie-hiel Se-gen«, Emil setzt mit Anni ein, Fritz versucht mit Dörchen mitzusingen, doch er singt schief und verirrt sich in den versetzten Stimmen, bis alle durcheinandergeraten und lachend abbrechen müssen. Dann ist es Zeit. Mutter mahnt zur Eile – sie dürfen nicht zu spät kommen. Mit einer Zigarette für den Weg brechen die drei auf zur Musterung.

*

Es waren mal acht Wochen, inzwischen müssen drei reichen, um in der Kaserne aus der Ansammlung von Arbeitern, Bauern, Gesellen und Studenten Soldaten zu machen.

Am ersten Morgen stehen sie auf dem Hof, alle mit frisch geschorenen Haaren, in langer, weißer Unterwäsche – Kniebeugen. Der Offizier brüllt, die Männer schwitzen, Georg lässt die Lippen flattern, wenn er in die Knie geht, als müsste er bei jeder Beuge pfurzen, links und rechts von ihm wird gelacht, doch der strenge Blick von Ausbilder Wagner lässt alle verstummen. Bei Vater gab es eine Tracht Prügel, wenn Georg frech wurde. Hier wird seine Disziplinlosigkeit anders bestraft – seine lachenden Kameraden müssen mit ihm Latrinendienst schieben, die Prügel gibt es dann in der nächsten Nacht.

Nach dieser ersten Lektion in militärischem Denken lernt Georg schnell, seinen Mund zu halten, denn er ist zwar ein Schelm, aber kein Narr. Bedingungsloser Gehorsam, eiserne Disziplin, Umgang mit der Waffe – der vorlaute Spaßvogel ist hier fehl am Platz. Sie schießen, stechen mit dem Bajonett auf Strohsäcke ein, marschieren mit vollem Gepäck, machen mehrmals täglich ihre Kraftübungen und Dauerläufe. Jeder Tag ist von Regeln und Vorschriften geprägt, von den festen Essens- wie Schlafenszeiten bis hin zur Körperhygiene. Doch die Kameradschaft ist kein Ersatz für Georg, er, der so gern mit den Frauen tanzt, für sie Akkordeon spielt und singt. Die Lieder, die hier gesungen werden, beschwören den Kameradschaftsgeist und die Ehre, die Vaterlandsliebe, die Liebe zum Kaiser. Er vermisst Mutter, Anni und Dora, sogar die harte Arbeit im Stall und auf dem Feld. Aber wenigstens sind Emil und Fritze hier, und wenn man dem Offizier glauben will, ist der Franzose schon bald besiegt. Weihnachten sind sie wieder zu Hause.

Im August ist die militärische Ausbildung abgeschlossen. Das Regiment verlässt im Gleichschritt den Hof der Kaserne, es herrscht eine ausgelassene Stimmung, die gemeinsamen Wochen haben sie zu Kameraden zusammengeschweißt, die hochnäsigen, verweichlichten Städter und die derben, einfachen Landeier.

»Hurra auf unseren Kaiser!«, jubeln sie beim Marschieren, sogar Fritz und Emil stimmen mit ein. Was Georg über den Kaiser denkt, muss er für sich behalten.

Dann wird *Es ist so schön, Soldat zu sein* angestimmt. Während die Stiefel im Gleichschritt donnern, denkt Georg an Doras Lachen, daran, wie er mit dem Akkordeon für seine kleine Schwester durch den Stall marschiert ist und für sie seine Version des Liedes zum Besten gab: »Es ist so schön, Idiot zu sein«, schielend und mit heiserer Blödmannstimme. Jetzt bewegt er lautlos die Lippen. Die Vorstellung, schon bald dem Tod ins Auge zu blicken, einem sterbenden Kameraden die Hand zu halten oder gar selbst zu fallen, scheint die anderen alle zu elektrisieren. Aber was soll daran heroisch sein? Er will nichts von alledem – ein Schuss ins Bein und ab ins Lazarett, zu einer schönen Krankenschwester, das ist sein Plan.

Mit dem Zug werden sie bis zur Grenze gefahren, dann geht es zu Fuß weiter, Georg sieht die verfaulten Garben der Ernte auf den Feldern, ein trauriger Anblick, der ihn sofort an die Heimat denken lässt. Überall stehen zurückgelassene Erntemaschinen, vom Rost angefressen. Auf ihrem Marsch an die Front durchqueren sie Wälder, die Bäume sind teils gefällt, um ihren Vormarsch aufzuhalten, teils von den Granaten umgeknickt wie Strohhalme. Schwarze Stummel ragen neben Kratern in die Höhe, im Wald liegen Leichen in roten Hosen und blauen Mänteln, mit aschfahlen, zum Teil schon schwarzen Gesichtern. Franzosen, die beim Essen überrascht wurden, Kochtöpfe, Geschirr, sogar Weinflaschen. Überall Verwüstung, Ruinen, zerstörte Dörfer. Verlassene Häuser gähnen ihnen mit offenen Fenstern und Türen nach. Als sie eins der Dörfer durchqueren, glotzen die Einwohner stumm, dann, aus dem Hinterhalt, wird plötzlich geschossen. Plien, der ihn nachts in der Kaserne verdroschen hat, bricht wenige Meter vor Georg zusammen. Kopfschuss. Böll fängt sich eine Kugel, ins Bein, der Glückliche.

Der Kommandeur lässt alle Männer des Dorfes zusammentreiben – und erschießen. Georg zielt vorbei, alle anderen treffen. Die Frauen müssen froh sein, dass sie alt und hässlich sind, so bleibt ihnen noch größeres Leid erspart. Das Dorf wird niedergebrannt, dann weiter, immer weiter, marschieren, auf zur Front.

*

Sie erreichen die Etappe hinter Verdun. Wochenweise wird rotiert, zunächst verbringen die frischen Kräfte Zeit im Lager, um sich zu akklimatisieren. Es herrscht eine seltsame Stimmung aus Hoffnungslosigkeit und Abgestumpftheit. Täglich kommen Wagen mit zerfetzten, blutenden, weinenden Soldaten von der Front. Den rauchenden Kartenspielern, die sich vom Einsatz erholen, sind sie kaum einen Blick wert. Für viele kommt jede Hilfe zu spät, also schaufeln Georg, Fritz und Emil eine Woche lang Gräber, bevor auch sie zum ersten Mal in die Blutmühle geschickt werden.

Die Schützengräben, die in den letzten Monaten entstanden sind, gleichen kleinen, unterirdischen Dörfern. In drei Reihen, gut ausgebaut, miteinander verbunden – sie hatten in der Kaserne Bilder und Pläne gezeigt bekommen, dennoch ist Georg erstaunt. Das alles hier ist nur für den Krieg gebaut worden, und auf der anderen Seite, nur wenige Hundert Meter entfernt, haben sich die Franzosen auf ähnliche Art eingegraben. Dazwischen das Niemandsland. Granatsplitter, Krater, Pferdekadaver, ausgebrannte Panzerwagen, verwesende Kameraden. Es gibt in Beton gegossene Bunker, Kammern, Tunnel, zum Teil mehrere Etagen. Die Frontgräben verlaufen im Zickzack, alle zehn Meter ein Knick, denn ständig herrscht Beschuss von der feindlichen Artillerie, und die Splitter der einschlagenden Granaten können dadurch nur wenige Meter weit streuen. Der Frontgraben ist nicht dauerhaft besetzt, die meiste Zeit verbringen die Soldaten im Reserve- und Unterstützungsgraben, in der zweiten und dritten Reihe hinter dem Frontgraben. Die Angriffe erfolgen in den frühen Morgenstunden, die meiste Zeit tagsüber wird mit Warten verbracht. Wenn er doch nur sein Akkordeon hierhätte! Doch so sind sie zur Langeweile verdammt, kloppen Skat, stundenlang, bald träumt Georg von Farben, Augen und Stichen. Doch auch die Angriffe marschieren durch seine Träume. Die Granaten schlagen ein, die Franzmänner rücken an, die Maschinengewehrsalven mähen durch die Reihen, der Krieg ist ebenfalls ein Glücksspiel, doch mit deutlich weniger Taktik und Strategie als beim Skat.

Es wird nur immer wieder versucht, das Niemandsland zu durchqueren, ohne zu sterben. Rechts und links fallen die Kameraden, viele schaffen es nicht mal bis zum Graben der anderen, der voller Leichen liegt. Ein Granatsplitter reißt Georg seine Mauser aus der Hand, er muss den Franzosen, der vor ihm steht und gerade sein Gewehr lädt, mit dem Klappspaten angreifen, schlägt ihm seine Büchse aus der Hand und hackt den Spaten in den Hals, das Blut spritzt Georg ins Gesicht, und sie sehen sich in die Augen, leuchtend blaue Augen hat der Junge, und eine Mutter und einen Vater, vielleicht auch eine Amélie, im nächsten Moment knattert es schon wieder – Rückzug! Der Franzose sackt blutend auf die Knie, fällt in den Dreck, Amélie wird er nicht wiedersehen.

Was ist das nur für ein Krieg? Wie ein moderner Apparat, der mit Menschenleben gefüttert werden will, der nimmersatt immer neues Frischfleisch einfordert, je jünger, desto besser. Senfgas, Maschinengewehre, Artillerie, alles streut blind über die Frontlinien, Männer fallen im Kugelregen wie Fasane im Schrot, verrotten Seite an Seite mit dem Feind. Die alten Pickelhauben sind durch industriell gefertigte Helme aus Stahl ersetzt worden, sogar die Pferde tragen Gasmasken, im Graben gibt es Telefon, den Himmel durchknattern Flugzeuge, aus denen Bomben fallen, im Niemandsland rollen Panzerwagen. Es donnert und brummt, stinkt und brennt und bebt. Nacht für Nacht schreckt Georg jetzt hoch, schreiend, weiß nicht, wo er ist, weiß nicht, ob der Angriff Traum oder Wirklichkeit ist, und wenn Emil und Fritz ihn beruhigen wollen, schlägt er um sich und zittert.

Nach dem Angriff folgt das Einsammeln der Marken mit den eingestanzten Namen. Die ovalen Blechplättchen am Hals der gefallenen Kameraden sind in der Mitte perforiert, man muss sie mehrmals hin- und herknicken, eine Hälfte bleibt am Mann, die andere Hälfte kommt ins Säckchen. Bei einem, dem der halbe Kopf von einem Explosionsgeschoss weggesprengt wurde, entziffert Georg den Namen – und muss sofort weinen. Dieser Klumpen soll Fritz sein? Mit dem er gestern noch Skat gespielt und als Knirps Kirschen geklaut hat? Es ist so unwirklich, doch am Hals entdeckt er das große Muttermal, das er seit Kindheitstagen kennt. Er heult und heult, bis der Leutnant ihn zusammenpfeift.

Später, im Unterstützungsgraben, wieder nur dünne Suppe. Die Kameraden haben sich Stücke aus einem gefallenen Pferd geschnitten und braten sie auf ihren Bajonettspitzen über dem Feuer. Georg kriegt keinen Bissen davon runter. Er setzt sich zu Emil und muss sofort wieder losschluchzen. Der weiß es noch nicht. Georg kann es ihm nicht sagen, schafft es nicht. Emil guckt ihn an, mit einem Brocken schwarz angebranntem Pferdefleisch in der Hand.

»Fritz?«, fragt er, und Georg nickt, wischt sich über die Rotznase, Emil starrt nur stumpf vor sich hin. Dann beißt er ins Fleisch.

Landsturmmann Pickert, mit einem Nahschuss in der Hand, muss zum Gerichtsoffizier. Georg und Emil waren in nächster

Nähe und werden befragt, Verdacht auf »Heimatschuss«. Der Kamerad schwört unter Tränen, dass es ein Querschläger vom Franzosen war, doch der Offizier glaubt ihm nicht, beschimpft ihn als Weichei und Simulant. Pickert muss wohl ins Loch, wie lange, weiß keiner. Georg verwirft seinen Plan, sich selbst ins Bein zu schießen. Zwar wäre er lieber ein Krüppel zu Hause als weiter hier in der Hölle, doch die Angst aufzufliegen ist noch größer als das Heimweh.

Und dann die Läuse, und die Ratten, und der Dreck, und der Durst. Es regnet jetzt immer öfter, die Gräben laufen voll, das Wasser steht ihnen bis zum Knöchel und lässt sich kaum noch herausschöpfen, und weil es zu wenig Trinkwasser gibt, säuft man die schlammige Brühe, obwohl es untersagt ist. Dazu wird es kälter, die Füße so kalt und nass, nachts atmet man schon kleine Wölkchen – bis endlich wieder eine Woche geschafft ist und es zurück in die Etappe geht. So geht es immer im Kreis: Wer überlebt, darf eine Woche Karten spielen und Pferde pflegen, wird entlaust oder hat sich mit Glück einen Schuss gefangen und landet im Hospital bei den Schwestern.

Ein Lichtblick ist die Feldpost – liebe Grüße aus der Heimat. Dass in diesem Chaos Briefe ihre Empfänger finden, ist ein Wunder. Dora schreibt regelmäßig. Anni ist schwanger, ihr Julius war ja zum Fronturlaub daheim, doch jetzt ist auch er gefallen. Ob der Speck und die Wurst geschmeckt haben? Nichts davon ist je bei Georg angekommen, kaum einer erhält Pakete, wenn sie nach Essen duften. Da machen sich die Herren hinter der Front ein feines Leben, während sie hier wochenlang Schweinerübenfraß serviert bekommen.

Dann wird wieder rotiert. Immer neue, immer jüngere Gesichter füllen die Reihen auf. Emil und Georg müssen gleich in den Frontgraben, Wache schieben. Hoffmann und Böhme werden rübergeschickt, Handgranaten in den Graben der Franzosen werfen, um die verdammten Scharfschützen auszuschalten. An dieser Stelle ist der Feind nur hundert Schritt entfernt, und da drüben scheint nie einer zu schlafen. Die Granaten kommen an, doch kurz nach der Explosion rattert das Maschinengewehr – wieder zwei Kameraden weniger. Emil schickt wütend ein paar Salven in die Nacht, Georg späht durch die Scharte, sieht das Mündungsfeuer des Scharfschützen und wirft sich in den Dreck. Nach dem Schuss muss die Position gewechselt werden, denn jetzt weiß der Franzose, wohin er am Besten schießt.

»Emil, komm, Stellungswechsel.«

Doch Emil rührt sich nicht. Georg kniet sich zu ihm, dreht ihn auf den Rücken – zwischen den Augen das Loch. Erst Fritz, jetzt Emil. Zum Weinen bleibt keine Zeit, denn es schlagen Granaten ein und räumen zwei weitere Kameraden ab, Trostorf und Bönningstedt werden direkt neben Georg zerfetzt, Hirn, Blut, Dreck und Granatsplitter fliegen durch die Nacht. Auch Georg geht nieder, sein Bein, er kann es nicht spüren, in seinem Gesicht dagegen glühender Schmerz, ist sein Kopf zerplatzt? Ist er tot? Das Letzte, was er denkt: *geschafft, das war's, endlich geschafft.*

*

Zwanzig Kilometer hinter der Front. Hier herrscht das erste Mal seit Langem Ruhe. Nur ganz leise grollt es noch, wenn der Wind ungünstig steht. Die französische Schule ist zum Hospital umfunktioniert. Georg erwacht auf der Etage mit den Blinden, obwohl er nur das rechte Auge verloren hat. Der Splitter im Bein ist raus, die Wunde musste mit fünf Stichen genäht werden. Als er sich nach ein paar Tagen besser fühlt, bittet Schwester Gertrud ihn, die anderen in den Garten zu führen. Alle fassen ihren Vordermann an die Schultern, Georg humpelt voran, der Einäugige als König der Blinden. Er leitet sie ins Sonnenlicht, die Menschenraupe, dann hört er plötzlich, dass irgendwo ein Akkordeon malträtiert wird. Sofort reißt Georg sich los, überlässt die Blinden sich selbst, folgt dem Krach, den wohl ein Kind veranstalten muss, so sinnlos sind die Töne, jemand zieht und drückt in vollkommener Unkenntnis auf dem Instrument herum, er hört helles Gelächter. Langsam geht er hinter das Hauptgebäude, durch den Schulgarten, zum Trakt, aus dem die Geräusche kommen. Die Tür steht offen, er betritt unbemerkt das Zimmer und bleibt in der Tür stehen. Ein junger Arzt und zwei Schwestern stehen beisammen, der Arzt reicht einer Krankenschwester gerade das Instrument, sie legt sich die Ledergurte um, stöhnt überrascht unter dem Gewicht. Die Schwester probiert, zieht und drückt ungeschickt, alle kichern, dann versucht sie *Alle meine Entchen* zu spielen, immerhin, man erkennt es. Die anderen beiden applaudieren und lachen, jetzt erst bemerken sie Georg.

»Ja? Was gibt es? Wir machen eigentlich gerade Pause …«, sagt die schöne Schwester, Agnes heißt sie, nimmt das Akkordeon ab, legt es zurück in den Koffer.

»Ich habe das Akkordeon gehört …«, beginnt Georg schüchtern, »… ist das Ihres?«

»Die Quetschkommode? Nein, die haben wir gerade hier im Schrank gefunden.«

Georg zögert. Schwester Agnes lächelt freundlich. Der Arzt und die andere Schwester mustern ihn.

»Ich … dürfte ich einmal spielen?«

»Oh, sagen Sie bloß, sie können Akkordeon spielen? Bitte, nur zu«, sagt der Arzt lachend. Georg nickt und hängt sich das Instrument um. Der Arzt will den Raum verlassen, geht bereits zur Tür, da lässt Georg probeweise eine kleine Melodie erklingen. Er braucht ein wenig, um sich auf dem französischen Instrument zurechtzufinden, doch schon bald weiß er mit der Knopftastatur ausreichend umzugehen. Der Arzt bleibt in der Tür stehen, als ein Lied erklingt. Über alle Gesichter geht ein Leuchten.

Nun spielt Georg jeden Abend für die Kameraden, Schwestern und Ärzte. Er wird in ein anderes Zimmer verlegt, neben Janssen, einen Bergarbeiter aus dem Ruhrgebiet. Georg trägt eine Augenklappe, wie ein furchtloser Pirat sieht er aus, so schreibt er Dora und schickt ein Foto, das Tannhäuser mit seiner Kamera gemacht hat: Georg mit Augenklappe und Kopftuch, ein Messer zwischen den Zähnen, klar zum Entern.

Doch das Zittern wird schlimmer. Nicht mehr nur aus den Träumen schreckt er hoch, auch mitten am Tag überkommt ihn eine Angst, er kann nicht erklären wovor, ein Geruch (etwas Angebranntes) oder ein Geräusch (eine Tür schlägt zu) reichen aus, und Georg schreit auf, in Panik, schlägt um sich oder fällt zitternd zu Boden. Janssen hält ihn dann fest, so gut es geht, mit der einen Hand, die er noch hat, und spricht beruhigend auf ihn ein – das hilft.

Kumpel Janssen ist schwer in Ordnung: flucht ungeniert mit seiner Ruhrpottschnauze auf den Kaiser und die fetten Generäle. »Die essen jeden Tag Fleisch und Speck und Wurst und kommandieren uns, das Kanonenfutter, herum. Von denen hat noch keiner einen Franzmann mit dem Klappspaten geschlachtet!« Drohend schwingt er seinen verbundenen Stumpen und zeigt damit auf seinen Kopfverband.

Eines Tages kommt Doktor Helmholtz ins Zimmer und grinst so breit, als wäre der Krieg vorbei. Ist er aber nicht.

»Kohlmann, Janssen? Kommen Sie mal mit.«

Sie verlassen das Gruppenzimmer und folgen ihm auf den Flur, Helmholtz senkt die Stimme.

»Sie werden uns leider bald verlassen.«

Georg tauscht einen Blick mit Janssen. Müssen sie zurück an die Front? Oder geht es doch schon nach Hause? Aber warum die Heimlichtuerei? Weder für das eine noch das andere sind sie in Form, Janssens Stumpen hat sich entzündet und nässt, und keiner weiß, wie sich Georgs Zittern behandeln lässt. Doch Dr. Helmholtz klärt sie auf.

»Mit ihrem Tremor können Sie nicht zurück an die Front. Sie müssen sich erholen. Und Sie, Janssen, brauchen ebenfalls Ruhe. Glücklicherweise hat die Schweiz sich bereit erklärt, Versehrte aller Kriegsparteien aufzunehmen. Auch unser Hospital darf zwei Männer entsenden. Wir lassen Sie zwar nur ungern gehen, Kohlmann, aber Sie haben es sich verdient. Und Sie, Janssen, wollten doch schon immer die Berge sehen. Morgen geht es nach Davos, ins Luxussanatorium. Packen Sie Ihre Sachen!«

Der Doktor grinst, nickt und verschwindet wieder. Sie gehen zurück ins Zimmer, Georg strahlt über beide Ohren, doch Janssen schaut bloß nachdenklich vor sich hin.

»Janssen! Die Berge! Freust du dich denn gar nicht?«, fragt Georg.

Janssen hebt den Kopf. »Schau dich doch um. Die ganzen Leute hier ... Bauern, Bergarbeiter, Metzger, Maurer – wurden alle in die Blutmühle geschickt. Und wofür? Damit die reichen Fatzkes noch reicher werden. Für wen schuftest du daheim? Den Großbauern. Wie schon dein Vater. Und ich? Für die Aktiengesellschaft. Genau wie mein Alter. Wir sind die Leute, die sich ihr Leben lang kaputt malochen und denen da oben die Taschen vollmachen. Und jetzt sollen wir uns freuen, weil wir ins Luxussanatorium dürfen? Ich sage dir, da wird es genauso laufen: Die Reichen gießen sich den Schampus hinter die Binde, und die Diener laufen herum und buckeln wie die Leibeigenen. Mit dem Unterschied, dass wir ihnen dabei zuschauen dürfen. Glaub ja nicht, dass wir mit der oberen Klasse Austern schlürfen werden.« Er beugt sich vor und flüstert: »Das ganze System gehört abgeschafft – der Kaiser muss abdanken!«

Georg denkt an seinen Vater, der sein Leben lang geschuftet hat, und an den fetten Großbauern Peters in seiner glänzenden Kutsche. Genau wie die Generäle den Krieg am Schreibtisch planen und nicht selbst in die Schlacht ziehen, so hat Peters in seinem Leben nicht eine Kuh gemolken oder jemals ein Feld eigenhändig bestellt. Er hat alles von seinem Vater übernommen.

»Aber wie soll das gehen?«

»Die Bolschewiki haben es erkannt: Es ist Zeit für die Diktatur des Proletariats. Wir, die Arbeiter und Bauern, sind in der Überzahl – wir müssen uns erheben. Ich sage dir: Der Zar sitzt nicht mehr lange auf seinem Thron. Die Revolution wird kommen. Auch bei uns!«

Janssen geht zum Spind und holt ein Buch hervor, klappt es auf, nimmt Haltung an. *»Das Proletariat, die unterste Schicht der jetzigen Gesellschaft, kann sich nicht erheben, nicht aufrichten, ohne dass der ganze Überbau der Schichten, die die offizielle Gesellschaft bilden, in die Luft gesprengt wird«*, liest er laut vor, im Tonfall eines Redners. »Karl Marx. Hast du Marx gelesen? Kennst du Lenin?«

»Nein … wer ist das?«

Janssen legt ihm die Hand, die ihm geblieben ist, auf die Schulter und grinst grimmig.

»Wir zwei haben eine schöne, lange Zugfahrt vor uns.«

Wer zieht die Fäden?

Als Ilse zur Lagebesprechung in der Zentrale eintraf, standen Parvus und der Konsul im vernebelten Licht vor dem Tisch mit der Europakarte. Der Russe knackte in hoher Frequenz seine Kerne, der Boden war mit Schalen übersät. Zu Esteburg ging auf und ab und paffte dabei dicke Wolken in den Raum. Ilse trat zu ihnen und steckte sich eine Zigarette an.

»Unsere Leute suchen überall nach Kohlmann. Bisher ohne Erfolg«, sagte der Konsul zur Begrüßung. Er griff eine Flasche Weinbrand aus dem Regal und füllte drei Gläser. Alle tranken.

Ilse setzte das Glas ab, zog an ihrer Zigarette und atmete einen dünnen Faden Rauch in zu Esteburgs Richtung. »Der feindliche Agent war ein Veteran der zaristischen Armee. Er hatte das Zeichen der Ochrana eintätowiert«, sagte sie.

»Sie lassen Kohlmann entwischen, und jetzt haben wir auch noch die Ochrana am Hals! Was ist da schiefgelaufen?«

Ilse verengte die Augen und erwiderte scharf: »*Sie* haben den Kontakt zu Lenin hergestellt! Unser Telefonat wurde offenbar abgehört. *Das* ist schiefgelaufen.«

Parvus stellte sein Knabbern und Spucken ein.

»Oder Ihre Krankenschwester hat uns verraten.«

Der Konsul nickte. »Klären Sie das!«

Ilse starrte ihn kalt an. »Wir müssen abbrechen.«

»Auf keinen Fall! Lenin ist bereits in Davos. Wenn er merkt, dass etwas nicht stimmt, wird er untertauchen.«

Parvus nickte. »Wir ziehen das durch. Heute Abend während der Gala im Cronwald.«

Immer noch Schwestern

Sie hatten sich noch vor Davos getrennt, waren zeitversetzt und auf verschiedenen Wegen zurück zum Curhaus gegangen, doch ihr Abschiedskuss lag noch auf Johannas Lippen. Das Hochgefühl vertrieb alle Erschöpfung, als hätte es die schlaflose Liebesnacht und den stundenlangen Marsch durch die eisigen Berge nicht gegeben. Sie war kurz vor dem Ziel. Ein Leben, fernab von Krieg, Agenten und Verrat, mit ihrer eigenen kleinen Familie – es war zum Greifen nah.

Mit leuchtenden Bildern im Kopf packte Johanna ihren großen Wanderrucksack. Auf ihre eigenen Kleider legte sie die Kinderkleidung für Elli, steckte eine Mappe mit Erichs Bildern und dem Foto ihrer Mutter dazwischen, darin auch der Umschlag mit dem Geld. Obenauf kam die Pistole und die letzten Schachteln Munition.

Als Mathilde den Raum betrat, machte sie keinerlei Anstalten, den Rucksack vor ihr zu verbergen oder auch nur zu schließen. Sie hatte sich längst vorgenommen, Mathilde in ihre Pläne einzuweihen. Bei allem, was geschehen war – Abschied nehmen wollte sie. Mit dem Rücken zur Tür hörte sie Mathildes Stimme näher kommen.

»Johanna, wo warst du in der Nacht? Es gibt Neuigkeiten. Tschudi konnte Thanners Leben retten. Doch Thanner wird nie mehr gehen können und …«

Mathilde stockte, als sie jetzt bei Johanna ankam, den Rucksack und dann die Pistole darin bemerkte.

»Johanna … geh nicht. Ich … ich sag dir, wo Elli ist.«

Mathilde legte ihre Hand auf Johannas Unterarm und sah sie flehentlich an.

»Ich weiß, dass Elli bei der Donatsch ist«, kam Johanna ihr zuvor.

»Wie …? Woher?«

Johanna schwieg. Mathilde nickte bitter, konnte es sich denken. Sie ließ sich auf Johannas Bett nieder und begann die Falten des Bettbezugs glattzustreichen.

»Du warst schon immer ein bisschen anders als ich. Und das war in Ordnung. Aber seit du aus dem Krieg zurück bist, leben wir in zwei verschiedenen Welten.«

Johanna blickte ihre Schwester an, die erwiderte den Blick.

»Was denkst du, warum Elli bei der Donatsch untergekommen ist?«, fragte Mathilde.

»… weil du alles und jeden kontrollieren willst?«

Johannas Spitze traf Mathilde sichtlich.

»Ach, Johanna … nein. Du wärst ins Gefängnis gekommen, wenn du ein Balg in die Welt gesetzt hättest! Und Elli wäre im Waisenheim gelandet. So ist sie wenigstens in der Nähe. Ich habe Papa dazu überredet.«

Nun war Johanna ehrlich überrascht.

Mathilde fuhr fort.

»Wäre Mutter noch am Leben, sie hätte dasselbe getan. Johanna, ich habe mir meine Rolle nicht ausgesucht. Aber jemand muss diese Familie zusammenhalten.«

Die Erwähnung ihrer Mutter erwischte Johanna kalt. War es unfair von Mathilde, sie ins Spiel zu bringen? Oder hatte sie recht? Hätte ihre eigene Mutter ebenso gehandelt? Johanna musste schlucken, als Mathilde nun eine Träne über die Wange rann. Sie setzte sich zu ihr, und sofort griff Mathilde ihre Hand.

»Bleib hier. Bei uns. Für Elli finden wir eine Lösung. Wir brauchen dich. Ich … brauche dich.«

Johanna schloss die Augen. Sie atmete tief und zitternd ein. Dann ließ sie die Hand ihrer Schwester los und sah Mathilde an.

»Es tut mir leid. Dafür ist es zu spät.«

Zwei Pässe

In seiner Ärzteunterkunft war Mangold ebenfalls damit beschäftigt, die Sachen für die Flucht zu packen. Viel Persönliches hatte er als Doktor Mangold nicht ansammeln können, insofern ging es schnell. Seine Blechschachtel aus dem Luftschacht enthielt die letzten Reliquien seines ersten Lebens als Max Horowitz. Er entnahm das Geld, das Foto seiner Eltern, seine beiden Pässe und seinen neuen. In seinem Arzttäschchen verstaute er die Waffe. Vor dem geöffneten Schrank blieb er stehen und betrachtete die Anzüge. Die würde er hierlassen. Er brauchte nur warme Kleidung.

Als alles verstaut war, atmete er befreit durch. Endlich würde er alles hinter sich lassen. Sein Leben als Teil des deutschen Heers, seine kurze Karriere als Spion für die Entente – es war an der Zeit, in sein neues Leben mit Johanna zu treten.

Ein Klopfen riss ihn aus den Tagträumen. Er schob den Koffer unters Bett und ging zur Tür.

»Wer ist da?«

Die unterwürfige Stimme eines Pagen erklang. »Bitte entschuldigen Sie die Störung, Dr. Mangold. Ein Telegramm für Sie.«

Carl öffnete die Tür – doch anstatt in das Gesicht eines Pagen blickte er direkt in einen Schalldämpfer. Konsul zu Esteburg lächelte. Dann setzte er den Lauf auf Carls Stirn, schob ihn mit sanftem Druck ins Zimmer und sagte mit der gleichen, verstellten Stimme wie zuvor: »Darf ich hereinkommen und Ihnen das Telegramm vorlesen?«

All die Erinnerungen

Im großen Saal waren die Vorbereitungen für die Spendengala bereits voll im Gange. Das gesamte Sanatorium war in Aufruhr. Das Kammerorchester probte, am Abend sollte die *Zauberflöte* aufgeführt werden. Concierge Pierre schickte mit knappen Befehlen das Personal durch den Raum, eilte in den Hinterhof, um eine Lieferung Wild zu prüfen, pfiff herumlungernde Küchenjungen zusammen und trieb sie an die Arbeit, bevor er zurück in den Saal rauschte, um das Silberbesteck und die Servietten zu überprüfen. Mathilde war dabei, die Platzkarten für die reservierten Tische zu verteilen. Es hatte Tage in Anspruch genommen auszuklügeln, wer an welchem Tisch und neben wem sitzen sollte. Die potenziell größten Spender bekamen einen Platz am Ehrentisch, dabei mussten militärische Ränge, politischer Einfluss und Eitelkeiten berücksichtigt werden, ein heikles Unterfangen.

Johanna stand in Schwesterntracht am Eingang des Saals und betrachtete das Treiben. Würde all das bald Vergangenheit sein? Die Erinnerungen an vergangene Weihnachtsfeste überfielen sie, sie musste an Ständchen denken, die sie und Mathilde vorgetragen hatten, als sie noch klein waren. An den fünfzigsten Geburtstag ihres Vaters, die Hochzeit von Mathilde und Jovin. Unweigerlich wurde ihr das Bild ihrer eigenen Hochzeit in den Kopf projiziert, sie sah sich im weißen Kleid, und daneben, im Rollstuhl, Thanner. Johanna schüttelte sich. Sie wollte nur die schönen Erinnerungen mitnehmen, wenn sie fortging von hier. Und Carl.

Schlimmer als Verrat

Johanna klopfte an die Tür von Ilses Appartement. Ihr Koffer war gepackt, jetzt brauchte sie nur noch den Pass, dann würde sie Elli holen und in der anbrechenden Dunkelheit mit Carl über die Grenze verschwinden.

»Ja.«

Ilse war kaum zu hören, sprach wie zu sich selbst. Johanna betrat das Appartement. Es war verqualmt, die Vorhänge zugezogen, Ilse saß rauchend auf dem Sofa und sah sie schweigend an.

»Du rauchst wieder?«, fragte Johanna.

Auf dem Salontisch vor Ilse stand der blaue Spucknapf. Daneben lag ihre Pistole. Griffbereit. Außerdem zerknüllte, blutige Taschentücher. Johanna erschrak und trat einen Schritt zurück.

»Seit wann hustest du Blut?«

Das bedeutete, dass die Krankheit nun ansteckend war.

Ilse schwieg weiter. Rauchte. Fixierte Johanna. Was wusste, was ahnte die Gräfin?

Johanna wollte Ilse nicht belügen, aber sie konnte sie auch unter keinen Umständen in ihre und Carls Pläne einweihen.

»Du hast den Konsul gestern Mittag versetzt. Er hat sich gewundert, warum du nicht da warst, um deinen Pass zu holen.«

»Ich … ich war verhindert. Mir ist etwas dazwischengekommen.«

Das war noch nicht mal gelogen. Ilse zog an ihrer Zigarette. Atmete Rauch in Johannas Richtung.

»Und am Abend hast du auch mich versetzt. Was hattest du denn Wichtiges vor?«

Jetzt musste sie lügen.

»Ich … Thanner wurde den ganzen Tag operiert. Als seine Verlobte konnte ich unmöglich dort weg.«

Ilse tat ihr nicht den Gefallen, in irgendeiner Weise zu reagieren. Konnte es sein, dass sie längst wusste, dass Johanna in der vergangenen Nacht gar nicht im Cronwald gewesen war?

Ilse starrte sie weiterhin an. Rauchte. Ließ sich Zeit. Dann fragte sie: »Warum lügst du?«

Verdammt.

Wusste sie von ihr und Carl?

Wie sollte Johanna reagieren?

Alles zugeben? Alles leugnen?

»Du wurdest beim Verlassen des Curhauses gesehen. Mit Mangold. Der Doktor schien recht erbost gewesen zu sein – es sah aus, als wärst du nicht freiwillig mitgegangen, sagt unser Zeuge.«

Johanna erstarrte. Leugnen hatte also keinen Zweck. Aber wusste sie auch, dass Carl für die Entente spionierte?

»Ja. Das stimmt. Ich habe gestern sein Zimmer durchsucht. Und er hat mich überrascht.«

»Was hast du denn gesucht?«

Ilse lächelte, blieb weiterhin extrem ruhig, es war furchteinflößend.

»Ich wollte … ich dachte, er …«

Johanna schlug die Hände vorm Gesicht zusammen und brach in Tränen aus.

Es war alles aus.

Alles, wofür sie so lange gekämpft hatte.

»Ilse … bitte … es tut mir leid. Carl und ich … wir wollen weggehen. Mit Elli. Im Ausland neu anfangen …«

Ilse schnellte nach oben, voller Zorn.

»Der Doktor ist ein Spion der Entente! Ein Vaterlandsverräter! Du kannst ihm nicht vertrauen!«

Ilse schnaubte, doch der Ausbruch hatte sie offenbar so große Kraft gekostet, dass sie sich wieder setzen musste. Sie lehnte sich zurück und entzündete eine neue Zigarette.

»Er hätte mich umbringen können. Und hat es nicht getan«, erklärte Johanna verzweifelt. Sie musste Carl schützen. »Weil ich ihm von Elli erzählt habe … Bitte glaub mir, Carl und ich … wir lieben uns.«

Ilse winkte ab. »Seit wann weißt du, dass er für die Gegenseite arbeitet?«

»Ich … habe ihn beim Bergwerk gesehen. Als du bewusstlos warst. Ich dachte eigentlich, er wäre in der Explosion umgekommen, deshalb habe ich dir nichts gesagt.«

Ilse sah sie an. Die Enttäuschung war nicht gespielt. So lange schon hatte Johanna sie hintergangen. Sie schüttelte ungläubig den Kopf. »Ich war bereit, dir alles zu geben. Und du lügst mich an.«

Ihre Stimme war jetzt ganz weich, ohne Biss, ohne Spott. Die wahre Ilse, die sonst nie zum Vorschein kam, hier saß sie vor Johanna. Eine Frau in tiefer Trauer. Sie konnte einem leidtun – der Gedanke war Johanna zuvor noch nie gekommen.

»Und ich hab nichts gemerkt. Vermutlich … wollte ich nichts merken.«

»Ilse …«

»Zwanzig Jahre lang habe ich keinen Fehler gemacht. Habe nichts getan, ohne genau zu wissen, warum. Man überlebt dieses Spiel nur, wenn man sich nie emotional einlässt.« Sie zog an ihrer Zigarette. »Und dann kommst du …« Ilse brach ab und starrte Johanna an. Die Enttäuschung in ihrem Blick war kaum zu ertragen.

Und dann kehrte die alte Ilse zurück. Sie streckte sich, hob das Kinn, stellte die Augen schmal und nahm einen letzten Zug von ihrer Zigarette, drückte die erst halb aufgerauchte Zigarette im Aschenbecher aus.

»… und dann kommst du und verrätst den Lenin-Plan an den Feind. Weil du dich verliebt hast. Wie kannst du nur so naiv sein!«

»Den Lenin-Plan? Ich habe Carl nichts davon erzählt. Wir haben uns gar nichts erzählt.«

»Und das soll ich dir glauben?«

»Ich würde dich nie verraten, Ilse. Was würde mir das nutzen?«

Ilse griff nach ihrem Napf, hustete, spuckte Blut. Johanna trat einen weiteren Schritt zurück, Ilse hob den Blick und schenkte ihr ein bitteres Lächeln.

»Was du gemacht hast, ist schlimmer als Verrat.«

Die Gräfin war sichtlich mitgenommen – von Krankheit und Enttäuschung.

»Vom Lenin-Plan weiß Carl garantiert nichts, Ilse – du musst mir glauben!«

»Wir werden ja sehen, was Mangold zu erzählen hat.«

Sie hatten ihn also längst.

Ilse starrte die Decke an und steckte sich eine weitere Zigarette an, rauchte.

»Wir haben es in der Hand, den Gang der Geschichte zu ändern, Johanna. Ich werde nicht vergebens sterben. Nicht, weil du dich in einen Verräter verliebt hast.«

Sie griff neben sich und warf die Knopflochkamera des russischen Agenten auf den Tisch.

»Entwickle die Fotos. Die Kamera habe ich bei einem Agenten des Zaren sichergestellt, der versuchte, mich und Kohlmann zu observieren. Mit etwas Glück sind noch andere Aufnahmen darauf, die uns einen Hinweis geben, wer hier im Hintergrund die Fäden zieht.«

»Ilse. Wenn … wenn ich dir beweise, dass wir dich nicht verraten haben – versprich mir, dass du uns mit Elli gehen lässt.«

»Ich verspreche dir, dass Mangold den Tag überleben wird. Und das ist schon viel.«

Ein Angebot für Dr. Mangold

Mangold saß im Heizungskeller an einen Stuhl gefesselt. Bis auf ein paar Bettlaken, die zum Trocknen aufgehängt waren, war der Raum kahl. Von den Wänden blätterte der Putz.

Vor ihm hatte sich das Triumvirat aufgebaut: Konsul Ole zu Esteburg, Gräfin Ilse von Hausner und in ihrer Mitte Doktor Parvus. Letzterer steckte die Tüte mit den Sonnenblumenkernen weg, spuckte Mangold eine Spelze ins Gesicht, küsste seine Faust, holte aus und schlug ihm mit voller Wucht ins Gesicht. Mangolds Lippe platzte auf, dickes Blut quoll hervor und lief ihm über das Kinn. Er gab keinen Ton von sich.

Parvus packte Mangolds Unterlippe und zerrte heftig daran. Nun entfuhr ihm doch ein unterdrückter Schmerzensschrei.

»Was weißt du über Lenin? Kennt die Entente den Ort des Treffens? Für wen hat der Fotograf gearbeitet?«

Er ließ Mangold los, der Blut und Rotz auf den Boden spuckte.

»Foltern Sie ihn!«, befahl der Konsul.

Parvus trat einen Schritt zurück. Einen gefesselten Mann schlagen? Ja. Aber Foltern? Das sollten andere machen. Er warf einen für seine Verhältnisse geradezu hilfesuchenden Blick zur Gräfin. Die lehnte an der Wand, unterdrückte ein Husten, zog an ihrer Zigarre.

»Gewalt hilft hier nicht. Lassen Sie mich mit ihm allein.«

Die beiden Männer sahen sich kurz an.
Parvus grinste. »Bitte. Legen Sie los.«

Nachdem die Tür ins Schloss gefallen war, löste sich Ilse von der Wand. Sie nahm sich einen Stuhl und setzte sich vor Mangold.

»Habe ich Ihnen nicht gesagt, Sie sollen die Finger von Johanna lassen?«

Mangold spuckte einen roten Klumpen aus.

»Ich erinnere mich, dass Sie eifersüchtig waren, ja.«

Er tastete die Wunde mit der Zunge ab. Seine Lippe war angeschwollen, das Kinn rot von dickem Blut.

»Johanna hat mir erzählt, Sie beide wollen zusammen weggehen. Dass Sie sich lieben.«

»Enttäuscht?«

Die Gräfin hustete, versuchte den Napf dabei mit der Hand abzuschirmen, doch Doktor Mangold hatte längst begriffen.

»Blut. Sie sind jetzt ansteckend. Als Arzt gebe ich Ihnen noch drei Monate. Höchstens.«

Etwas an Ilses Lächeln verriet, wenn auch nur für einen Augenblick, dass er einen Treffer gelandet hatte. Sie zog an ihrer Zigarre.

»Wir wissen beide, dass Sie nie vorhatten, mit Johanna ein trautes Familienleben zu führen. Kaum wären Sie weg gewesen, hätten Sie Johanna dazu gebracht, uns alle zu verraten.«

»In Ihrer Welt mag das so sein.«

»Meine Welt ist der Krieg. Genau wie Ihre. Genau wie die von Johanna.«

Sie pustete ihm dicken Qualm ins Gesicht, Mangold drehte blinzelnd den Kopf zur Seite.

»Wer leitet auf Seiten der Entente die Mission gegen Lenin? Reden Sie! Das würde mir zeigen, dass Sie es ernst meinen mit Johanna. Dass es eine Zukunft gibt. Für Sie beide.«

Sie erhob sich und umkreiste ihn rauchend. Hinter seinem Stuhl blieb sie stehen.

Mangold spuckte erneut aus. »Jemand, der vorgibt, krank zu sein, um zu spionieren – das verstehe ich. Aber jemand, der todkrank ist und seine letzte Lebenszeit für das Vaterland hergibt … der hat doch ein verpfuschtes Leben. Wie einsam muss man dafür sein? Für Sie gibt es keine Liebe. Und niemand wird an Ihrem Grab weinen. Habe ich recht?«

Sehen konnte Mangold die Gräfin nicht, aber sie brauchte einen Moment, bevor sie ihm mit der gewohnten Herablassung antwortete. Vermutlich hatte er mit seinen Worten abermals ins Schwarze getroffen.

»Sosehr ich unsere Unterhaltung genieße … Wir haben wenig Zeit. Wenn Sie schweigen, werden Sie wegen Hochverrats hingerichtet. Wenn Sie vollumfänglich kooperieren, werden Sie nur weggesperrt, und wir werden uns nach dem Krieg für Ihre Begnadigung beim Kaiser einsetzen.«

»Was passiert mit Johanna?«

Die Gräfin umkreiste Mangold ein weiteres Mal, blieb vor ihm stehen und fixierte ihn. Als sie realisierte, dass es echte Sorge war, die sie in seinem Gesicht las, musste sie bitter lachen. »Mein Gott. Sie armer Narr, Sie haben wahrhaftig Gefühle für sie!«

Sie beugte sich zu ihm, ihr Gesicht war nun ganz nahe an seinem, fast berührten sich ihre Nasenspitzen. Aus nächster Nähe hauchte sie ihm ins Gesicht: »Hat Johanna Ihnen erzählt, dass Sie alles nur für Ihr Kind tue? Ich verrate Ihnen was: Es gibt kein Kind. Äußerst begabt, das Fräulein Gabathuler, nicht wahr? Johanna hat Sie mir ausgeliefert, in dem Augenblick, in dem sie nicht mehr in Ihrer Gewalt war.«

Mangold versuchte keine Regung zu zeigen, doch der Gräfin entging nichts. Sie lächelte mitleidig.

»Denken Sie über mein Angebot nach.«

Sie ging zur Tür, legte die Hand auf die Klinke und wandte sich noch einmal um.

»Das Treffen mit Lenin wird stattfinden. Die Bolschewiki werden Russland aus dem Krieg führen. Und Deutschland wird diesen Krieg gewinnen. Ob mit oder ohne uns.«

Die Macht der Bilder

Johanna war auf dem Weg in die Dunkelkammer. Die Bilder der Knopflochkamera, die Ilse sichergestellt hatte, waren ihre letzte Hoffnung. Sie würden hoffentlich einen Hinweis enthalten, wer in Davos den Lenin-Plan zu vereiteln suchte. Und dass Carl nichts damit zu tun hatte.

Als sie die Tür geschlossen und das Warnlicht angeknipst hatte, atmete sie erleichtert durch. Zumindest die nächsten Minuten gehörten ihr allein, im Rotlicht und im vertrauten Duft der Chemie.

Sie entwickelte den Film aus der Knopflochkamera. Zwölf Negative wurden auf dem kurzen Streifen sichtbar. Nach und nach bannte sie die Bilder auf Fotopapier.

Auf einigen waren Ilse und ein Mann mit Hut zu sehen, aus verschiedenen Blickwinkeln, immer aus sicherer Entfernung: beim Verlassen des Curhauses, auf der Brücke hinter dem Sanatorium, im Stadtpark. Auf dem letzten Foto hob der Mann den Kopf, hatte den Hut nicht so tief ins Gesicht gezogen wie auf den anderen Bildern. Erst jetzt erkannte Johanna, dass es sich um Georg handelte, dessen Bart zur Tarnung in Form gebracht und der in vernünftige Kleidung gesteckt worden war. So hatten sie ihn wohl ins Sanatorium und wieder herausgeschmuggelt.

Die restlichen Fotos zeigten ausgelassen feiernde Menschen. Die Motive hatten einen eindeutigen Fokus – zu sehen waren Politiker, Würdenträger, ranghohe Militärs. Eine lachende junge Frau mit Maske saß im eng anliegenden Kleid auf dem Schoss eines Herrn, der sein Gesicht in ihrem Ausschnitt vergrub, eine Brust lag bereits komplett frei, das Kleid war hochgerutscht. Auf einem zweiten Bild desselben Paares erkannte Johanna den Mann, der seine Hände auf den freiliegenden Oberschenkeln liegen hatte: Es war der alte Richter Vierhuff. Der Mann war Anfang siebzig. Die junge Frau höchstens zwanzig. Wenn überhaupt.

Das nächste Foto zeigte einen Herrn mit Schnurrbart, dessen Gesicht ihr aus der Zeitung bekannt vorkam, sie meinte sich zu erinnern, dass es sich um einen französischen Konsul handelte. Die Hand eines anderen Mannes war in seinem Hosenschlitz verschwunden, ein dritter junger Kerl küsste ihn leidenschaftlich am Hals. Ausnahmslos alle Bilder waren zu fortgeschrittener Stunde auf Belovas Ball im Cronwald geschossen worden. Im Saal, auf den Gängen, im Roulettezimmer, im Hinterhof. Ein ranghoher britischer Offizier schnupfte ein weißes Pulver, Nationalrat Kindschi rannte in Unterhose über den Flur, verfolgt von jungen Damen, die vollkommen nackt waren. Auf dem letzten Bild schließlich war die bildhübsche Tochter des portugiesischen Botschafters in eindeutiger Pose mit einer anderen Frau zu erkennen, die dabei viel Haut zeigte. Johanna erkannte in ihr das Nacktmodell aus der Sänfte. All diese heimlich geschossenen Aufnahmen zeigten Menschen in Machtpositionen – der Agent des Zaren hatte auf dem Ball der Prinzessin offensichtlich gezielt kompromittierendes Material gesammelt. Arbeitete Belova mit der zaristischen Geheimpolizei zusammen?

Sie sortierte die Fotos zwischen den Seiten eines Romans ein, den sie zu diesem Zweck mitgebracht hatte, verstaute ihn in ihrem Köfferchen und verließ die Dunkelkammer. Während sie die Tür abschloss, vernahm sie die Stimme von Professor Tschudi am anderen Ende des Gangs.

»Das wird. Die Schmerzen werden bald nachlassen, Herr Großrat.«

Sie drehte sich um und erblickte Tschudi. Mit Thanner. Er saß im Rollstuhl, Schwester Anne schob ihn langsam neben dem Professor den Gang entlang. Alle drei sahen Johanna an, Thanners Gesicht hellte sich auf.

»Meine Johanna …«

Er hob die Hand, wie um nach ihr zu greifen.

Sie versuchte zu lächeln. Die ungewachsten Haare fielen ihm in die Stirn, an seinen Wangen sprossen die Bartstoppeln und ließen ihn aussehen wie einen Menschen. Die lackierte Überheblichkeit, seine selbstgefällige Arroganz – alles war von ihm abgebröckelt. Thanner würde nie wieder laufen können. Er war nur noch ein halber Mann. Johanna gab sich einen Ruck, ging zu ihm und legte ihm eine Hand auf die Schulter.

»Wie geht es Ihnen? Wissen Sie … weiß man schon, wer Ihnen das angetan hat?«

Thanner blickte sie stumm an.

»Kommen Sie mich mal besuchen. Ich würde mich freuen.«

»Es tut mir so leid.«

Thanner nickte.

»Bis bald«, sagte Johanna.

Er hob voller Erwartung den Kopf, doch Johanna konnte sich nicht zu einem Kuss überwinden, und sei es nur auf die Wange. Thanner sah sie traurig an. Ohne den Blick von Johanna zu wenden, sagte er über die Schulter zur Krankenschwester: »Weiter. Ich bin müde.«

Die Schwester lächelte Johanna entschuldigend an, Professor Tschudi nickte zur Verabschiedung. Dann setzte sich das Trio in Bewegung. Johanna sah ihrem Verlobten hinterher. Sie erinnerte sich an die Erleichterung, die sie beim Gedanken an seinen möglichen Tod verspürt hatte. Jetzt schämte sie sich dafür. Er tat ihr leid. Niemand hatte ein solches Schicksal verdient.

»Derjenige, der für dieses Verbrechen verantwortlich ist, muss hart bestraft werden!«, hörte sie Tschudi noch sagen, während sich die kleine Gruppe entfernte.

*

Die Gräfin studierte die Fotos, die Johanna auf dem Tisch ausgebreitet hatte. Und musste grinsen.

»Ist das nicht Nationalrat Kindschi? Der alte Schwerenöter, seine Frau liegt krank zu Hause und weiß von nichts.«

Sie hob den Kopf und sah zu Johanna. »Und Prinzessin Belova ist mit dem Zaren verwandt?«

Johanna hatte sich in sicherem Abstand hingesetzt. Sie nickte und zeigte auf die linke Seite des Tisches. »Dort, die Bilder sind aus unserem Familienalbum.«

Die Gräfin beugte sich über die alten Fotos. Zu sehen war die junge Belova, zusammen mit Johannas Eltern.

»Du siehst deiner Mutter ja wirklich verblüffend ähnlich …«

Johanna lächelte. Ob Elli später ihr ähnlich sehen würde? Oder eher Erich?

»Und deine Mutter und Belova waren Freundinnen?«

»Ja. Mit ihr habe ich seit der Kindheit Russisch gesprochen. Mein Vater hatte Belova darum gebeten. Vor dem Krieg kamen ständig Russen nach Davos. Viele plagte das Heimweh. Für sie alle war Belova immer da, hatte stets ein offenes Ohr.«

»Es passt, dass sie nie wirklich krank war …«

»Das war offensichtlich nur ein vorgeschobener Grund.«

»Die Schweiz als Hauptziel russischer Exilanten. Belovas Jahresball. Die gesamte Elite vereint an einem Ort in Davos …«, sagte Ilse langsam.

Johanna nickte. »Perfekt, um kompromittierendes Material über jegliche Herrschaften zu sammeln.«

»Perfekt für die Ochrana.«

»Ochrana?«

»Die Geheimpolizei des Zaren. Der Fotograf war ein Veteran der zaristischen Armee. Es ergibt alles Sinn.«

Johanna sah Ilse an. »Natürlich will Olga Belova verhindern, dass Lenin so viel Geld für die Revolution bekommt.«

Ilse nahm ein altes Porträt der Prinzessin in die Hand und betrachtete es eingehend. Johanna ging ein paar Schritte auf und ab. Sie fühlte sich an den Abend vor dem Ball erinnert, als sie sich gemeinsam geschminkt und ein Kleid für Johanna ausgesucht hatten. Der Beginn ihrer Freundschaft. Waren sie noch Freundinnen? Waren sie jemals Freundinnen gewesen? Sie blieb stehen. »Ilse. Carl hat nichts damit zu tun. Wir haben … uns die ganze Nacht geliebt und Pläne für die Zukunft gesponnen. Lenin war uns ziemlich egal, das kannst du mir glauben.«

Ilse musste ein Lachen unterdrücken.

»Belova steckt hinter allem. Bitte verschone Carl«, schloss Johanna.

Ilse wiegelte ab. »Eins nach dem anderen. Wenn wir heute Abend erfolgreich sind, reden wir weiter. Du bleibst auf der Gala immer in Belovas Nähe, behältst sie im Blick. Bei dir schöpft sie keinen Verdacht. Wir müssen Lenin um jeden Preis schützen. Also nimm deine Waffe mit.«

Zwei Reiter

Van de Velde und der russische Agent mit dem Narbengesicht sattelten ihre Pferde.

»Prinzessin Belova lässt fragen, ob Mangolds Nachforschungen im Cronwald etwas ergeben haben«, sagte der Russe, während er den Gurt festzog. »Der Doktor hat angedeutet, dass jemand vom Personal hinter dem Sprengstoffanschlag stecken könnte. Ist er da schon weiter?«

Van de Velde legte seinem Pferd das Zaumzeug an und tätschelte es kräftig am Hals.

»Nein. Aber wenn Sie mich fragen, kommt eigentlich nur die Gabathuler in Frage. Sie war fast ein ganzes Jahr als Krankenschwester an der Front. Auf deutscher Seite.«

»Glauben Sie, dass sie dort rekrutiert wurde?«

»Warum nicht? Die Deutschen wussten, woher sie kommt und welche Klientel im Cronwald verkehrt. Als Tochter des Hauses hat sie Kontakt zu den Gästen, und mit dem Hauptschlüssel sogar Zugang zu jedem Raum. Sie hätte zum Beispiel Taylor problemlos ausspionieren können.«

Der Russe setzte seinen Rucksack auf. »Da ist was dran.«

Sie führten die Pferde aus dem Stall. Das Narbengesicht stieg auf. »Und wie kommen Sie darauf, dass Kohlmann zu dieser Donatsch geflüchtet ist?«, fragte er.

»Mangold hat im Cronwald Gerüchte gehört, dass die Donatsch-Tochter Kohlmann an die Polizei verraten hat. Wenn das stimmt, hat er noch eine Rechnung offen. Außerdem kennt er sonst niemanden hier.«

Auch Van de Velde war inzwischen auf sein Pferd gestiegen. Er lachte zufrieden, dann ritten die Männer los.

Eine knappe Stunde später erreichten sie das Dischmatal. Der Schnee wurde von den Hufen der Pferde aufgewirbelt und glitzerte in der Sonne. Als sie eine Anhöhe erreichten, von der aus das Donatsch-Gehöft zu sehen war, hielten sie an. Durch den blendend weißen Schnee führten einsame Fußspuren zum Hof.

Van de Velde zückte sein Fernglas und betrachtete das Gehöft. »Na bitte. Da ist er.«

Sie banden ihre Pferde im angrenzenden Fichtenwald an und schlichen mit gezogenen Waffen auf das Haus zu. Schon von Weitem konnten sie ein dünnes Kinderweinen hören. Am Fenster angekommen hörten sie es scheppern. Geschirr schien zu Bruch zu gehen. Der Säugling schrie. Van de Velde beugte sich vorsichtig zur Scheibe vor. Er sah Georg, wie er Konserven und Einweckgläser in einen Sack stopfte. Hin und wieder inspizierte er eines der Gläser, und wenn ihm der Inhalt nicht zusagte, schmiss er es achtlos auf die Erde. In der Mitte des Raums, an schlichte Holzstühle gefesselt, saßen die alte Donatsch und ihre Tochter Vreni.

»Halt dein Maul!«, schrie Georg in Richtung der Wiege, während er Schubladen aufriss und nach Wertgegenständen durchsuchte. Alles, was man zu Geld machen konnte oder was sonst für seine Flucht sinnvoll war, schmiss er in den Sack.

»Georg. Es tut mir leid. Du kannst hier alles haben, aber … das Kind kann nichts dafür. Lass mich wenigstens Elli die Flasche geben.«

Georg hielt mit geschlossenen Augen inne. Das Geschrei zerrte an seinen Nerven. Er sah zu Vreni. Dann nickte er, stellte den Sack ab und ging langsam zu den beiden Frauen. Elli weinte nicht mehr – sie kreischte nun. Ununterbrochen.

Georg verzog das Gesicht, beugte sich vor und war im Begriff, Vrenis Fesseln zu lösen, als ein kalter Windhauch durchs Zimmer zog. Er fuhr herum – doch zu spät. Van de Veldes Faust traf ihn so hart, dass er sich nicht auf den Beinen halten konnte. Zu zweit stürzten sie sich auf Georg und fesselten ihn.

Während Vreni eine Flasche für Elli bereiten durfte und das Kind endlich Ruhe gab, sah das Narbengesicht sich um. Er inspizierte die Deckenbalken, verschob den Esstisch um einen Meter zur Seite und stieg darauf. Aus seinem Rucksack holte er ein Seil, knüpfte eine Schlinge, warf das andere Ende über den Balken und befestigte es. Mit kurzen, kräftigen Zugbewegungen prüfte er die Festigkeit, dann sprang er vom Esstisch und schob diesen wieder beiseite. Unter die Schlinge stellte er einen Schemel.

Van de Velde, der Vreni wieder an ihren Stuhl gefesselt hatte, ging zu Georg, der noch halb benommen auf der Erde lag und erst langsam zu sich kam. Der Belgier riss ihn brutal in die Höhe.

»Was … was soll das? Lasst mich!«, brüllte Georg in Panik, als er die Fesseln bemerkte und die Schlinge erblickte. Sie mussten ihn zu zweit auf den Schemel heben, und erst als sich der Strick um seinen Hals enger zog, hörte er auf zu zappeln. Der dreibeinige Hocker wackelte bedrohlich, während Georg am ganzen Leibe zu zittern begann.

»Monsieur Kohlmann.« Van de Velde hatte sich eine Möhre gegriffen und biss die Spitze ab. »Wo findet das Treffen mit Lenin statt und wer sind die deutschen Agenten, die dieses Treffen organisieren?«

Er baute sich lächelnd vor Georg auf, und gab dem Schemel einen leichten Tritt. Vreni und Gertrud Donatsch stießen einen Schrei aus, abgedämpft durch die Knebel in ihren Mündern. Der Schemel wackelte zum Glück nur ein wenig.

Georg spuckte in Richtung Vreni auf den Boden. »Ich bin keine Ratte wie Vreni. Bevor ich die Revolution verrate, sterbe ich lieber …«

»Wunderbar. Das wollte ich hören. Bei Deutschen macht es mir nämlich besonders viel Spaß«, sagte Van de Velde, biss in seine Möhre, kaute und trat abermals – um einiges kräftiger als zuvor – gegen den Schemel, der nun polternd umfiel.

Georg sackte nach unten, das Seil spannte sich, seine Füße zappelten in der Luft. Er röchelte. Gertrud und Vreni schrien auf und wandten den Blick ab.

Van de Velde strich sich mit dem Daumen über seine Narbe, von der Schläfe bis zum Mundwinkel.

»Mach mich … los«, presste Georg hervor, »ich sag euch alles …«

Das Narbengesicht stellte den Hocker wieder unter Georg. Als seine Füße Halt fanden, klemmte sich Van de Velde seine Möhre zwischen die Zähne und lockerte dann die Schlinge um Georgs Hals, der gierig Luft einsog. In seinem Schritt zeichnete sich ein dunkler Fleck ab, der Geruch von Urin kroch in den Raum.

»Lasst mich gehen. Ich habe mit alldem nichts zu tun. Die Befreiungsaktion von mir, das war nur ein Gefallen für Lenin. Eine Geste. Weil ich ein Genosse bin. Ich kenne den Mann gar nicht.«

»Nun gut. Wir sind keine Unmenschen. Wenn du uns sagst, was wir wissen wollen, machen wir dich los. *Alors*. Wer gehört zum deutschen Geheimdienst? Namen, Gesichter … was hast du alles gesehen? Jedes Detail ist wichtig.«

Georg zitterte, der Schemmel klapperte. Die Haare klebten ihm nass auf der Stirn, seine Augenklappe war leicht verrutscht.

»Ich musste mit Lenin am Telefon sprechen, in einem Zimmer im Curhaus. Im Raum waren außerdem ein Russe und ein Deutscher. Er war auch auf dem Ball, ein Konsul … Esteberg oder so ähnlich. Außerdem war noch diese deutsche Gräfin dabei.«

Van de Velde verschluckte sich an seiner Möhre und klopfte hustend mit der Faust aufs Brustbein.

»Ilse von Hausner?«, fragte er mit hochgezogenen Augenbrauen.

»Ja.«

»Die Gräfin … das sind ja interessante Neuigkeiten.« Van de Velde grinste.

»Und wer war der Russe?«, fragte das Narbengesicht.

»Der hat auch meine Befreiung durchgezogen. Parvus.«

Das Narbengesicht grunzte und fluchte ein paar Worte auf Russisch.

»Er hat Johanna als Geisel genommen, damit die Polizei uns nicht verfolgt«, setzte Georg hinzu.

»Moment, Moment.« Van de Velde hob beide Hände in die Höhe, in der Rechten den letzten Rest seiner Mohrrübe. »Johanna Gabathuler war *zufällig* in der Polizeistation und wurde während deiner Befreiung als Geisel genommen?«

»Ja. Und sie war dann auch mit in dieser Hütte, wo Parvus und der Konsul mir die ganze Sache mit Lenin erklärt haben.«

»Und was hat Johanna Gabathuler währenddessen gemacht?«

»Erst nur rumgesessen. Aber dann hat sie auch auf mich eingeredet. Dass ich mitmachen soll. Weil dann der Krieg schneller vorbei ist.«

»Hab ich's nicht gesagt?!«, rief Van de Velde triumphierend und drehte sich zum Narbengesicht. »Die Krankenschwester arbeitet für die Deutschen!«

Er schob sich das verbliebene Stück Mohrrübe in den Mund und zerkaute es krachend. Geradezu vergnügt fuhr er fort:

»Und was ist mit Lenin? Wir wissen, dass er nach Davos kommen will. Wann und wo genau wollen sie ihn treffen?«

»Es war von der Spendengala im Cronwald die Rede.«

Die beiden Männer sahen sich an. Die Gala sollte noch am selben Abend stattfinden.

»*Merci pour la cooperation*«, sagte Van de Velde, trat erneut gegen den Schemel, Georg fiel und wurde jäh von der Schlinge gestoppt, diesmal erklang ein hässliches Knacken. Er röchelte. Und zappelte. Die Frauen schrien entsetzt durch ihre Knebel. Das Röcheln wurde leiser, das Zappeln zu einer letzten Zuckung, dann hing Georgs Körper reglos herab, baumelte langsam hin und her. Urin tropfte auf den Boden.

Das Narbengesicht hatte derweil ungerührt eine große Flasche Petroleum aus dem Rucksack genommen und eine Decke und die beiden Matratzen im Schlafbereich damit durchgetränkt. Er kam mit einigen Kleidungsstücken wieder, häufte sie unter den Stühlen der zwei Frauen aufeinander und goss auch darüber Öl. Dann legte er noch eine Petroleum-Spur zu einer Holzkommode, tränkte auch die Tischtücher und die Bettwäsche darin und betrachtete sein Werk zufrieden.

Vreni und Gertrud zerrten an ihren Fesseln. Die Knebel im Mund dämpften ihre Schreie, Elli begann wieder zu weinen.

Das Narbengesicht holte Streichhölzer hervor und entzündete eins. Die alte Donatsch versuchte durch den Knebel zu sprechen, sagte immer wieder ein Wort, vier Silben, doch man konnte nur *aa-aa-uu-aa* verstehen. Sie zeigte mit dem Kopf in Richtung der weinenden Elli. Schließlich wurde der Belgier doch neugierig.

»Warte.«

»Hm?«

Das Narbengesicht pustete das Streichholz aus und sah genervt zu Van de Velde, der sich zur Alten bückte und ihr den Knebel aus dem Mund nahm. Gertrud atmete tief durch, mit flehendem Blick sah sie von einem der Männer zum anderen.

»Gabathuler. Johanna. Sie ist eine Spionin? Ich weiß etwas über sie. Wenn Sie mich und meine Tochter freilassen, verrate ich Ihnen alles.«

Van de Velde und der russische Agent tauschten einen Blick, das Narbengesicht nickte und kam näher. Die beiden Männer lösten die Fesseln. Gertrud Donatsch rieb sich ihre Handgelenke, zeigte zur Wiege, Ellie weinte noch immer. Sie sah zu Van de Velde.

»Elli ist Johannas Kind.«

Van de Velde drehte sich zur Wiege. Dann warf er Narbengesicht einen Blick zu, sie grinsten sich an.

»Danke«, sagte die Donatsch. »Wir sagen niemandem, dass Sie hier waren! Sie können sich auf uns verlassen.«

Als Van de Velde und das Narbengesicht davonritten, trug der russische Agent ein kleines, wärmendes Bündel unter der Jacke, dessen Inhalt bald vom Galopp in den Schlaf geschaukelt wurde. Die Schneedecke leuchtete in der Sonne, und aus dem Gehöft, das hinter ihnen im Dischmatal lag, züngelten hohe Flammen in den blauen Himmel empor.

Die Zeiten ändern sich

Die Gräfin stand am Eingang des Saals und beobachtete, wie die Tische sich füllten. Bald hatten alle Gäste Platz genommen, der Champagner wurde serviert, Canapés gereicht, lautes Geplauder und Gelächter füllte den Saal. Die Deckenbeleuchtung blieb heute dunkel, das stimmungsvolle, gedämpfte Licht ging nur von den Gaslaternen auf den Tischen aus. Thanner war nicht erschienen. Um sich in seinem Zustand – als gebrochener Mann – der Gesellschaft zu zeigen, dafür war es wohl noch zu früh. Somit saß Johanna neben ihrem Vater und überstrahlte alle mit ihrer Schönheit. Heute trug sie eins ihrer eigenen Kleider, doch ihr Lidstrich war so dunkel wie der von Ilse. Direkt am Nebentisch saß Belova und lächelte Johanna zu, als das Orchester einsetzte.

Die Gräfin griff sich ein Glas Champagner von einem vorüberschreitenden Kellner und bemerkte Mathilde, die sich neben sie gestellt hatte und ebenfalls Johanna beobachtete.

»Wir haben uns mal gut verstanden. Meine Schwester und ich.«

»Es ist nicht einfach, wenn die Mutter tot ist und man für alles verantwortlich ist«, sagte die Gräfin. »Ich war auch die Älteste bei uns zu Hause.«

Mathilde konnte ihr Erstaunen nicht verbergen. Sie betrachtete die Gräfin und überlegte.

»Ich habe Sie nie gemocht, Gräfin. Aber die Wahrheit ist: Ich beneide Sie. Sie haben Charme. Sie sind belesen, Sie kennen die Welt.«

»Charme hilft einem nur zu verbergen, wer man wirklich ist.«

Mathilde war völlig perplex. Die Offenheit der Gräfin überrumpelte sie. Sie öffnete den Mund, sagte aber nichts.

Die Gräfin fuhr fort. »Sie haben eine Familie. Eine Tochter. Das ist viel wert.«

Die Gräfin blickte in den Saal und lauschte dem Gesang. »Sie sollten das Hotel übernehmen. Die Zeiten ändern sich. Bald.«

Mathilde lächelte. Mit einem Mal konnte sie verstehen, warum ihre Schwester sich von dieser Frau so angezogen fühlte.

»Noch nie hat jemand Johanna so beeindruckt wie Sie. Sie ist schöner und selbstbewusster als je zuvor.«

Nun war es an der Gräfin, erstaunt zu sein. Sie sah Mathilde an, die noch einen Schritt näher herantrat.

»Gräfin. Was immer Sie vorhaben … Passen Sie auf Johanna auf, ja?«

Sie bekräftigte ihre Bitte mit einem ernsten Nicken, dann durchschritt sie den Saal und ließ sich am Tisch ihrer Familie nieder.

Die Zauberflöte

Oben auf der dunklen Empore saß Van de Velde und beobachtete den Saal. Der Belgier hatte sein Scharfschützengewehr positioniert und legte das Auge ans Visier. Sollte Lenin heute tatsächlich auftauchen, würde er ihn von hier oben erledigen.

Das Orchester spielte, Papageno und Pamina gingen singend durch die Reihen, blieben so lange an den Tischen der Gäste stehen, bis jeder etwas in das Geldsäckchen fallen ließ, das Pamina bereithielt. Sie sammelten Almosen für die Kriegswaisen.

Van de Velde blickte durchs Visier, am Eingang des Saals stand die Gräfin. Er schwenkte hinüber zu Johanna Gabathuler. Sie lächelte, behielt aber Kellner, Schauspieler und Publikum im Blick. Beide Frauen arbeiteten für den deutschen Geheimdienst, er hätte sie am liebsten gleich mit erledigt. Neben der Krankenschwester saß Belova, die lediglich Augen für den Tenor zu haben schien. Sie stopfte Hunderter ins Geldsäckchen, kraulte den Hund auf ihrem Schoß und winkte den Kellner zu sich – *mehr Champagner!*

Hinter Van de Velde öffnete sich die Tür.

»Ich bin's«, flüsterte Zaire. »Ist er schon aufgetaucht?«

»Bisher nicht«, murmelte der Belgier. Er schwenkte zurück zu Johanna. Sie reckte unmerklich den Hals, fixierte einen Punkt im Saal … er nahm das Auge vom Zielfernrohr, folgte ihrem Blick und entdeckte einen Mann, der wie aus dem Nichts neben Parvus aufgetaucht war. Van de Velde richtete sein Gewehr aus und nahm den Mann ins Visier. Noch sah er ihn nur von hinten, doch die Halbglatze passte zum Bild des Kommunisten. Jetzt drehte er sich um. Der Henriquatre-Bart. Die schmalen Augen. Das war Lenin.

»Er ist hier«, flüsterte er zu Zaire.

Lenin und Parvus erhoben sich.

Van de Velde hielt den Atem an und versuchte Lenin im Fadenkreuz zu behalten – als sich eine Hand über seinen Mund legte und ihn am Kopf nach hinten riss.

»Für den Kongo!«, zischte Zaire durch die Zähne in sein Ohr und stach dem Belgier ein Messer in die Seite. Langsam schob er die lange Klinge bis zum Heft unterhalb der Rippen hinein, schräg nach oben bis ins Herz. Van de Velde wehrte sich nur kurz, Zaire drückte ihn fest in den Stuhl und presste ihm weiterhin die Hand auf den Mund. Das Zucken wurde schwächer, und schließlich sackten die Arme Van de Veldes schlaff herunter.

Zaire zog die Klinge heraus, säuberte sie an der Hose des Belgiers und steckte das Messer wieder ein. Als er das Gewehr von der Halterung nahm, blickte er aus dem Dunkel hinab auf die Menge. Die Gräfin war verschwunden, Lenin und Parvus verließen soeben den Saal. Er zog den Leichnam hinter einen Vorhang, versteckte auch das Gewehr und eilte hinunter.

Hilfe für die Kriegswaisen

Da war er!

Lenin.

Neben Parvus.

Johanna hatte vorab mehrere Fotos studiert und erkannte ihn sofort. Jetzt erhoben sich die beiden Männer. Sie sah hinüber zu Ilse. Auch die Gräfin hatte registriert, dass Lenin und Parvus aufgestanden waren – sie machte kehrt und verließ den Saal.

Johanna sah verstohlen zu Prinzessin Belova, doch die schien nichts mitbekommen zu haben, streichelte ihr Schoßhündchen und verfolgte vergnügt die Sopranistin, die den singenden Tenor durch die Reihen des Publikums jagte.

Dann sperrte ich sie bei mir ein,

Und alle Mädchen wären mein,

sang er quer durch den Saal, und soeben wollte er seine Flöte an den Mund setzen, da stemmte die Sopranistin vorwurfsvoll die Hände in die Hüfte.

»Du sperrst uns Mädchen ein, und wir alle wären dein? Pass auf! Vögel, die sich verschätzen, holt nur allzu bald die Katz.«

Das Publikum lachte und applaudierte, der Tenor hob schmunzelnd die Hände und sah sich im Saal um.

»Verehrte Gäste. Trotz der Heiterkeit erinnern wir uns, warum wir hier sind: um den Kriegswaisen zu helfen.«

Während der Tenor weiterredete, beugte Belova sich zu Johanna. Mit einem Lächeln auf den Lippen flüsterte sie ihr zu: »Georg Kohlmann und die Donatschs haben geredet. Bring mir Lenin zur Brücke auf der Rückseite, Schätzchen. Sonst wirst du Elli niemals wiedersehen.«

Johanna erstarrte.

Sie hatten Elli!

Ihr war schwindelig, sie griff nach einem Glas, fand nur Wein, trank es in einem Zug aus.

»Gerade Großrat Thanner sind die Kriegswaisen ein Anliegen, nicht wahr, Fräulein Gabathuler?«

Die Sopranistin wartete lächelnd auf eine Antwort. Alle sahen sie an. Johanna konnte sich nicht bewegen. Sie hatten Elli. Ihr Vater bedeutete ihr stolz aufzustehen. Belova setzte ihr Hündchen auf den Boden und eilte Johanna zur Hilfe. Johannas Ohren rauschten, alles war unwirklich und zäh, sie erhob sich und versuchte zu lächeln – was vollkommen misslang. Jetzt musste sie etwas sagen. Ihre Stimme klang falsch und hohl.

»So ist es. Wir … wir haben noch viel Amüsement vorbereitet.«

Nur hatte sie keine Ahnung, was als Nächstes auf dem Programm stand. Sie drehte sich zum Tenor.

»Wie geht's jetzt weiter?«

Das Publikum lachte.

»Nun, mit den Männern, die Liebe fühlen, sind wir durch, und …«, sagte der Tenor.

Wieder kicherte die Menge.

»Gelobet sei der Herr!«, unterbrach die Prinzessin und warf die Arme in die Höhe, das Publikum lachte laut und applaudierte. Belova hakte sich bei Johanna ein, beide lächelten in die Runde. Peter Gabathuler tauschte einen Blick mit Mathilde, ebenso stolz wie nichtsahnend.

Johanna wollte am liebsten aus dem Saal rennen, fort, nur fort – ihr Magen zog sich zusammen, sie hatten Elli, hatten Elli und wollten Lenin … was sollte sie nun tun?

Im Saum

Als oben im Saal, dumpf und in weiter Ferne, das Orchester erklang, konnte er sicher sein, dass so bald niemand zu ihm zurückkommen würde. Mangold tastete nach der Stelle im Saum seines linken Ärmels, wo eine kleine Klinge eingelassen war. Die Naht ließ sich dort leicht auftrennen, dafür hatte er gesorgt. Er bekam die Skalpellklinge zu packen, drehte sie vorsichtig zwischen Daumen und Zeigefinger und begann am Seil damit auf und ab zu sägen. Mit den gefesselten Handgelenken waren nur kleine Bewegungen möglich, trotzdem ging es langsam voran.

Dann hatte er den letzten Faden durchtrennt. Mangold befreite sich von den Fesseln, rieb sich die Handgelenke und erhob sich. Ein kräftiger Tritt gegen die Tür – doch auf diese Art war nichts zu erreichen, sie ging nach innen auf. Er brauchte einen Hebel. Im Raum befanden sich nur Bettlaken. Dann blickte Mangold auf den Stuhl, an den er eben noch gefesselt gewesen war – und dessen Beine aus Stahlrohren gefertigt waren. Er legte den Stuhl auf die Seite, bog eins der Beine mit seinem ganzen Körpergewicht nach unten, bis es vollständig umgeknickt war, zog es wieder nach oben und wiederholte den Vorgang so lange, bis er das kurze Stahlrohr in der Hand hielt. Damit ging er zur Tür, stieß das Ende des Stuhlbeins in die Spalte und hebelte das Türblatt ein Stück hervor, trieb das Rohr in die Öffnung und stemmte es mit seinem ganzen Körpergewicht gegen die Wand. Krachend gab das Schloss nach – die Tür sprang auf.

Er betastete seine Lippe, wischte sich mit dem Ärmel das Blut vom Kinn, glättete sein Haar. Dann machte er sich auf den Weg.

Langsam stieg er die Kellertreppe hoch, die Musik wurde lauter, eine Arie wurde gesungen. Er spähte durch die Tür in den Gang des Curhauses. Niemand war zu sehen, zwei Kellner standen untätig am Eingang des Saals und verfolgten die Aufführung. Unbemerkt durchquerte er den Gang, schlich zur Nebentür und lugte durch die Scheibe. Da saß Belova, mit ihrem Hündchen auf dem Schoß, neben sich das Narbengesicht. Am Nachbartisch saß die Familie des Direktors. Nur von Johanna war keine Spur, der Platz zwischen Peter und Mathilde Gabathuler war leer.

Ein Koffer für die Revolution

Die Gräfin ging langsam den Gang hinunter, Parvus und Lenin schlossen auf. Als sie auf gleicher Höhe waren, blickte sie zur Seite, nickte dem kleinen Mann zu und sagte auf Russisch: »Gospodin Wladimir Lenin?«

Lenin nickte.

Ilse bedeutete ihm, ihr zu folgen. Zu den Operationssälen. Als sie in einen Seitengang abbogen, stießen sie fast mit einem Mann zusammen, der ihnen eiligen Schrittes entgegenkam.

Zaire.

Sofort zückte die Gräfin ihre Pistole, doch Lenin drückte die Waffe sanft herunter.

»Der gehört zu mir.«

Die Gräfin sah ihn ungläubig an.

Parvus grinste, sagte aber nichts. Zaire klärte sie auf.

»Nur die Kommunisten wollen die Kolonien nach dem Krieg befreien … ich habe den Belgier aus dem Weg geschafft. Er hatte sie bereits im Visier, Genosse Lenin.«

»Sehr gute Arbeit.« Lenin nickte Zaire anerkennend zu.

Auch die Gräfin machte ein beeindrucktes Gesicht und steckte die Waffe weg. Zum immer noch grinsenden Parvus sagte sie: »Und Sie wussten davon?«

»Natürlich. Gräfin, Sie haben mich in unserer Nacht auf Schloss Mehlitz zwar nackt gesehen, aber glauben Sie, deshalb haben wir keine Geheimnisse mehr voreinander?«

»Nein. Aber ich verrate Ihnen ein Geheimnis: Bei schlechtem Wetter schließe ich grundsätzlich die Augen und stelle mir etwas Schönes vor.«

Wenig später betraten sie einen dunklen Operationsraum. Auf dem Tisch lag ein aufgeklappter Koffer – randvoll mit Geldbündeln. Der Konsul fuhr herum.

»Endlich!«

Lenin trat an den Koffer und begann umgehend das Geld zu zählen. Nur dafür war er hier.

»Zwei Millionen …«

»Den Rest liefern wir dir nach Petrograd«, sagte Parvus, und der Konsul setzte hinzu: »Falls Sie die Revolution denn wirklich …«

»Die Revolution kann niemand aufhalten«, fiel Lenin ihm bestimmt, aber ruhig ins Wort. Er betrachtete den Konsul eingehend. Dann wandte er sich an Parvus und sagte auf Russisch: »Ich traue den Deutschen nicht. Monarchisten. Erbadel.«

Ilse hustete kurz, dann schaltete sie sich, ebenfalls auf Russisch, in das Gespräch ein. »Wenn Sie die Aufstände lieber ohne unser Geld organisieren wollen, geben wir es gern jemand anderem.«

Lenin warf ihr einen abweisenden Blick zu. Parvus stieg auf den Einwand der Gräfin ein.

»Die Gräfin hat recht … Sinowjew. Radek. Ich werde einen Weggefährten finden, der nicht zögert.«

Lenin schwieg und starrte den Koffer an. Parvus tauschte einen Blick mit dem Konsul, der nur raten konnte, was hier auf Russisch besprochen wurde. Ihm zuliebe machte der Russe auf Deutsch weiter. Er ging zum Koffer und klappte ihn zu.

»Packen wir zusammen.«

Parvus nahm den Koffer vom Operationstisch und wandte sich zur Tür.

»Genug!«, rief Lenin. »In der Politik gibt es keine Moral, nur Zweckmäßigkeit.«

Mit diesen Worten wollte er Parvus den Koffer aus der Hand nehmen, doch der gab ihn nicht frei. Die zwei Männer sahen sich fest in die Augen. Parvus wiederholte die Bedingungen: »Zwei Millionen jetzt, die restlichen 38 Millionen, wenn du in Petrograd bist. Du organisierst die Aufstände, führst die Bolschewiki an die Macht – und Russland steigt aus dem Krieg aus.«

Lenin nickte.

Parvus ließ los.

Ohne den Konsul oder die Gräfin eines weiteren Blickes zu würdigen, verließ Wladimir Iljitsch Uljanow, genannt Lenin, den Raum. Zaire nickte einmal in die Runde und ging hinterher, um seinen Genossen zum Bahnhof zu begleiten.

Alles für Elli

Johanna eilte durch die menschenleere Lounge. Carl war in den Händen der Deutschen. Und Belova hatte Elli entführt.

Sie bekam keine Luft, musste innehalten. Lehnte sich an die Wand, schloss die Augen. So kurz vor dem Ziel drohte ihr alles zu entgleiten. Das durfte nicht, das konnte einfach nicht sein.

Sie löste sich wieder, straffte sich, griff in ihre Handtasche und holte die Waffe hervor. Um ihre Tochter zu retten, würde sie alles tun. Und wenn sie Belova erschießen musste.

Sie steuerte die geschlossene Bar an, durchquerte das verwaiste Roulette-Zimmer, ging zur Hintertür, die sich in diesem Moment öffnete. Ilse. Sofort hob Johanna ihre Waffe.

»Bring mich zu Lenin!«

»Johanna, was soll das? Wir haben gewonnen. Es ist vorbei. Es lebe die Revolution!«

Ilse strahlte.

»Nein! Bring mich zu ihm! Jetzt!«

»Lenin ist bereits zurück auf dem Weg nach Zürich. Mit dem Geld.«

Ilse sah Johanna an, die weiter mit zitternden Händen die Waffe umklammert hielt und auf Ilse richtete.

»Johanna? Was ist los?«

»Belova hat Elli.«

Johanna ließ die Waffe sinken, als sie den Schreck in Ilses Gesicht sah, die aufrichtige Betroffenheit.

»Wenn ich ihr Lenin nicht bringe, werde ich meine Tochter niemals wiedersehen.«

Ilses Gesicht verdüsterte sich.

»Die Ochrana schreckt vor nichts zurück. Sie werden Elli töten und dich ebenfalls umbringen.«

»Ich weiß. Ilse. Du musst mir helfen! Ich ...«

Johanna bedeckte das Gesicht mit der Hand und schluchzte, ihre Schultern zitterten, Ilse kam zu ihr.

»Beruhige dich, Johanna!«

Doch Johanna war völlig aufgelöst.

»Hilf mir, bitte. Mein Kind ... sie hat Elli ... ich ...«

Ilse griff Johannas Kinn, zog ihr die Hand von den Augen, zwang sie, ihr ins Gesicht zu sehen.

»Hör zu! Du hast keine Kontrolle mehr über die Situation! Hab ich dir denn gar nichts beigebracht? Schau mich an! *Schau-mich-an!* Wir holen uns die Kontrolle zurück. Du brauchst einen Plan. Wir brauchen einen Plan, ja?«

Ilse blickte sie streng an.

Johanna starrte zurück, begann endlich wieder ruhiger zu atmen, fasste sich wieder.

Dann nickte sie langsam.

Letzte Begegnung auf der Brücke

Johanna wartete am Ende der Brücke hinter dem Sanatorium im Dunkel der Bäume. Unten sangen Tamino und Pamina, hier draußen herrschte eisige Kälte. Die Hintertür öffnete sich, und vom Wind wurde die Arie herübergeweht, war jetzt zu erkennen – *Wir wandelten durch Feuergluten*. Olga Belova trat heraus, gefolgt vom Narbengesicht, dem Mann, der mit ihr am Tisch gesessen hatte. Er hielt ein dick eingepacktes Bündel vor dem Bauch. Das war Elli! Die Prinzessin drehte ihr Gesicht zur Seite, als ein scharfer Windstoß um das Haus fuhr. Dann blickte sie in Johannas Richtung, die nun aus dem Dunkel auf die Brücke trat. Die etwa zwanzig Meter lange Stahlkonstruktion, die das Curhaus mit dem gegenüberliegenden Hang verband, schwankte leicht im Nachtwind. In der Mitte blieben sie voreinander stehen.

»Wo ist der Kommunist?«, fragte Belova.

»Erst möchte ich mein Kind sehen.«

Das Narbengesicht hob das Bündel so weit, dass ein kleines Gesicht zum Vorschein kam. Elli. Sie gab ein unruhiges Geräusch von sich, er schaukelte sie leicht, doch nicht voller Zärtlichkeit, sondern wie einen Apparat. Es funktionierte, Elli verstummte. Johanna ertrug es nicht, ihr Kind in den Armen dieses … Tieres zu sehen, sie streckte die Arme nach Elli aus, doch Belova stellte sich ihr in den Weg.

»Wo ist Lenin?«

»Oben im Wald.«

»Wieso das?«

»Er hat sich gewehrt. Ich musste ihn betäuben und dort verstecken. Die Deutschen waren mir auf der Spur.«

Die Prinzessin zückte ihre Waffe und zeigte damit in Richtung des Waldes.

»Du gehst vor. Wenn das ein Hinterhalt ist, Schätzchen … Mach jetzt keine Fehler. Es geht um das Leben deines Kindes …«

Johanna sah zum Narbengesicht, suchte seinen Blick, doch seine Augen waren tot. Dieser Mann würde Elli ohne zu zögern das Genick brechen, wenn sie es auch nur wagte, nach der Waffe in ihrer Manteltasche zu greifen.

Glücklicherweise war das nicht ihre Aufgabe. Sie musste die zwei nur auf die Lichtung führen, wo Ilse mit dem Scharfschützengewehr wartete. Sie würde den riesigen Russen aus sicherer Entfernung aus dem Spiel nehmen. Sobald der Mann getroffen war, musste sie verhindern, dass Elli hart auf dem Boden aufschlug. Gleichzeitig musste sie hoffen, dass Ilse auch Belova schnell genug ins Visier bekam.

Die Träger der Brücke heulten im Wind, als sich die kleine Prozession in Gang setzte und in den dunklen Wald eintauchte.

Sie betraten die Lichtung, hier waren die Sichtverhältnisse besser, und vom Wind war nur noch ein Hauch zu spüren. Ilse lag zu ihrer Linken auf der Lauer. Johanna hielt an und achtete darauf, dass sie nicht in der Schusslinie stand. Sie drehte sich um. Jeden Moment mussten die Schüsse fallen.

Doch nichts geschah.

»Wo ist Lenin?«, fragte Belova unwirsch.

»Geben Sie mir erst mein Kind. Dann können Sie Lenin haben und …«

In diesem Moment ertönte aus dem Dunkel der Bäume eine Stimme, die Johanna nur allzu gut kannte.

Und es war nicht Ilse, die dort rief.

»Vorwärts!«

Carl trat aus dem Wald, vor sich Ilse, der er die Pistole an die Schläfe hielt.

Belova betrachtete die zwei herannahenden Figuren amüsiert. »Doktor Mangold. Sie hatten recht. Man darf Johanna nicht vertrauen. Und die Gräfin. Willkommen.«

Was geschah hier? Carl! Er lebte – aber was meinte die Prinzessin?

Johanna sah panisch zu Carl.

»Carl, du darfst ihr nicht glauben! Ich habe dich nicht verraten. Ich …«

Belova umklammerte Johanna von hinten und hielt ihr die Waffe an die Schläfe.

»Carl. Ich …«

»Halt die Klappe!«, rief er.

Hatte er am Ende doch alles nur gespielt? Johanna verstand nicht, was vor sich ging.

Glücklicherweise sorgte Ilse für Klarheit.

»Mangold. Das Kind ist Elli, Johannas Tochter. Ich war es, die gelogen hat. Johanna würde Sie niemals verraten.«

Nun war Carl sichtlich verwirrt, er schluckte, zögerte, warf einen Blick auf das Bündel im Arm vom Narbengesicht. Elli gab wie bestellt ein paar Geräusche von sich.

Aufgelöst sah er zu Johanna.

»Sie haben Elli«, sagte sie und schluchzte.

Die beiden sahen sich lange in die Augen. Indien, Argentinien, New York. Ihre Nacht im Maiensäß. Carl und Elli, mit Johanna, fernab von Krieg und Verrat. War das alles nur ein Traum gewesen?

»Johanna. Wir waren naiv. Es tut mir leid. Ich muss Lenin stoppen. Die Deutschen dürfen diesen Krieg nicht gewinnen.«

War das wirklich der Carl von letzter Nacht? Sie waren zwei Liebende gewesen, die sich aufeinandergestürzt hatten, losgelöst vom Gang der Zeit, fern von all dem Wahnsinn und Tod. Aber waren sie *naiv* gewesen? War es naiv, diesen unsinnigen Krieg beenden zu wollen?

»Carl … wenn Russland aus dem Krieg austritt, rettet das Hunderttausende Leben!«

»Du weißt nicht, was die Deutschen getan haben! Was ich getan habe!«

»Was immer du auch getan hast …«

Die Prinzessin fiel ihnen ins Wort.

»Ruhe! Für euer kleines Liebesdrama ist jetzt keine Zeit. Mangold, töten Sie die Gräfin.« Sie presste die Pistole fester an Johannas Schläfe und zischte ungeduldig in ihr Ohr: »Und du verrätst mir endlich, wo Lenin ist!«

Carl hielt einen Moment inne, starrte Belova an, sah zum Narbengesicht, dann zwang er Ilse mit vorgehaltener Waffe, auf die Knie zu gehen. Sie hielt die Hände hinterm Kopf verschränkt und blickte in die Mündung.

»Nein!«, schrie Johanna.

»Erschießen Sie sie!«, befahl Belova.

Ilse war nicht aus der Fassung zu bringen.

»Tun Sie es. Meine Tage sind gezählt, wie Sie wissen. Und unsere Leute sind bald hier … Sie kommen hier sowieso nicht weg.«

»Halt den Mund!«, schrie Carl.

Belova sah sich nervös um, Johanna weiterhin fest im Griff. »Soldat! Erschießen Sie sie! Und danach kümmern Sie sich um Johanna und das Kind.«

»Das Kind …?« Carl sah zur Prinzessin herüber.

Belova richtete umgehend ihre Waffe auf ihn. Johanna musterte den Mann mit dem Narbengesicht, der wiederum Mangold im Blick hatte, sodass sie unbemerkt ihre Hand in die Manteltasche gleiten lassen konnte. Sie umfasste den Griff ihrer Pistole.

»Schießen Sie, Doktor!«

Belova entsicherte die Waffe … Carls Hand zitterte. Seine Waffe war weiterhin auf die Gräfin gerichtet.

»Beweisen Sie mir Ihre Loyalität. Beweisen Sie mir, dass Sie auf der richtigen Seite stehen.«

Er straffte sich und schaute zu Johanna.

»New York?«

Das war das Zeichen – auch wenn sie es nicht verabredet hatten, das war der Moment, auf den Johanna gewartet hatte. Sie dachte nicht länger nach, zog die Waffe aus der Tasche, schob sie an ihrer eigenen Hüfte vorbei gegen Belovas Bauch und drückte ab. Gleichzeitig schnellte Carl herum und hielt seine Waffe an die Schläfe vom Narbengesicht.

Belova ließ ihre Waffe fallen, griff sich an den Bauch, zwischen ihren Fingern quoll Blut hervor. Bitter lächelnd taumelte sie rückwärts und sah Johanna an.

»Ausgerechnet du …«

Johanna schloss die Augen. Sie hörte, wie der Körper zusammensackte und zu Boden fiel. Sie hatte abgedrückt, hatte getötet. Belova, die älteste Freundin ihrer Mutter. Sie drehte dem Leichnam den Rücken zu und öffnete die Augen. Ilse hielt inzwischen das Narbengesicht in Schach, Carl hatte Elli auf dem Arm. Er lächelte das Kind an, während er auf Johanna zukam. Sie nahm Elli entgegen, konnte endlich ihre Tochter halten, sie an sich drücken, endlich, und auch Carl, sie umarmten sich, das Kind zwischen ihnen, und küssten sich, lange und innig. Elli, Carl, Johanna, es fühlte sich so gut an, so *richtig*. Ilse hielt weiterhin die Pistole auf das Narbengesicht gerichtet und schwieg.

Johanna zitterte, sie hatte getötet, aber sie war frei – sie hielt ihre Tochter in den Armen, Carl war am Leben … sie hatten es tatsächlich geschafft.

»Grüßt mir die Freiheitsstatue«, sagte er und löste sich von Johanna. Er trat einen Schritt zurück.

Johanna verstand nicht.

Carl hob die Hände, sie folgte seinem Blick.

Konsul Ole zu Esteburg kam aus dem Wald, die Waffe auf Carl gerichtet.

Auf dem Dach

Johanna trat aufs Dach. Am Rand, dort, wo sie zu Weihnachten ihr Leben hatte beenden wollen, stand Ilse, blickte auf die Stadt und rauchte. Von den Schornsteinen stieg Rauch in die Nacht. Johanna stellte sich zu ihr und steckte sich ebenfalls eine Zigarette an.

»Elli schläft?«, fragte Ilse.

»Ja. Du solltest nicht hier in der Kälte stehen.«

»Die Nacht gehört mir, meine Liebe.«

Johanna lächelte. Ilse griff in ihre Manteltasche und holte einen deutschen Pass hervor. Sie gab ihn Johanna. Es war der Moment, nach dem sie sich lange gesehnt hatte, und nun war es so weit – wenn auch anders als geplant. Sie und Elli würden ein neues Leben beginnen. Irgendwo anders, weit weg von hier. Ohne Carl. Sie klappte den Pass auf und las ihren neuen Namen.

»Elena Adler …«

Johanna betrachtete ihr Passfoto, versuchte den Namen mit ihrem Gesicht in Verbindung zu bringen. Elena und Elli. Das klang doch eigentlich ganz schön.

»Was geschieht mit Carl?«

»Er wird wegen Landesverrats angeklagt. Sein Schicksal steht nicht in unserer Macht.«

Landesverrat. Johanna starrte in die Nacht. Sie wusste, was das bedeutete. »Was weiß die Entente?«

»Lenin ist weg. Georg Kohlmann und die Donatschs sind tot. Verbrannt. Das Narbengesicht hat die erste Nacht im

Gefängnis nicht überlebt, dafür haben wir gesorgt. Und die Prinzessin kann auch niemandem mehr etwas erzählen. Zaire konnte Van de Veldes Bericht abfangen – deine Tarnung ist also intakt. Du und Elli habt nichts zu befürchten.«

Ilse hustete. Johanna trat einen Schritt zurück.

»Aber was ist mit dir? Du hast noch ein paar Monate. Nimm Kontakt mit deiner Familie auf … Es ist noch nicht zu spät.«

Ilse schüttele den Kopf.

»Was tot ist, ist tot.«

Sie schwiegen. Johanna nickte und blies Rauch in die Nacht. Sie dachte an Carl. Der zweite Mann, den sie an den Krieg verloren hatte. In Ihrem Kopf arbeitete es. Sie rauchte, und rauchte.

Als die Glut der Zigarette ihre Finger berührte, wusste sie, was zu tun war.

»Ich kann nicht akzeptieren, dass Carl hingerichtet werden soll. Er hat alles für mich aufgegeben.«

»Was hast du vor?«

Johanna lächelte die Gräfin bitter an.

»Ich werde wohl ein Opfer bringen müssen.«

Das Opfer

Johanna stand vor dem Konsul in der Zentrale. Der Boden war noch immer mit Parvus' Sonnenblumenspelzen übersät. Zu Esteburg saß im Sessel und paffte, wie immer, seine Pfeife.

Johanna wusste, wie wertvoll sie für den deutschen Geheimdienst war. Jemanden im Cronwald zu haben, in ihrer Position, als Tochter des Hauses – das war unbezahlbar. Und sie hatte gute Arbeit geleistet.

»Ich will monatlich Nachricht, dass es Mangold gut geht. Dann bleibe ich und arbeite weiter für Sie.«

Der Konsul lehnte sich zurück und blickte sie überrascht und gleichzeitig skeptisch an.

»Jetzt, wo Sie Ihren Pass haben, wollen Sie bleiben?«

»Ja.«

»Und wie stellen Sie sich das vor?«

»Ich heirate Großrat Thanner.«

Zu Esteburg sah sie irritiert an.

»Aber … was geschieht mit Ihrem Kind? Der Großrat wird doch kaum Ihren Bastard annehmen und großziehen.«

Er lachte trocken, um die Absurdität dessen zu unterstreichen, was er da eben gesagt hatte.

»Großrat Thanner hat ein großes Herz – speziell für Kriegswaisen. Denn er selbst hat seine Eltern schon früh verloren. Wir werden daher schon bald ein kleines Mädchen adoptieren.«

Der Konsul zog die Augenbrauen in die Höhe und nickte

anerkennend. Er setzte die Fingerkuppen beider Hände aneinander und überlegte eine Weile. Dann erhob er sich.

»Gut. Thanners Schicksalsschlag hat ihm große Sympathien verschafft – die Wahl zum Nationalrat scheint eine ausgemachte Sache zu sein. Und als Frau Nationalrat werden Sie uns von noch größerem Nutzen sein …«

Er sah Johanna fragend an.

Sie nickte. »Ich weiß.«

»Also: Sie beschaffen weiter Informationen für uns. Und Mangold bleibt am Leben. Wir behandeln ihn wie jeden Kriegsgefangenen.«

»Wie bekommen Sie das hin?«

»Dass Mangolds Kooperationsbereitschaft in letzter Sekunde nur Ihrem Wohl und dem Ihrer Tochter galt, muss das Kriegsgericht nicht erfahren. Ich werde positiv in seiner Akte vermerken, dass er sich dem Befehl der Ochrana widersetzt und Gräfin von Hausner verschont hat, um gemeinsam mit ihr den zaristischen Agenten unter seine Kontrolle zu bekommen. Nach Kriegsende werde ich mich persönlich dafür einsetzen, dass er begnadigt wird. Darauf gebe ich Ihnen mein Wort.«

Johanna nickte kühl, um sich ihre Erleichterung nicht anmerken zu lassen. Carl blieb am Leben!

»Das heißt, wenn der Krieg gewonnen ist, lassen Sie Mangold frei – wie jeden Kriegsgefangenen?«

Er nickte.

»Wie lange wird der Krieg noch andauern, was glauben Sie?«

»Wenn der Plan mit Lenin aufgeht, er die Macht übernimmt und Russland aus dem Krieg austritt, werden wir die Kräfte an der Westfront bündeln und Frankreich überrollen. Die Sache könnte schon innerhalb weniger Monate siegreich beendet sein.«

Abschied der Gräfin

Am Morgen des nächsten Tags saß die Gräfin auf dem Balkon ihres Appartements, blinzelte in die Morgensonne und nippte an einem Glas Champagner. Vor ihr lag ein Bogen Papier. Sie hustete, griff zu ihrem Stofftaschentuch und presste es sich an den Mund. Mit zitternder Hand griff sie zum Füllfederhalter und begann zu schreiben.

Als sie die Zeilen unterzeichnet hatte, pustete sie auf die Tinte und wedelte den Bogen hin und her. Dann lehnte sie sich zurück und las den Brief noch einmal durch.

Sie faltete den Bogen und steckte ihn ins Kuvert.

Eine letzte Zigarette.

Während sie rauchte, betrachtete sie das alte Foto.

Sie, als Dienstmädchen auf Schloss Mehlitz. Im Sommer 1895.

Sie drückte die Zigarette aus, leerte ihr Glas. Steckte auch das Foto in den Briefumschlag und klebte ihn zu. Sie schrieb »Johanna« darauf, nahm ihr Medaillon ab und legte es dazu.

Dann griff sie zur Pistole.

Die Gräfin betrachtete das sonnendurchtränkte Tal, setzte die Mündung unter ihr Kinn und schloss die Augen.

Ein Schwarm Ringeltauben stieg in den wolkenlosen Himmel über Davos.

Der schönste Tag im Leben

Im weißen Hochzeitskleid trat Johanna zu Elli an die Wiege. Die Kleine trug ebenfalls ein kleines, hübsches Kleidchen, nuckelte zufrieden an ihrem Daumen und sah ihre Mutter an – die heute auch offiziell ihre Mutter werden würde. Direkt nach der Trauung wollte das Ehepaar Thanner die Adoptionspapiere unterschreiben. Johanna lächelte, sie beugte sich ins Bettchen und gab Elli einen Kuss. Und Elli gluckste zufrieden.

Als sie sich wieder aufrichtete, fiel ihr Blick auf die Kommode. Dort lag Ilses Abschiedsbrief. Und das Medaillon mit dem Bild der heiligen Barbara, das sie ihr vermacht hatte. Johanna ging hinüber, legte sich die Kette um und nahm den Brief in die Hand. Sie hatte noch immer nicht gewagt, ihn zu lesen.

Wovor hatte sie Angst?

Ilse war stets unberechenbar gewesen. Was hatte sie im Angesicht des Todes zu Papier gebracht?

Johanna setzte sich in den Sessel, griff zum Brieföffner und schlitzte das Kuvert mit einer raschen Bewegung auf. In dem Umschlag war ein Bogen, und als sie ihn herausnahm, fiel ihr ein Foto in den Schoß. Johanna betrachtete es. Sommer 1895. Fünf Dienstmädchen. Das ganz rechte war besonders schön.

Die Abschiedsbotschaft war mit unsicherer Handschrift verfasst.

Meine liebste Johanna!
Die Zeiten ändern sich. Menschen ändern sich nicht. Sie werden dazu gezwungen.
Aber wie sind wir zu dem geworden, was wir sind? Eine Reihe kleiner Momente, von uns kaum bemerkt? Oder war es doch der eine große Augenblick, der alles verändert hat? Solange kein Frieden herrscht, können du und Mangold nicht zusammen sein. Vergiss nie: Wer den Frieden will, der rüste für den Krieg.

Ich bin keine Mutter. Und das ist auch gut so. Aber was hätte ich dafür gegeben, eine Tochter wie dich zu haben.

Leb wohl,
Deine Barbara

Johanna ließ den Brief sinken. Barbara. Was für eine Frau.

Sie ging zum Spiegel und betrachtete sich. Das Medaillon passte sehr gut zum Kleid. Sie drückte auf den kleinen Verschluss an der Seite, um sich das Porträt der heiligen Barbara anzusehen. Mit einem sanften Klicken klappte der Deckel auf, etwas segelte zu Boden. Johanna bückte sich und nahm das kleine Stück Folie, oder nein, den Film zwischen Daumen und Zeigefinger und hielt ihn gegen das Licht. Ein Mikrofilm.

Wer den Frieden will, der rüste für den Krieg.

Johanna lächelte. Was auch immer darauf war, würde ihr von großem Nutzen sein. Es klopfte. Sie verstaute den Mikrofilm an einem sicheren Ort in ihrer Kommode, schloss das Medaillon und rief »Herein!«.

Mathilde betrat das Zimmer, auch sie war bereits fertig angekleidet.

»Los, los! Der Pfarrer wird schon ungeduldig!«

Ihre Schwester ging hinüber zur Wiege, nahm Elli heraus,

pustete ihr mit flatternden Lippen einen Kuss auf die Wange. Das Kind lachte, Johanna und Mathilde lachten mit. Die Schwestern strahlten sich an.

»Jetzt komm aber! Bigna wartet unten mit Thanner!«, mahnte Mathilde.

Johanna trat an den Spiegel und sah sich an.

Das war sie. Johanna Thanner.

Nicht Elena Adler.

Sie griff hinter den Kopf und zog sich den Brautschleier vor das Gesicht.

Epilog

Die unwahrscheinliche Kooperation zwischen dem Deutschen Kaiser und dem russischen Revolutionär trägt Früchte: In einem plombierten Zug reist Lenin aus seinem Schweizer Exil durch Deutschland über Schweden in das Herz Russlands. Die Bevölkerung ist kriegsmüde, die Armee zeigt Auflösungserscheinungen, Desertation und Aufstände machen die Verteidigung der Frontlinie unmöglich. Anhaltende Versorgungsprobleme schüren zusätzlich die revolutionäre Stimmung. Mit Hilfe der kaiserlichen Millionen gelingt es Lenin, die Oktoberrevolution zu starten. Der Wandel verschlingt die alte Ordnung – und die neue, bolschewistische Regierung unter Lenin hält gegenüber den Deutschen Wort: Im Vertrag von Brest-Litowsk scheidet Russland aus dem Ersten Weltkrieg aus.

Im Westen werden die Kampfhandlungen danach umso erbitterter fortgeführt.

ENDE

Danke für eine großartige Zusammenarbeit,
für das Vertrauen, Hilfe, Feedback und Rückhalt:
Adrian Illien (Headautor und Berater)
Ivan Madeo (Contrast Film)
Torsten Götz (Letterbox)
Michael Lehmann (Letterbox)
Elisabeth Ruge (Agentin)
Barbara Laugwitz (dtv)
Tim Müller (dtv)
Matthias Teiting (Lektorat)
Tara Wolff (Erstleserin)
und die ERA Igelz (Autor:innenbande)

Danke für Antworten auf meine Fragen:
Armin Vogl (Make-up 1917)
David Spencer (Kautschuk in Afrika)
Kai-Uwe Roelfs (Kautschuk in Afrika)
Tom Deutschle (Kautschuk in Afrika)
Laura Wohnlich (Schweizer Spitznamen)
Tara Wolff (Fotolabor)

Alle über die Serie hinausreichenden Handlungsstränge wurden von Sebastian Stuertz in enger Abstimmung mit Adrian Illien und Ivan Madeo entwickelt.